鲁迅全集

第十七卷

鲁迅 著

王德领 钱振文 葛涛 等 审订

中国科学技术出版社

·北 京·

图书在版编目（CIP）数据

鲁迅全集.第十七卷 / 鲁迅著. -- 北京 : 中国科
学技术出版社, 2024.3

ISBN 978-7-5236-0206-5

Ⅰ.①鲁… Ⅱ.①鲁… Ⅲ.①鲁迅著作－全集 Ⅳ.
①I210.1

中国国家版本馆CIP数据核字（2023）第073738号

目　录

艺术论

现代新兴文学的诸问题

文艺与批评

文艺政策

附录

艺术论

[苏]普列汉诺夫

序言

一

普列汉诺夫（George Valentinovitch Plekhanov）以一八五七年，生于坦木皤夫省[1]的一个贵族的家里。自他出世以至成年之间，在俄国革命运动史上，正是智识[2]阶级所提倡的民众主义自兴盛以至凋落的时候。他们当初的意见，以为俄国的民众，即大多数的农民，是已经领会了社会主义，在精神上，成着不自觉的社会主义者的，所以民众主义者的使命，只在"到民间去"，向他们说明那境遇，善导他们对于地主和官吏的嫌憎，则农民便将自行蹶起，实现出自由的自治制，即无政府主义底[3]社会的组织。

但农民却几乎并不倾听民众主义者的鼓动，倒是对于这些进步的贵族的子弟，怀抱着不满。皇帝亚历山大二世的政府，则于他们临以严峻的刑罚，终使其中的一部分，将眼光从农民离开，来效法西欧先进国，为有产者所享有的一切权利而争斗了。于是从"土地与自由党"分裂为"民意党"，从事于政治底斗争，但那手段，却非一般底社会运动，而是单独和政府相斗争，尽全力于恐怖手段——暗杀。

青年的普列汉诺夫，也大概在这样的社会思潮之下，开始他革命底活动的。但当分裂时，尚复固守农民社会主义的根本底见解，

1　现译"坦波夫省"。——编者注
2　现代汉语常用"知识"。——编者注
3　现代汉语常用"的"。——编者注

反对恐怖主义，反对获得政治底公民底自由，别组"均田党"，惟⁴属望于农民的叛乱。然而他已怀独见，以为智识阶级独斗政府，革命殊难于成功，农民固多社会主义底倾向，而劳动者亦殊重要。他在那《革命运动上的俄罗斯工人》中说，工人者，是偶然来到都会，现于工厂的农民。要输社会主义入农村中，这农民工人便是最适宜的媒介者。因为农民相信他们工人的话，是在智识阶级之上的。

事实也并不很远于他的预料。一八八一年恐怖主义者竭全力所实行的亚历山大二世的暗杀，民众未尝蹶起，公民也不得自由，结果是有力的指导者或死或囚，"民意党"殆濒于消灭。连不属此党而倾向工人的社会主义的普列汉诺夫等，也终被政府所压迫，不得不逃亡国外了。

他在这时候，遂和西欧的劳动运动相亲，遂开始研究马克思的著作。

马克思之名，俄国是早经知道的；《资本论》第一卷，也比别国早有译本；许多"民意党"的人们，还和他个人底地相知、通信。然而他们所竭尽尊敬的马克思的思想，在他们却仅是纯粹的"理论"，以为和俄国的现实不相合，和俄人并无关系的东西，因为在俄国没有资本主义，俄国的社会主义，将不发生于工厂而出于农村的缘故。但普列汉诺夫是当回忆在彼得堡的劳动运动之际，就发生了关于农村的疑惑的，由原书而精通马克思主义文献，又增加了这疑惑。他于是搜集当时所有的统计底材料，用真正的马克思主义底方法，来研究它，终至确信了资本主义实在君临着俄国。一八八四年，他发表叫作《我们的对立⁵》的书，就是指摘民众主义的错误，证明马克思主义的正当的名作。他在这书里，即指示着作为大众的农

4　现代汉语常用"唯"。——编者注
5　现译"我们的意见分歧"。——编者注

民，现今已不能作社会主义的支柱。在俄国，那时都会工业正在发达，资本主义制度已在形成了。必然底地随此而起者，是资本主义之敌，就是绝灭资本主义的无产者。所以在俄国也如在西欧一样，无产者是对于政治底改造的最有意味的阶级。从那境遇上说，对于坚执而有组织的革命，也比别的阶级有更大的才能，而且作为将来的俄国革命的射击兵，也是最为适当的阶级。

自此以来，普列汉诺夫不但本身成了伟大的思想家，并且也作了俄国的马克思主义者的先驱和觉醒了的劳动者的教师和指导者了。

二

但普列汉诺夫对于无产阶级的殊勋，最多是在所发表的理论的文字，他本身的政治底意见，却不免常有动摇的。

一八八九年，社会主义者开第一回国际会议于巴黎，普列汉诺夫在会上说，"俄国的革命运动，只有靠着劳动者的运动才能胜利，此外并无解决之道"的时候，是连欧洲有名的许多社会主义者们，也完全反对这话的，但不久，他的业绩显现出来了。文字方面，则有《历史上的一元底观察的发展》(或简称《史底一元论》)，出版于一八九五年，从哲学底领域方面，和民众主义者战斗，以拥护唯物论，而马克思主义的全世代，也就受教于此，借此理解战斗底唯物论的根基。后来的学者，自然也尝加以指摘的批评，但什维诺夫却说，"倒不如将这大可注目的书籍，向新时代的人们来说明，来讲解，实为更好的工作"云。次年，在事实方面，则因他的弟子们和民众主义者斗争的结果，终使纺纱厂的劳动者三万人的大同盟罢工，勃发于彼得堡，给俄国的历史划了新时期，俄国无产阶级的革命底价值，始为大家所认识，那时开在伦敦的社会主义者的第四回国际会议，也对此大加惊叹、欢迎了。

然而普列汉诺夫究竟是理论家。十九世纪末，列宁才开始活动，也比他年青[6]，而两人之间，就自然而然地行了未尝商量的分业。他所擅长的是理论方面，对于敌人，便担当了哲学底论战。列宁却从最先的著作以来，即专心于社会政治底问题，党和劳动阶级的组织的。他们这时的以辅车相依的形态，所编辑发行的报章，是 *Iskra*（《火花》），撰者们中，虽然颇有不纯的分子，但在当时，却尽了重大的职务，使劳动者和革命者的或一层因此而奋起，使民众主义派智识者发生了动摇。

尤其重要的是那文字底和实际底活动。当时（一九〇〇年至一九〇一年），革命家是都惯于藏身在自己的小圈子中，不明白全国底展望的，他们不悟到靠着全国底展望，才能有所达成，也没有准确的计算，也不想到须用多大的势力，才能得怎样的成果。在这样的时代，要试行中央集权底党，统一全无产阶级的全俄底政治组织的观念，是新异而且难行的。《火花》却不独在论说上申明这观念，还组织了"火花"的团体，有当时铮铮的革命家一百人至一百五十人的"火花"派，加在这团体中，以实行普列汉诺夫在报章上用文字底形式所展开的计划。

但到一九〇三年，俄国的马克思主义者分裂为布尔塞维克[7]（多数派）和门塞维克[8]（少数派）了，列宁是前者的指导者，普列汉诺夫则是后者。从此两人即时离时合，如一九〇四年日、俄战争时的希望俄皇战败，一九〇七至一九〇九年的党的受难时代，他皆和列宁同心。尤其是后一时，布尔塞维克的势力的大部分，已经不得不逃

6　现代汉语常用"年轻"。——编者注

7　现译"布尔什维克"。——编者注

8　现译"孟什维克"。——编者注

亡国外，到处是堕落，到处有奸细，大家互相注目，互相害怕，互相猜疑了。在文学上，则淫荡文学盛行，《赛宁》即在这时出现。这情绪且侵入一切革命底圈子中。党员四散，化为个个小团体，门塞维克的清算派，已经给布尔塞维克唱起挽歌来了。这时大声叱咤，说清算主义应该击破，以支持布尔塞维克的，却是身为门塞维克的权威的普列汉诺夫，且在各种报章上，国会中，加以勇敢的援助。于是门塞维克的别派，便嘲笑"他垂老而成了地下室的歌人"。

企图革命的复兴，从新组织的报章，是一九一〇年开始印行的 Zvezda（《星》），普列汉诺夫和列宁，都从国外投稿，所以是两派合作的机关报，势不能十分明示政治上的方针。但当这报章和政治运动关系加紧之际，就渐渐失去提携的性质，普列汉诺夫的一派终于完全匿迹，报章尽成为布尔塞维克的战斗底机关了。一九一二年，两派又合办日报 Pravda（《真理》），而当事件展开时，普列汉诺夫派又于极短时期中悉被排除，和在 Zvezda 那时走了同一的运道。

迨欧洲大战起，普列汉诺夫遂以德意志帝国主义为欧洲文明和劳动阶级的最危险的仇敌，和第二国际的指导者们一样，站在爱国的见地上，为了和最可憎恶的德国战斗，竟不惜和本国的资产阶级和政府相提携、相妥协了。一九一七年二月革命后，他回到本国，组织了一个社会主义底爱国者的团体，曰"协同"。然而在俄国的无产阶级之父普列汉诺夫的革命底感觉，这时已经没有了打动俄国劳动者的力量，布勒斯特的媾和后，他几乎全为劳农俄国所忘却，终在一九一八年五月三十日，孤独地死于那时正被德军所占领的芬兰了。相传他临终的谵语中，曾有疑问云："劳动者阶级可觉察着我的活动呢？"

三

他死后，*Inprekol*（第八年第五十四号）上有一篇《G.V. 普列汉诺夫和无产阶级运动》，简括地评论了他一生的功过——

"……其实，普列汉诺夫是应该怀这样的疑问的。为什么呢？因为年少的劳动者阶级，对他所知道的，是作为爱国社会主义者，作为门塞维克党员，作为帝国主义的追随者，作为主张革命底劳动者和在俄国的资产阶级的指导者米留可夫互相妥协的人。因为劳动者阶级的路和普列汉诺夫的路，是决然地离开的了。

"然而，我们毫不迟疑，将普列汉诺夫算进俄国劳动者阶级的，不，国际劳动者阶级的最大的恩师们里面去。

"怎么可以这样说呢？当决定底的阶级战的时候，普列汉诺夫不是在防线的那面的么？是的，确是如此。然而他在这些决定战的很以前的活动，他的理论上的诸劳作，在普列汉诺夫的遗产中，是成着贵重的东西的。

"惟为了正确的阶级底世界观而战的斗争，在阶级战的诸形态中，是最为重要的之一。普列汉诺夫由那理论上的诸劳作，亘几世代，养成了许多劳动者革命家们。他又借此在俄国劳动者阶级的政治底自主上，尽了出色的职务。

"普列汉诺夫的伟大的功绩，首先，是对于民意党，即在前世纪的七十年代，相信着俄国的发达，是走着一种特别的，就是，非资本主义底的路的那些知识阶级的一伙的他的斗争。那七十年代以后的数十年中，在俄国的资本主义的堂堂的发展情形，是怎样地表示了民意党人中的见解之误，而普列汉诺夫的见解之对呵。

"一八八四年由普列汉诺夫所编成的'以劳动解放为目的的'团体（劳动者解放团）的纲领，正是在俄国的劳动者党的最初的宣言，而且也是对于一八七八年至七九年劳动者之动摇的直接的解答。

"他说着——

"'惟有竭力迅速地形成一个劳动者党,在解决现今在俄国的经济底的,以及政治底的一切的矛盾上,是惟一[9]的手段。'

"一八八九年,普列汉诺夫在开在巴黎的国际社会主义党大会上,说道——

"'在俄国的革命底运动,只有靠着革命底劳动者运动,才能得到胜利。我们此外并无解决之道,且也不会有的。'

"这,普列汉诺夫的有名的话,决不[10]是偶然的。普列汉诺夫以那伟大的天才,拥护这在市民底民众主义的革命中的无产阶级的主权,至数十年之久,而同时也发表了自由主义底有产者在和帝制的斗争中,竟懦怯地成为奸细,化为游移之至的东西的思想了。

"普列汉诺夫和列宁一同,是《火花》的创办指导者。关于为了创立在俄国的政党底组织体而战的斗争,《火花》所尽的伟大的组织上的任务,是广大地为人们所知道的。

"从一九〇三年至一九一七年的普列汉诺夫,生了几回大动摇,倒是总和革命底的马克思主义违反,并且走向门塞维克去了。惹起他违反革命底的马克思主义的诸问题,大抵是甚么[11]呢?

"首先,是对于农民层的革命底的可能力的过少评价。普列汉诺夫在对于民意党人的有害方面的斗争中,竟看不见农民层的种种革命底的努力了。

"其次,是国家的问题。他没有理解市民底民众主义的本质。就是他没有理解无论如何,有粉碎资产阶级的国家机关的必要。

"最后,是他没有理解那作为资本主义的最后阶段的帝国主义

9　现代汉语常用"唯一"。——编者注
10　现代汉语常用"绝不"。——编者注
11　现代汉语常用"什么"。——编者注

的问题，以及帝国主义战争的性质的问题。

"要而言之，——普列汉诺夫是于列宁的强处，有着弱处的。他不能成为'在帝国主义和无产阶级革命时代的马克思主义者'。所以他之为马克思主义者，也就全体到了收场。普列汉诺夫于是一步一步，如罗莎·卢森堡之所说，成为一个'可尊敬的化石'了。

"在俄国的马克思主义建设者普列汉诺夫，决不仅是马克思和恩格勒的经济学、历史学，以及哲学的单单的媒介者。他涉及这些全领域，贡献了出色的独自的劳作。使俄国的劳动者和智识阶级，确实明白马克思主义是人类思索的全史的最高的科学底完成，普列汉诺夫是与有力量的。惟普列汉诺夫的种种理论上的研究，在他的观念形态的遗产里，无疑地是最为贵重的东西。列宁曾经正当地劝青年们去研究普列汉诺夫的书。——'倘不研究这个（普列汉诺夫的关于哲学的叙述），就谁也决不会是意识底的，真实的共产主义者的。因为这是在国际底的一切马克思主义文献中，是最为杰出之作的缘故。'——列宁说。"

四

普列汉诺夫也给马克思主义艺术理论放下了基础。他的艺术论虽然还未能俨然成一个体系，但所遗留的含有方法和成果的著作，却不只作为后人研究的对象，也不愧称为建立马克思主义艺术理论，社会学底美学的古典底文献的了。

这里的三篇信札体的论文，便是他的这类著作的只鳞片甲。

第一篇《论艺术》首先提出"艺术是什么"的问题，补正了托尔斯泰的定义，将艺术的特质，断定为感情和思想的具体底形象底表现。于是进而申明艺术也是社会现象，所以观察之际，也必用唯物史观的立场，并于和这违异的唯心史观（St. Simon, Comte, Hegel）加以批评，而绍介[12]又和这些相对的关于生物的美底趣味的达尔文的唯物论底见解。他在这里假设了反对者的主张由生物学来探美感的起源的提议，就引用达尔文本身的话，说明"美的概念，……在种种的人类种族中，很有种种，连在同一人种的各国民里，也会不同。"这意思，就是说，"在文明人，这样的感觉，是和各种复杂的观念以及思想的连锁结合着。"也就是说，"文明人的美的感觉，……分明是就为各种社会底原因所限定"了。

于是就须"从生物学到社会学去"，须从达尔文的领域的那将人类作为"物种"的研究，到这物种的历史底运命[13]的研究去。倘只就艺术而言，则是人类的美底感情的存在的可能性（种的概念），是被那为它移向现实的条件（历史底概念）所提高的。这条件，自然便是该社会的生产力的发展阶段。但普列汉诺夫在这里，却将这作为重要的艺术生产的问题，解明了生产力和生产关系的矛盾以及阶级间的矛盾，以怎样的形式，作用于艺术上；而站在该生产关系上的社会的艺术，又怎样地取了各别的形态，和别社会的艺术显出不同。就用了达尔文的"对立的根原[14]的作用"这句话，博引例子，以说明社会底条件之关于与美底感情的形式；并及社会的生产技术和韵律、谐调、均整法则之相关；且又批评了近代法兰西艺术论的发展。（Staël, Guizot, Taine）

生产技术和生活方法，最密接地反映于艺术现象上者，是在原始民族的时候。普列汉诺夫就想由解明这样的原始民族的艺术，来担当马克思主义艺术论中的难题。第二篇《原始民族的艺术》先据

12　现代汉语常用"介绍"。——编者注
13　现代汉语常用"命运"。——编者注
14　现代汉语常用"根源"。——编者注

人类学者，旅行家等实见之谈，从薄墟曼、韦陀、印地安[15]以及别的民族引了他们的生活、狩猎、农耕、分配财货这些事为例子，以证原始狩猎民族实为共产主义底结合，且以见毕歇尔所说之不足凭。第三篇《再论原始民族的艺术》则批判主张游戏本能，先于劳动的人们之误，且用丰富的实证和严正的论理，以究明有用对象的生产（劳动），先于艺术生产这一个唯物史观的根本底命题。详言之，即普列汉诺夫之所究明，是社会人之看事物和现象，最初是从功利底观点的，到后来才移到审美底观点去。在一切人类所以为美的东西，就是于他有用——于为了生存而和自然以及别的社会人生的斗争上有着意义的东西。功用由理性而被认识，但美则凭直感底能力而被认识。享乐着美的时候，虽然几乎并不想到功用，但可由科学底分析而被发见[16]。所以美底享乐的特殊性，即在那直接性，然而美底愉乐的根柢里，倘不伏着功用，那事物也就不见得美了。并非人为美而存在，乃是美为人而存在的。——这结论，便是普列汉诺夫将唯心史观者所深恶痛绝的社会、种族、阶级的功利主义底见解，引入艺术里去了。

看第三篇的收梢，则普列汉诺夫预备继此讨论的，是人种学上的旧式的分类，是否合于实际。但竟没有作，这里也只好就此算作完结了。

五

这书所据的本子，是日本外村史郎的译本。在先已有林柏先生的翻译，本也可以不必再译了，但因为丛书的目录早经决定，只

---

15 现代汉语常用"印第安"。——编者注
16 现代汉语常用"发现"。——编者注

得仍来做这一番很近徒劳的工夫。当翻译之际，也常常参考林译的书，采用了些比日译更好的名词，有时句法也大约受些影响，而且前车可鉴，使我屡免于误译，这是应当十分感谢的。

序言的四节中，除第三节全出于翻译外，其余是杂采什维诺夫的《露西亚[17]社会民主劳动党史》、山内封介的《露西亚革命运动史》和《普罗列泰利亚艺术教程》余录中的《普列汉诺夫和艺术》而就的。临时急就，错误必所不免，只能算一个粗略的导言。至于最紧要的关于艺术全般，在此却未曾涉及者，因为在先已有瓦勒夫松的《普列汉诺夫与艺术问题》，附印在《苏俄的文艺论战》（未名丛刊之一）之后，不久又将有列什涅夫《文艺批评论》和 I. 雅科夫列夫的《普列汉诺夫论》（皆是本丛书之一）出版，或则简明，或则浩博，决非[18]译者所能企及其万一，所以不如不说，希望读者自去研究他们的文章。

最末这一篇，是译自藏原惟人所译的《阶级社会的艺术》，曾在《春潮月刊》上登载过的。其中有普列汉诺夫自叙对于文艺的见解，可作本书第一篇的互证，便也附在卷尾了。

但自省译文，这回也还是"硬译"，能力只此，仍须读者伸指来寻线索，如读地图：这实在是非常抱歉的。

一九三〇年五月八日之夜，鲁迅校毕记于上海闸北寓庐。

---

17 现译"俄罗斯"。——编者注
18 现代汉语常用"绝非"。——编者注

论艺术

敬爱的先生！

我想和你谈一谈艺术。但在一切多少有些精确的研究上，无论那对象是什么，依据着严密地下了定义的术语的事，是必要的。所以，我们首先应该说，我们究竟是将怎样的概念，连结于艺术这个名词的。别一面，对象的多少有些满足的定义，无疑地是只在那研究的结果上，才能够显现。到底，就成为我们非将我们还未能下定义的东西，给以定义不可了。怎样办才可以脱掉这矛盾呢？我以为这样一办，就可以脱掉。就是，我姑且在一种暂时底的定义上站住，其次跟着问题的由研究而得分明，再将这加以补足、订正。

那么，我姑且站住在怎样的定义上，才好呢？

列夫·托尔斯泰在所著的《艺术是什么？》里面，引用着许多他以为互相矛盾的艺术的定义，而且将这些一切，看作不满足的东西。其实，由他所引用着的各定义，是未必如此互相悬殊，也并不惟独他却觉得那样，如此错误的。但是，这些一切，且作为非常不行罢[1]，我们并且来看一看，可能采用他自己的艺术的定义罢。

"艺术者，——他说，——是人们之间的交通的一个手段。……这交通，和凭言语的交通不同的特殊性，是在凭言语，是人将自己的思想（我的旁点）传给别人，而用艺术，则人们互相传递自己的感情（也是我的旁点）。"

从我这面，我姑且单提明一件事罢。

1　现代汉语常用"吧"。——编者注

　　据托尔斯泰伯[2]的意见，则艺术是表现人们的感情，言语是表现他们的思想的。这并不对。言语之于人们，不但为了单是表现他们的思想有用，一样地为了表现他们的感情，也是有用的。作为这的证据，就有着用言语为那机关的诗歌。

　　托尔斯泰伯自己这样说——

　　"在自己的内部，唤起曾经经验的感情；而且将这在自己的内部里唤起了之后，借着被表现于运动、线、色彩、言语的形象，将这感情传递，给别的人们也能经验和这相同的感情，——而艺术活动即于是成立。"[3]

　　在这里，就已经明明白白，不能将言语看作特异的，和艺术是别种的人们之间的交通手段了。

　　说艺术只表现人们的感情，也一样地不对的。不，这也表现他们的感情，也表现他们的思想，然而并非抽象底地，却借了灵活的形象而表现。艺术的最主要的特质就在此。据托尔斯泰的意见，则"艺术者，始于人以传自己所经验过的感情于别的人们的目的，再将这在自己的内部唤起，而用一定的外底记号，加以表现的时候。"[4]但我想，艺术，是始于人将在围绕着他的现实的影响之下，他所经验了的感情和思想，再在自己的内部唤起，而对于这些，给以一定的形象底表现的时候的。很多的时地，人以将他所重复想起或重复感到的东西，传给别的人们的目的，而从事于此，是自明的事。艺术，是社会现象。

　　托尔斯泰伯所下的艺术的定义之中，我所想要变更的，此刻已尽于上述的订正了。

　　但是，我希望你注意于《战争与平和》的著者的，还有如次的

2　当时擅长一技或某一方面出众者称"伯"。——编者注
3　托尔斯泰伯的著作集。最近的作品。墨斯科（现译"莫斯科"），一八九八年，七八页。
4　上揭书，七七页。

思想——

"在一切时代以及一切人类社会，常有这社会的人们所共通的，什么是善和什么是恶的这一种宗教意识存在，而惟这宗教意识，乃是决定由艺术所传达的感情的价值的。"[5]

我们的研究，从中，应该将这思想对到怎样程度，示给我们，无论如何，这是值得最大的注意的。为什么呢？因为这引导我们，极近地向着人类发展的历史上的艺术的职务的问题的缘故。

现在，我们既然有了一种先行底的艺术定义了，我就应该申明我所据以观察艺术的那观点。

当此之际，我不用含胡[6]的言语，我要说，对于艺术，也如对于一切社会现象一样，是从唯物史观的观点在观察的。

唯物史观云者，是什么呢？

在数学里，有从反对来证明的方法，是周知的事。我在这里，是将用也可以称为从反对的说明方法这方法的罢。就是，我将先令人想起唯心史观是什么，而其次，则示人以与之相反的，同一对象的唯物论底解释，和它是怎样地不同。

唯心史观者，在那最纯粹的形式上，即在确信思想和知识的发达，为人类的历史底运动的最后而且最远的原因。这见解，在十八世纪，完全是支配底的，还由此移到十九世纪。圣西门和奥古斯德·恭德，还固执着这见解，虽然他们的见解，在有些处所，是和前世纪哲学者的见解成着正反对的。例如，圣西门曾提出希腊人的社会组织，是怎样地发生的——这问题来。[7]他于这问题，还这样地回答，"宗教体系（le système réligieux）之在他们，是政治体系的基

5　上揭书，八五页。

6　现代汉语常用"含糊"。——编者注

7　希腊在圣西门的眼中，是有特别的意义的。因为据他的意见，是 "C'est chez les Grecs que l'esprit humain a commencé à s'occuper sèrieusement de l'organisation sociale."

础。……这后者，是以前者为模型而被创造了的。"而且作为这证明，他指点出希腊人的阿灵普斯[8]，是"共和底集会"，以及希腊一切民族的宪法，有着纵使他们怎样地各不相同，但他们都是共和底的这一种共通的性质。[9]然而，这还不是全部。横在希腊人的政治体系的基础上的宗教体系，据圣西门的意见，则那自体，就从他们的科学底概念的总和，从他们的科学底世界体系流衍出来的。希腊人的科学底概念，是这样地为他们社会生活的最深奥的基础，而这些概念的发达——又是这生活的历史底发达的主要的发条，将一形态之由别形态的历史底转换，加以限制的最主要的原因。

同样地，奥古斯德·恭德是以为"社会底机构的全体，终究安定于意见之上"[10]的。这——不过是百科全书家们的见解的单单的重复，据此，则 C'est l'opinion qui gouverne le monde（世界被支配于意见）。

还有在黑格尔的极端底观念论之中遇见其极端的表现的，别一种的观念论在。人类的历史底发展，怎样地由他的观点来说明呢？举例以说明罢。黑格尔自问：为什么希腊灭亡了？他指出这现象的许多原因，然而从中作为最主要的，映在他的眼里者，是希腊不过表现了绝对理念的发展的一阶段，所以既经通过这阶段，便定非灭亡不可了的这事情。

"拉舍特蒙因为财产的不平等而灭亡了"的事，固然是知道的，但总之，据黑格尔的意见，则社会关系和人类的历史底发展的全历程，终究为论理学的法则，为思想的发展历程所规定，是明明白白的。

唯物史观于这见解，是几何学底地反对的。倘使圣西门从观念

8　现译"奥林匹斯"。——编者注

9　看他的 Mémoire sur la science de l'homme.

10　Cours de philosophie positive, Paris 1869, T. 1, p. p. 40—41.

论底的观点，观察着历史，而以为希腊人的社会关系，可由他们的宗教观来说明，则为唯物论底见解的同流的我，将这样说罢：希腊人的共和底阿灵普斯，是他们的社会底构造的反映。而且倘使圣西门对于希腊人的宗教底见解，从那里显现的问题，答以那是从他们的科学底世界观所流出，则我想，希腊人的科学底世界观这东西，就在那历史底发展上，为希腊诸民族的生产力的发展所限定的。[11]

这样的，是对于历史一般的我的见解。这是对的么？在这里，并无证明其对的处所。但我希望你假定这是对的，而且和我一同，将这假定作为关于艺术的我们的研究的出发点。关于艺术的部分底的问题的这研究，也将成为对于历史的一般底的见解的检讨，是自明的事。在事实上，倘使这一般底的见解是错的，则我们既然以这为出发点了，关于艺术的进化，将几乎什么也不能说明的罢。但是，倘若我们竟相信借这见解之助，来说明这进化，较之借着别的任何见解之助，更为合宜，那就是我们为这见解的利益，得到一个新的而且有力的证据了。

但是，当此之际，我早就预料着一种反驳。达尔文在那著作《人类的起源和雌雄淘汰》中，如大家所知道，揭载着许多证示美的感情（Sense of beauty）在动物的生活上，演着颇为重要的职掌的事实。会将这些指给我，而且由此引出美的感情的起源，非由生物学来说明不可的结论的罢。会向我说，将在人类的这感情的进化，只归于他们的社会的经济，是难以容许（"是偏狭"）的罢。但因为对于物种的发展的达尔文的见解，是唯物论底见解无疑，所以也将这样地向我来说罢，生物学底唯物论，是将好的材料，供给一面底的史底（"经济学的"）唯物论的批判的。

11　数年之前，在巴黎，A.薏思披那斯的著作，Histoire de la Technologie，想将古代希腊人的世界观的发展，由他们的生产力的发展来说明的尝试，出版了。这是很重要，而且有兴味的尝试，对于这，纵使他的研究在许多之点有错误，我们也应该很感谢薏思披那斯的。

　　我明白这反驳的一切重要性,所以就在这里站住。在我,这样办,是更加有益的,为什么呢?因为一面回答着这个,我可以借此也回答那从动物的心理底生活的领域中所取材的类似的反驳的全系列的缘故。首先第一,且努力来将我们根据着达尔文所举的诸事实,非下不可的那结论,弄得极其精确罢。但为此,且来观察他自己在这些上面,立了怎样的判断罢。

　　在关于人类的起源的他的著作(俄译本)的第一部第二章里——

　　"美的感情——这感情,也已被宣言,是也惟限于人类的特殊性。然而,倘若我们两面一想,或种鸟类的雄,意识底地展开自己的羽毛,而且在雌的面前夸耀华美的色彩,和这相反,并无美的羽毛的别的鸟们,便不这样地献媚,那就自然不会怀疑于雌之颠倒于雄的美丽的事了罢。但是,又因为一切国度的妇女们,都用这样的羽毛来装饰,那不消说,恐怕谁也不否定这装饰的优美的。以很大的趣味,用了美丽地有着采色[12]的物象,来装饰自己的游步场的集会鸟,以及同样地来装饰自己的巢的或种的蜂雀,即分明地在证明它们有美的概念。关于鸟类的啼声,也可以这样说。当交尾期的雄的优美的啼声,中雌的意,是无疑的。倘若鸟类的雌,不能估计雄的华美的色彩、美和悦耳的声音,则要借这些特质来蛊惑她们的雄鸟的一切努力和布置,怕是消失着了的罢。然而不能假定这样的事,是明明白白的。

　　"加以一定的配合了的一定的色,一定的声,为什么使获快乐呢?这恰如为什么任意的对象,于嗅觉或味觉是快适的事一样,几乎不能说明。但是,同一种类的色和声,为我们和下等动物所惬意的一件事,却能够以确信来说的。"[13]

12　现代汉语常用"彩色"。——编者注

13　达尔文,《人类的起源》(现译"人类的由来及性选择")。第一卷,四五页。(绥契育诺夫教授所编纂的俄译本。)

这样，而达尔文所引用的事实，是证明着下等动物也和人类相等，可以经验美底快乐，以及我们的美底趣味，有时也和下等动物的趣味相同。[14] 然而，这些事实，是并非说明上述的趣味的起源的。

但是，如果生物学对于我们，没有说明我们的美底趣味的起源，那就更不能说明那些的历史底发达。然而，再使达尔文自己来说罢——

"美的概念——他接续说，——至少，虽只是关于女性的美，也因人而异其概念的性质。实在，就如我们将在下文看见那样，这在种种的人类种族中，很有种种，连在同一人种的各国民里，也会不同。从野蛮人的大多数所喜欢的可厌的装饰和一样地可厌的音乐判断起来，大约可以说，他们的美的概念，是较之在或种下等动物，例如鸟类，为更不发达的。"[15]

倘若美的概念，在属于同一人种的各国民，是不同的，则不能在生物学之中，探求这样的种种相的原因，是分明的事。达尔文自己就在告诉我们，要我们的探求，应该向着别的方面去。在他的著作的英国版第二版的，我刚才引用了的一节里，遇见 I. M. 绥契育诺夫所编纂，出于英国版第一版的俄译本所缺少的，如次的话，"With cultivated men such（即美的）sensations are however intimately associated with complex ideas and trains of thought."[16]

这是这样的意思，"但在文明人，这样的感觉，是和各种复杂的观念以及思想的连锁结合着的。"这——是极重要的指示。这使

---

14 据饶勒斯的意见，则达尔文在动物的雌雄淘汰的问题上，非常地夸张着美底感情的意义的。饶勒斯正当到什么程度的决定，一任之生物学家，我则从达尔文的思想是绝对地对的这一个假定出发，而你，敬爱的先生，大约赞成这于我是最为不利的假定的罢。

15 达尔文，《人类的起源》。第一章，四五页。

16 The Descent of Man, London 1883, p. 92. 这些句子，在新版的达尔文的俄译本里恐怕已经加入了罢，但我这里，现在手头没有这本子。

我们从生物学到社会学去，为什么呢？因为文明人的美的感觉和许多复杂的观念相联合着的那事情，据达尔文的意见，分明是就为各种社会底原因所限定的。但是，以为这样的联合，仅仅能见于文明人的时候，达尔文是对的么？不，不对，而且证明这事，是极其容易的。来举例罢。如大家所知道，动物的毛皮、爪和牙齿，在原始民族的装饰上，充着非常重要的脚色[17]。凭什么来说明这脚色呢？凭这些的对象的色和线的配合么？不，这之际，问题是在野蛮人譬如用了虎的毛皮、爪和牙齿，或是野牛的皮和角，来装饰自己，而一面也在暗示着自己的敏捷或力量的事上，就是，打倒敏捷的东西者，是敏捷的，打倒强的东西者，是强的。此外，一种迷信夹杂其间，也是能有的事。斯库勒克拉孚德报告说，北美洲西部的印地安种族，极爱这地方的猛兽中也算最凶暴的白熊的爪所做的装饰。黑人的战士，以为白熊的凶暴和刚强，是会传给用了那爪装饰着的人的。所以这些爪，对于他，据斯库勒克拉孚德的意见，一部分是用以作装饰，而一部分则用以为灵符的。[18]

　　这之际，不消说设想为野兽的毛皮、爪和牙齿，开初单因为这些物象上所特有的色和线的配合，遂中了美洲印地安的意，是不可能的。[19]不，那反对的假定，就是，试想为这些对象，最初只带它为勇气、敏捷以及力量的标记，而惟到了后来，并且正因为它们曾是勇气、敏捷以及力量的标记的结果，这才唤起美底感觉，而归入装饰的范畴里，倒妥当得多。也就是成了美底感觉，"在野蛮人那里"不但仅能够和复杂的观念相联合，有时还正发生于这样的观念的影响之下的事了。

17　现代汉语常用"角色"。——编者注

18　Schoolcraft, Historical and statistical information respecting the history, condition and prospects of the Indian Tribes of the United States, T. III, p. 216.

19　同一种类的对象，也有单因为那颜色而被爱好的时候的，但关于这事，后来再说。

别的例，如大家所知道，非洲的许多种族的妇女们，手足上带着铁圈。富裕的人们的妻，有时竟将这样的装饰的几乎一普特，带在身上。[20]

这不消说，是非常地不自由的。然而不自由之于她们，并不妨碍其怀着满足，将这些锡瓦因孚德之所谓奴隶索子带在身上。为什么将这样的索子带在身上，尼格罗女人是高兴的呢？就因为靠了这些，她在自己，在别人，都见得美的缘故。但为什么她见得美呢？这，是作为观念的颇复杂的联合的结果而起的。对于这样的装饰的热情，据锡瓦因孚德之说，则现今正在经验着铁器时代，换了话说，就是，铁于那些人们是贵金属，正在那样的种族里发达着。贵重的，就见得美，为什么呢？因为和这联合着富的观念的缘故。例如，将二十磅的铁圈带在身上的亭卡族的女人，在自己和别人，较之仅带二磅的时候，即贫穷的时候，都见得更其美。当此之际，分明是问题并不在圈子的美，而在和这联合着的富的观念了。

第三个例。山培什河上流地域的巴德卡族那里，以为未将上门牙拔去的人，是不美的。这奇特的美的概念，何自而来的呢？这也是由观念的颇复杂的联合而被形成的。拔去了自己的上门牙，巴德卡族竭力要模仿反刍的动物。以我们的见解，这——是有点不可解的冲动。但是，巴德卡种族者——是牧畜种族。他们几乎崇拜着自己们的母牛和公牛。[21] 在这里，也是贵重者是美的，而且美的概念，发生于全然别的秩序的观念的土壤上。

临末，取一个达尔文自己从理文斯敦的话里引来的例子罢。马各罗罗族的女人在自己的上唇上穿孔，而向那孔里，嵌以称为呸来来的金属材或竹材的大的圈。向这种族的一个引路人，问为什么女

20　看 Schweinfurth, Au coeur de l'Afrique, Paris 1875, T. I, p. 148. 并看 Du Chaillu, Voyage et aventures dans l'Afrique équatoriale, Paris 1863, p. 11.

21　Schweinfurth, T. I, p. 148.

人们带着这样的圈的时候，他"恰如给过于无聊的质问，吃了一惊的人那样"，答道，"为美呀！这——是女人们的唯一的装饰。男人有须，在女人没有这。没有呸来来的女人什么，是怎样的东西呢？"带呸来来的习惯，何自而来的事，在今虽难于以确信来说明，但那起源，不应该探求于连一些（直接底的）关系也没有的生物学的法则之中，而应在观念的或种极复杂的联合里，是明明白白的。[22] 从这些例子看来，我以为就有权利，来确言：由对象的一定的色的配合以及形态所唤起的感觉，虽在原始民族那里，也还和最复杂的观念相联合着；还有，至少，这样的形态以及配合的许多，惟由这样的联合，在他们才见得美。

那是被什么所唤起的呢？又，和由对象之形而唤起于我们内部的感觉相联合的那些复杂的观念，是何自而来的呢？能回答这些问题的，分明并非生物学者，而只有社会学者。而且，即使唯物史观对于问题的解决，较之别的任何史观更为有力，即使我们确信上述的联合和上举的复杂的观念，毕竟为所与的社会的生产力的状态及其经济所限定，所创造，但还必须认识，达尔文主义对于我在上面力加特色了的唯物史观，是毫无矛盾的东西。

我在这里，关于达尔文主义对于这历史观的关系，不能多说了。但是，关于这事，还要略讲一点点。

请注意下面的几行罢——

"我想，在最初，是有将［我］和恰如各各的群居底动物，如果那知底能力而发达到在人类似的活动和高度，便将获得和我们一样的道德底概念那样的思想，是［相距］很远的事，宣言出来的必要的。

"正如在一切动物，美的感情是天禀的一样，虽然它们也被非常之多的种类的事物引得喜欢，它们［也］会有关于善和恶的概念，

22　在后段，我想将原始社会里的生产力的发展，放在思虑里，一面试行说明。

虽然这概念也将它们引到和我们完全反对的行动去。

"倘使我们，譬如，——我虽然故意取了极端的际会，——被养育于和巢蜂全然一样的条件之下，则我们的未婚女子，将像工蜂一样，以杀掉自己的兄弟为神圣的义务，母亲在拼命杀死自己的多产的女儿们，而且谁也不想反对这些事，是丝毫也没有疑义的。但蜂（或别的一切群居底动物）在那时候，被看作能有善恶的概念或良心。"[23]

从这些言语，结果出什么来呢？那就是——在人们的道德底概念上，毫无什么绝对底的东西，这就和人们住在其中的条件的变化，一同变化。这些条件，由什么所创造的呢？那变化，由什么所惹起的呢？关于这，达尔文什么也没有说，如果我们来说出，并且来证明它们是由生产力的状态所创造，作为那些力的发展的结果而变化的，则我们不但并不和达尔文相矛盾，且将成为补足他所述说的东西，说明他所终于未曾说明的东西了罢，而也就是将那个，将在生物学上给他尽了那么大的贡献了的那原则，来适用于社会现象的研究上而致的。

一般底地说起来，要将达尔文主义和我所正在拥护的历史观来对峙，是非常地奇怪的事。达尔文的领域，全然在别处。他是考察了作为动物种的人类的起源的。唯物史观的支持者，是想要说明这物种的历史底运命。他们的研究的领域，恰恰从达尔文主义者的研究的终结之处，从那地方开头。他们的研究，不能替代达尔文主义者所给与我们的东西，和这完全一样，达尔文主义者的最有光辉的发见，也不能替代他们的研究，不过能够为他们预备了地盘。这正如物理学者毫不因自己的研究，推开了化学底研究这东西的必

---

23 《人类的起源》，第一卷，五二页。

要，而给化学者预备地盘一样。[24] 一切问题，在于这处所，达尔文的学说，在正该如此的时候，作为生物学的发达上的大而必然底的进步，出现了。因着那时这科学，将凡是能够提出的要求之中的最重要的东西，给那研究者们完全地满足。关于唯物史观，也能够说什么同样的事么？能够断言，它在正该如此的时候，作为社会科学的发达上的大而必然底的进步，而出现了么？而且它在现在，使那一切的要求都得满足，是可能的么？对于这，我以十分的确信来回答，是的，——能够的！是的……，可能的！而且我要在这些信札里，也指示一部分这样的确信是并非没有根据的事。

但是，回到美学去罢。看上面所引用了的达尔文的话，他观察美底趣味的发达，分明是从和道德底感情的发达相同的观点的。在人们，如在许多动物也这样的一样，美的感情是天禀的。就是，他们有在一定的物或现象的影响之下，经验特殊的，所谓（"美底"）满足的能力。然而，究竟是怎样的物和现象，给他们以这样的满足的呢？

24　这之际，我应该声明于此。据我的意见，即使生物学者，达尔文主义者的研究，算是给社会学底研究预备着地盘，那也只可以解释为下面那样的意思。就是，生物学的进步——只要这是以有机体发达的历程为问题，——对于社会学上的科学底方法的完成，只要这是以社会组织及其所产，人类的思想和感情的发达作为问题的，便不能协力。但是，我决非赞成赫开尔似的达尔文主义者的社会观的人，在我们学界里，他们生物学者，达尔文主义者在关于人类社会的自己的议论之中，也已经毫不蹈袭达尔文的方法，且将不过是将在伟大的生物学者仅是研究对象的动物底（尤其是肉食动物的）本能，加以理想化的事，指摘出来了。达尔文之于社会问题，决不是"sattelfest"（熟手）。但作为从他的学说而出的结论，显现在他那里的那社会观，却和许多达尔文主义者正在从此造成的结论，毫不相像。达尔文以为社会底本能的发达，"于种的发展，非常地有益"。正在宣传着一切人们对一切人们的社会底斗争的达尔文主义者们，是不会分得这见解的。诚然，达尔文说过，"竞争应该为一切的人们开放；法律和习惯，都不应该来妨碍有最大的成功和最多的子孙的有最大的能力者。"（there should be open competition for all men; and the most able should not be prevented by laws and customs from succeeding best and reaching the largest number of offspring.）——然而，一切人们对一切人们的市民战的赞同者们，却徒然引用着他的这些话。使他们记起圣西门主义者们来罢。这些人们，也和达尔文一样，谈到竞争，然而他们以竞争之名，要求了恐怕赫开尔和他的同意见者们也不会赞成的那样社会改革了。"Competition"又"Competition"借了思哈那莱尔的话来说，则这和 fagot et fagot 恰恰相同。

那是关系于在那影响之下，他们被养育、生活以及行动的条件之如何的。人类的本性，使美底趣味和概念之存在，于人成为可能。环绕着他的诸条件，则规定从这可能向现实的推移。所与的社会底人类（即所与的社会，所与的民族，所与的阶级），有着正是一种特定的这，而非这以外的东西的美底趣味和概念的事，就由此得到说明。

像这样的，是从达尔文说及这事之处，自行流衍出来的最后的结论。而于这结论，唯物史观的支持者的谁也将不加反对，那是不消说得的。岂但如此呢，他们的各人，还将在这里发见这历史观的新的确证。他们之中，岂不是谁也未曾想要否定人类底本性的这或别的周知的特质，或关于这，来试加胡乱的解释么？他们单是说，倘若这本性是不变的，这就没有说明为变化不歇的现象之总和的那历史的历程，但倘若那本身即和历史底发展的行程一同变化，那么，就分明该有它的变化的什么外底原因在，云。无论如何，历史家和社会学者的任务，因此也就远出于就人类底本性的诸特质而言的论议的范围之外了。

取了向模仿的冲动那样的特质来看罢。关于模仿的法则，写了极有兴味的研究的塔尔特，恰如在那里面，发见了社会之心一般的东西。据他的定义，则一切社会底集团，有一部分，是在所与的时候，互相模仿着，有一部分，则是在那以前已经依照同一的模型而模仿了的存在的总和。模仿在一切我们的观念、趣味、流行及习惯的历史上，充了极大的脚色，是毫无疑义的。那重大的意义，已曾为前世纪的唯物论者所指出。人类是全由模仿而成的，——遏尔韦修斯说。然而，塔尔特将模仿的法则的研究，放在虚伪的基础上面了的事，却也一样地并无疑义。

斯条亚德王家的复位，在英国暂时恢复了旧贵族阶级的统治的时候，这贵族阶级不但毫不表示什么冲动，要模仿革命底小有产者的极端的代表者的那清教徒而已，却显现了趋向于和清教徒底生活信条正反对的习惯和趣味的最强的倾向。道德的清教徒底切实，将地位让给最不可信的颓废了。将那时清教徒之所禁止的，来爱好，来实行的事——成了美俗。清教徒是极为宗教底的，复位时代的社交界的人们，则以自己的无信仰自负。清教徒压迫了剧场和文学，他们的没落，则成了趋向剧场和文学之所致的新而且强的诱惑去的信号。清教徒是短头发，非难服饰的华美的，复位之后，则长的假发和华丽的美服都登场了。清教徒是禁玩纸牌的，复位之后，则打纸牌成为情热了，等等，等等。[25] 用一句话来说，则在这里并不是模仿，这分明也是伸根于人类底本性的诸特质之中的矛盾，动弹了起来。但是，为什么伸根于人类底本性的诸特质之中的矛盾，以这般的力量，出现于十七世纪英国的资产阶级和贵族阶级的相互关系里面的呢？就因为那正是贵族阶级和资产阶级，更精细地说——全"第三阶级"之间的斗争，最为强烈的紧张的时代的缘故。所以我们可以这样说，在人类，虽说有着向模仿的强有力的冲动无疑，然而这冲动的显现，却惟在一定的社会关系上。例如，在十七世纪的法国，曾经存在过的关系，便是这，在那时，资产阶级很喜欢模仿贵族阶级，虽然不能说是非常地成功底的。记起莫里哀的《市人底贵族》来罢。但在别的社会关系上，则向模仿的冲动，将地位让给反对的冲动而消灭了，我姑且称这为向矛盾的冲动罢。

　　但是，不，我用着很含胡的表现了。向模仿的冲动，在十七世纪的英吉利人之间，是也未尝消灭的，这确以向来的力量，在同一阶级内的人们的相互关系之中出现。培勒及谟就那时的上流社会的英吉利人，这样说："这些人们，连无信仰也并不是，他们是 a

25　看 Alexandre Beljame. Le Public et les Hommes de lettres en Angleterre du dix-huitième ciècle. Paris 1881, p. p. 1—10, 并且看 Taine, Histoire de la littérature anglaise, T. II, p. 443 及以下。

priori（先天底）地，为了不令人看作圆头的人们，又为了不使自己有思索的劳苦，而否定了的。"[26] 关于这些人们，我们可以没有犯错误之惧地，说，他们，是因为模仿，所以否定了的。但是，模仿着较为认真的否定论者，他们正因为这样做，所以和清教徒矛盾了的。模仿者，所以便是矛盾的源泉。然而，我们倘以为属于英国贵族阶级的较弱的人们，模仿了在无信仰之点是较强的人们，便知道那是因为无信仰是美俗的缘故，而其所以如此者，仅仅是由于矛盾，仅仅是作为对于清教徒主义的反动，——反动，那不外是作为上述的阶级斗争的结果而出现的东西。就是，在心理现象的一切这复杂的辩证法的基底上，横着社会底秩序的诸事实。从这事看来，由达尔文的几个命题我在上面所下的结论，到什么程度和在怎样意义上是对的呢，就明明白白了，就是，人类底本性，使一定的概念（以及趣味，以及倾向）之存在，于人成为可能，但从这可能向现实的推移，则系于环绕着他的诸条件之如何，这些诸条件，便使正是一种特定的这，而非这以外的东西的概念（以及倾向，以及趣味），在他里面显现。假使我并不错，则这和在我以前，一个俄国的唯物史观的支持者所已曾说过者，是全然同一的。

"胃被供给到一定量的食物的时候，它便照着胃的消化的一般底的法则，开始活动。然而，借了这些法则之助，能够解决为什么诸君的胃里，每天送到可口而富于滋养的食物，在我，那却是少有的客人这个问题么？这些法则，会说明为什么有些人们吃得太多，别的人们却在饿死么？说明，大约应该在什么别的领域里，求之于别种法则的作用的。关于人类的智能，也一样。这被放在一定的状态里，周围的环境给以一定的印象的时候，这便依着一定的一般底法则，将它们结合起来。当此之际，在这里，结果也是依着所收

26　上揭书，七至八页。

受的印象的多样，而至于极端地多样化。然而，将它们放在这般的状态里的，是什么呢？新的印象的丰富和性质，是被什么所限定的呢？惟这个，乃是靠了思想的怎样的法则，也不能得到解决的问题。

"其次，试来设想一个有弹力的球，正从高塔落下之际罢。那运动，是依着周知而且极其单纯的力学底法则而行的。但是，球现在冲突着了斜面，它的运动，便照着别的同样地极其单纯而又周知的力学底法则而变形。那结果，在我们这里，可以得到运动的曲线。关于这，可以说，也应该说，那发生，是出于上述的二法则的结合了的作用的。然而，我们的球所冲突的斜面，是从那里²⁷出现的呢？第一法则，第二法则，两者的结合了的作用，都没有说明那个。在人类的思想，也完全一样的。使那运动依着这样这样以及这样的法则的结合了的作用的那事情，是从那里出现的呢？那各个的法则，法则的综合底作用，都没有将它说明。"

我确信，观念形态的历史，只有将这简单明了的真理，完全地作为我有者，才能够懂得。

往前去罢。我一面讲着模仿，一面将和这正反对的冲动，我所名为向矛盾的冲动的事述说了。

还应该很注意地将这加以研究。

我们知道，达尔文之所谓"对立（antithesis）的根原"，在人类和动物的感觉的表现时，是演着多么大的脚色的。"或一种的心理状态……当那最初的发现，虽在今日，也还唤起属于有益的运动之一的，一定的习惯底的运动来……。在全然相反的精神状态之际，有强有力的无意识底的冲动存在，那是想要实行全是自发底的性质的运动的，即使那后者并未曾带来怎样的利益。"²⁸达尔文还举着

---

27 现代汉语常用"哪里"。——编者注
28 《论人类和动物的感觉（情绪）表现》。俄译本，圣彼得堡，一八七二年，四三页。

许多最切实地显示着依"对立的根原"，许多东西委实能在感觉表现上得到说明的类例。我问，——这作用，在习惯的起源和发达之中，不能也被发见的么？

狗在主人面前仰翻的时候，形成着对于一切近似抵抗的东西，看来无不反对的全局的它的姿态，是作为最完全的从顺的表现之用的。当此之际，即刻惹眼的，是对立的根原的作用。但我想，在旅行家巴敦所报告的如次之际，也一样地惹眼。瓦仰安提族的黑人们，经过敌对他们的种族所住的部落旁边时，为要不因自己的模样，激动他们，便不携带武器。但在自己的家里，他们却全都常常，至少，是带着棍子，武装起来的。[29] 倘如达尔文的观察，狗仰翻着，一面就像因此在向人们或别的狗说："看哪！我是你的奴隶！"则在正是决非武装不可那时候，却解去武装的瓦仰安提的黑人，便是借此在向自己的敌人这样说："我远离了关于自卫的一切思想，我完全相信你的宽仁。"

无论在那一际会——都有一样的意味和一样的这的表现，就是，假使敌意替换了从顺，即不免有出于和那时该有的［动作］正相反对的动作的表现。

在用于悲哀的表现的习惯上，也一样地以值得惊叹的明白，看出对立的根原的作用来。大辟特和理文斯敦说过，尼格罗女子除了她服丧之际以外，决没有不加装饰而外出的事。[30]

在粘粘族的黑人那里，近亲的谁一死，他立刻将他自己和他的妻子们都用过许多注意和关心于那装饰上的自己的头发剪去，作为哀愁的表征。[31] 据条·沙留的话，则在非洲，在那所属的种族内

29　Voyage aux grands lacs de l'Afrique orientale，Paris 1862，p. 610.

30　Exploration du Zambèze et de ses affluents，Paris 1866，p. 109.

31　Schweinfurth，Au couer de l'Afrique，T. II，p. 33.

占着重要位置的人的死后，许多的黑人种族，即都穿不洁的衣服。[32]
婆罗洲的一种土人，为了表现自己的悲哀，则将他们现在通行的棉织的衣服脱掉，而穿起他们先前所用的树皮的衣服来。[33] 一种的蒙古种族，则以同一的目的，将自己的衣服翻转。[34] 当一切这些之际，作为感情的表现，而对于在生活的常态底的进行时认为自然的、必要的、有益的，而且快适的事物，［恰相］反对的动作便中用了。

　　就是，在生活的常态底的进行上，用洁净的来换不洁的衣服，是被认为有益的。然而，当悲哀之际，则洁净的衣服因为对立的根原，将地位让给了不洁的衣服。在婆罗洲的上述的居民，用棉织的衣服来替换自己的树皮的衣服，是快适的。但对立的根原的作用，却使他们当他们想要表现自己的悲哀之际，穿起树皮的衣服来。在蒙古人，如在一切别的人们亦复如此一样，不翻转自己的衣服，而将表面穿在外向，是自然的事。但正因为在生活的常态底的进行上，这算是自然，所以生活的常态底的进行一被什么可悲的事件所扰乱的时候，他们便将这翻转了。然而在这里，还有更其分明的例。锡瓦因孚德说，很多的非洲的黑人们，为了悲哀的表现，将绳子缠在头上。[35] 在这里，悲哀是用了和自己保存的本能所暗中嘱咐的事，恰恰相反的感情来表现的。而且还能够非常之多地举出这样的事来。

　　所以我相信，习惯的最显著的部分，那起源是出于对立的根原的作用的。

　　倘若我的确信是有根据的，——但我却以为那是极有根据的，——那么，便可以假定，我们的美底趣味的发达，一部分也行于它的影响之下。这样的假定，可以由事实来确证么？我想，是可以的。

32　Voyage et aventures á l'Afrique équatoriale，p. 263.

33　Ratzel，Völkrekunde，B. I. Einleitung，S. 65.

34　Ratzel，L. c.，B. II，S. 347.

35　An coeur de l'Afrique，T. I，p. 151.

在绥内更毗，富裕的尼格罗女人，脚上穿着不能全穿进去那样的小的靴子，所以这些女人们，因为很拘束的步行，显得特别。然而这步行，是被算作极其媚惑底的。[36]

那为什么会成为那样了的呢?

为要懂得这个，必须先知道贫穷的，因而从事劳动的尼格罗女人，不穿上述那样的靴子，所以也走着普通的走相。她们不能像富裕的妖姬们的走着那样地走，为什么呢? 因为那是将致时间的大大的浪费的缘故。然而那些人们，是无关于劳动的必要的，在那些人们，时间是并不贵重的，正因为这缘故，富裕的女人们的拘束的步行，便也被当作媚惑底的东西了。这样的步行，在它本身，是什么意义也没有的，只因为和被劳动所苦的(也因而贫穷的)女人们的走相反对，这才获得意义。

"对立的根原"的作用，当此之际，是分明的。但这由于社会底原因，由于绥内更毗的黑人之间有财产的不平等存在，才被惹起的事，请你注意罢。

将上述的关于斯条亚德王家复位时代的英国的宫廷贵族阶级的道德的事，也来一想之后，我想，你对于显现于他们之中的向矛盾的冲动，乃是成为在社会心理上的达尔文的对立的根原的作用的一部分的事，大约便容易首肯的罢。但是，这之际，还有注意于下文的事的必要。

如恪勤、忍耐、谨严、戒慎、家庭道德的切实，等等的美德，于正在蓦进以冀获得更高的社会底地位的英国的有产阶级，是极其有益的。但和有产者美德相反的恶德，至少，于英国的贵族阶级，在为自己的存在而和有产阶级的斗争上，却无益。那并非将为这斗争的新手段供给了他们，而不过是这斗争的心理底结果。于英国的贵族阶级有

---

36 L. J. B. Bérenger-Ferand, Les peuplades de la Sénégambie, Paris 1879, p. 11.

益的，并非向和有产者美德相反的恶德去的他们的冲动，乃是因此而唤起了这冲动的那感情，就是对于那一阶级的憎恶，以为那完全的胜利，意义便是贵族阶级一切特权的全然和这事同一程度的完全的破坏。向恶德的冲动，只不过作为相关变化（倘若当此之际，可以用我从达尔文借来的这术语）而出现了而已。在社会心理的领域里，很常起和这同样的相关变化。注意于这，是必要的。但这之际，记得那些〔变化〕究竟也由社会底原因所唤起，也完全同样地必要的。

一翻英国文学史，便可以懂得我所指摘了的由阶级斗争所唤起的对立的根原的心理作用，怎样强烈地反映于上层阶级的美底概念之中了。当自己的流放时代住在法兰西的英国的贵族，在那里亲近了法兰西文学和法兰西的剧场。那是优雅的贵族社会的典型底的这一方面的唯一的产物。所以较之伊利沙伯朝的英吉利的剧场和英吉利的文学，更很能符合他们本身的贵族底的倾向。复位之后，法兰西趣味的流行，在英吉利的演剧和英吉利的文学上开始了。后来，莎士比亚开始被苛待，恰如由见过他的古典主义底传统的顽固的支持者的那些法兰西人们，当作"烂醉的野蛮人"而受了苛待的一样。他的《罗美阿与求丽德》，那时是"坏戏文"，《夏夜之梦》是"愚劣的可笑的戏文"，《显理八世》是——"幼稚"，《阿绥罗》是——"平常"。[37] 对他的这样的态度，虽到下一世纪，也还没有完全地消去。卢谟以为莎士比亚的戏曲底天才，是被夸张着的，那原因，即和大概一切不具的不均整的身体，往往见得非常之大的相同。他责备着伟大的戏剧作家对于戏剧艺术的法则之完全的无识（total ignorance of all theatrical art and conduct）。波柏深惜莎士比亚为民众（for the people）写作，因此未受皇室的庇护和宫廷的维持（the protection of his prince and the encouragement of the court）。连

37　Beljame, L. c., p. p. 40—41. Taine, L. c., p. p. 508—512.

莎士比亚的热烈的崇拜者的那有名的哈尔律克，也竭力想将自己的
"偶像"做成高尚。他在自己的《哈谟力德》的上演，作为过于粗野
的东西，而删掉了掘坟的场面。《理亚王》上，则他添上了幸福的收
场。然而英国剧场的看客中的民主底的部分，却和这相反，对于莎
士比亚继续着最热烈的爱执。改纂他的戏曲，不可不先准备这部分
看客的猛烈的反对的事，哈尔律克是自觉着的。对于冒过了这危险
的他的"勇气"，法兰西的朋友们寄他书简，说了赞辞，他们中的一
个还加添道："Car je connais la populace anglais." [38]

　　十七世纪后半的贵族阶级的道德的颓废，如所共知，也反映于
英国的舞台上。在那里，这真到了不可相信的程度了。从一六六〇
年到一六九〇年的期间，在英国所作的喜剧，几乎无一例外，借爱
德华·安格勒斯的话来说，是属于猥亵文学的领域的。[39] 从这一端
看来，就可以说，在英国，迟迟早早，已不能不 a priori（由因推果）
地，由于对立的根原，而有以描写和发扬家庭底的美德和道德的市
民底的清净为主要目的的这一种类的剧本出现。而这样的种类，其
实，后来竟由英吉利的有产阶级的知识底代言者来创造了。但于这
种的戏剧，我到后面讲述法兰西的"伤感喜剧"之际，再来涉及罢。

　　在我所知道的范围里，伊波利特·丹纳是最能留心到对立的根
原在美底概念的历史上的意义，并且最巧妙地将它指摘出来的。[40]

　　在富于机锋而有兴味的著作《披莱耐游记》中，他再录着和自己
的"邻座的"波尔的对话，波尔的话，就在叙述著者自己的见解，这是

38　关于这，可看 J. J. Jusserand 的有兴味的研究，Shakespeare en France sous l'ancien régime，
Paris 1898，p. p. 247—248.

39　Geschichte der englischen Litteratur，3 Auflage，Leipzig 1837，S. 264.

40　塔尔特在一八九七年所印的 L'opposition universelle，essai d'une Théorie des Contraires
这著作上，幸而遇到了可以研究这根原的心理作用的绝好的机会。但不知道为什么，他
并不利用这机会，关于上述的根原，只说了一些极少的意见。塔尔特说（二四五页），
这书并非社会学底论策。于专门地供献（现代汉语常用"贡献"）给社会学的论策，只要
他不抛掉自己的观念论底的立场，恐怕是什么也做不出来的罢。

从一切之点看来，很为明显的。"你到凡尔赛去。——波尔说，——而且你嫌憎十七世纪的趣味。……但请你暂时停止从你自己的必要和你自己的习惯的立场来下判断罢。……见了荒凉的风景而欢喜时，我们并不错，这正如这样的风景将忧郁吹给他们时，他们是并不错的一样。在十七世纪的人们，是再没有什么别的东西，比真实的山更不美的了。[41]山使他们发生许多不快的感慨。刚刚经历了市民战和半野蛮的时代的人们，看见这的时候，就想起关于饥饿，关于为雨所淋，以及雪中在马背上颠着前去的长久的行军，关于在挤满寓客的肮脏的客店里，交给他们的糠皮和一半的坏的黑面包那些事。他们倦于野蛮了，恰如我们的倦于文明一样地。……那些山脉……将从我们的石路、办事桌、小店，得到休息的可能，给与我们。荒凉的风景只靠着这原因，才于我们合意。倘使没有这一个原因，那么，这于我们，恐怕也全如马丹孟退侬曾经如此一样，见得是讨厌的东西了罢。"[42]

荒凉的风景，由于和我们所厌倦的都市风景的对照，而中我们的意。都市的风景和修剪了的庭园，则因和荒凉的境地的对照，中了十七世纪的人们的意了。"对立的根原"的作用，在这里也无可疑。然而正因为这是无可疑的，所以就在分明示给我们，心理学底诸法则对于观念形态的一般的历史，以及一部分底地，则艺术的历史的说明，可以成为钥匙，是到怎样的程度。

对立的根原在十七世纪的人们的心理上，也曾充着和我们现代人的心理上一样的脚色。为什么我们的美底趣味，和十七世纪的人们的趣味相反呢？

就因为我们处于不同的状态上的缘故。于是我们到达了既知的结论，就是，人类的心理底本性，是使美底概念的存在，于他成为可

---

41 不要忘记对话是就披莱纳山脉而言的。

42 Voyage aux Pyrénées, cinquième édition, Paris, p. p. 190—193.

能，而达尔文的对立的根原（黑格尔的"矛盾"），则在这些概念的机械作用上，扮演着极重要的，迄今未得十足的估价的脚色。然而，为什么所与的社会底人类，恰有这些的，而非这些以外的趣味的呢？为什么他喜欢恰是这些，而非这些以外的对象的呢？那是关于环绕着他的条件的如何的。丹纳所引用的例子，也很能显示这些条件的性质是怎样，就是，依着这，则分明被社会底诸条件，这些东西的总和——我暂且用着不精确的表现——人类文化的发展行程所规定。[43]

在这里，我预料着你这面的一个反驳。你将说："且将丹纳所引的例子，算是使我们心理的基本底的法则，活动起来的原因，而指出了社会底诸条件的罢。且将你自己所引的例子，也算是指示着这个的罢。然而，不能引用些指示着和这全然各别的事的例子么？将我们的心理的诸法则，活动于围绕我们的自然的影响之下的事，证示出来的例子，没有人知道么？"

当然知道的，——我将回答道，——就在丹纳所引的例子里，我们对于由自然在我们之上所惹起的印象的关系，也正是成着问

43　在文化的最低的阶段上，对立的根原的心理底作用，也已经为男女之间的分业所唤起了。据 V. I. 育海理生说："在游卡计尔人的原始底构造上，典型底的，是作为两个各别底的集团的那男女间的对立。这事情，在男子和女子分为友仇的游戏之中，在女子们所发的有些音，和男子们不同的言语之中，在女子们以母系为较重要，男子们以父系为较重要的事之中，在因此而对于他们男女，终至于创造出活动的特殊的，各自独立的范围来了的两性间的职务的专门化之中，都可以见到。"（在耶萨契耶耶和呵尔特庚两河流域的古代游卡计尔人的生活和文献。圣彼得堡，一八九八年。五页。）

育海理生似乎没有觉得，当此之际，在两性间的职务的专门化，就是他所指摘了的对立的真原因。

关于这对立之反映在两性的装饰上的事，许多旅行家都证明着。例如"在这里，也如到处都是如此一样，强的男女，竭力要仔细地将自己和别人区别，所以男性的打扮，和女性的很不同（ Schweinfurth, Au coeur de l'Afrique. I, p. 281 ），又，男人们（粘粘族的）费许多劳力于自己的头发的装饰上，而女人们的梳发反是，全然简单而质朴。"（ L. C. , II , P. 5 ）关于男女间的分业对于跳舞的影响，可看 Von den Steinen 的 Unter den Naturvölkern Zentral-Brasiliens, Berlin 1894, S. 293. 可以用确信来说，在男人们那里，使自己和女人们相对立的冲动，是发现在使自己和下等动物来对立的冲动之前的。这之际，人类的心理底本性的基本底特质，岂不是颇领受似反而正底的表现的么？

题。然而问题之所在，是在这样的印象之及于我们的影响，和我们自己的对于自然的关系之变化，而一同变化；以及这最后者，为我们的（即社会底）文化的发展行程所规定。

在丹纳所引的例子里，有讲关于风景的。敬爱的先生，在绘画史上，风景大抵决不占着常住底的地位的事，请你注意罢。米开朗基罗和他的同时代者，蔑视了这个。在意大利，这只在文艺复兴期之末，在没落期开了花。

完全一样地，在十七世纪，以及连在十八世纪的法兰西的美术家，这也并没有独立的意义。到十九世纪，事情忽然变化起来，就是将风景作为风景，开始加以尊重。而且年青的画家们——莆来尔、凯巴、泰奥多尔·卢梭——于自然的怀中，在巴黎的近郊、芳丁勃罗、美陀尔等处，发见了路·勃兰和蒲先的时代的画家们连那可能也未曾梦想到的那样的感激。那是什么缘故呢？是因为法兰西的社会关系变化了，所以法兰西人的心理也变化了。于是在社会底发达的种种的时代，人类则从自然领受种种的印象，盖因为他是从种种的观点，观察自然的。

人类的心理底本性的一般底法则，不消说，无论在那一时代，都不停止的。但因为在种种时代的社会关系之不同，作为那结果，而全不一样的材料，入于人类的脑里，所以那造成的结果，也就全不一样了：这是无足怪的。

再举一个例罢。有两三个著作者，发表了人类的容貌中，仿佛下等动物的相貌者，在我们都觉得丑的这一种思想。这事，只要关于文明民族，是对的。当此之际，固然也有譬如"狮子头"，我们谁也不会以为畸形的那样许多的例外。但虽有这样的例外，人类也还因为意识着较之动物世界中的自己的一切同族，自己是无限地高尚的存在，于是怕和他们相像，而将和他们不像之处，竭力装点起来，夸张起来的事，却也的确的。[44]

　　然而，在适用于原始民族上，那却绝对地不对。他们的有一些是为要像反刍动物，拔掉自己的上门牙；别的一些是为要像肉食兽，将这截短；又有些是将自己的头发，结得像角一样。此外，这样的例，几乎有无限，是大家知道的。[45]

　　这模仿动物的冲动，往往联结于原始民族的宗教底信仰。[46]

　　然而这事，是毫不使事态发生变化的。

　　假使原始人之观察动物，用了我们的眼睛，那么，在他的宗教底表象之中，它们岂不是大概就得不到位置了么？原始人是另样地看待动物的。为什么另样地呢？就因为他站在文化的别样的阶段上的缘故。如果人类在或一时地竭力要像动物，在别一时地——却使自己和它们相对立，那就是由于他的文化的状态，即我也已经说过的社会底诸条件之如何的意思。固然，当此之际，我也能作更精确的表现，我说，那是关联于他的生产力的发展阶段，于他的生产方

───────────

44　"In diser Idealisirung der Natur liess sich die Sculptur von Fingerzeigen der Natur selbst leiten；sie überschäzte hauptsachlich Merkmale，die den Menschen von Thiere unterscleiden. Die auchrechte Stellung führte zu grösserer Schlankheit und Länge der Beine，die zunehmende Steile des Schädelwinkels im Thierreiche zur Bildung des griechischen Profils，der allgemeine schon von Winkelmann ausgesprochene Grundsatz，dass die Natur，wo sie Flächen unterbrech dies nicht stumpf，sondern mit Entschiedenheit thue，liess die scharfin Ränder der Augenhöhle und der Nasenbeine，so wie den ebenso scharfgerandeten Schnitt der Lippen vorziehm." Lotze，Geschichte der Aesthetik in Deutschland，München 1868，S. 568.

45　教士海克威理兑尔说，他曾于访问一个知己的印第安人的时候，遇见了正在做那，如大家所知道，在原始民族，是有重要的社会底意义的跳舞的准备。印第安人用了下面似的意趣，描摹着自己的脸相，"我从一面望他的侧脸时，他的鼻子显着仿造得很好的老鹰的嘴巴，我从别一面望去时，这鼻子是像猪鼻。……印第安人好像很满足于自己的工作，为什么呢？因为他拿了镜子来，以满足和一种夸耀，在注视自己的脸了。" Histoire，moeurs et coutumes des nations indiennes，qui habitaient autrefois la Pensylvanie et les états voisins，par le révérend Jean Heckewelder，missionaire morave，trad.de l'anglais par le chevalier Du Pouceau. A Paris 1822，p. 324，我全钞（现代汉语常用"抄"）了这书的标题，是因为其中含有许多有兴味的报告，想将它绍介给读者的缘故。我也还将引用本书，不止一次的罢。

46　可看 J. O. Frazer，Le Totemisme，Paris 1898，p. 39 和那以下。Schweinfurth，Au Coeur de l'Afrique，I，p. 381.

法的。但是，为夸张和"一面性"之点，免于得到非难起见，我将使我已经引用过的博学的德国的旅行家——望·覃·斯泰南来替我说话。"我们只能在如次之际，懂得这些人们，——他关于巴西的印地安人，说，——那便是将他们当作狩猎生活的所产，而加以观察。他们的全经验的最主要的部分，都和动物的世界相关联，而且在这经验的基础之上，建立了他们的世界观。和这相对应，而他们的艺术底意匠，也以令人生倦的单调，从动物的世界里取得。可以说，他们的值得惊叹的丰富的艺术的一切，是生根在狩猎生活的。"[47]

车尔尼雪夫斯基曾在他的学位论文《艺术对于现实的美学底关系》中写着，"在草木，合我们之意者，是将力量横溢的泼剌[48]的生活，曝露出来的色彩之新鲜、华丽和形式之丰富。凋枯的草木，是不好的，生命的液汁不充足的植物，是不好的。"车尔尼雪夫斯基的学位论文，是极有兴味，也是在这种文字中，唯一的将孚伊尔巴赫的唯物论的一般底原则，应用到美学的问题去的例子。

然而，历史常常是这唯物论的弱点，而且在我刚才引用了的几行里，就很可以看出。"在草木，合于我们之意者……。"

所谓"于我们"，是于谁呢？人们的趣味，岂不是就如车尔尼雪夫斯基自己在那同一论文里，指摘了不止一回那样，极为变化底的么？如大家所知道，原始底的种族，——例如薄墟曼和澳洲土人，——虽然住在花卉的极其丰富的地土，也决不用于装饰。相传塔司玛尼亚人，于这一点是例外的，但现在早已无从确证这报告的真实，因为塔司玛尼亚人已经灭绝了。总之，在将那意匠取自动物世界的原始——说得更精确些，则狩猎——民族的装饰艺术之中，全无植物的事，很为大家所知道。现代的科学，是将这也仗生产力的状态来说明的。

47　前揭书，二〇一页。

48　现代汉语常用"泼辣"。"泼剌"现形容鱼在水里跳跃的声音。——编者注

"狩猎民族所取自自然的装饰艺术的意匠，专限于动物和人类的形状，——爱伦斯忒·格罗绥说，——就是，他们就专挑选那些于他们最有实际底的兴味的现象的。原始狩猎人将于他固然也是一样地必要的植物之采取，作为较低一类的工作，委之女人们，自己对于那些却毫无兴味。由这一事，即可以说明在他的装饰艺术之中，连我们文明民族的装饰艺术上那么丰富地发达了的植物底意匠的痕迹，也不遇见的事实。其实，从动物底装饰艺术向植物底装饰艺术的推移，是在文化史上的最大进步——从狩猎生活向农业生活的推移的象征。"[49]

原始艺术是很明了地在那里面反映着生产力的状态的，现在遇有可疑之际，竟至于由艺术来判断这力的状态。就是，譬如薄墟曼，非常地喜欢，也比较底非常地巧妙地描写人类和动物。他们所住之处的几个洞窟，现出着真的画廊。但薄墟曼决不画植物。在躲在一个丛莽后面的猎人的描写上的稚拙的丛莽的画，是这一般底的规则的唯一的例外，最能显示这题材之于原始艺术家，是怎样地新奇。以这为基础，有几位人种学者便这样地下着结论，即使薄墟曼在不知若干年前，曾站在比现在高出几段的阶段上，——虽然这样的事，大抵是不可能的，——他们分明是决没有知道农业的罢。[50]

如果这都对的，大约就可以将上文的从达尔文的话，我们所下的结论，变形如下了：原始狩猎人的心理底本性，限定他一般地能有美底趣味和概念，但他的生产力的状态，他的狩猎生活，则使他有恰是这些，而非这以外的东西的美底趣味和概念。照明了狩猎种族的艺术的这结论，同时也是有利于唯物史观的一个多出来的证明。

在文明民族，生产的技术，只将很少的直接底的影响给与艺术。看去好像反对唯物史观的这事实，其实是在作灿烂的论证之用

49　Die Anfange der kunst，S. 149.

50　可看斐力特立克·克理思德黎的著作，Au sud de l'Afrique，Paris 1897 上的保罗·亚绥留的有兴味的序文。

的。然而关于这事，要待什么时候别的机会来讲了。

移到一样地曾在艺术的历史上历充重大的脚色，一样地向来未尝加以相当的一切注意的别的心理底法则去罢。

巴敦说，在他所知道的非洲的黑人那里，音乐底的听觉，几乎没有发达，但在他们，对于韵律，却敏感得至于可惊。"水手合着自己的楫子的运动而唱歌，挑夫且走且歌，主妇在家里，且舂且歌。"[51] 凯萨里斯关于他所很加研究了的巴苏多族的卡斐尔人，说着同样的事。"这一种族的女人们，两手上带着一动就响的金属制的环。她们为了用手推的水车来舂自己的麦子，常常聚在一处，而且合唱着和自己们的手的整齐的运动时，从环子所发的韵律底的音响，精确地相一致的歌，[52] 同一种族的男人们，当鞣皮的时候，和那一举一动相应，——凯萨里斯说，——发着我所不能懂得意义的奇怪的声音。"[53] 在音乐之中，这种族尤其爱那韵律，而且这在所与的调子中，愈是强的，这调子于他们就愈是愉快。[54] 跳舞之际，巴苏多用手和脚来拍板，但因为要增强拍出的声音，他们的身上挂着发响的器具。[55] 巴西的印地安人的音乐里，韵律的感情也一样地显得很强，而反之，他们对于谐调，却非常地弱，关于调和的概念，则似乎连一点也没有。[56] 关于澳洲的土人，也不能不说一样的话。[57] 对于韵律的感性，大抵恰如音乐底能力是如此的一样，是成着人类的心理底本性的基本底诸特质之一的。也不独限于人类。"纵使并非喜欢拍

51　上揭书，六〇二页。这之际，是作为手推水车的意思的。

52　Les Bassoutos par E. Gasalis, ancien missionaire, Paris 1863, p. 150.

53　上揭书，一四一页。

54　上揭书，一五七页。

55　上揭书，一五八页。

56　Von-den-Steinen, L. c., S. 326.

57　可看 E. J. Eyre, Manners and Customs of the Aborigenes of Australia, in Journal of Expeditions of Discovery into Central Australia and Overland, London 1847, T. II, p. 229. 并看格罗绥的 Anfange der kunst, S. 271.

子和韵律的有音乐性，但至少，认识这些的能力，在一切动物却分明是天禀的，——达尔文说，——而且为他们的神经系统的一般生理学底性质所规定，也无可疑。"[58] 从这点看来，恐怕便可以假定为人类和动物所通有的这能力的发现之际，那发现，和他的社会底生活一般的条件以及尤其是他的生产力的状态，是没有关系的罢。但这样的假定，一见虽然好像很自然，然而禁不起事实的批评。科学已经明示了有这样的关联存在了。而且，敬爱的先生，请你注意。是科学使最卓越的经济学者之一人——卡尔·毕歇尔来做了的。

就如从我引在上文的事实看来，便见分明那样，感到韵律而且以这为乐的人类的能力，则使原始生产者喜欢在那劳动的历程中，依照着一定的拍子，并且在那生产底动作上，伴以匀整的音响或各种挂件的节奏底的响声。然而原始生产者所依照的拍子，是被什么所规定的呢？为什么在他的生产底动作上，谨守着正是这，而非这以外的韵律的呢？那是被所与的生产历程的技术底性质，所与的生产的技术所规定的。原始种族那里，劳动的样样的种类，各有样样的歌，那调子，常是极精确地适应于那一种劳动所特有的生产底动作的韵律。[59] 跟着生产力的发展，生产历程上的韵律底活动的意义，便微弱了，但虽在文明民族，例如，在德意志的村落里，每年的各时期，据毕歇尔的话，就各有特别的劳动者的热闹点缀，而且各种劳动——各有其自己的音乐。[60]

一样地应该注意的，是和劳动是怎样地施行——由一个生产者，还是由全集团呢相关联，而发生了给一个歌者或给全合唱团的歌谣，而且这后者，又被分为几个范畴的事。而在一切这些之际，

58 《人类的起源》，第二卷，二五二页。

59 Karl Bücher, Arbeit und Rbythmus, Leipzig 1896, S. S. 21, 22, 23, 35, 50, 53, 54; Burton, L. c. , p. 641.

60 Bücher. ibid. S. 29.

歌谣的韵律,是往往严密地被生产历程的韵律所规定的。不特此也,这历程的技术底性质,对于随伴劳动的歌谣的内容,也有决定底的影响。劳动和音乐以及诗歌的相互关系的研究,将毕歇尔引到如次的结论了,"在那发达的最初的阶段上,劳动、音乐和诗歌,是最紧密地相结合着的,然而这三位一体的基础底要素,是劳动,其余的两要素,仅有从属底意义而已。"[61]

许多随伴生产历程的音响,那本身就已经是有音乐底效果的,加以在原始民族,音乐中的主要的东西——是韵律,所以要懂得他们的无技巧底的音乐底作品,怎样地由劳动的用具和那对象接触所发的音响而生成,也不是烦难的事。那是由于增强这些的音响,由于将或种的复杂化,放进这些韵律里去,而且由于使这些一般地适应于人类底感情的表现,而被完成了的。[62]但为了这,首先必须将劳动用具变形,于是这就变化为乐器了。

生产者仅只敲着那劳动的对象的那样的用具,是应该首先经验这种变化的。大家知道,鼓在原始民族之间,非常普及,他们中的有一些,竟至今还以这为唯一的乐器。弦索乐器在原始底地,也属于和这同一的范畴,为什么呢?因为原始音乐家是一面演奏,一面敲弦的。吹奏乐器在他们那里,退居于副次底的地位,笛子比别的东西常常较为多见,但那演奏,往往是随伴——于或种协同底的劳动——为了将韵律底正确,传给他们——的。[63]我在这里不能详述毕歇尔关于诗歌的发生的见解,在我,不如在后来的信札之一里来说之为便当。简单地说罢,毕歇尔相信,势力底的节奏底的动作,尤其是我们所称为劳动的动作,催促了它的发生,而且这不但关于

61　上揭书,七八页。

62　上揭书,九一页。

63　上揭书,九一至九二页。

诗歌的形式，是对的而已，即关于那内容，也一样地对。[64]

如果毕歇尔的值得注目的结论是对的，那么，我们就可以说下文似的话，人类的本性（他的神经系统的生理学底性质），给与了他认得韵律的音乐性，并且以此为乐的能力，但他的生产的技术，则规定了这能力的此后的运命。

很久以前，研究家就觉到所谓原始民族的生产力的状态和他们的艺术之间的密接的关联了。然而因为他们是站在观念论底见地之际居多，所以虽然勉强承认了这关联的存在，而于这却给以不当的说明。有名的艺术史家威廉·留勃开就说，原始民族的艺术作品，那上面打着自然底必然性的刻印，反之，文明民族的那个，则为精神底自觉所贯穿。这样的对比，除了观念论底迷妄以外，什么结果也没有。在事实上，文明民族的艺术底创作——其被从属于必然性，是不下于原始底的东西的。差异之处，只在在文明民族，艺术之于生产的技术和方法，消灭了那直接底凭依。固然，我知道那是极大的差异。然而我也一样地知道，这是正为分配社会底劳动于种种阶级间的，社会底生产力之发展这事所引出来的。那岂但没有推翻唯物史观，还贡献着于它有利的一个新而有力的证据。

还来讲讲"均齐的法则"罢。那意义，是伟大的，而且也丝毫不容疑惑。那是在什么上生根的呢？大概，是在人类的身体，还有动物的肢体，那样东西的构造上的罢。在肉体上，只有对于平常的人们，一定常给以不快的印象的跛者和残疾者的身体，是不均齐的。喜欢均齐的能力，也由自然给与着我们。然而，倘使这能力，未尝为原始人的生活样式所巩固，所养成，则能够发达到什么程度呢，是不知道的。我们知道原始人——大抵是狩猎人。这生活样式，就如我们所已经知道那样，使在他的装饰艺术上，大抵是取自

64　上揭书，八〇页。

动物世界的意匠。而这则使原始艺术家——已从很早以来——很注意地考察起均齐的法则来。[65]

人类所特有的均齐的感情，就这样地而被养成的事，从野蛮人（不但野蛮人而已）在自己的装饰艺术上，尤重水平底的均齐，过于垂直底的均齐的事看来，也就明白了。[66]去看任何人类或动物的（当然并非不具的）形体罢，那么，你便会看出他所特有，是第一类而非第二类了。并且，于武器和器具，单从那性质和使命上，就屡屡要求了均齐底的形态的事，也有注意的必要。临末，倘如完全正当的格罗绥的意见，以为装饰自己的盾的澳洲的土人，其识得均齐的意义，程度和已达了高的文明之域的集灵宫的创建者们之所识全然相等，那便明明白白，均齐的感情这东西，在艺术的历史上绝未有所说明，因而在这里也和在别的各处一样，不能不说，自然给人类以能力，而这能力的练习和实际底应用，则为他的文化的发展行程所规定了。

我在这里故意又用了不精确的表现，文化。读了这，你会热烈地叫起来罢："什么人，而且什么时候，将那个否定了呢？我们只是说，限定着文化的发展者，不仅生产力的发展，也不仅是经济罢了！"

悲哉！我太熟悉这样的反驳。而且言其实，为什么连贤明的人们，也不觉得横在那基底上的可怕的论理底错误的呢？无论如何，我不能懂。

其实，你是在希望文化的发展行程，同样地也被别的"诸要因"所规定的。我请教你：那些之中，艺术在内么？你将答道：当然，在

65　很早以来——云者，因为在原始民族，孩子的游戏，同时也是养育他们的艺术底才能的学校的缘故。就是，看教士克理思德黎的话（Au sud de l'Afrique, p. 95 及以下），则巴苏多族的儿童，自己用粘土（现代汉语常用"黏土"）给自己来做玩具的牛、马、等等。自然，这孩子的雕刻，是留着非常之多的缺陷之处的，但开化的孩子们，在这一点，还是未必能和小小的非洲的"野蛮人"相上下罢。在原始社会中，儿童的游戏，最紧密地和成年者的生产底的劳作相联系。这事情，照明着"游戏"的对于社会生活的关系的问题，我将在其次的信札之一里来指示。

66　可看格罗绥的 Anfange der Kunst, S. 145 非洲土人盾上的图画。

的。那时候，你那里会有这样的命题罢。文化的发展行程，从中，为艺术的发达所规定，而艺术的发达，为人类文化的发展行程所规定。而关于一切别的"诸要因"，经济、公民权、政治组织、道德，等等，你也将不能不说和这全然一样的话了。那将成为怎样呢？成为下面似的：人类文化的发展行程，为一切上揭的诸要因的活动所规定，而一切上揭的诸要因的活动，为人类文化的发展行程所规定。那岂非就是我们的父祖们曾经犯过的旧的论理底错误么——地站在什么上面呢？——鲸鱼上面，——鲸鱼呢？——水上面。——水呢？——地上面。但地呢？等等，同一的可惊的顺序。请你赞成：当研究社会底发达的真切的问题时，临末要能够，而且也应该更真切地论议的。

我确信从今以后，批评（精确地说，则科学底美学说）只有依据唯物史观，才可以进步。我又以为批评在那过去的发达上，那些代表者们距我所正在主张的历史观愈近，我们便愈是获得了确实的基础。作为那例子，我将给你指出在法兰西的批评的进化来。

这进化，是和一般底历史底观念的发展，紧密地相联系的。十八世纪的启蒙主义者，就如我已经说过那样，从观念论的观点，观察了历史。他们将知识的蓄积和普及，看成了人类的历史底运动的最主要而比什么都埋伏得深的原因。但倘若科学的进步和大抵的人类底思想的运动，在事实上是成着历史底运动的最重要而且最深的原因的，那就自然不得不起这样的疑问，思想的运动本身，是被什么所限定的呢！倘依十八世纪的观点，则对于这只有唯一的回答，曰，由于人类的本性，由于他的思想的发展的内在底法则。但是，如果人类的本性，是规定他的思想的全发展的，那么，文学和艺术的发达，就分明也被它所规定。于是人类的本性——而且惟独这个——是能够将领会文明世界上的文学和艺术的发达的钥匙，给与我们，并且也不得不给的了。

人类底本性的诸特质，使人类经验种种的时期：少年期、青年期、成熟期等。文学和艺术，也在自己的发达上，经过这些的时期。

"什么民族，并非首先是诗人，其次是思想家的呢？"格林在他的"Correspondance Littéraire"里，想由此来说诗歌的盛时，和民族的少年期及青年期相应，哲学的发达——和成熟期相应，而问着自己。十八世纪的这见解，为十九世纪之所继承。连在斯泰勒夫人的有名的著作"De la littérature dans ses rapports avec les institutions sociales"中，我们也会遇见，虽然在那里，固然同时也有全然别种见解的极明显的萌芽。"研究希腊文学之发达的三个不同的时代的时候，——斯泰勒夫人说，——我们在那些之中，看见人类底知识的自然底行程。荷马给第一个时代以特色；沛理克来斯的时代，戏剧艺术、雄辩和道德，都显示着绚烂的隆盛，而且哲学也跨开了最初的第一步；在亚历山大的时代，则哲学底的学术的更深一层的研究，成着文学界中的人们的主要的工作。不消说，诗歌要发达到最高的顶上，人类底知识之发达的一定阶段，是必要的。但是，文学的这部分，虽以进步和文明及哲学之赐，订正了幻想的或种的错误，而同时也不能不失其灿烂的容姿的有些东西。"[67]

这意思，就是所与的民族一过青春的时代，诗歌便无可避免地不能不到或一程度的衰微。

斯泰勒夫人知道近代的民族，他们的理智的一切虽然进步，但胜于《伊里约特》以及《阿迭绥》的诗歌的作品，却连一篇也没有。这事情，吓了她对于人类的不息而且不偏之完成的确信，使之动摇了，而且因此之故，她也不愿离开她承十八世纪而来的关于种种时期的理论，因为这给以容易免于上述的困难的可能。

其实，倘从这理论的观点，则我们之所见，诗歌的衰微乃是新

67　De la littérature etc., Paris, an VIII., p. 8.

世界的文明民族的智底成熟的特征。然而斯泰勒夫人当抛下这些的比较，移到近代民族的文学史去时，她是知道可从完全不同的观点来观察的。在这意义上，她的著作中说到关于法兰西文学的考证的那几章，就尤有兴味甚深之处。"法兰西人的快活，法兰西人的趣味，在一切欧洲的国度里，至于已经成为熟语了，——她在这几章之一的里面，说，——这趣味和这快活，普通是归之于国民性的，但倘以为所与的国民的性质，并非对于他的幸福、他的利益，以及他的习惯，给了影响的秩序和条件的结果，那么是什么呢？在最近十年间，虽在最极端的革命底沉滞的瞬间，最醒目的对照，于一篇讽刺诗，于一篇辛辣的讥刺，都没有用处了。将至大的影响，给与法兰西的运命的人们的多数，全然没有表现的华艳，也没有理智的闪光，他们的影响力的一部分，是很可以将那原因归于他们的忧郁、寡言、冷的残酷的。"[68]这些句子当时对谁而发，这里面所藏的暗示和现实相应到什么程度，于我们都不关紧要。我们所必要的，只是注意于据斯泰勒夫人的意见，则国民性乃是历史底条件的出产这一件事。但是，倘以为国民性并不是显现于所与的国民的精神底特质之中的人类的本性，那又是什么呢？

而且倘若所与的国民的本性，由那历史底发展所创造，则它之不能是这发展的第一的动因，是很明白的。但从这里，却可以说，文学——国民底精神底本性的反映——就是创造这本性的历史底条件本身的出产。那意思，便是说明他的文学的，并非人类的本性，也非所与的民族的性质，而是他的历史和他的社会底构造。斯泰勒夫人是也从这观点，观察着法兰西的文学的。她献给十七世纪的法兰西文学的一章，是想由当时的法兰西的社会，政治关系，以及从那对于帝王权的关系之中观察出来的法国贵族阶级的心理，来

68　De la littérature, II., p. p. 1—2.

说明这文学的主要性质的，极有兴味的尝试。

在那里面，有许多关于当时支配阶级的心理的极确的观察，和若干关于法兰西文学之将来的非常成功底的考察。"在法兰西的新的政治底秩序之下，我们早已遇不见什么类似（于十七世纪的文学）的东西了罢，——斯泰勒夫人说，——由此而我之所谓法兰西人的机智和法兰西人的优美，只不过是几世纪间存在于法兰西的君主制和道德的直接底的，而又必然底的出产的事，也充足地得到证明了罢。"[69] 文学是社会底构造的出产这一种新的见解，在十九世纪的欧洲的批评上，渐次成为支配底的了。

在法兰西，基梭在他的文艺评论里，是屡次提及这事的[70]。圣伯夫也在说，虽然他添上若干但书，才与以优容，最后，则于丹纳的

69　上揭书，第二卷，一五页。

70　基梭的文学底见解，虽是顺便说及，却待值得指摘出来的灿烂的光，投给了法兰西的历史底观念的发达的。在那著作 Vies des poètes francais du siècle Louis XIV, Paris 1813 中，基梭这样地说着。希腊文学在它的历史上，反映着人类的知识之发达的自然底行程。但在近代的民族，事态却复杂得远了，就是，在这里，有顾及"第二义底的原因的全集积"的必要。他移到法兰西文学史，开始研究这些"第二义底的"原因的时候，一切这些，生根于在那影响之下，各社会阶级和社会层的趣味和习惯至于形成了的法兰西的社会关系上的事，就分明了。在 Essai sur Shakespeare 里，基梭将法兰西的悲剧，作为阶级心理的反映，而加以观察。据他的意见，则戏曲的运命，一般地和社会关系的发达是严密地相关联的。然而将希腊文学，作为人类底知识的"自然底的"发达的出产这一种见解，基梭却在 Essai sur Shakespeare 出版的时代也还没有抛弃。岂只（现代汉语常用"岂止"）如此呢，这见解，在他的自然底历史观里，还遇见它的合致的东西。在一八二一年出版的 Essais sur l'histoire de France 上，基梭发着这样的思想，以为所与的国度的政治底构造，是为那国度的"市民底生活"所决定的，但市民底生活——至少，在近代世界的诸民族——则因果密地联系于土地私有。这"至少"，是非常意味深长的。其所表示，是基梭之所理解者，并非以古代诸民族的市民底生活，为和近代世界诸民族的市民底生活相反——是土地所有和一般地经济关系的历史的结果，而以为是"人类底知识的自然底发达"的出产的。在这里，和对于希腊文学的例外底的发达的见解，有完全的相似。倘使于此再添上他的 Essais sur l'histoire de France 出版那时，基梭在自己的政治底诸论文中，最热烈地而且决定底地，发表了法兰西是"由阶级斗争而被创造了的"这思想的事，则近代社会的阶级斗争，会比古代诸国家内的这种斗争更早地就映在近代历史家的眼里，该是毫不容疑的了。古代的历史家，例如斯吉兑亚斯和波里比亚斯，将和他们同时代的社会的阶级斗争，作为什么全然自然底，因而也是自明的东西，而加以观察，略如我们的农民土地所有者，在观察共同体内的多有土地的成员和少有土地的成员之间的斗争一样，也是颇有兴味的事。

劳作中，发见那完全而辉煌的表现。

丹纳是怀着"人们的状态的一切变化，结果是他们的心理的变化"这一个确信的。然而一切所与的社会的文学和那艺术，却正可凭他的心理来说明，因为"人类精神的产物，就如活的自然也如此一样，只能凭他们的环境来说明"的缘故。所以要懂得这国或那国的艺术和文学的历史，则研究发生于那居民的状态之中的各种变化的历史，是必要的。这——是不可疑的真理。而且为发见许多最明快，又最巧妙的那些的说明图起见，则看过 "Philosophie de l'art"，"Histoire de la littérature anglaise" 或 "Voyage en Italie"，就很够了。但丹纳也如斯泰勒夫人以及别个他的先进者们一样，还是把持着唯心史观底的见解，而这则妨害了文学和艺术的历史家从他所明快地，而且巧妙地说明了的无疑的真理里，抽出那凡是可以抽出的一切利益来。

观念论者将人类底知识的进步，看作历史底运动的究极的原因，所以在丹纳那里，就出现了人们的心理，由他们的状态而被规定，而他们的状态，则由他们的心理而被规定这等事。在这里——丹纳也和十八世纪的哲学者一样，借着在人种的形式上，向那出现于他那里的人类底本性的控告，而胚胎了也还可以走通的一串矛盾和困难。这钥匙，给他开了怎样的门呢，看下面的例便明白了。如大家所知道，文艺复兴，在意大利比在别的任何处都开始得早，而且意大利又一般地先于别的诸国，收场了中世期的生活。在意大利人的状态上的这变化，是由什么所唤起的呢？——由意大利人种的诸性质——丹纳回答说。[71] 这样的说明充足到怎样，听凭你来判断，我就移到别的例子去。丹纳在罗马的霞尔画堂里，看见普珊的风景

---

71 "Comme en Italie la race est précoce et que la croûte germanique ne l'a recouverte qu'à demi, l' âge moderne s'y développe plus tôt qu'ailleurs" 云云。Voyage en Italie, Paris 1872, T. I, p. 273.

画，这样地说，意大利人因为那人种的特殊性之故，所以特殊底地来理解风景，在他们，那——也是别墅，但是大结构地扩大了的别墅，然而德意志人种，则就为自然这东西而爱自然。[72] 然而，在别的处所，同是这丹纳对于同是普珊的风景画，却这样地说："为要能够观赏这些，必须嗜爱悲剧（古典底的）、古典底的诗、仪式以及贵族底的或帝王底的壮观的华丽，但这样的感情，离我们现代人的感情是无限地远的。"[73] 然而为什么我们的感情，那样地不像嗜爱过华丽的仪式，古典底的悲剧，亚历山特利亚的诗的人们的感情的呢？因为，譬如，"为王的太阳"时代的法兰西人，和十九世纪的法兰西人是别的人种的人们的缘故么？奇怪的质问呵！丹纳自己，不是用了确信而且固执地，对我们屡次说是人们的心理，跟着他们的状态之变化而变化的么？我们没有忘却了那个，所以照着他反复地说：我们时代的人们的状态，去十七世纪的人们的状态极远，因此之故，那感情也很不像勃亚罗和拉希努的同时代者的感情了。剩下的不过是明白那些事了：为什么状态变化了呢，就是，为什么 ancein régime（旧政体）将地位让给了现在的有产者底秩序，为什么在路易十四世能够几乎并无夸张地说"国家——那就是我"的那国度里，现今是股票交易所正在支配的呢？但对于这，是这国的经济的历史，会十分满足地给与回答的。

敬爱的先生，站在极其种种的见地的著者们，曾经反驳过丹纳的事，你是知道的。我不知道你对于他们的反驳，以为何如，但使我说起来，则丹纳的批评家们之中，无论谁，要将收罗着他的美学说的几乎一切真理，而且宣言着艺术由人们的心理而被创造，而人们的心理则跟他们的状态而变化的那命题，来摇动一下，也做不到。

72　上揭书，第一卷，三三〇页。
73　上揭书，第一卷，三三一页。

而且全然一样地，他们之中的无论谁，都没有觉到使泰纳的见解不能有后来的成果底的发达的根本底的矛盾；他们之中的无论谁，都没有觉到从他的对于历史的见解的意思来说，便是被那状态所规定的人，那人本身，就成着这状态的最后底的原因。为什么他们之中的无论谁，都没有觉到这个的呢？——因为这矛盾，也浸渗着他们自家的历史观的缘故。但是，这矛盾是怎样的东西呢？由怎样的要素而成的呢？那是由两个要素而成的，其一，称为对于历史的观念论底见解，而别的——则称为对于它的唯物论底见解。当丹纳说人们的心理，准他们的状态之变化而变化的时候，他是唯物论者，但在同是这丹纳，说人们的状态，被他们的心理所规定的时候，他是复述了十八世纪的观念论底见解了。关于文学和艺术的他的最成功底的考察，并非受了这最后的见解的唆使，是无须赘说的罢。

从这事，结果出什么来呢？那是这样的，要从对于法兰西的艺术批评家们的富于机智而且深邃的见解，妨害了那成果底的发达的上述的矛盾脱离，只有能够向自己这样地说的人们，才做得到，就是：一切所与的民族的艺术，为他的心理所规定，他的心理，为他的状态所创造，而他的状态，则到底被限定于他的生产力和他的生产关系。但是，倘说这话的人，却正是在由此说出唯物史观来……。

虽然如此，我想，已是可以收场的时候了。待到第二信！倘若我因为我的解释的"偏狭"，有触怒了你的地方，那么，希见原宥。下一回，要来讲一讲关于原始民族的艺术。而且，我以为其中的我的解释，大约就可以显示决不如你曾经这样想，而且恐怕至今还在这样想似的，有这么的偏狭了。

原始民族的艺术

敬爱的先生！

　　一切所与的民族的艺术，据我的意见，是往往和那民族的经济，立于最密切的因果关系上的。所以当开始研究原始民族的艺术之际，我应该首先来阐明原始经济的最主要的特征。

　　在"经济学底"唯物论者，借了或一著作者的形象底的表现来说，则从"经济弦"开首，在大体上是最为自然的。但当此之际，取了这"弦"，作为我的研究的出发点者，此外还有特别的，而且非常重大的事情在。

　　是极其近时的事，在兼通人种学的社会学者和经济学者之间，流布了一种坚固的信念，以为原始社会的经济，par excellence（几乎全体）地是共产主义底经济的。

　　"历史家人种学者现今着手于原始文化的研究之际，——在一八七九年，M. M. 科瓦列夫斯基写道，——明知着这样的事，就是，知道成为他的研究的客体者，其实既不是似乎互相约束，共同生活于仅由他们自己所设定的统制之下的个别底的诸个人，也不是太初以来，便已存在，而逐渐成长为血族结合的个别底的诸家族，乃是男女的个人的集团底诸团体，即私底家族和个人底的最初仅是动产的所有，作为那结果而出现的分化之最缓慢而自发底的过程，发生于其中的诸团体。"[1]

　　原始底地，是虽是食料，这"最重要而且最必要的动产的形式"，也成为集团底团体的诸成员间的共有的，而个别底的诸家族之间的

---

[1] 《共同体的土地所有，那崩坏的原因、过程及结果》。二六至二七页。

获物的分配，则惟在立于比较底高的发展阶段上的种族里才出现。[2]

故人 N. I. 治培尔也同样地观察过原始经济底构造。他的有名的著作《原始经济文化的概要》，便是以供"那在种种阶段上的经济的共同体底方面成着在发展的早期阶段上的经济底活动的普遍底的形态……这一个假定"的批判底检讨的。根据了广泛的事实底材料，那整理虽然不能认为确是严密地体系底的，但治培尔到达了如下的断案了。"捕鱼、狩猎、袭击及防御、牧畜，为开垦计的森林区域的采伐、灌溉、土地的开垦，以及房屋、网和舟之类的大规模的器具制造上的单纯协作，都自然底地限定一切生产物的协同使用；同样地，既要能够防卫从邻境的团体而来的侵略，则连不动产和动产也限定为共有。"[3]

我还能够引证别的许多一样地有权威的研究者们。但你自己，不消说，是知道他们的。所以我不再来增添引用，但立刻指出"原始共产主义"的学说，最近时已在开始普遍的论争的事来罢。就是，我在第一信上已经引用过的卡尔·毕歇尔，以为这是不合于事实的。据他的意见，则实在可以称为"原始底"这种民族，其去共产主义极远。他们的经济，说是个人主义底，倒较为适宜，然而这样的称呼也不对，因为他们的生活，一般地和"经济"的最本质底的特征，是没有关系的。

"在经济之下，我们常常意味为人们对于生活资料之获得的协同底活动，——他在自己的《原始经济底构造》的概要里面说，——经济，是以不独关于现在的瞬间，并且关于未来的顾虑，节省底的时间的利用，以及那合于目的底的分配为前提的。经济，是劳动，事物的估价，那使用的条理，文化获得的从氏族到氏族的传达的意思。"[4] 但

2 　同上，二九页。
3 　《概要》第一版的五至六页。
4 　可看《国民经济的领域内的四概要，国民经济的起源》中的论文，圣彼得堡，一八九八年，九一页。

是，在低级的种族的生活上，却只能遇见这样特征的最微弱的端绪罢了。"倘若从薄墟曼和韦陀族的生活中，除去了火和弓矢的使用，则他的全生活，便将归于食料的个人底的搜索罢。各个薄墟曼，是非全然独立地来扶持自己不可的。裸形的，而且不携武器的他，就恰如野兽一般，和自己的同类一起，在一定地域的狭小的范围内徘徊。……各个男女，都生吃着能用手捉，或用指爪从地中掘出的——下等动物，根，果实。他们有时成为小团体或大集团，聚集起来，有时因了那地方的植物底食料或获物的丰饶的程度，而又星散。但这样的团体，是不转化为真的社会的。这不会轻减个人的生存。这光景，在文化的现在的负担者，恐怕是特为不合意的罢。然而，由经验底方法所搜集了的材料，却实在就使我们这样地来描写它。其中一无臆造之处，依一般底的看法，则我们不过从低级的狩猎人的生活中，除去了已经作为文化的特征而出现了的东西，即武器和火的使用罢了。"[5]

这幅图画，不得不认为和在 M. M. 科瓦列夫斯基和 N. I. 治培尔的著述的影响之下，已经画出在我们头里的原始共产主义底经济的描写，是完全不像的。

敬爱的先生，两幅画的那一幅，于你是"合意"的呢，我不知道。然而这并不是很有兴味的问题。问题并不在对于你，我，或是第三者的谁合意，乃在毕歇尔之所描写，是否对的，是否和现实相符，是否和据科学所搜集的经验底材料相应。这些问题，不但于经济底发达的历史，是重要的而已，即于研究原始文化的任何方面的人，也有至大的意义。其实，艺术之被称为生活的反映，是并非偶然的。倘使"野蛮人"是毕歇尔所描写那样的个人主义者，那么，他的艺术，就一定应该再现着他所特有的个人主义的性质。不独此也，艺术者，专是社会生活的反映。所以，倘若你是用了毕歇尔的

5　同上，九一至九二页。

眼，在观察野蛮人，则当向我说"食料的个人底的搜索"乃是专主，因而人们之间，几乎毫没有什么协同底的活动，在那里，要讲艺术，是不可能的时候，你大概是十分地彻底的罢。

还有将下面似的事，添在一切这些上的必要。就是，毕歇尔者，确是虽然盼望其有，而可惜那数目竟没有那么地多的正在思索的学者之一人，并且因此之故，所以虽在他犯着错误之际，也应该加以认真的注意。

将他所描写了的野蛮生活的图画，再来仔细地观察一回罢。

毕歇尔以关于所谓低级的狩猎种族的生活的材料为根据，并且从这些材料中，只除去了文化的特征，即武器和火的使用，而就此加以描写了。他由此指给我们，当研究他的绘画时，我们之所应走的路。就是，我们应该首先玩味他实在曾经使用了的经验底材料，观察狩猎种族在事实上是怎样地生活着的，其次，则选定关于他们在还未知道使用火和武器的那辽远的时代，他们是怎样地生活了的最足凭信的假定。在最初——是事实，其次——是假定。

毕歇尔引证着薄墟曼和锡仑的韦陀族。能说这些无疑地属于最低级的狩猎种族的种族的生活，缺着经济的一切的特征，而且在他们那里，个人是完全一任自己的力量的么？我断定是不能说的。

先拿薄墟曼来说罢。如大家所知道，他们为了协同底的狩猎，往往成了二百以至三百人的队伍，聚集起来。这样的狩猎，是为生产底的目的起见的人们的最不可疑的协同，而同时也"前提着"劳动和合目的底的时间的分配。为什么呢？因为当此之际，薄墟曼有时是造作延长亘数英里的栅栏，掘深壕，在那底里设立起弄尖了的木材来的。[6] 一切这些，即所做的分明不但为了满足所与的时候的

6　可看 Die Buschumänner. Ein Beitrag zur südafrikanischen Völkerkunde von Theophil Hahn. Globus，1870，No. 7，S. 105.

要求，且也为了未来的利益。

"有些人，否定着他们那里的一切经济底意义的存在，——绥阿斐勒·哈恩说道。——而在书籍中说及他们的时候，是一个著者直钞别个著者的错误的。自然，薄墟曼不知道经济学和国家经济，但这事，于他们之想到凶日的事却并无妨碍。"[7]

而且在事实上，他们是从被杀的动物的肉，来作贮蓄，藏在洞窟中，或在遮蔽极好的溪谷里，留下已经不能直接参加狩猎的老人，在作看守的。[8]或一种植物的球茎，也被藏贮。搜集得很多的这些球茎，由薄墟曼保存在鸟巢里。[9]最后，则薄墟曼的贮藏蝗虫，是有名的，为了捕蝗，他们也一样地掘起深的长壕来。[10]

这是显示着和理襃德一同，断定在低级的狩猎种族那里，谁也不想到贮蓄的准备的毕歇尔，是错误得怎样利害的。[11]

协同底狩猎完毕之后，薄墟曼的大狩猎队，诚然分散为小团体。然而，第一，是小团体的成员是一件事，各任自己的力量又是一件事。第二，薄墟曼虽然分散到种种的方面，但并不断绝相互的联络。培乔安人曾对力锡典斯坦因说，薄墟曼总在借了火的帮助，互相给与信号，并且因此知道非常广大范围的周围所发生的一切，比文化高出他们远甚的一切别的邻近的种族，更为详明。[12]我想，倘若他们那里，诸个人是专仗自己的力量的，而且倘若他们之间，以"食料的个人底的搜索"为专主的，则这样的习惯，在薄墟曼那里恐怕就不会发生了。

7　上揭书，第八号，一二〇页。

8　同上，第八号，一二〇及一三〇页。

9　同上，第八号，一三〇页。

10　Lichtenstein, Reise im südlichen Afrika in den Jahren 1803, 1804, 1805, und 1806. zweiter Teil, S. 74.

11　《四概要》七五页。注。

12　上揭书，第二卷，四七二页。火岛的土人，也一样地知道借火之助以互相通信，可看 Darwin, Journal of Researches, ect., London 1839, p. 238.

移到韦陀族去罢。这些狩猎人（我是在就完全野蛮的，英吉利人所称之为 Rock Weddahs 者而言），是和薄墟曼一样，成着小的血族结合而生活的。而且在他们那里，由那共同的力，以行"食料的搜索"。诚然，德国人的研究者波尔和弗律支·萨拉辛，那是关于韦陀族的最新的，而且在许多之点，是最完全的著述的作者们，[13]但所描写，却将他们作为颇是个人主义者。他们说，在韦陀族的原始底的社会关系，尚未遭站在文化发展较高的阶段上的近邻民族的影响所破坏的时代，他们的全狩猎地域，是为各个家族所分割的。

然而这完全是错误的意见。萨拉辛所据以建立自己们来推定关于韦陀族的原始底的社会底编制的那些证据，即在说明和这些研究者们从中之所见，全然不同。就是，萨拉辛引用着十七世纪曾做锡仑岛知事的望·恭斯的证言。但从望·恭斯的话中，却只见有韦陀族所住的领域，被分割为个个的地区的事，决没有说这些地区，是属于个个的家族的。十七世纪还有一个著作家诺克斯（Knox）说，在韦陀族那里，森林之中，"有划分它的境界"，而且"队伍当狩猎及采取果实之际，越出这些境界，是不行的"。

这里所说的，是关于队伍，并非关于个别底的家族。所以我们只好推定，诺克斯之所指，不是属于个别底的家族，而是属于多少总有点大的血族结合的地区的境界了。其次，萨拉辛又引证着英国人丁南德，然而丁南德究竟怎么说呢？他说，韦陀族的领域，是被分割于氏族间（Clans of families associated by relationship）的。[14]

氏族和个别底的家族——不是同一的东西。不消说，韦陀族的氏族，是并不大的。丁南德率直地称之为小氏族——small clans。血族结合，在韦陀族所站的那生产力低的发展阶段上，是不会大起

13　Sarrasin, Die Weddahs von Ceylon und die sie umgebenden Völkerschaften, Wiesbaden 1892—1893.

14　Ceylon, an Account of the Island etc., London 1880, vol. II, p. 440.

来的。然而问题并不在这里。当此之际,在我们算是重要者,不是知道韦陀族的氏族的大小,而是知道它在这种族的个别底的个人的生存之中所演的那职务,能说这职务等于零,氏族并不轻减各个人的生存么?全然不能的!韦陀族的血族结合,彷徨于自己的首长等的指挥之下的事,是为世所知的。在宿营地也一样,少年和青年睡在指导者的周围,氏族的成年的诸成员又在那周围,这样地形成着防卫他们为敌所袭击的活的锁链,以就位置的事,是为世所知的。[15] 仗这习惯,而各个人的生存,全种族的生存,都得非常地轻减,乃是无疑的事。由于别的种种的连带的显现,而得到轻减,也不下于此。就是,例如寡妇,在他们那里,即从入于氏族之手的一切东西中,领取她自己的一份。[16]

倘若他们那里,毫无什么社会底结合,又倘若他们那里,惟专事"食料的个人底的搜索",则失了自己的丈夫的维持的女人们,不消说,就要交给全然两样的运命了。

在终结韦陀族的事情之前,再添说一点事,他们是也和薄墟曼一样,为了自己本身的使用,又为了和近邻的种族的交易,都在作肉类和别的狩猎产物的贮蓄的。[17] 甲必丹·里培罗竟至于断言,韦陀族决不将生肉入口,他们将这细细地撕开,藏在树孔中,经过一年,这才取用。[18] 大约这是夸张的。但总之,我再希望你注意,韦陀族也和薄墟曼一样,用了自己的例子,将野蛮人不作贮蓄这一个毕歇尔的意见断然推翻了。而贮蓄的准备,据毕歇尔,岂不是最不可疑的经济的特征之一么?

15　丁南德,上揭书,第二卷,四四一页。

16　丁南德,上揭书,第二卷,四四五页。在韦陀族之间,行着单婚俗,是人所知道的事。

17　丁南德,上揭书,第二卷,四四〇页。

18　Histoire de l'isle de Ceylon, écrite par le Capitaine J.Ribeiro et présentée anroi de Portugal en 1685, trad. par Mr. l'abbé Legrand, Amsterdam MDCC XIX, p. 179.

安大曼群岛[19]的住民明可皮,[20]在那文化底发展上,虽略优于韦陀族,但他们也成着氏族而生活,并且屡屡计画[21]社会底狩猎。由独身青年所捕获的一切,均为共有财产,听氏族的首长等的指挥来分配。虽是未曾参与狩猎的人们,也仍然领得获物的一份,因为认为是别的什么为全共同体的利益而做的劳动,妨碍了他们去打猎了。回营之后,猎人们围火而坐,其时即开始酒宴,跳舞和唱歌。在酒宴中,狩猎时很少杀得获物的不成功者,甚至于连消遣自己的时光于安逸中的单单的游惰者,也都得参加进去。[22]一切这些,可与"食料的个人底的搜索"相像么,而且从这一切事,能说在明可皮那里,血族结合并未轻减各个人的生存么?不!却相反,不能不说关于明可皮的生活的经验底材料,和我们所知的毕歇尔的"图画",是全不相合的。

为要使低级的狩猎种族的生活,显出特色来,毕歇尔还从夏甸培克借用着飞猎滨群岛[23]的内格黎多的生活样式的叙述。但是,注意甚深地全读了夏甸培克的论文[24]的人,便会相信内格黎多也并非个别底地,而是仗着血族结合的被结合了的力量,在作生存竞争的罢。夏甸培克引用了那证言的一个西班牙的教士说,在内格黎多那里,是"父、母和孩子们各携自己的弓矢,一同去打猎"的。以这事为基础,则他们的并非孤立底不俟言,即成为小家族而生活着的事,也可以想见。然而这也不对的。内格黎多的"家族"是拥有二十人至八十人的血族结合。[25]这样的成团的诸成员,在选定宿营

19　现译"安达曼群岛"。——编者注

20　伦敦的 Nature 杂志上,曾经发表过一篇论文,主张着有时以称安大曼岛的土人的"明可皮"这名目,毫无根据,在土人们,在他们的邻人们,都所不用云。

21　现代汉语常用"计划"。——编者注

22　C. H. Man, On the Aboriginal inhabitants of the Andaman Islands, Journal of the Anthropological Institute of Great Britain and Ireland, vol. XII, p. 363.

23　现译"菲律宾群岛"。——编者注

24　Ueber die Negritos der Philippinen in Zeitschrift für Ethnologie, B. XII.

25　据夏甸培克的话,则——二十至三十人;据特·略·什罗涅尔的话,则——六十至八十人。
（可看 George Windson Earle, The Native Races of the Indian Archipelago, London 1853, p. 133.）

的处所，决定行军开始的时期等事的首长的指导之下，一同彷徨。白天则老人、伤病人、孩子们等，坐在大的篝火的周围。这时候，氏族的健康而成年的成员们，便在森林中打猎。一到夜，他们即都环了这火，睡在地面上。[26]

然而，往往孩子们也去打猎，而同样地——对于这，虽然非大加注意不可——连女人，这样之际，他们全体都去，"像要作猛烈的袭击的乌兰丹猿群一般"。[27]在这里，我也全然看不到"食料的个人底的搜索"。

站在同一的发展阶段上的，有在比较地最近时候成了多少足以相信的观察的对象的中央亚非利加的毕格眉族。由最近的研究者们所搜集的关于他们的全部"经验底材料"是决定底地推翻"食料的个人底的搜索"的学说的。他们协同而狩猎野兽，协同而掠夺近邻的土人的农场。"在男人们做着哨兵，必要时便从事于战争之间，女人们则捞集获物，捆束起来，而且将这运走。"[28]在这里，不是个人主义，连协作和分工也有了。

关于巴西的幡多库陀，关于澳洲的土人，我将不再说及。为什么呢？因为讲到他们，我就不能不复述关于别的许多低级的狩猎人的事了。[29]还是将视角转到那已经到达了生产力较高的发达阶段的原始民族的生活去，更为有益罢。这样的民族，在美洲很有许多。

26　Earle，Op. cit.，p. 131.

27　Earle，ibid.，p. 134.

28　Caetano Casati，Dix Années en Equatoria，Paris 1892，p. 116.

29　关于澳洲的土人，声明下列的一件事在这里。就是，依毕歇尔的观点，则他们的社会关系，是几乎不配称社会底结合这个名目的，然而不为先入之见所崇的研究者，却说着全然别样的事。例如 "An Australian tribe is an organized society，governed by strict customary laws，which are administered by the headman or rulers of the various sections of the Community who exercise their authority after consultation among themselves." etc. The Kamilarai class system of the Australian Aborigines，by R. H. Mathews in Proceedings and Transactions of the Queensland Branch of Royal Geographical Society of Australasia，vol. X，Brisbone 1895.

北美洲的印地安人，是成着氏族而生活的，而逐出氏族，在他们那里，则显现为仅以处置最重大的犯罪者的极刑。[30] 即此一事，就已经在分明指示，他们和毕歇尔以为成着原始种族的特性的个人主义，无关系到怎样程度了。在他们那里，氏族的显现，是作为土地所有者，也作为立法者，也作为对于侵害个人权利的复仇者，许多际会，还作为那（个人的）后继者的。氏族的全势力全活力，系于那成员的数目。所以各成员的死亡，其于一切生存者们算是很大的损害。氏族竭力招引新的成员，到自己的一伙中来，以弥补这样的损害。在北美洲的印地安人之间，赘婿是极其普及的。[31] 这在他们那里，便是由所与的团体的共力而行的生存竞争之所含的那重要的意义的通报者。然而因自己的先入之见，被领进迷妄中去了的毕歇尔，却在那里面，不过仅看见了原始民族的父母底感情的微弱的发达的证据。[32]

借共同之力的这样的生存竞争在他们的重要的意义，由社会底狩猎和打渔之非常广行于他们之间的事，也可以作为证据。[33] 但是，这样的打渔和狩猎，在南美洲的印地安那里，想来是行得还要普遍的。作为那例子，就举依望·覃·斯泰南的话，则常常企图极长期间的协同底狩猎，仅靠种族的男性成员的不断的协作，以维持其生

30　关于驱逐出族的事，可看波惠勒的 Wyandos Government in First Annual Report of the Bureau of Ethnology to the Smithsonian Institutions, p. p. 67—68.

31　参照 Lafitan, Les Moeurs des Sauvages Américains, T. 2, P. 163 并参照波惠勒的第一章六八页。关于遏斯吉摩（现译"爱斯基摩"）人的招赘，可看 Franz Boas, The Central Eskimo in Sixth Report of the Bureau of Ethnology, p. 580.

32　M. M. 科瓦列夫斯基指出在斯瓦内得族之间，赘婿制度的微弱的发达之后，说道，这事实，是可以由氏族制度之巩固来说明的。（《高加索的法律与习惯》，第二卷，四二五页）。但在北美洲的印地安和遏斯吉摩人那里，则血族结合的无疑的巩固，并不妨碍招赘的强有力的发达。（关于遏斯吉摩人，可看 John Mordoch: Ethnological Results of the Point Barrom-Expedition in Ninth Annual Report of the Bureau of Ethnology, p. 417.）由此不能不说，倘若斯瓦内得族并不很行招赘，则这说明理当求之什么别的事，而决不能寻求于民族的巩固之中的。

33　参照 O. J. 凯特林的为了野牛的社会底狩猎的叙述罢，Letters and Notes on the Manners and Condition of the North American Indians, London 1842, T. I, p. 199 及以下。

存的巴西的皤罗罗族罢。[34] 倘有人说，在美洲印地安的生活上，社会底狩猎之获得了极重要的意义，乃只在这些印地安已经抛弃了狩猎生活的最低阶段之后，那是非常错误的。作为新世界的土人之所做的最重要的文化底获得之一，不消说，必须用了多少热心和忍耐，去认识他们种族中的极多数人所正在经营的农业。但农业只能够削弱狩猎在他们生活上的一般的意义，因而部分底地，也削弱了由多数成员的结合的力的狩猎的意义。所以印地安的社会底狩猎，是应该作为狩猎生活的自然底，且最特征底的产物，而加以观察的。

然而农业也并不缩小美洲的原始种族的生活上的协作的范围。决不的！纵使和农业的发生一同，社会底狩猎会失掉那重要性到或一程度，然而土地的开垦，却为协作另行创造了新的，而且非常广泛的领域。在美洲印地安那里，土地由农业劳动之担当者的女人们的共力而被开垦（或者，至少，是在被开垦了）。这个指示，在拉斐多那里已经可以看见。[35] 现代的亚美利加的人种学，关于这点，已不留丝毫的疑义了，来引用上文引证过的波惠勒的研究——"The Wyandot Government"罢。"土地的开垦，在他们那里，是社会底的，——波惠勒说，——就是，一切适于劳动的女人们，从事于各个家族的土地的开垦。"[36] 我是还能够引许多例，来证示社会底劳动在世界别的各部分的原始民族的生活上的重要的意义的。但纸面的不足，却使我只得引证了行于纽西兰[37] 的土人之间的社会底捕渔

34　Unter den Naturvölkern Zentral-Brasiliens, Berlin 1894, S. 481: "Der, Lebensunterhaft konnte nur erhalten werden durch die geschlossene Gemeinsamkeit der Mehrheit der Männer, die vielfach lange Zeit miteinander auf Jagd abwesende sein musste, was für den Einzelnen undurchführbarn gewese, wäre."

35　Moeurs des Sauvages. II, 77. 参照海克威理兑尔的——Histoire des Indiens, etc., p. 233.

36　土地并非成为个别底的家族的财产，不过由他们所利用而已，这是由氏族会议分给他们的，将这事附说于此，恐怕已是多事了罢，顺便说一句，那会议，是由女人们所成立的。Powell, ibid., p. 65.

37　现译"新西兰"。——编者注

就完事。

纽西兰的土人们，借全血族结合所结合的力，制作数千英尺之长的渔网，而且为了氏族的全成员的利益，来利用它。"相互扶助的这体系——波尔略克说，——想来是定基于他们的全原始底社会构成之上，而从天地创造（from the creation）就存在，直到我们的时代的。"[38] 要给毕歇尔所描写的野蛮生活的图画以批判底评价，我以为这就很够了。事实以十分的确信在显示，野蛮人那里，非如毕歇尔所言，是"食料的个人底的搜索"，却如站在 N. I. 治培尔以及 M. M. 科瓦列夫斯基的立场的著作者们说过那样，仗着全——多少有点广泛的，——血族结合的结合了的力的生存竞争，而占优胜的。这结论，在关于艺术的我们的研究，非常地，而又非常地有益于我们。我们应该将这牢牢记住。

那么，往前去罢。人们的性质的全形姿，是自然底地，而又不可避底地，为他们的生活样式所规定的。倘若野蛮人那里，为"食料的个人底的搜索"所支配，则他们不消说，该是马克斯·施蒂纳的有名的理想的化身似的，最完全的个人主义者和利己主义者了。毕歇尔是理解他们为这样的人的。"支配着动物的生存维持，——他说，——一样地作为野蛮人的主要的本能底冲动而发现。这本能的活动，空间底地，是被限制于个别底的诸个人，时间底地，——则被限制于感到要求的一瞬息。换句话，就是野蛮人只在想自己的事，他又只在想现在的事。"[39]

我在这里，也不问这样的图画，是否合你的意，但要问事实和这不相矛盾么，或是如何。以我的意见——是全然相矛盾的。

第一，我们已经知道，虽在最低级的狩猎种族，也知从事贮蓄。

38　Manners and Customs of the New-Zealanders，vol. II, p. 107.

39　《四概要》七九页。

这就在证明他们对于未来的顾虑，也未必是无关心的。况且即使他们并不贮蓄，但只此一端，怕也还不能说他们是只想现在的罢。为什么野蛮人在成功底的狩猎之后，也还保存着自己的武器呢？就因为他们想到关于未来的狩猎以及和敌手的未来的冲突的缘故。而蛮族的女人们，当由一处向别处的不绝的移动之际，负在自己的背上而去的囊呵！对于野蛮人的经济底先见之明，想有颇高的意见，虽是极其表面底的，但只要知道这些囊子的内容，就很够了。那里面，是什么都有的！你在那里会发见用以研碎食用植物的根的扁平石块、用以切碎东西的石英的碎片、枪的石锋、预备的石斧、更格卢的腱所做的绳、袋鼠的毛皮、各种粘土的颜料、树皮、烧肉的一片、沿途所采的果实和植物的根的罢。[40] 这就是全部经济！倘使野蛮人并不想到明天，他为什么要使自己的妻背着一切这些物件走呢？自然，从欧洲人的观点来看，澳洲的女土人的经济，是可怜得很，然而，一切，是相对底的，如在历史通体上一样，部分底地，则在经济的历史上也如此。

但是，当此之际，于我兴味较多的，是问题的心理底方面。

因为在原始社会里，食料的个人底的搜索，决不作为专主底的事而出现的缘故。所以即使野蛮人完全不是毕歇尔所想象那样的个人主义者和利己主义者，也无足怪的。这事，从最足相信的观察者的最确的证言来看，就很分明。举出那两三个明显的例子在下面。

"就食料而言，——蔼连赖息叙述皤多库陀道，——在他们那里，是行着最严紧的共产主义的。获物被分配于氏族的全成员间，恰如他们所得的馈赠也全然如此一样，纵使那时各成员只领到极少的一点。"[41] 在遏斯吉摩那里，我们也看见一样的事，在他们那里，据

40　可参照 Ratzel. Völkerkunde, I Band, S. 320—321.

41　Ueber die Botocudos der brasilischen Provinzen Espiritu Santo und Monos Geaes, Zeitschrift für Fthnologie. Band XIX, S. 31.

克柳却克的话，则贮藏的食料和其他的动产，是成着一种共有财产似的东西的。"在阵营内，只要有一片肉，那也为大家所公有，而当分配之际，则一切人们都被顾及，尤其是病人和无子的寡妇。"[42]克柳却克的这证言，和将遏斯吉摩的生活，特加衬托为极近于共产主义的别一个遏斯吉摩研究者克朗支的更早的证言，是又全相一致的。携了好的获物归家的狩猎者，一定和别的人们剖分，而首先是和贫穷的寡妇。[43]各个遏斯吉摩，大都很知道自己的家系。而这知识，是给贫困者以大利益的。为什么呢？因为谁也不以自己的贫穷的亲属为羞，所以无论谁，只要证明任何富裕者和自己之间的虽是非常之远的血族关系，也就不至于缺乏食物了。[44]

最近的亚美利加的人种学者，例如波亚斯，也指摘着遏斯吉摩的这性质。[45]

在先前，研究者写成了极端的个人主义者的澳洲的土人，经对于他们的详细的研究之后，在全然别样的光中出现了。烈多尔诺说，在他们那里——在血族结合的范围内——是一切物品，属于一切人们的。[46]这命题，不消说，只可以 cum grano salis（打些折扣）地认取，为什么呢？因为在澳洲的土人那里，已有私有财产的不可疑的端绪了。然而从私有财产的端绪，到毕歇尔所说的个人主义，是还很辽远的。

而且那烈多尔诺，还据了法益生和辉戈的话，详细地叙述着施行于或一澳洲种族之间的关于分配获物的规则。[47]

42　Als Eskimo unter den Eskimos von H. Klutschak. Wien Pest，Leipzig 1881. S. 233.

43　Kranz，Historie von Grönland，1770，B. I，S. 222.

44　L. c.，B. I，S. 291.

45　Franz Boas. The Central Eskimo, Sixth Annual Report of the Bureau of Ethnology, p. 564，582.

46　L'Evolution de la Propriété，Paris 1889，p. p. 36，49.

47　L. c.，p. p. 41—46.

　　和氏族制度关联紧密的这些的规则，由其存在，即在显示澳洲的血族结合的各个成员的获物，并未成为他们的私有财产。假使澳洲的土人，是专从事于"食料的个人底的搜索"的个人主义者，则获物必将成为各个成员的无限制的私有财产了。

　　低级的狩猎人的社会底本能，有时会生出在欧洲人，是颇为意外的结果。就是，一个薄墟曼从任何农人或牧人那里，偷到了一头以至数头的家畜的时候，则别的一切薄墟曼，普通都以为有参加为这种勇敢的冒险而设的酒宴的权利的。[48]

　　原始共产主义底本能，是在文化底发展较高的阶段上，也被保存得颇久的。现代的亚美利加的人种学者，将美洲印地安描写为真正的共产主义者。我所已曾引用了的北美人种学协会的会长波惠勒也尝断言，在美洲印地安那里，一切财产（all property），属于氏族（gens or clan），而那最为重要种类的食料——则无论如何（by no means），不归各个人以及家族的特殊底的处置。狩猎时所杀的动物的肉，在各种的种族里，是照了各种的规则来分配的。但在实际上，一切这些种种规则之所归结之处，一样地是获物的平等底分配。

　　饥饿的印地安要受布施，即使积蓄怎样少（在施与者那里），又即使对于未来的希望怎样坏，只是求乞，也足够了。[49] 而且要注意：受施者的权利，当此之际，是不限于一血族结合内或一种族内的。"最初是置基础于血族结合上的权利，但后来扩大为较广的范围，于是转化到全无限制的款待了。"[50] 从陀尔绥的话，我们知道，渥茅族的印地安那里有许多麦，而反之，磅卡族或抛尼族觉得不够的

48　Lichtenstein. Reisen, II, 338.

49　Indian Linguistic Families, Seventh Annual Report of the Bureau of Ethnology, p. 34. 在这里，再附记一件事，据玛蒂尔达·司提芬生的意见，则在美洲印地安那里，当分配获物之际，强者是并不比弱者有什么优越的。

50　Powell. Op. cit., p. 34.

时候，前者便将自己的贮蓄分配给后者，渥茅族那里麦有不足的时候，抛尼族和磅卡族也做同样的事。[51] 这种可以称赞的习惯，是老拉斐多也已经指点了的，那时候，他还正当地添说道："欧洲人并不这样做。"[52]

关于南美洲的印地安，则指出玛乔斯和望·覃·斯泰南来就够了。据前一人的话，在巴西的印地安那里，是由共同体的多数成员的结合了的劳动所生产的对象，形成着这些成员的共有财产，但据后一人的话——则他所曾经大加研究的巴西的跋卡黎族，是将狩猎或打渔所得的获物，恰如一家族似的不绝地互相分配而生活的。[53] 在嶓罗罗族那里，杀了虎的狩猎者，是招集了别的狩猎者们，和他们共啖死兽的肉，那皮和齿，则送给和共同体中最近时死亡了的成员有最近的关系者。[54]

在南美洲的印地安那里，狩猎者没有自己任意地处分自己的获物的权利，必须和别的人们同分。[55] 他们中的一人屠一公牛时，几乎一切邻人都聚到他那里去，而且一直坐到吃完所有的肉。连"国王"也遵这习惯，很有耐性地款待自己的臣民。[56] 欧洲人并不这样做，——我来复述拉斐多的所说罢！

我们已经由蔼连赖息的话，知道嶓多库陀得到什么馈赠的时候，他便将这分给自己的氏族的一切的成员。达尔文关于火岛的土人，[57] 力锡典斯坦因关于南美洲的原始民族，也说着和这一样的事。

51　Omaha Sociology, by Owen Dorsey. Third Annual Report of the Bureau of Ethnology, p. 274.

52　Lafitan, Moeurs des Sauvages, T. II, p. 91.

53　Von-den-Steinen, Unter den Naturvölkern Zentral-Brasiliens. S. 67—68. Marzius, Von den Rechtzustande unter Ureinwohnern-Brasiliens, S. 35.

54　Von-den-Steinen, ibid., S. 491.

55　Lichtenstein, Reisen, I. 444.

56　L. c., I, 450.

57　Journal of Researches, etc., P. 242.

据这最后一人的话，则不将自己的馈赠品，分给别的人们者，在那地方，是要受最侮辱底的轻蔑的。[58] 萨拉辛将银币给与一个韦陀族人时，他取自己的斧，装作将这细细砍碎的样子，在这表现底的手势之后，他便讨乞再给他别的银币，使他可以也分给另外的人们。[59] 培乔安人的王谟里额凡格，曾向力锡典斯坦因的同伴之一，请求秘密地给他赠品，因为倘不然，黑人王便非将这和自己的臣民共分不可的。[60] 诺尔覃希勒特说，当访问焦克谛族时，这种族中的一个少年得到一块白糖的时候，这美味就立刻从一人的嘴向别人的嘴移转过去了。[61]

　　已经很够了。说野蛮人只在想自己的事的时候，毕歇尔是犯着大大的错误的。现代的人种学之所有的经验底材料，关于这点，已不留些微的疑义了。所以我们现在能够从事实移到假定，并且这样地来问自己道，连火和武器的使用也还未知道那样，离我们非常之远的时代的，我们的野蛮的祖先的相互关系，应当怎样地来想象呢？我们有什么根据，可以设想为在这时代，个人主义在支配着，而且各个人的生存，那时毫不因社会底共同而轻减呢？

　　在我，却以为可以这样设想的我们，是什么根据也没有的。我所知道的关于旧世界的猿类的习性的一切，使我以为我们的祖先虽在他们还仅是"类似"人类的时代，也已经是社会底动物。蔼思披那斯说，"猿群和别的动物群之不同，第一，是因为各个之间的相互扶助或那成员的共同，第二是——因为一切个体，虽是雄的，也都从属或服从那顾虑着一般底幸福的指导者。"[62] 这已经就是在完全的

58　Reisen, I, S. 450.

59　Die Weddas von Ceylon, S. 560.

60　Lichtenstein, ibid., II, S. S. 479—480.

61　Die Umsegelung Asiens und der Vega, Leipzig 1882, II Band, S. 139.

62　Les société Animals, deuxième édition, Paris 1878, p. 502.

意义上的社会底结合了。

诚然，大类人猿，对于社会底生活似乎并无大倾向。然而称它们为完全的个人主义者，也还是不可能的。它们之中的有一些，往往聚在一处，叩空树而合唱。条·沙留曾经遇见八头至十头的戈理拉群，一百至一百五十头所成的长臂猿的群，是人所知道的。如果乌兰丹是成着个别底的小家族而生活着的，则我们当此之际，应该念及这动物的生存的特殊底的条件。类人猿现今是在不能继续生存竞争的状态中了。他们正在绝灭下去，正在减少下去，所以，——如托毕那尔竟正当地指出了那样，——它们现在的生活样式，毫不能给我们以关于它们先前是怎样地生活了的什么概念。[63]

总之，达尔文是确信我们的类人猿底祖先，是成着社会而生活的，[64]而我也不知道有一个证据，能使我们认定这确信为错误。但倘若我们的类人猿底祖先，果是成着社会而生活了的，则那是在什么时候呢？是在最远的动物底发达的怎样的瞬间呢，而且什么缘故，他们的社会底本能，非将那地位让给好像为原始人所特有的个人主义不可了呢？我不知道。毕歇尔也不知道。至少，关于这事，他完全没有将什么告诉我们。

所以，他的见解，我们是见得用事实底的材料，或由假定底的考察，都一样地不能确证的。

63　L'Anthropologie et la Sciences Sociale，Paris 1900，p. p. 122—123.

64　The Descent of Man，1883，p. 502.

再论原始民族的艺术

经济怎样地从食料的个人底的搜索而发达了的呢？关于这事，若依毕歇尔的意见，则我们在今日几乎不能构成什么概念。但倘将食料的搜索，太初并非个人底，乃是社会底的事，放在考虑里，那么，我想，我们才能构成这样的概念。人们在太初，像社会底动物的"搜索"食料一样，"搜索了"食料，就是，多少有些广泛的团体的结合了的力，向了太初自然所完成了的产物的领有了。我于前一信里，引在上面了的耶尔，正当地取了特·略·什罗涅尔的话，说道，内格黎多举全氏族以赴狩猎的时候，他们令人想起企图着猛烈的袭击的乌兰丹猿群来。阿卡族的毕格眉人之凭了结合的力以行上述的掠夺农场时，也令人想起同样的袭击。倘若可以算是在经济之下的人们的协同底的活动，则惟这向于生活资料之获得的这样的袭击，正应该是经济底活动的最太初底的形式之一了。

生活资料之获得的太初底的形式，是自然所完成了的产物之采取。[1]这采取的事，不消说，被区分为几类，打渔和狩猎，便是其一。采取之后，乃有生产，有时候——例如我们在原始农业的历史上之所见那样——和几乎眼不能见的推移的一系列，联结起来。农业是——虽是最原始底——不消说，已经有着经济底活动的一切的特征的。[2]

1　"Das Sammelvolk und nicht das Jägervolk müsste danach an den untern Ende einer wirtschaftlichen Stufenleiter der Menschheit stehen"——般柯夫正当地在 Zeitschrift der Gesellschaft für Erdkunde zu Berlin，Band XXX，No. 3. S. 162 上说。萨拉辛也有同样的见解。据他们的意见，则狩猎是惟在比较地高的发达阶段上，作为重要的食料获得的手段而出现的。Die Weddas，S. 401.

2　经济底活动的特征，同样地在澳洲土人的或一种习惯之中，也可以看见。这也证明着他们也在想到未来。在他们那里，将那果实为他们所食的植物，连根拔取，蛋为他们所食的鸟巢，加以毁坏，是都被禁止的。Ratzel，Anthropo-Geographie，I，348.

但因为太初土地的开垦，由血族结合的共同之力而施行者最多，所以在这里，就有很好的例子，为你明示原始人从自己的食人祖先作为遗产而继承了的社会底本能，能够在他的经济底活动之中，看出那广泛的适用是怎样。这些本能的后来的运命，是被人们居于——不绝地在变动的——这活动上，或如马克思所说，则居于自己的生活的生产过程上的相互关系所决定了。一切这事，是自然到不能更加自然的。所以我不能懂得，发展的自然底的行程的不可解的方面，是在那里。

但是，请等一等罢。

据毕歇尔，则困难是在下面的事。"假定如下，是颇为自然的罢，——他说，——就是，这变革（从食料的个人底的搜索到经济的推移），是开始为了直接使用而起的自然产物的简单的领有之处，发生了向于较远的目的的生产，有着意识底的目的的使用体力的劳动，占了诸器官的本能底的活动的地位的时候的，然而，纵使设定了这样的纯理论底的命题，而我们之所得，盖仍然殊少。出现于原始民族那里的劳动，是颇为漠然的现象。我们愈接近那发达的始发点去，则它在那形式上，又在那内容上，便也都愈近于游戏。"[3]

就这样，有妨于懂得从食料的单纯的搜索到经济底活动的推移的障碍，即在劳动和游戏之间，不能容易地划出界线。

关于劳动对于游戏的——或者要这样说，则曰游戏对于劳动的——关系的问题的解决，于究明艺术的起源上，是极为重要的。所以我希望你用心倾听，努力研寻于毕歇尔就此而言的一切。使他自己来述自己的见解罢。

"人类当脱离食料的单纯的搜索的范围时，想来也是被见于各种高等动物的一样的诸本能，尤其是模仿的本能和对于一切经验的本能底倾向所鼓舞的。例如家畜的饲养，非从有用动物，而从人类

---

3 《四概要》九二至九三页。

只为满足自己而饲养者开端。工艺的发达则分明无论那里，都始于彩涂身体、文身、身体各部分的穿孔或毁伤，后来逐渐成为装饰品、假面、木版画、画文字，等等的制作……。这样，而技术底熟练，由游戏而完成，并且不过是逐渐底地至于得到了有益的适用。所以先前所采用的发展阶段的次序，是应该用正相反对的东西来代换的，就是，游戏古于劳动，艺术古于有用的对象的生产。"[4]

你听，游戏古于劳动，艺术古于有益的对象的生产云。

现在你明白为什么我希望注意甚深地以对毕歇尔的话［之故］了，凡那些，于我所正在拥护的历史理论，是有最接近的关系的。倘若在事实上，游戏比劳动古，又倘若在事实上，艺术比有用的对象的生产古，则历史的唯物论底解释，至少在《资本论》的作者所给与的那形式上，该将禁不起事实的批判，我的一切论议，因此也就非下文似的改正不可，就是，我应该不讲艺术依附于经济，而讲经济依附于艺术了。但是，毕歇尔是对的么？

最初，先来检讨就游戏而言的事，关于艺术，则到后来再说罢。

据斯宾塞，则游戏的为主的特殊底的特征，是对于维持生活所必要的历程，直接地是并不加以作用的那事情。游戏者的活动，并不追求一定的功利底的目的。诚然，由游戏所致的运动的诸器官的练习，于正在游戏的个人有益，一样地于全种族，到底也是有益的。然而，练习也不被追求功利底的目的的活动所排除。问题并不在练习上，乃在功利底的活动，于练习和由此所获的满足之外，还引向什么实际的目的——譬如得到食料的目的——的达成，而游戏却相反，欠缺着这样的目的的事。猫捕鼠时，它于练习它的诸器官而得的满足之外，还收到美味的食物，但当同是这猫在追逐滚在地板上的线团时，他却除了由游戏所致的满足而外，一无所得。然而，倘

---

4 《四概要》九三至九四页。

若这是如此的，那么，这样的无目的的活动，怎么会发生了的呢？

对于这个，斯宾塞怎样地回答，是大都知道的。在下等动物，有机体的全力，尽被支出于维持生活所必要的行为的实现。下等动物，是只知道功利底的活动的。但在动物底阶段的较高的阶段，事态就早不如此。在这里，全部的力，不被功利底的活动所并吞。作为较好的营养的结果，在有机体中，蓄积着正在寻求出路的一种力的余剩，而动物游戏的时候，——即正是在依照这要求。游戏者，是人工底的力的练习。[5]

这样的，是游戏的起源。但那内容，是怎样的呢？倘以为动物之于游戏，是在练习自己的力的，则为什么或种动物，将这用或种特定的这模样地，而别的动物——不是这模样地，来练习的呢，为什么在种类不同的动物之间，特有不同的游戏的呢？

据斯宾塞的话，则肉食动物分明示给我们，它们的游戏，是由模拟狩猎和模拟争斗而成的。那全体，除了"追蹑获物的戏曲底扮演，即在欠缺那现实底的满足之际的，破坏底本能的观念底的满足之外，什么"也没有。[6]这是什么意思呢？这就是动物的游戏，为借其佐助而它们的生活得以维持的活动所规定的意思。那么，什么先于什么呢，游戏——先于功利底的活动，还是功利底的活动——先于游戏呢？功利底的活动先于游戏，前者更"古"于后者，是明明白白的。但我们在人们中，又看见什么？儿童的"游戏"玩傀儡，扮主客，以及其他——是成年者的活动的戏曲底扮演。[7]然而成年者在自己的活动上，又在追求着怎样的目的呢？最多的时候，他们是在追求着功利底的目的的。这就是在人类中，也是追求功利底的目的的活动，换言之，即维持个人和社会全体的生活所必要的活动，先于游戏，且

5　可参照《心理学的基础》，圣彼得堡，一八七六年，第四卷，三三〇页及以下。

6　同上，三三页。

7　同上，同页。

又规定其内容的意思。像这样的，便是从斯宾塞的关于游戏之所说，论理底地生发出来的结论。

这论理底的结论，和威廉·洪德对于同一对象的见解，是全然一致的。

"游戏是劳动的孩子，——有名的心理、生理学者说。——这是自明的事，在时间底地先行的认真的勤劳的任何形式中，没有本身的模型的那样游戏，是任何形态也不存在的。盖生活底必然性，是强制劳动的，而人在劳动中，逐渐领会了将自己之力的实际底的行使，看作满足的事。"[8]

游戏，是由于要将力的实际底行使所得的满足，再来经验一回的冲动而产生的。所以力的蓄积愈大，游戏冲动就也愈大，但不消说，这以外，是在一样的条件之下的。比相信这个更容易的事，再也没有了。

在这里，也和在各处相同，我将举了例子，来证明而且说明自己的思想。

如大家所知道，野蛮人在自己们的跳舞中，往往再现各种动物的运动。[9]借什么来说明这事呢？除了要将狩猎之际，由力的行使所得的满足，再来经验一回的冲动以外，更无什么东西了。看看遏斯吉摩的狩猎海豹罢，他爬近它去，他像海豹的昂着头照样地，竭力抬了头，他模仿它一切的举动，待到悄悄地接近了它们之后，才下狙击的决心，[10]模仿动物的态度的事，是这样地成着狩猎的最本质底的部分的。所以狩猎者发生欲望，要再来经验狩猎中由力的行使所得的满足的时候，则重复模仿动物的态度，于是遂创造了自己的独创底的狩猎人的跳舞，是不足为异的。然而当此之际，跳舞，即游戏的性

8　Ethik，Stuttgart 1886，S. 145.

9　"So sprachen sie von einem Affentanz，einem Faultiertanz，einem Vogeltanz u. s. w." Schomburg. Reisen in British Guiana，Leipzig 1847，erster Teil S. 154.

10　参照克朗支的 Historie von Grönland，I，207.

质，是被什么所规定的呢？是被认真的勤劳，即狩猎的性质所规定的。游戏是劳动的孩子，后者时间底地一定不得不较前者先行。

别的例。望·覃·斯泰南在巴西的一个种族那里，曾经见了用震撼底的演剧手段，来描写负伤了的战士之死的跳舞。[11]你以为怎样，这之际，什么先于什么呢，战争先于跳舞，还是跳舞先于战争呢？我想，是最初有了战争，后来才发生了描写战争的各种光景的跳舞，最初有了由在战场上受伤的他的战友之死，惹起于野蛮人的内部的印象，而后来乃发现将这印象，由跳舞来再现的冲动，倘若我是对的，——但我自信是对的，——则我在这里，也有十足的根据来说，追求功利底的目的的活动，古于游戏，所以游戏是它的孩子。

毕歇尔会说，战争和狩猎，在原始人，都是娱乐，即游戏，而不是劳动，也未可料的。但是，说这样的话者，乃是玩弄言词的人。在低级的狩猎种族所站的那发展阶级上，为了维持狩猎人的生存，又为了他的自卫，狩猎和战争都是必要不可缺的活动。那两者之一，都全然在追求一定的功利底的目的，所以将两者和正以欠缺这样的目的为特色的游戏看作一律，是惟有太甚而且几乎是意识底的用语的滥用，这才可能。不独此也，野蛮生活的研究者，还说是野蛮人决不为了单单的满足而行狩猎云。[12]

但是，来举关于我在拥护的见解之正确，早没有什么疑惑的余地的第三个例子罢。

在先，我将社会底劳动在和狩猎一同，也在从事农业的原始民族的生活上的重大的意义，加以指摘了。现在我希望你注意于南明

11　Unter den Naturvölkern Brasiliens, S. 324.

12　"The Indian never hunted game for sport." Dorsey, Omaha Sociology, Third annual Report, P. 267. 海尔瓦勒特的 "Die Jagd ist aber zugleich an und für sich Arbeit, eine Anspannung physischer Kräfte und dass sie als Arbeit nicht etwas als Vergnügen von den wirklichen Jagdstämmen aufgefasst wird, darüber sind wirerst kürzlich belehrt worden." Kulturgeschichte. Augsburg 1876, I, S. 109.

大瑶的土人种族之一——排戈皤斯族那里，行着社会底的开垦的事。在他们那里，男女都从事于农业。种稻之日，男人们和女人们从早晨聚在一处，开手工作。男人们走在先头，并且跳舞着，将铁的踏锹插入地里去。此后跟着女人们，将稻种抛入男人们所挖的洼中，于是用土盖在那上面。一切这些，都做得认真而且隆重的。[13]

在这里，我们看见游戏（跳舞）和劳动的综合。然而这综合，并没有遮蔽了现象间的真关系。倘若你并不以为排戈皤斯族太初为了娱乐，将自己的踏锹插入地里去，播上稻种，到后来才为了维持自己的生存，来动手开垦土地，则你就不得不承认当此之际，劳动古于游戏，游戏之在排戈皤斯族那里，是由施行播种的那特殊的条件所产出了的。游戏——是时间底地比它先行的劳动的孩子呀。

请你注意在一样的时会，跳舞这事本身，乃是劳动者的动作的单纯的再现的事罢。我引用毕歇尔自己，来作这的证明罢，他在自己的著作"Arbeit und Rhythmus"（劳动和韵律）里，这样地在说："原始民族的许多跳舞，那本身不过是一定的生产底行为的意识底的模仿。所以当这模仿底描写之际，劳动是必然底地应该先行于跳舞的。"[14] 我完全不解毕歇尔为什么到后来会断定了游戏更古于劳动。

大概可以并无一切夸张地说，"Arbeit und Rhythmus"是用了那全内容，将我正在分析的毕歇尔关于游戏和艺术之对于劳动的见解，完全地而且出色地推翻了。为什么毕歇尔自己，没有觉到这分明的矛盾的呢，只好出惊。

想来他是被近时锡闪大学的教授凯尔·格罗斯[15]所贡献于学界

13　Die Bewohner von Süd-Mindanao und der Insel Samal；von Al. Schadenberg—Zeitschrift für Ethnologie，Band XVII．S. 19.

14　Arbeit und Rhythmus，S. 79.

15　在 Die Spiele der Tiere 这著作里。Jena 1896.

的那游戏说，引进胡涂 [16] 里去了的。所以知道格罗斯的学说，在我们也不为无益罢。

据格罗斯的意见，则以游戏为过剩之力的发现的见解，未必能由事实来实证的。小狗互相游戏，直到完全疲劳，而在并非力的过剩，不过恢复了略足再来游戏的力的分量的最短的休息之后，便又游戏起来。我们的孩子们也一样，即使他们，譬如因长时间的散步而非常疲乏了，但游戏一开始，他们就立刻忘掉了疲劳。他们并不以长时间的休息和过剩的力的蓄积为必要，"是本能使他们，倘若形象底地来表现，则不但杯子洋溢的时候，即使其中几乎只有一滴的时候，也省悟到活动的。" [17] 力的过剩，不是游戏的 Conditio sine qua non（必要的条件），而仅是于它极幸福的条件罢了。

然而即使那并不这样的，斯宾塞说（格罗斯称之为希勒垒尔·斯宾塞说）也还是不够的罢。它想给我们说明游戏的生理学底意义，但将那生物学底意义，却没有说明。然而它的这意义，是极广大的。游戏，尤其是年青的动物的游戏，全有一定的生物学底目的。无论在人类，在动物，年青的个体的游戏，乃是有益于个别底的个体或全种族的性质的练习。[18] 游戏使年青的动物准备，以向它未来的生活活动。然而正因为那是准备年青的动物以向它未来的活动的，所以那就较这活动为先行，而且也因此格罗斯不想承认游戏是劳动的孩子，他反而说，劳动是游戏的孩子了。[19]

如你所见，这和我们在毕歇尔那里所遇见的，是完全一样的见解。所以我所已经讲过的关于劳动之对于游戏的真的关系之处，也全部适合于他的。然而格罗斯是从别一面接近问题去的，他首先并

16　现代汉语常用"糊涂"。——编者注

17　Die Spiele der Tiere，S. 18.

18　上揭书，一九至二○页。

19　上揭书，一二五页。

不以成年者而以儿童为问题。假使我们也如格罗斯一样，从这观点来观察它，那么，问题之显现于我们者，是怎样的情形呢？

再举例罢。耶尔说，[20]澳洲的土人的孩子，常作战争游戏。而且这样的游戏，很为成年者所奖励，为什么呢？因为那是使未来的战士的机敏会发达起来的。我们于北美的印地安，也见到一样的例子，在他们那里，有时是几百个儿童，在有经验的战士的指挥之下，参加着这种的游戏。据凯特林的话，则这种游戏，是成为印地安的养育体系的实质底的一肢体的。[21]现在，在我们之前，有着格罗斯之所谓年青的个体向于未来的生活活动之准备的分明的际会了。但这际会，是肯定他的所说的么？也是的，而也并不！我所举的原始民族的"养育体系"，是显示着在个人的生活上，则战争的游戏，先行于向战争的现实底的参加。[22]所以格罗斯便是对的了，从个人的观点来看，游戏确是古于功利底的活动。然而为什么在上述的民族那里，设定了战争游戏占着那么大的地位这样的养育体系的呢？为的什么，是明明白白的，就因为在他们那里，得到从孩子时候起，就惯于各种军事底训练的，准备很好的战士，是极为必要的缘故，这意思，便是从社会（氏族）的观点来看，事态即显了全然别种的趣旨，在最初——有真的战争和因此而造成的好战士的要求，其次——有为了使这要求得以满足的战争的游戏，换了话说，便是从社会的观点来看，是功利底的活动，古于游戏的。

别的例子。澳洲的女土人在跳舞里面，从中描写着她从地里掘起食用植物的根来的处所。[23]她的女儿看见这跳舞，于是照着儿童

20　Manners and Customs of the Aborigines of Australia，p. 228.

21　Geo. Catlin，Letters and notes on the Manners，Customs and Condition of the North American Indians，I，131.

22　Letourneau，L'evolution littéraire dans les diverses races humaines，Paris，1894，p. 34.

23　"Another favourite amusement among the children is to practise the dances and songs of the adults."Eyre，Op. cit. p. 227.

所特有的向模仿的冲动,她就再现自己的母亲的举动。[24] 她在还未到真去从事于食料之采取的年龄,做着这。所以在她的生活上,掘根的游戏(跳舞)是较现实的掘根为先行,在她,游戏是较古于劳动。但在社会的生活上,则现实底的掘根,不消说,就先行于成年者的跳舞和在儿童的游戏上的这历程的再现了。因此之故,在社会的生活上,是劳动古于游戏的。[25] 想来这是全然明白的。但倘若这是全然明白的事,则剩在我们这里的,只有向自己这样地问,经济学者和一般从事于社会科学的人们,应该从怎样的观点,来观察劳动对于游戏的关系的问题呢? 我以为当此之际,回答也是明白的。从事于社会科学的人们,将这问题——发生于这科学的圈内的别的一切问题也一样,——从社会的观点以外来观察,是不行的。不行的理由,就因为仗了站在社会的观点上,我们才能够较容易地发见在个人的生活中,游戏先于劳动而出现的原因的缘故,倘若我们不出个人的观点以上,那么,我们对于他的生活中为什么游戏先于劳动而出现的事,他为什么做着正是特定的这,而非这以外的东西的游戏的事,将都不能懂得了。

在生物学上,这事也一样地对,但将"社会"的概念,在那里,换为"种族"(严密地说——种)的概念,是必要的。倘若游戏是在尽准备年青的个体向未来的生活底任务之职的,那就明明白白,在最初,种的发展在他面前设定了要求一定的活动的一定的任务,其次,作为这任务的现存的结果,而现出和这任务所要求的诸特质相应的,在诸个体的淘汰和幼年少年期上的养育来。在这里,游戏也不出于劳动的孩子,不出于功利底的活动的机能。

24 "Les jeux des petits sont l'imitation du travail des grands." Dernier Journal du docteur David Livingstone, T. II, p. 267. "少女们最喜欢模仿母亲的劳动而游戏。她们的兄弟的玩具……是小小的弓箭。"(大畔特及查理斯·理文斯敦的山培什研究。)"The amusements of the natives are various but they generally have a reference to their future occupations." Eyre, p. 227.
25 "这些游戏,是作为后来的劳动的精确的模仿而显现着的。" Klutschak, Op. cit., S. 222.

　　人类和动物之间所存的差异，这之际，只在继承下来的本能的发达，在他的养育上，较之在动物的养育上演着小得很多的脚色。虎之子，是作为肉食动物而生下来的，但人类并不作为猎人、农人、军人、商人而产生，他在围绕他的条件的影响之下，成为这个或别个。而且这事，无论男女都是这样的。澳洲的少女，并非生来就本能底地带着对于从地里掘出根来或和这相类的经济的劳动的冲动。这冲动，乃由她里面的向模仿的倾向所产出，就是她竭力要在自己的游戏里，再现出自己的母亲的劳动来。然而为什么她不模仿父亲，却是母亲呢？这是因为她之所属的社会，男女之间，已经确立着分工的缘故。所以这原因，也并不在诸个人的本能之中，而是横在围绕他们的社会底环境之中的。但是，社会底环境的意义愈大，则抛掉社会的观点，像毕歇尔论游戏对于劳动的关系时候之所为那样，站在个人的观点上的事，也愈加难以容许了。

　　格罗斯说，斯宾塞说忽略了游戏的生物学底意义。能够以大得多的权利，来说格罗斯自己，是遗漏着那社会学底意义的。固然，这遗漏，在供献给人类的游戏的他的著述的第二部里，也许会加以订正。男女之间的分工，给与了由新观点，来观察毕歇尔的议论的动机。他将成年的野蛮人的劳动，作为娱乐而描写着。这不消说，即此一点，也是错的，在野蛮人，狩猎不是竞技，乃是维持生活所必要的认真的劳作。

　　毕歇尔自己完全正当地这样说："野蛮人往往苦于厉害的穷乏，成为他们的衣服全体的带子，在他们，其实是用以作德国的下层人民所称为'Schmachtriemen'这东西，就是为了要缓和苦恼他们的饥饿，以此紧束腹部的东西的。"[26] 虽在"往往"（据毕歇尔自己所承认）发生这些事之际，野蛮人竟还是作为竞技者，不因苦恼的必然，却为

---

26 《四概要》七七页。

了娱乐,而去狩猎的么?由力锡典斯坦因,我们知道薄墟曼几天没有食料的事,往往有之。这样的饥饿的期间,当然是必至底的食料搜索的期间。这搜索,竟也是娱乐么?北美洲的印地安,在恰值久不遇见野牛,饿死来威吓他们那时候,就跳自己的"野牛舞"。跳舞一直继续到野牛的出现。[27]那出现,印地安是当作和跳舞有因果关系的。为什么在他们的脑里,会发生了关于这样的关系的表象的呢?这一个此时和我们没有关系的问题,姑且不谈,我们可以用了确信来说,当此之际,"野牛舞"以及和动物的出现同时开手的狩猎,都不能看作游戏。在这里,跳舞本身,是作为追求功利底的目的,同时也作为和印地安的主要的生活活动紧密地相联结的活动而出现的。[28]

往前进罢。看一看我们的疑问的竞技者的妻罢!行军的时候,她搬运重担,掘起根来,搭小屋、生火、鞣毛皮、编篮,以后也从事于土地的开垦。[29]一切这些,都不是劳动,而是游戏么?据 F. 普列司各得的话,则印度的达科泰族的男人,夏季每天劳动不到一小时以上,如果愿意,这就可以称之为娱乐。然而在一年的同一时期

27 Catlin. Op. cit., I, 127.

28 在毕歇尔,以为原始人是能不劳动而生活了的。"无疑地,——他说,——人类在不能测知的时代的经过中,能够不劳动而生活了,而且如果他愿意,则虽是现在,在这地球上,也还不难寻到从他这面支出极少的努力,而西谷米、香蕉、面包果树、科科(现代汉语常用'可可')、椰子和枣椰子就会许他生存的地方。"(《四概要》七二至七三页)倘若毕歇尔在不能测知的时代之下,是"人类"刚被组织化为特殊的动物种(或是科)的时代的意思,那么,我要说,当时我们的祖先,是不下于类人猿地"劳动了"的,关于这事,我们毫无什么权利,可以说在他们的生活上,游戏比维持生存所必要的活动,占着更大的地位。倘就仅支出最小的努力,便可保人类的生存似的或种特殊的地理底条件而言,则在这里也决不应当夸张的。热带地方的华丽的自然,要求人类的劳力,决不较温带的自然为少。蔼连赖息还至于说,这样的劳力的量,在热带地方,更大于温带地方云。(Ueber die Botocudos, Zeitschrift für Ethnologie, B. XIX, S. 27.)

不消说,在栽培食用植物之际,则热带地方的肥沃的土壤,是很能轻减人类的劳动的,然而这样的栽培,惟在文化底发展的比较地高的阶段上,这才开始起来。

29 "The principal occupation of the women in this village consists in procuring wood and water, in cooking, dressing robes and other skins, in drying meat and wild fruit and raising corn." Catlin, Op. cit., I, 121.

中，同一种族的女人，每天却劳动到约六小时，在这里，就难以假定我们的问题是在"游戏"了。但到冬季，夫妻便都非比夏季更加劳动不可，那时男人劳动约六小时，女人约十小时。[30]

在这里，早已全然而且断然地不能谈到"游戏"了。在这里，我们已经 Sans phrase（没有文词）地惟劳动算是问题，而且即使这劳动比起文明社会的劳动者的劳动来，为无兴味，且少疲劳，然而并不因此而失其为全然是一定的形式的经济底活动。

就这样，由格罗斯所假定了的游戏说，也无以救助我所正在分析的毕歇尔的命题。劳动古于游戏，和父母之古于孩子，社会之古于各个的成员是一样程度的。

但既经说起了游戏，我还应该使你的注意，向一部分已为你所知道的毕歇尔的一个命题去。

据他的意见，则在人类发展的最早的阶段，文化底获得之从氏族传给氏族的事，是没有的。[31]而且这事情，就从野蛮人的生活上，夺去了经济的最本质底的特征。[32]然而游戏倘若连格罗斯也以为是使原始社会中的幼小的个人，准备实行他们的未来的生活底任务的，则岂非明明白白，那是结合不同的时代，并且正成为扮演着从氏族向氏族传达文化底获得的脚色的联系之一的么？

毕歇尔说："最后者（原始人）对于努力制作殆及一年，而且于他盖一定值得绝大的努力的石斧，有特别的爱执的事，以及这斧之于他，像是他本身的存在的一部分的事，固然可以认到。但以为这贵重的财产，将作为遗产，移交于他的子孙，而且成为以后的进步的基础，却是错误的。"类似的对象，在关于"我的"和"你的"的概念的最初的发达上，给与着动机的事，是确实的，而指示着这些

<hr>

30　Schoolcraft, Historical etc. Information, part III, p. 235.

31　《四概要》八七页及以下。

32　同上，九一页。

概念，仅联结于个人，和他一同消灭而去的观察，也多得不相上下。"财产是和生前是那个人底所有的所有者，一同埋下坟里去的（毕歇尔的旁点）。这习惯，行于世界的一切部分，而那遗制，则在许多民族中，虽在他们的发展的文化时代也还遇见。"[33]

这事，不消说，是对的，然而，和物一同，从新制作这物的技能也就消灭的么？否，不消灭的。我们在低级的狩猎种族中，已经看见父母要将他们自己所获的一切技术底知识，努力传给孩子。"澳洲土人的儿子一会步行，父亲便带他去狩猎和打渔，教导他，讲给他种种的传说。"[34] 而澳洲土人在这里并非一个一般底的规则的例外。在北美洲的印地安那里，氏族（the clan）任命着特别的养育者，那职任，是在当幼小时，授以将来他们所必要的一切实际的智识。[35] 科司族的土人那里，则十岁以上的一切儿童，都一同养育于首长的严峻的监督之下，那时候，男孩子学关于军事和狩猎，女孩子则学各种家庭底劳动。[36] 这不是时代的活的联系么？这不是文化底获得之从氏族到氏族的传达么？

属于死者的物品，即使委实非常地屡屡终于在他的坟里失掉，但生产这些物品的技能，是从氏族传给氏族的，而这事，则较之物品本身的传达，更其重要得多。不消说，死者的财产消灭在他的坟墓里，是会使原始社会中的富的蓄积，至于迟缓起来。然而第一，如我们之所观察了的那样，那并不排除时代的活的连系，第二，是

---

33 《四概要》八八页。

34 Ratzel, Völkerkunde, zweite Ausgabe, I Band, S. 339. 夏甸培克关于飞猎滨的内格黎多，也说着相同的事，Zeitschrift für Ethnologie, B. XII, S. 136. 关于安大曼群岛居民的儿童养育，可看眉安的 Journal of the Anthropological Institute, vol. VII, p. 94. 倘相信爱弥耳·迭襄的话，则韦陀族是在这一般底的规则的例外的，他们似乎并不将使用武器的事，教给自己的孩子们（Carnet d'un voyageur. Au pays des Veddas, 1892, p. p. 369—370）。这是极难相信的证言。迭襄大抵不给人以那是周到的研究的印象。

35 Powell, Indian Linguistic Families, Eleventh Annual Report, p. 35.

36 Lichtenstein, Reisen, I, 425.

因为对于非常之多的对象的物品的存在，个人的财产大抵是极为微末的，那首先就是武器，但原始底的狩猎人，战士的武器，是非常密切地和他的个性一同成长，恰如他本身的延长一般，所以在别人，便是不很合用的物品。[37] 这就是和那死掉的所有者的同时底消灭，较之粗粗一看之所想，只是小得很远的社会底损失的原因。待到后来，和技术以及社会底富的发达一同，死者的所有物的消灭成为他的近亲的重大的损失的时候，那就渐被限制，或者将地位让给单是消灭的象征，而全被废弃了。[38]

因为毕歇尔否定着野蛮人的时代间的活的联系的缘故，所以他对于他们的父母底感情，极为怀疑，是无足怪的。

"最近的人种学者，——他说，——为要证明母性爱的力在一切文化底发展阶段上是共通的性质，曾倾注了许多的努力。其实，以为到处由多数的动物种以如此引动人心的形态，发现出来的这感情，在人类则独无的这种思想，在我们是难于承认的。但是，许多观察，却显示着亲子间的精神底联系，已经是文化的成果的事，以及在最低的阶段的民族中，为维持民族本身的存在起见的谋虑，强于别的一切精神运动的事，或者甚至于仅有这谋虑现存的事……。无限的利己主义的同样的性质，在许多原始民族当移住之际，将也许有妨于健康者的病人和老人，委之运命的自然，或遗弃于荒凉之处而去的残酷里，也显现着的。"[39]

可惜的是毕歇尔毫不举出什么事实来，以作自己的思想的确证，所以他在就怎样的观察而说，我们竟全不了然。因此我也只得

---

37 非常多数之中的一例，"Der Jäger darf sich keiner fremden Waffen bedienen; besonders behaupten diejenigen wilden, die mit dem Blasrohr schiessen, dass dieses Geschoss durch den Gebrauch eines Fremden verderben werde und geben es nicht aus ihren Händen." Martius，Op. cit.，S. 50.

38 可看烈多尔诺的 L'evolution de la propriété，p. 418 及以下。

39 《四概要》八一至八二页。

以我自己所知道的观察为基础，来检讨他的所说。

澳洲的土人，是能以十足的根据，看作最低级的狩猎种族的。他们的文化底发展，等于无。所以称为父母底爱这种"文化底获得"，可以预料为他们大概还没有知道。但是现实并不将这预料化为正当。澳洲的土人，是热烈地爱自己的孩子，他们常常和他们游戏，并且爱抚他们的。[40]

锡仑岛的韦陀族，也站在最低的发展阶段上。毕歇尔将他们和薄墟曼一同，举为极端的野蛮的例子。但虽然如此，据丁南德所保证，则他们也"于自己的孩子们和血族很有挚爱的"。[41]

遏斯吉摩——这冰河时代的代表者——也"很爱自己的孩子们"。[42]

关于南美洲印地安，对于自己的孩子们的大的爱，神甫休密拉已经说过了。[43] 辉忒则以这为美洲印地安的最显著的性质。[44]

在非洲的黑人种族中，也可以指出不少因为对于自己的孩子的和善的顾虑，而唤起旅行家的注意的种族来。[45]

他的错误，何自而来的呢？他是将颇为广行于野蛮人之间的杀害小儿和老人的习惯，不得当地解释了。不消说，从杀害小儿和老人的事，来判断孩子和父母之间的相互底亲爱的欠缺，一下子是觉得似乎极合于论理的。然而只是觉得，那又不过是一下子罢了。

在事实上，小儿杀害是很广行于非洲土人之间的。在一八六

40　Eyre, Op. cit., P. 241.

41　Tennant, Ceylon, II, 445. （可参照 Die Weddas von Ceylon, von P. und F. Sarrasin, S. 469.）

42　D. Cranz, Historie von Grönland, B. I, S. 213. 可参照克柳却克的 Als Eskimo unter den Eskimos, S. 234. 及波亚斯的上揭书，五六六页。

43　Historie naturelle, civile et geographique de l'Orénoque, T. I, p. 211.

44　Die Indianer Nordamericas, Leipzig 1865, S. 101. 可参照玛蒂尔达·司提芬生的研究，给斯密司学会的亚美利加人种学会第十一回报告的 The Siou。据司提芬生所说，则当食料不足之际，成年者是自己忍着饥饿，以养孩子们的。

45　例如，可看锡瓦因孚德的关于野蛮人的所说之处，Au cœur de l'Afrique. T. I, p. 210.

〇年，纳里那也黎族的新生小儿的三分之一，都被杀掉。生在已有小的孩子们的家族里的孩子，都被杀，一切病弱的，每年生的孩子，等等，也被杀。然而这也并非上述的种族的澳洲土人中，欠缺着父母底感情的意思。全然相反的，或一孩子一经决定留下，他们便"以无限的忍耐"[46]来保育他。就是，事态未必像最初所觉得那样地简单，小儿杀害，于澳洲土人并不妨碍其爱自己的孩子们，很坚忍地将他们抚养。而且这也不独在澳洲的土人。古代的斯巴达也曾有小儿杀害，然而因此便可以说，斯巴达人还未到达能够发生父母对子的爱情的文化底发展阶段么？

就杀害病人和老人而言，则在这里，首先必须将至于施行这事的特殊的事情，加以计及。那是仅仅施行于精力已经耗尽的老人，当行军之际，失掉了和自己的氏族偕行的可能的时候的。因为野蛮人所有的移居的手段，还不够搬运这样的体力已衰的成员，所以必然勒令将他们一任运命的意志，而且那时候，由近亲者来致死，在他们，是算作一切恶中的最小者的。况且老人的遗弃和杀害，是拖延到最后的可能，所以虽在以这一事出名的种族中，也实行得极其稀少，这事是必须记得的。火岛的土人，和达尔文讲了多回的吃掉自己的老妪的故事相反，拉追勒说，老人和老妪，在这种族中，却受着大大的尊敬。[47] 耶尔关于飞猎滨群岛的内格黎多，[48] 蔼连赖息（引玛乔斯的话）关于巴西的皤多库陀，都说着一样的事。[49] 海克威理兑尔称北美的印地安为比别的任何民族都尊敬老人的民族。[50] 关于非洲的土人，锡瓦因孚德说，他们不但很注意地抚养自己的孩子

46　Ratzel, Völkerkunde, I, 338—339.

47　Völkerkunde, I, 524.

48　Native races of the Indian Archipelago, p. 133.

49　Ueber die Botokudos etc., Zeitschrift für Ethnologie, XIX, S. 32.

50　L. c., S. 251.

们而已，也尊敬自己的老人们，这是在他们的任何村落里，常常可以目睹的。[51] 而据史坦来的话，则对于老人的尊敬，是成着全非洲内地的一般底的规则。[52]

毕歇尔全然将站在具体底的基础上，这才得以说明的现象，抽象底地在观察了。对于老人杀害，也和对于婴儿杀害完全相同，不是原始人的性格的特质，不是他的疑问的个人主义，也不是欠缺时代间的活的连系，乃是应当归之于野蛮人在那里面，不得不为自己的生存而争斗的诸条件的。我在第一信里，已曾使你想起人类倘若生活于和巢蜂同样条件之下，他们便将并无良心的苛责地，甚至于怀着尽义务的愉快的自觉，以谋自己社会中的不生产底的成员的绝灭罢这一种达尔文的思想来了。野蛮人就正是生活于不生产的成员的绝灭，或一程度为止，是对于社会的道德底义务那样的条件之中的。他们既在这样的条件之下，便势不得不杀掉多余的孩子和耄年的老人，然而他们之并不因此便成为毕歇尔所描写那样的利己主义者或个人主义者，是由我引用的许多例子所明证的。使杀孩子和老人的野蛮生活的那同一条件，就同样地支持着留遗下来的团体的诸成员间的紧密的连系。以父母底感情的发达和对于老人致大尊敬为世所知的种族，时而同时施行着杀害小儿和老人的 paradox（颠倒），即据此可以说明。问题的核心，是不在野蛮人的心理，而在他的经济的。

在截止关于原始人的性质的毕歇尔的议论之前，我还不可不关于那动机，来加两个的注意。

第一，作为由他归给野蛮人的个人主义的最明了的表现之一，映在他的眼里的，是他们之间，非常广行的各自采取食料的习惯。

第二，在许多的原始民族那里，家族的各成员，有着自己的动

---

51 Au coeur de l'Afrique, T. I, p. 210.

52 Dans les ténèbres de l'Afrique, II, 361.

产，对于这，家族的其余的成员无论谁，都没有一些权利，普通也并不现出什么欲望来。一个大家族的各成员，散开来住在小小的小屋里的，也不少有。毕歇尔在这里，就看出了极端的个人主义的显现。倘使他知道了我们大俄罗斯有那么许多的大农家族的秩序，就会全然改变了那意见的罢。

在这样的家族里，经济的基础是纯粹地共产主义底的。但这事，于他们的各个成员，例如，于"妇人们"和"姑娘们"，并不妨碍其拥有虽从最压制底的"家长"这边的侵犯，也由习惯之力严加保护着的自己本身的财产。为了这样大家族的既婚的成员，往往在共同的大院内，造起分屋来（在旦波夫斯克县，称这些为小屋）。

你也许早已倦于关于原始经济的这些议论了。但是，请你容认[53]，我没有这个是全然不能济事的。如我已经说过，艺术是社会现象，所以倘若野蛮人实在是完全的个人主义者，那么，絮说他的艺术，盖是无意味的罢，我们在他们那里，将毫不能发见艺术活动的怎样的特征。然而，这活动，是没有怀疑的余地的。原始艺术——决不是神话。只这一个事实，即使是间接底地罢，就已经能够否定毕歇尔的对于"原始经济底构造"的见解之足信了。

毕歇尔屡屡反复着说："为了不绝的放浪生活，关于食料的顾虑全然并吞了人们，和这一同，连我们所想为最自然的感情，也不容其发生了。"[54]而那同一的毕歇尔，如你所已经知道，却相信人类在不可测知的世纪间，曾经不劳动而生活，以及虽在今日，地理底条件允许人们支出最少的努力而生存的处所，也还不少的。在我们的著者，艺术古于有用的对象的生产这一种确信还和这相连结，正如游戏古于劳动一般。那就成为这样——

53　现代汉语常用"容忍"。——编者注
54　《四概要》八二页。并参照八五页。

第一，原始人用最微细的劳力的价值，维持了自己的生存；

第二，虽然如此，这些微细的劳力却完全并吞了原始人，为了别的任何活动，连我们所以为自然的感情之一，也不留一些余地；

第三，自己的营养以外，什么也不想到的人，却连为了那营养，也不从有用的对象的生产开始，而从满足自己的美底要求开始的。

这是非常奇怪了！当此之际，矛盾是显然的。但是，要怎样办，才能够脱却这个呢？

要脱却这个，非订正了毕歇尔关于向有用对象的生产的活动和艺术的关系的见解的错误之后，是不可能的。

毕歇尔说工艺的发达，无论那里都始于身体的涂彩时，就非常地错误着。他绝没有引一条事实，能够给我们设想为身体是涂彩或穿孔，先于制作原始底的武器或原始底的劳动用具的动机——是的，不消说，引不出来的。蟠多库陀的或一种族，在那有限的身体装饰之中，有作为最主要的东西的他们的有名的蟠多卡，即插入嘴唇里的木片，[55] 倘若假定这木片的设色，是在蟠多库陀人学得从事狩猎，或者至少是借着弄尖的棍棒之助，来掘食用植物的根之前，那是非常可笑的罢。关于澳洲土人，L. 什蒙曾说，在他们那里，许多种族，是毫不加什么装饰的。[56] 这恐怕未必如此，在事实上，一切澳洲的种族，是用着最不复杂的，以及这样那样的装饰的，即使是少数。但在这里，也仍然不能假定这些不复杂的少数的装饰，在澳洲的土人那里，较之关于营养的忧虑以及和这相应的劳动用具，即武器和用于采取食用植物的弄尖了的棍棒，为更先出现。萨拉辛以为未受外来文化的影响的原始韦陀族，男人女人和孩子，都毫不知道什么装饰，虽是现在，在山地里也还能遇见全不装饰的韦陀族。[57]

55　Waitz, Anthropologie der Naturvölker, dritter Teil, S. 446.

56　Im australischen Euche und an den Kusten des korallenmeers, Leipzig 1896, S. 223.

57　Die Weddas von Ceylon, S. 395.

这样的韦陀族，连耳朵也不穿孔的，然而他们却已经知道使用那，不消说是他们自己所制作的武器。在这样的韦陀族里，用于装饰武器的工艺，分明是先于装饰制造品的工艺的。

连非常低级的狩猎种族——例如薄墟曼或澳洲土人——也会作画，是事实。在他们那里如我将在别一信里来论及那样，有着真的画廊。[58]焦克谛和遏斯吉摩，以那雕刻和雕刻细工出名。[59]曾在古象期居住欧洲的种族，则以不亚于此的艺术底倾向见知于世。[60]一切这些，都是属于艺术史家谁也不当付之等闲的极重要的事实的。但是，在澳洲土人，薄墟曼、遏斯吉摩或古象的同时代者那里，艺术活动比有用的对象的生产先行了，在他们，艺术比劳动"古"了的这等事，是从那里发生的呢？这样的事，是那里也决不会发生的。全然是那反对。原始狩猎人的艺术活动的性质，分明证明着有用的对象的生产和一般地经济底活动，较艺术的发生为先行，因而在那上面，也捺着最鲜明的印记。焦克谛的画，是描着什么的呢？——那是狩猎生活的种种的光景。[61]显然是焦克谛最初从事于狩猎，其次才开始在绘画上，再现出自己的狩猎来。全然一样地，倘若薄墟曼是几乎专画着动物，孔雀、象、河马、鸿雁，以及其他的，那就因为动物在他们的狩猎生活上，充着绝大的决定底的脚色的缘故。在最初，人类对于动物站在一定的关系上了（开始狩猎它

58　关于澳洲土人的绘画，可看辉忒的 Anthropologie der Naturvölker，sechster Teil，S. 759. 及以下，并看有兴味的 L. G. 玛乔斯的论文，The rock pictures of the Australian Aborigines in Proceedings and Transactions of the Queensland Branch of the Royal Geographical Society of Australia，vv. X and XI. 关于薄墟曼的美术，则可看已曾由我引用了的蒱立修的关于南美洲土人的著述，第一卷，四二五至四二七页。

59　可看 Die Umsegelung Asiens und Europas auf der Vega von A. E. Nordenskiold，Leipzig 1880，B. I，S. 463 及 B. II，S. 125，127，129，135，141，231.

60　可参照 Die Urgeschichte des Menschen nach dem heutigen Stande der Wissenschaft，von Dr. M. Hörnes，erster Halbband，S. 191 及以下，213 及以下。和这相关联的许多事实，由 Mortillet 指示在他的 Le Préhistorique 中。

61　Nordenskiold，II Band，S. 123，133，135.

们了），其次——也正因为对于它们站在一定的关系上的缘故——则在他那里，生起要描写这些动物的冲动来。那么，什么比什么先行了的呢，劳动先于艺术，还是艺术先于劳动呢？[62]

不，敬爱的先生，我相信，倘若我们不将如次的思想，即劳动古于艺术的事，以及人类大抵先从功利底的观点，来观察对象和现象，此后才在自己对于它们的关系上，站在美底观点上的事，将这思想据为己有，则我们在原始艺术的历史上，恐怕什么也全然不会懂得的。

我想将许多——由我看来，是完全可以凭信的——这思想的证明，举在下一信里，但那大约要从研究分民族为狩猎、牧畜、农业民族这旧的举世所知的分类，是否合于我们的人种学底知识的现在的状态这一个问题开端了。

62　Fritsch，Die Eingeborene Süd-Africas，I，436.

论文集"二十年间"第三版序

当我的论文集《二十年间》的新版出世之际，这回决计要在那前面加上几条注意书了。

或一批评家——不但倾向不好而已，且是极不注意的批评家，竟将实在可惊的文学的规范，归在我身上了。他决定地说，我所承认者，只是承认社会底环境有影响于个人的发达的文艺家，而将不承认这影响的文艺家，加以否定。要将我解释得比这更不行是不能的了。

我所抱的见解，是社会底意识，由社会底存在而被决定。凡在支持这种见解的人，则分明是一切"观念形态"——以及艺术和所谓美文学——乃是表现所与的社会，或——倘我们以分了阶级的社会为问题之际，则——所与的社会阶级的努力和心情的。凡在支持这样见解的人，将所与的艺术作品，开手加以评量的文艺批评，就也分明应该首先第一，剖明在这作品中，所表现者，正是社会底（或阶级底）意识的怎样的方面。黑格尔学派的批评家——观念论者——这里面，连在那发达和这相应了的时期的我们的最天才底的别林斯基（Belinski）也包括在内——说："哲学底批评的任务，是将借艺术家而被表现于那作品中的思想，从艺术的言语，译成哲学的言语，从形象的言语，译成论理学的言语。"但作为唯物论底世界观的同人的我，却要这样说："批评家的第一的任务，是将所与的艺术作品的思想，从艺术的言语，译成社会的言语，以发见可以称为所与的文学现象的社会学底等价的东西。"我的这见解，在我的文学底论文里说明，已经不止一次了，但看起来，这见解，竟好像引我们的批评家于迷误似的。

这富于奇智的汉子，竟以为倘如我的意见，文艺批评的第一的任务，既在决定由作者所运用的文学现象的社会学底等价，则我所赞赏，是将在我觉得愉快的社会底努力，表现于那作品中的作家，而将不愉快的这些事的表现者，加以否定。就这事本身而论，就已经愚蠢，因为在真实的批评家，问题是并不在"笑"了"哭"了那些事情里，而在理解之中的。然而现在我所作为问题的"作者"，却将问题更加单纯化了。他所述说，是所与的作家，那作品能否确证我关于社会环境的意义的见解，我便据以分为赞赏或非难[1]。于是就生出可笑的漫画来，假使这对于我国的——可惜还不独我国——文学史家，不成为极有兴味的"历史底记录"，那就恐怕是连谈讲的价值也没有的。

G. I. 乌斯宾斯基（Uspensky）在《难医的汉子》这一篇短篇里，将一个苦于暴饮，向医生访求着医治这病的药，"譬如连身体的角角落落"也都达到的药的教士，作为唯物论的决定底反对者，证明着物质和精神的决非一物。"你瞧，——这汉子讲道理道，——连《俄国的言语》报上，也没有说这是一体的……倘若这样，那么，拿一段木棒来——这是脊骨，缠上绳子——是神经，再加上些什么——选出去做土地争议裁定官罢，只要给带上缀着红带子的帽，就好了……"

这教士，留下了无数的子孙，他是马克思的一切"批评家"的先祖。我们的"作者"，一定也属于这苗裔里面的。然而应该说真话，——教士还没有"狭隘"到他的子孙一般。他"连"依据了《俄国的言语》报，也并无偏见地，承认了脊骨不是木棒，神经不是绳子。而我的大慈大悲的批判者，却要将神经和绳子，木棒和脊骨的等观的坚强的确信，归之于我。岂但我们的批评家而已呢？反对者们也将和这相类的愚昧，十分认真地归给了我们。——其实是，虽现今也还在归给，没有歇——要确信这事，只要想起社会革命党和主观主义者们

---

[1] 他竟连从我的文学底论文里，引一条例子来确证自己的言论的事，也忘掉了。然而这是自然明白的。

对于马克思主义所加的反驳，就够了。不独此也，——虽在西欧的马克思批判——例如有名的培仑斯坦因先生——上，也还将那有判断的教士所未必加于唯物论的关于"神经"和"绳子"的意见，归之"正统底"马克思主义，这事，是可以无须什么夸张地来说的。我真不知道，我们可能遇到一个时代，会从和这种"批评家"交矛的满足，得到解放。但我想，这时代是要来的，我以为这的到来，当在社会底变革，除去了或种哲学底以及其他的偏见的社会底原因之后。然而现在，却还很要常常听我们的"批评家"的认真的忠告，说是将缠着绳子，用了缀着红带的帽子装饰起来的木棒，推举出去做"土地争议的裁定官"，是不行的罢。没有法，只好和果戈理（Gogol）一同大叫道："诸位，生活在这世间，是多么无聊呵！"

也许有人要说，着手于艺术作品的社会学底等价之决定的批评家，是容易将那方法来恶用的。这我知道。然而不能恶用的方法，有在那里呢？这是没有的，也不会有。又将说罢，——所与的方法愈是切实的，则由拙劣地驾驭这方法的人们所犯的那恶用，就愈不堪。然而这事，成为反对切实的方法的理由么？人们往往将火恶用，但人类倘不回到文化底发达的最低阶段去，却不能拒绝其使用。

在我国，现在是将"有产者底"或"小市民底"这形容词，非常恶用着了。那事例之多，竟至于使我读着"Russkie Vedmosti"第九十四号的漫谈（Feuilleton）的 I 先生的下几行，未尝没有同感。——

"现在的文学，在要发见一种手段，只留下于那支持者并无危险的东西，而决定底地将一切解体、破坏。这是包藏于'有产者底'或'小市民底'这言语之中。只要将这言语，抛在或一社会活动家或文学作品上，便作为杀死、解体、绝灭最强的有机体的毒，作用起来。'有产者底'这句话里，含有无论用了怎样狡狯的中伤，论争底才能的怎样的展开，也都不能斗争的论据。这好像是不能证明它没有对准必要之处，未常命中适当之处的日本的下濑火药似的东西。触着它也好，不触着也好，而它已经将那些东西破坏了。

"对于这可怕的判决，唯一的充足的回答，是向着和这相应的致命底的爆裂弹的飞来之处，抛过同样的东西去。对于将'有产者底'这句话，抛给你们了的处所，就送以'小市民底'这句话罢。那么，你们将在敌阵里面，看见刚才在你们自己这边那样的败灭了，为什么呢？因为防御这爆裂弹，是怎样的城墙，怎样的壕堑，也不会有的。"

在或一意义上，I 先生是对的。但仅在或一意义上，是对的而已。作为分明看透了或种现象，却并不来取解决那社会底意义之劳者，是对的。但是，倘若 I 先生要懂得这意思，那很容易，就只要从他刚才所说上述的形容词的恶用之可怕的事，便懂得了。兑什思沛兰德先生说得不错（《基雅夫意向》，一九〇八年，一三二号）——

全世界是——据索洛古勃，是"有产者"。

据陀勃罗文，则是"犹太人"。

那是如此的。然而为什么从陀勃罗文（Dubrovin）先生看来，全世界是"犹太人"呢？将这奇怪的心理学底光差的社会学底等价，加以决定，是做不到的么？对于这问题，恐怕大家都未必能说"做得到"，大家也未必毫无困难，决定这等价的罢。那么，索洛古勃（Sologub）先生的心理学底光差，怎样呢？决定那社会学底等价，是可能的么？我还是以为可能的。

例如——看罢。近时陀勃罗文先生的机关杂志说过——"社会主义所约给我们的饱满的有产者底幸福，并不使我们满足"（据《基雅夫意向》一九〇八年，一三二号所引用）云。

总之，陀勃罗文先生对于自己的反对者们，现在是不但非难其犹太性，而且也非难其小市民性了。然而陀勃罗文先生是并非将可怕的有产者性的"下濑火药"，亲自制造了的，他是从别人，例如，从由他看来，全世界都是"有产者"的索洛古勃先生，或从并不反对甚至将有产者性之罪归于造化的伊凡诺夫·腊朱摩尼克（Ivanov-Razumnik）先生，所接来的现成品。但这些人们，也并未自己制造了这可怕的"下濑火药"。他们从几个马克思的批判者，将这接受过来，而这些批判者们，则继承之于法兰西的罗曼派。谁都知道，法兰西的罗曼派们，是雄健地反抗了"有产者"和"有产者性"的。但到现在看起来，凡在知道法兰西文学史的人们，就明白那反抗了"有产者"和"有产者性"的罗曼派本身，即彻骨地为有产者精神所长养。所以对于"有产者"的他们的攻击和对于"有产者性"的他们的嫌恶，不过是有产阶级内的家庭争执。泰奥菲尔·戈蒂耶（Théophile Gautier），是"有产者"的无可解救的敌人，然而虽然如此，他对于一八七一年五月的有产阶级对无产阶级的胜利，却以渴血似的狂喜来欢迎了。只要看这事，便知道对于"有产者"在嚷嚷着的一切人们，并不是对于有产者底社会组织的反对者。如果是这样的，那么，要知道可怕的"下濑火药"的本质，就也没有像 I 先生所设想之难。是有"反小市民性"，又有"反小市民性"的。有一种"反小市民性"，是和资产阶级的榨取大众（群集）的事，虽然还容易和解，但到终局，和由这榨取而生的有产者底性质的缺点，却无论怎样，总不能和解。还有一种"反小市民性"——那不消说，对于有产者底性质的坏的方面，是并不掩起眼睛来的，但分明知道，这只有靠着除去相关的生产关系的方法，才能够除去。要明白这两种"反小市民性"的任何之一，都应该在文学上发见那反映，而且其实已经发见的事，是容易的。凡明白了这事的人，就毫不为难地知道"下濑火药"的本质了。

他将要说罢，——有"下濑火药"，又有"下濑火药"，其一，是有产者愿意脱离由有产者底社会关系而生的缺点，于是他从对于由他所榨取的大众的劳动，希望维持政权的人们所团结的阵营里，跑了过来。这些"下濑火药"，在效用上，就像仅足惊吓苍蝇的蝇拍。然而还有别的"下濑火药"，那是从反抗"人类对人类的"一切榨取的人们的阵营里跑来的。这些人们，比第一种的人们诚实得多。那数目之中，不但陀勃罗文之徒而已，连泰奥菲尔·戈蒂耶之辈，也不在内。现代俄国的"小市民性"的反对者们的最大多数，也知他们毫没有什么共通之处。例如茹科夫斯基（Zhukovski）先生似的人，也不属于此，据他的意见，高尔基（Maxim Gorki）——"是从头顶起，到脚尖止，是小市民。"在高尔基，是有许多缺点的。可以用了完全的意识，称他为空想家。但能够说他是小市民者，却只有陀勃罗文先生似的，将社会主义和小市民性，混为一谈的人。I先生说："高尔基先生常在非难别人，说是小市民性。别人也在这样地非难他。一切都很合适的。这恐怕是孩子的游戏罢。"他说这话的时候，是大错的。一种文学，其中"玩弄"着"小市民"呀，"小市民性"呀那样的诚实的概念，却可以说是一切都很合适的么？凡是对于文学的问题，抱着诚实的态度的人们，可以不来努力，使这游戏有一结束的么？然而要将孩子用着诚实的概念的游戏，加以结束，则倘不能决定这游戏的社会学底等价，换了话说，就是剖明那引它出来的社会底心情，就不行。但这事，倘不是在"社会底意识，由社会底存在而被决定"这一个不可争的命题上，就是我所努力要将自己的批评论文的基础，放在那里的思想上，两手牢牢地抓着的人，是办不到的。

一切的"反小市民"，决不能僭用无产阶级的观念者这名称。这事，在西欧知道文学底潮流的历史的一切人们，是很明白的。但可惜在我国，凡有兴味于社会问题的人们，却远不知道这历史。于是I先生所指摘的有害的游戏的可能，就被造成了。并不很古的时候，说起来，就只在两三天以前，在我国，自己的魂灵里除了对于小市民的罗曼底的——即 Par Excellence（几乎全体）地小市民底的——憎恶之外，一无所有的人们，都将身子裹在"无产阶级的观念者"的外套里面了。这种人们的不少的数目，即形成于新闻《新生活》的协力者之中。其中之一的闵斯基（Minski）先生，在上述的新闻停刊了几个月之后，夸张地指摘着一个事实，说是我们的颓废派诗人，大半投入我们的解放运动的极左底潮流里了，而艺术上的写实主义的拥护者，倾向这潮流的却少得远。事实，是未曾正确地指摘到的。而且对于闵斯基先生所要证明的，事实却毫没有证明着。在法兰西，自己彻骨为小市民底精神所育养的"小市民性"的反对者的许多人——例如波德莱尔（Baudelaire）——，就很神往于一八四八年的运动，但这事，于那运动刚要失败，而他们便转过脸去，是不来妨碍的。以强有力的"超人"自居的这种的人们，实际上却极端地孱弱。而且也如孱弱的一切人们一样，神往于自然力那一边。然而他们的出现，则并非作为力的新要素，倒是代表着否定底要素，要运动之力不减少，还是和他们分离了，却较为有效的。而在我国，和这些人们曾经协力的劳动者利益的拥护者们，是将许多罪戾，接收在自己的魂灵里了。

但是，回到文艺批评的任务去罢。我说过，——黑格尔学派的批评家——观念论者，以为将艺术作品的思想，从艺术的言语，译成哲学的言语，是自己的义务。然而他们很知道，他们的工作，是很不以遂行了这义务为限的。上述的翻译，据他们的意思，不过是哲学底批评历程的第一段。这历程的第二段，在他们，——如别林斯基所曾写出——是在"将艺术底创造的思想，指示其具体底显现，追求之于形象之中，而且发见其各部分中的全体底的和单一的东西。"这意思，就是说，在艺术作品的思想的评价之后，应该继以那艺术底价值的分析。哲学不但并没有除去美学而已，反而努力于为他寻路，为他发见坚固的基础了。关于唯物论底批评，也应该说一样的话。一面努力于发见所与的文学现象的社会学底等价，而这批评，倘不懂得问题不该仅限于这等价的发见，以及社会学并非在美学前面关起门来，倒是将门开放的事，那就是背叛了自己的本性的东西。忠实的唯物论底批评的第二段的行动——恰如在批评家——观念论者那里也是如此一样——自然应该是正在审查的作品的美学底价值的评价。假使批评家——唯物论者，以他已经发见了所与的作品的社会学底等价为理由，而拒绝这样的评价，则不过曝露了他对于自己要据此立说的那见地，并无理解。一切所与的时代的艺术底创作的特殊性，是常被发见于里面所表现的社会底心情和那最紧密的因果关系之中的。一切所与的时代的社会底心情，则由那时代所特有的社会关系而被决定。这事，艺术和文学的一切的历史，显示得比什么都了然。惟这个，就是当决定一切所与的时代的文学作品的社会学底等价时，假使批评家从那艺术底价值的评价转过脸去，那么，这决定，便将止[2]剩下不完全的，从而不确实的东西的原因。用了别的话来说，就是，唯物论底批评的第一段，不但不除去第二段的必要而已，倒是引起作为那必要的补充的第二段来。

再说一回，唯物论底批评的方法的恶用，是仅凭了不会有不能恶用的方法这一个简单的理由，就不能成为反对这方法的口实的。

在我的书籍《关于对历史的一元论底见解发达的问题》里，我反驳着米海洛夫斯基（Michalovski），下面似的写着，——

"彻底底地坚持着一个原则，而说明历史底历程——这是困难的工作。然而你说这是怎么一回事么？凡科学，只要这不是'主观底'科学，就大抵并非容易的工作，——惟在那里面，则以惊人的容易，说明一切的问题。我们的问题，既然到了那里了，我们就告诉

2　现代汉语常用"只"。——编者注

米海洛夫斯基先生罢，——在关于观念形态之发达的问题上，倘不统御着或种特别的才能，即艺术底感觉，则虽是'弦'[3]的最超等的通人，也往往成为无力。心理，是和经济相适应的。然而这适应，是复杂的历程，要通晓那全行程，描出他如何施行，给自己和别人，都易于明白，就往往必须艺术家的才能。例如巴尔扎克（Balzac），于说明和他同时代的社会的种种阶级的心理，作了大大的贡献了。我们从易卜生（Ibsen），也可以学得许多。但惟独从他而已么？我们和岁月一同，在一方面——理解'弦'的运动的'铁则'，同时在别方面——期待着能够理解，并且表示出在那'弦'上，就因了那运动，而'活的衣裳'怎样地成长起来的艺术家的出现罢。"[4]

　　我现在也还这样想：倘要懂得我当时所名为观念形态的活衣裳者，则往往以艺术家的才能——或者至少是感觉——为必要。加以这样的感觉，当我们着手于艺术作品的社会学底等价的决定之际，也是有益的。这样的决定，也是极其困难，极其复杂的工作。我们——例如关于这事，我在上面引用了的 I 先生的漫谈，在登在"Russkie Vedmosti"杂志上的那论文集《文学底颓废》中也就是——往往遇见显示着愿做这事的一切人们，却不适于这困难的工作的批评底判断。在这里，也是被召者虽多，而入选者却少的。我现在所言，并非为了唯物论底方法的辩明，——我已经说过，所与的方法的恶用的可能，还未曾给人以审判这方法本身的权利，——是为了对于那拥护者，警告其谬误而说的。在战术的问题上，在我国，已由了自以为总有些马克思的继承者的权利的人们，做了许多谬误了。这样的谬误，倘施之于文艺批评的领域内，是非常可惜的。但要去掉这个，却除了马克思主义的根本问题的新的研究之外，没有另外的方法。这研究，现在

3　在对于我们的论争底论文之一里，米海洛夫斯基将社会的经济底构成，名之为"经济弦"。

4　第二版，彼得堡，一九〇五年，一九二至一九三页。

在我国这两三年的事件的影响之下，当正在开始着手于理论底"价值"的"再评价"之际，尤为有益。歌德（Goethe）就已经说过，一切反动底时代，是倾于主观主义的。我们现在正在经过着渐倾于这主观主义的时代之一，而且我们恐怕还至于要看见主义的真实的筵宴的罢。在现在，我们就已经看见这领域内的多少事情了，——调尔珂夫（Tyurkov）先生的神秘底无政府主义，卢那察尔斯基（Lunacharski）先生的"创神主义"，阿尔志跋绥夫（Artsybaschev）先生的色情狂主义，——这些一切，就都是同一毛病的各样的，然而分明的症候。将已经传了这病的人们，是毫不想去医治了，但我要从还是健康的人们起，给以警戒。主观主义的霉菌，在马克思学说的健康的氛围气里，极迅速地灭亡。所以马克思主义，是防这毛病的最好的预防手段，然而要马克思主义能用作这样的手段，则必须不单是滥用马克思主义底术语，而真实地理解他。卢那察尔斯基先生，现在为止，倘若我没有错误，则是自以为马克思主义者的。然而他完全没有获得马克思主义的学说，就单是始终反复了马克思主义底术语，正因为这缘故，他就走到了那最滑稽的"创神主义"了。

他的例子，在别人是教训……

卢那察尔斯基先生是在一直先前，就有了现在的病的萌芽的。那最初的症候，是他对于亚筱那留斯的哲学的心醉，以及要借这哲学，来给马克思主义"立定基础"的希望。在懂得事理的人们，当那时候，就已经明白这马克思的"立定基础"，正不过证明着卢那察尔斯基先生自己的无基础。所以卢那察尔斯基先生的病的新症候，对于这样的人们，是不能使谁吃惊，使谁丧气的。懂得事理的人，在无论怎样的主观主义之前，都不会丧气。但在我国，懂得事理的人们，能很多么？唉唉，他们是很少！而且正因为他们少，所以我们，用了别林斯基的话来说，就不得不和那些与蛙儿们交战，虽当最好之际，也只值愉快的嘲笑那一流的非文学底的人们来争吵了。而且正因为在我国，懂得事理的人们少，所以像高尔基先生的《忏悔》那样的可悲的文学底现象，这才成为可能，——那当然，大约要使这极大才能的人的一切真实的崇拜者，抱着不安，而这样地发问的，——"他的歌，莫非实在唱完了么？"

我对于这质问，还不能敢于给以肯定底的回答——也很不愿意给。我只在这里说几句话，就是在那《忏悔》里，高尔基先生是站在较他为早的果戈理、陀思妥耶夫斯基、托尔斯泰似的巨人所滑了下去的斜面之上了。他能够坠落而站住么？他能够敢于弃掉这危险的斜面么？我不知道。但我知道得很明白——要弃掉这斜面，惟在由他的马克思主义的根本底获得的条件之下，这才可能。

我的这些话，大约要将动机，给与关于我的"一面性"的许多有些奇智的谐谑的罢。我对于新出的谐谑，赠之以拍掌。但我将继续站在自己的立场上的罢。惟有马克思主义，可以医治高尔基先生。而这我的固执，将要因了记起那"用挫折了的东西去医治去"这一句格言，而更加容易得到理解。高尔基先生，不是已经自以为马克思主义者了么？他在那长篇《母亲》之中，不是已经作为马克思底见解的宣传者而出发了么？然而这小说本身，却证明了——高尔基先生于作为这样的思想的宣传者的脚色，全不相宜，为什么呢？因为他全没有理解马克思的见解。《忏悔》，则成了这全无理解的新的，而且恐怕是更加明白的证据了。于是我要说——假使高尔基要宣传马克思主义，就预先去取理解这主义之劳罢。理解马克思主义的事，大抵是有益，并且也愉快的。而且对于高尔基先生，将给以一种买不到的利益，就是，明白了在艺术家，即以用形象的言语来说话为主的人，那宣传家，即以用论理底言语来说话为主的人的职务，是怎样地只有一点点相宜而已的。高尔基先生确信了这个的时候，他大约便将得救了……

现代新兴文学的诸问题

［日］片上伸

小引

作者在日本，是以研究北欧文学，负有盛名的人，而在这一类学者群中，主张也最为热烈。这一篇是一九二六年一月所作，后来收在《文学评论》中，那主旨，如结末所说，不过愿于读者解释现今新兴文学"诸问题的性质和方向，以及和时代的交涉等，有一点裨助"。

但作者的文体，是很繁复曲折的，译时也偶有减省，如三曲省为二曲，二曲改为一曲之类，不过仍因译者文拙，又不愿太改原来语气，所以还是沉闷累坠[1]之处居多。只希望读者于这一端能加鉴原，倘有些讨厌了，即每日只看一节也好，因为本文的内容，我相信大概不至于使读者看完之后，会觉得毫无所得的。

此外，则本文中并无改动；有几个空字，是原本如此的，也不补满，以留彼国官厅的神经衰弱症的痕迹。但题目上却改了几个字，那是，以留此国的我或别人的神经衰弱症的痕迹的了。

至于翻译这篇的意思，是极简单的。新潮之进中国，往往只有几个名词，主张者以为可以咒死敌人，敌对者也以为将被咒死，喧嚷一年半载，终于火灭烟消。如什么罗曼主义，自然主义，表现主义，未来主义……仿佛都已过去了，其实又何尝出现。现在借这一篇，看看理论和事实，知道势所必至，平平常常，空嚷力禁，两皆无用，必先使外国的新兴文学在中国脱离"符咒"气味，而跟着的中国文学才有新兴的希望——如此而已。

一九二九年二月十四日，译者识。

---

1 现代汉语常用"累赘"。——编者注

现代新兴文学的诸问题

　　无产阶级文学在日本文坛的成了问题，仅是地震以前不到一两年之间的事。自此以后，创作方面不消说，便是评论主张方面，无产阶级文学的色彩也渐渐褪落，好像离文坛的中心兴味颇远了。然而这事实，未必一定在显示无产阶级文学的意义或价值，已经遭了否定。也不是那将来的历史底意义，已属可疑，或者确认了无产阶级文学不能成立的意思。无产阶级文学的问题，成为文坛当面的问题的那时的评论和主张，是很有限的，还剩下应该加以考察的许多的要点，也就是成着一时中断的情形，这是至当的看法。在现在的日本的社会上，仔细说，是日本的文坛上，这问题之将成中心兴味，可以说，倒是难于预期的事；也许暂时之间，总是继续着这情势的罢。然而纵使不过一时，这问题之占了文坛论争的中心题目似的位置的事实，则不但单从无产阶级文学本身的发达上看，就是广泛地从日本文学的历史上看，也不能抹杀其含有颇为重要的意义。只靠一只燕子，春天是不来的。为无产阶级文学的问题，以更加切实的兴味，成为论议的题目，批评的对象起见，则涉及更广的范围的深的锄掘，是必要的罢。但现在且不问无产阶级文学的问题，何时将再成文坛的中心兴味的事，而仅就这问题，加以若干的考察和研究，这事不独为明日的文学的准备而已，在为了对于今日当面的文学，加以一个根本底的解释和批评上，也有十分的必要。以这问题为中心，搜集了可能的材料，试加以可能的考察，这工作，我以为不但为阐明这问题的本身，便是为解说和这问题相关联交涉的各种重要的文学上的问题计，也有十分的意义的。

这一篇，就是以这样的意义为本的考察的尝试之一。

一

从古至今，自文学上的考究评论那样的东西发生以来，现在尚未失其作为问题的意义的主要的文学论上的问题，还是很不少，然而其中，如这无产阶级文学的问题者，恐怕是提出得最新的了。因此也就有着今后多时，还将作为丰富地含有文学论上的问题的兴味和意义，作许多回论辩批判的对象的性质。问题既然是新的，那解说辩论上的材料便颇少。从作品上，从评论上，较之别的文学论上的题目，可作材料者颇缺如。谓之问题是新的者，一是因为无产阶级文学这东西，作为历史上的事实，即使从作品上说，也还出现得很鲜少；二是因此关于这些的考察和批判，也就大抵不免于预想底的了。因为这缘故，所以现在即使单以这问题为中心，从作品上，从评论上，都竭力聚集起这有限的材料来看，也就成了较之在别的文学上的问题的时候，更有意义的工作。而作为那材料的提出者，则在现在，是不得不首先举出苏维埃俄罗斯的文学来的。

这问题，作为广泛的艺术上的问题的意义，是普列汉诺夫的论文里也曾涉及了的，但专作为文学上的重要的实际问题，成为热烈的论争的题目，却应该算是一千九百十八年，新俄形成以后的事。而关于这问题的论争，也至今尚不绝。倘要说，在今日的苏俄的文坛上，成着那中心兴味的问题是什么，那我可以并不踌躇，答道是几多的文学上的论战批判的。在诗这方面，在小说这方面，虽然也时有成为那一时的文坛的问题的作品出现，而远过于这些一时的流行，不独在文坛上，且成为关心文学的许多有识者社会的兴味的中心者，是文学论上的实际上的诸问题，还有和这相关联的各种的论战和批判。从中，关于无产阶级文学的问题，是成着最热烈的论争的题目的，虽在今日，也不能说关于这些的一切的问题，已经见了分明的解决。关于无产阶级文学之论，便是苏俄，大概也还要很费几年工夫的。至于关于这些的周匝的有条理的学问上的研究，则在事实上，几乎未曾着手。虽在可以称为今日世界上的无产阶级文学发祥地的苏俄，在研究这方面，也不过总算动手在搜集材料罢了。从千九百二十五年一月底起，到二月初，在墨斯科的国立俄罗斯艺术科学研究所，由那社会学部和文学部的联合主催而开的革命文学展览会，恐怕是可以看作那组织底的工作的最初的尝试的罢。（千九百二十五年的展览会，专限于俄国文学，将于千九百二十六年春间开催的这展览会，是以西欧文学为主的。）

　　参加于苏俄的无产阶级文学的论争的人，有马克思主义者、非马克思主义者、共产主义者、非共产主义者、右倾派、中庸派、左倾派等，合起来恐怕在二十人以上的罢。就中，如日本也已经介绍的托洛茨基（收在《文学与革命》里的《无产阶级文化和无产阶级艺术》这篇论文以及别的）的主张，倒是被看作属于这右倾派的。正如凡有论争，无不如此一样，在这骚然的许多各别的主张中，也自有可以看见一贯的要点乃至题目的东西的。其中之一，而关于这问题所当先行考察者，是无产阶级文学的能否成立。

二

　　无产阶级文学能否成立的问题，也就是无产阶级文化能否成立的问题。因为文学是无非文化现象的一要素，成为社会的上层构造的。无产阶级文化的成立，如果可能，则无产阶级文学也该认为可以成立。

无产阶级文化成立否定论的代表，是托洛茨基。托洛茨基的意见，以为无产阶级文化这一句话里，是有矛盾，含着许多危险的。凡各支配阶级，都造就了他的文化，因而也造就了那独特的艺术，这是过去的历史所明证的，所以无产阶级也将造就其自己独特的文化和艺术，是当然之理，然而在事实上，一切文化的造就，须要极久的经过，至于涉及几世纪的时光。就是有产阶级的文化罢，即使将这看作始于文艺复兴期，就已经过了五世纪之久。从这样的事实看来，则当那一定的支配阶级的文化被造就时，那阶级不是已濒于将失其政治上的支配力的时期么？即使不顾别的事项来一想，无产阶级果真有造就他的"无产阶级文化"的时光么？对于以为社会主义的世界就要实现的乐观说，则为了达到目的的社会革命的过渡期，倘作为全世界的问题而观，就该说并非几天，而是要继续至几年，几十年的，但总之是在几十年之间，并非几世纪的长期，那就自然更不是几千年了。无产阶级不是区别了奴隶制度、封建制度、资本制度等，以为自己的独裁，仅是短期的过渡时代的么？在这短的过渡期之间，无产阶级可竟能造就自己的新文化呢？况且这短的过渡期，即社会革命的时代，又正是施行激烈的阶级斗争的时代，较之新的建设，倒是施行破坏为较多。[1] 所以无产阶级在作为一个阶级而存立的过渡期间，为了那时期之短，和在那短时期中，不能不奉全身心于阶级斗争的两个理由，就无暇造就自己独特的文化。这过渡期一完，人类便进了社会主义的王国，于是开始那未曾有的文化底造就，一切阶级，无不消除，而无产阶级，也不复存在。在这时代的文化，是将成为超阶级底，全人类底的东西了罢。所以要而言之，无产阶级文化不但并不现存，大约在将来也不存在。期待着这样的文化的造就，是毫无根据的。因为无产阶级之握了权力，

---

1 《文学与革命》，一九二四年，第二版，一四〇至一四一页。

就只在为了使阶级文化永久灭亡，而开拓全人类底文化的路。[2]

托洛茨基所说的文化，是"将全社会，至少也将那支配阶级，施以特色的知识和能力的组织底综合"，"将人类所创造的一切分野，都包括渗透，而将单一的系统，加于这些一切分野"的。[3]对于文化的这解释，将科学、文艺、哲学、宗教、经济、工业、政治等一切，无不包含，可以说，是有最广的意义的。对于托洛茨基的阶级文化否定论，试加驳难者，当然应该认清这广义的文化，是那立论的对象。

三

对于托洛茨基的无产阶级文化否定论，率先加以反驳者，是玛易斯基。玛易斯基是以列宁格勒的杂志《星》为根据的论客，关于这问题的驳论，也就载在那杂志上。[4]

托洛茨基的主张的要点之一，如前所言，是在无产阶级存立的过渡期并不长，不足以造就一定的文化。于是就有对于看作无产阶级文化成立否定的第一原因的这过渡期，检讨其性质的必要了。玛易斯基的议论，就从这里出发的。

据玛易斯基之说，则这所谓过渡期者，是应解作包含着自从社会革命勃发于俄国以来，直到全地球上，至少是地上的大部分上，社会主义的思想得以实现确立的一切期间的。这期间将有多么长呢？那是恐怕谁也不能明答的。只有一事大概可以分明，就是：这时期未必会很短。世界大战以前的马克思主义者，在这一端，曾经见了各种的幻影；他们恰如遥望着大山峻岭，向之而进的旅客一般。距离渐近，山峰仿佛可以手触，山路也见得平坦了。然而一到

2　同上，一四一页。

3　同上，一五二页。

4　《星》，一九二四年第三号。

那山路，则幻影忽消，绝顶远藏在云际，险难的道上，有谷，有岩，殊不易于前进。在离开资本主义的世界，而向社会主义革命的领域跨进了一步的俄罗斯国民之前，展开着苛烈的现实。那困难，远过于预料，所以达成的时期，也就不得不更延长。即使仅就俄国而观，过渡期也决不能说短。要使俄国成为实现社会主义的新天地，倘非去掉一切社会底阶级，从中第一是农民阶级的存在，是不行的。为此之故，即又非具备了机械工业经济的各种条件，由此使个人底农业经济不利，课以过重的负担，而集合底国家底经济这一面却相反，有利而负担亦轻不可。列宁所计画的全俄的电化，便是为要接近这目的去的第一步。为实现这理想起见，又必须同时将完善的农具，广布于农民间。电化的计画，是千九百二十年的全苏维埃第八回大会所议决，期以此后十年实现的，但由今观之，其时盖到底难于实现。假使"每一村一副挽引机"的计画，今后二十年间竟能实现，只这一点，也不过是于农业的社会化上，在所必要的机械上经济上的前提，得以成立罢了。要将多年养成下来的和个人底农业经济相伴的心理上的遗传和风习，绝其根株，至少也还得从此再加上几十年的岁月去。而这话，还是假设为在这全期间，绝无战争呀，外国的革命呀，以及别的会动摇俄国的经济生活的事变的。在俄国以外的西欧、美洲、非洲各地，所谓过渡期者，要延到多少长呢？这是大约非看作需要多年不可。在英国和德国那样，大规模的工业已经发达，而农民和小有产阶级比较底无力的国度里，则社会主义的实现，比较的早，也不可知的。然而期望各个国度，孤立底地有社会主义的实现，是不能设想的事。西班牙和巴尔干诸国不俟言，即如法兰西和意大利那样的国度，这过渡期也应该看作很长久。个人主义思想的立脚之处，是在久经沁透于西欧诸国农民之间的土地所有的观念上的，倘将这思想放在眼中来一看，就知道这过渡期的终结，殊不易于到来。在亚细亚、亚非利加诸国中，从各种事情想起来，则尤为不易于来到。尤其是美洲，因为占着特殊的位置，资本主义的根柢是巩固的，所以即使在欧洲，社会主义底革命到处高呼着胜利，而美洲的资本主义，却也许还可以支持。或者资本主义底的美洲和苏维埃俄国之间，要发生激烈的争斗，也说不定的。倘不是美洲的资本主义因此终于力竭，在那里建设起社会主义的王国来的时候，则虽在较适于实现社会主义的欧洲的先进国，也不能有过渡期的终结的。而这过渡期，在农民极多的美洲合众国和别的美洲大陆诸国中，还应该看作拉得颇长久。

因为这样，所以要预定未来的期间，是极难的，但至少，说这二十世纪之间，是世界底地，从资本主义向社会主义的过渡时代，大概也不是过于夸张罢。自然，这之间，是要经过各种变迁发达的时期的，社会主义实现的时代，恐怕总要入二十一世纪，这才来到。托洛茨基也曾说，世界无产阶级的革命，大抵要涉及二十年、三十年，或者五十年。但据托洛茨基说，则这乃是历史上的最苦闷的罅隙，不应当看作一个独立的无产阶级文化的时代。[5] 玛易斯基对于这，便举出日本的文化，在半世纪间即全然显示了新容，俄国的文化（文学、音乐、绘画、雕刻、演剧、科学等）在这一世纪间发达而且成熟了的例来，并且说，倘以今日的生活的急速的步调，则半世纪或一世纪的年月，大概是足以形成十分之一的时代的文化的。

四

无产阶级在那所谓短的过渡期之间，能否造就自己的文化的问题，固然也由于那所谓短，是短到多少，而又其一，实也由于无产

5　同上，一五四页。

阶级当造作自己的文化之际，能够将前代相传的文化，加以批判而活用作自己的东西到怎样。所以关于前代文化的继承和活用，当考察无产阶级文学的成立和发达之际，是也往往作为议论的题目的。还有，倘将无产阶级的文化乃至文学，作为有其制限[6]的性质的，则将怎样地解释呢，看解释如何，而成立所必要的时间这一端，也许自然不成为问题的。所以对于托洛茨基的议论的批判，不仅在考论所谓过渡期之长短如何而已，也应该考察到不问过渡期的长短如何，此外可有别的事由，对于无产阶级的文化或文学的成立，使之不可能（或困难）或可能（或容易）。关于这些，论议倒并非没有的，但因为这和托洛茨基的否定无产阶级文化的成立的第二理由，也有关联之处，所以这里且进叙玛易斯基对于托洛茨基的论难，从那对立上，加一段落罢。

否定无产阶级文化的成立的托洛茨基之论的第二的要点，是说，无产阶级作为一个阶级而存在的过渡期，既然比较底短了，加以在这短期之间，又必须为激烈的阶级斗争而战斗，这时候，较之新的建设，是不得不多做旧时代的破坏的，所以也就到底不暇造就自己的阶级的文化了。这说法，是颇为得当的。所谓过渡期者，在或一程度上，实在也就是为了阶级争斗的冲突破坏的时代。然而在实际上，这争斗，却也非如字面一样，无休无息，一齐施行的东西。从时光说，其间也有休止的时期，从地方说，斗争之处不同，也非全世界同时总是从事于战斗。自然，作为起了阶级斗争的结果，那所谓过渡期的文化，将带些单调、功利、急变的特色，是不能否定的，但无论如何，也不能因此设想，以为亘半世纪或一世纪的新时代，在这时代，竟会绝不造就特殊的什么的文化。试一看在这六七年的穷乏困苦之间的苏俄的涉及政治、经济、科学、风俗、文学的

6　现代汉语常用"限制"。——编者注

各方面的新的事实，则何如呢？假使这并非六七年，而是涉及半世纪，又假使这非只在文化程度落后的国度里，而是涉及地上文明国一切，又在顺当的外面的事情之下的，则纵使这是过渡期罢，会不生什么新文化，而实现其长成发达的么？在这里，大约是可以看见什么新的文化的罢。而惟这过渡期的文化，岂不是就是革命文化，由那文化的根本底建设者的阶级说起来，也正是无产阶级文化么？在过渡期，虽也有无产阶级独裁容认其存立的别的社会底阶级——例如农民那样的人们，来参加于这过渡期文化的造就，但这时代的支配阶级，到处都是无产劳动阶级，所以这就成为其时的文化的基调的。无产阶级的斗争，本来正如珂庚教授的关于这问题之所说，是多面底，涉及思想、艺术、道德乃至生产的手段等人生的一切方面，依一定的原则，据一定的计画而施行。而这样的斗争，也就是一种的文化。因为据托洛茨基，则上文也已引用，是"将全社会，至少也将那支配阶级，施以特色的知识和能力的组织底综合"，而"将人类所创造的一切分野，都包括渗透，而将单一的系统，加于这些一切分野"者，即是文化的缘故。在这时候，这就是无产阶级的文化。这样的文化，不但是可能，也实在是不可避的。玛易斯基之论，就归结在这里。

五

倘若无产阶级的文化，不仅从无产阶级的存续期间这一点说，另从那本身所有的特殊的性质，即从无产阶级斗争的意志的表现这一点看来，也不独使其成立为可能，而且为不可避，则无产阶级文学的成立，也就成为分明是可能，而且不可避的事了。

然而关于何谓无产阶级文学的问题，则虽在苏俄的批评家之间，也解说不同，未必相一致。无产阶级文学云者，专是无产者自身所创造的文学之说，也颇为通行的。"无产阶级的诗歌"的弗理契教授和无产阶级文学者的一团"库士尼札"等的解释，即属于此。倘以为无产阶级文学专是无产阶级本身的事，所以那产生，也以专出于无产阶级之手为是的意思，那是谁也不会有什么异议的罢。但如果看作无产阶级的文学，只是成于纯粹的无产阶级之手的东西的意思，则作为一种热烈的极端的主张，是可以容纳的，而在实际上，却要生出疑问。纯粹的无产阶级云者，当此之际，是什么意义呢？必须是工厂里作工的劳动者么？文学的创作和在工厂的劳动，那并立究竟能到怎样程度呢？当作工之间，不是至多也不过能够写些短短的抒情诗之类么？那么，所谓纯粹的无产阶级文学云者，可是说，曾经在工厂作工，而现在却多年专弄文笔的东西的意思呢？倘将无产阶级文学的作者，以严密的意义，限于无产劳动阶级，便生出种种这样的疑问来了。

在文化的别部面，较之文学，就有一直先前便成了为无产阶级的东西的，然而这为无产阶级的文化，却未必一定都由无产阶级本身之手所建造。便是作了无产阶级学艺的基础的马克思、恩格勒，为无产阶级文化大尽其力的拉萨尔、李勃克耐希德、卢森堡、普列汉诺夫，人类史上最初的无产阶级革命的指导者列宁，就都是智识阶级中人，连所谓纯粹的无产阶级出身都不是。新兴的阶级，自己所必要的文化要素，是未必定要本身亲手来制造的。有渐就消亡的阶级中的优秀的代表者，而断绝了和生来的境地的关系，决然成为新的社会底势力的帮手的人，新兴阶级便将这样的人们的力量，利用于自己所必要的文化的创造，是常有的事实。在新的阶级的发达的初期，这样的事就更不为奇。这事实，一面是无产阶级文化将旧文化的传统加以批判而活用它，摄取它的意思；还有一面的意思，是说旧文化的存立之间，新文化已经有些萌芽出现的事，是可能的。

据萨木普德涅克说，则未必因为他出于劳动者之间，便是无产阶级文学者，即使他出于别的阶级，也可以的，他之所以是无产阶级文学者，是因为他站在无产阶级的见地上（据烈烈威支所引用）。而说这话的萨木普德涅克，却正是从小就作为劳动者，辛苦下来的真的无产阶级出身的诗人。据烈烈威支所言，则实际上，是劳动阶级出身的诗人，而现在还在工厂中劳动，但所作的诗，也有全不脱神秘象征派的形骸的。也有常从劳动者的生活采取题材，而其运用和看法，全是旧时代的东西，和无产阶级底人生观没有交涉的。和这相反，也有那出身虽是智识阶级，而看法和想法，却是无产阶级底的。举以为例者，是杰米扬·别德内。又也有只从有产阶级的生活采取题材，一向未尝运用劳动者生活的作者，而尚且可以称为无产阶级文学的作者的人。这是因为那作者对于有产阶级的态度，是据着无产阶级的见地的缘故。或者更远溯十六世纪的往昔，譬如取千五百二十五年在德国的农民运动，或宗教改革那样的事实，来写小说罢，但倘若那作者的见地，是无产阶级底，便可以说，那作品是无产阶级文学，那作者是无产文学的作者。所以作者个人的素性和他所运用的题材，是不一定可作决定那作品和作者的所属阶级的标准的。这是单凭那作品的性质（但不消说，无产阶级文学的大部分，从素性上说，也以劳动者为多，是确实的事实罢，这是极其自然的事。然而和这一同，无产阶级文学者的几成，出于别的社会阶级，大半是农民之间的事，也完全是不得已的）。[7]

无产阶级出身这一种特别券，未必一定能作无产阶级文学的通行券的事，玛易斯基不消说，便是代表苏俄文坛的极左翼的烈烈威支，也以为是对的，就是，据烈烈威支，则无产阶级文学的通行券，

7　据烈烈威支的《无产阶级文学创造之道》。

应凭那性质而交付；据玛易斯基，则所以区别无产阶级文学和别种文学者，是在那"社会底艺术底的相貌"的。

六

无产阶级文学在远的将来，譬如当二十世纪中叶或终末之际，将有怎样的特色呢？这事在今是到底不能详细预想，而加以叙述的。在现在，不过能够仅将那决定未来的无产阶级文学所该走的路的基本底的三四种特色，提出来看罢了。无产阶级文学的作者，虽不必本身是劳动者，但在那精神上，却至少须是劳动者，那文学，是表现着无产阶级的精神的事，是明明白白的——这玛易斯基之所说，便是即使并非劳动者，也能是无产阶级文学的作者的意思。还有，前时代的有产阶级的文学，是将那中心放在个人主义的思想上的，和它相对，无产阶级文学则将那根柢放在集合主义的精神上。前代的文学，是有神秘、悲观、颓废的特色的，和它相对，在新时代的文学里，则感到深伏的生活的欢喜的源泉。因为新的阶级，不是下山，而是登山。新时代的文学，是屹立于大地之上，在大众之中，和大众一同生活的。因为所谓过渡期，就是社会上的剧烈的变动接连而发的时期，所以在这时代的文学上，即当然强烈地表现着战斗底的气分[8]。而无产阶级文学，就应该是显出这些一切的特色，使无产阶级的革命底意气，因而高涨的东西。文学是不仅令人观照人生的，因为它是作用于人生的强烈的力。

烈烈威支的说明，也归结于略同之处的。就是，无产阶级文学云者，是透过了劳动阶级的世界观的三棱镜，而将世界给我们看的东西。借了皮利尼亚克的话来说，便是因为劳动者阶级，是用了无

8　现代汉语常用"气氛"。——编者注

产阶级的前卫的眼睛，来看世界的缘故。而那文学，则是作用于劳动者阶级的心，养其意识和心理的。

在这两者的解释的一致之处之中，最重要的，是在作用于读者之力这一点。这点，自从否定了依据杂志《赤色新地》的沃隆斯基的"艺术者，是人生的认识，而用具象底感觉底地观照人生的形相的。恰如科学，艺术给人以客观底的真实"[9]的立说以来，就更加竭力主张了。沃隆斯基引马克思、恩格勒、列宁、普列汉诺夫，一直到渥尔多铎克斯为证，要证明客观底的真实之可能。对于这，玛易斯基便先从恩格勒的《反调林论[10]》中，引了"如果有人喜欢将伟大的名称，嵌在无聊的东西上，那么要说科学所示的若干（自然并非说一切）永久地是真理，也可以的。然而跟着那科学的发达，先前以为绝对底的种种的真实，也成为相对底的了。所以在最后的审判上的究竟真实，也就和时光的流驶[11]一起，成为极少的东西"这些意思的话，以及"所谓思索的无上统治之类的事，也只出现于很没有统治力而思索的各种人们之间的。硬说是绝对之真的认识，也几乎总包在相对底的种种的迷惘中。前后二者，都只出现于人类发达的连续无限的经过里"这些意思的话，以为一到宇宙开辟论呀，地质学呀，人类历史呀的学问，因为缺少历史上的材料，是不免永是不十分的未完成的学问的。尤其恩斯坦因的学说，已将恩格勒之所说，全都确证了。更从列宁的《经验批判》里，取出"人类的思索，在那本质上，是能将绝对的真给与我们，而且也在给与的，然而那真，是从相对底真实的总和，迭积起来的东西，科学的发达的一步一步，则于这绝对真的总和上，添以新的珠玉。然而各各的科学上的法则的真实的界限，是相对底的。知识成长起来，这便随而分裂，或是

---

9 《艺术与人生》，一一至一二页，《作为人生的认识的艺术及现代》。
10 现译"反杜林论"。——编者注
11 现代汉语常用"流逝"。——编者注

狭窄了"。"马克思和恩格勒的唯物观底辩证法，其中含有相对论，是无疑的，然而容认一切我们的智识的相对性者，并非出于否定绝对的真的意思，是在我们的智识，在那近于绝对真的界限上带着历史底条件这一种意思上的"这些意思的话，说是科学并不给与绝对真，不过给与着好像迭积起来的小砖一般的相对真；不过用这小砖，逐渐做着进向绝对真客观底真实的认识之路；所以要完全获得这绝对真，借了恩格勒的话来说，是只能由于"人类发达的连续无限的经过"，因此在艺术上，便当然不能期待什么客观底真实的。

七

沃隆斯基的艺术论的方式，是"艺术是具象底感觉底地，认识人生的，而那认识，则给与客观底真实"，玛易斯基对于这的批评，也许从一句客观底真实的解释上，有些歧误的。假使沃隆斯基之所说，是相对底的意思，那么，玛易斯基之论，便成为看错了。然而即使果然是这意思，推察玛易斯基和别的人的真意，也还以为艺术所给与者，并非这样的东西，可期待于艺术者，还别有所在，——至少，无产阶级文学的价值，并不在这样的地方，于其究竟，是在作用于人的力量，动人的力量中：不这样说，是不满足的。布哈林在那《唯物史观的理论》中说，社会人不但想，而且感，那感情，是复杂的，"艺术者，即将这些的感情，或用言语，或用声音，或用运动（例如舞蹈），或用别的手段（有时或用建筑那样极其物质底的手段），表现于艺术底的形象之中，而将这些感情，做成系统。也可以用稍稍两样的话来说明，就是：艺术者，是感情的社会化的手段。或者如托尔斯泰正确地定义了的那样，说是情绪感染的手段，也可以的。"玛易斯基即据了这解释，连那车尔尼雪夫斯基在《艺术和现实的美学底关系论》中，说艺术作品的意义，能够是"对于人生的现象的判决"的话，也指为所说的便是艺术的作用力的一种表现，而竭力主张着这意思。自然，虽是玛易斯基，也并非全然否定艺术是人生的具象底感觉底认识的，但这总不过是艺术的副作用，那根本底作用，也还是"感染"。为什么呢？因为作为认识的源泉的艺术，不过是极不可靠极不足够的东西。艺术家的眼，是很主观底的，全不去看看或一部面的人生。将材料一贯而统一起来的艺术家的意志，意识底地或无意识底地，总不免带着阶级底特色。那结果，艺术便以一定的看法和倾向，有意识或无意识地，使大众感染了。而这样的艺术，则不得不说，为客观底地认识人生的现象起见，是很无用的。玛易斯基说。

俄国十九世纪的文学，即分明显示着这事实。试一看俄国文学所描写的种种杂多的人物罢，看那些是强的意力之人怎样地少，而弱的怀疑的哈谟烈德式的人物怎样地多呵。阿涅庚、卡兹基、卢亭、芘尔、安特来·波尔恭斯基、乌隆斯基、安娜·卡列尼娜、聂赫留朵夫、奥勃洛摩夫，都是作者用了爱，所描写出来的人物，然而岂不是都孱弱，缺少意力的型式的人物么？虽然偶有巴萨罗夫呀，那《前夜》的亚伦娜呀出现，然而那是很少见的，而且这也不但是属于贵族或地主或智识阶级的人们，便是农民，也被用了这种人物来代表。屠格涅夫的呵黎和凯里涅支，托尔斯泰的柏拉敦·凯拉达耶夫，就都是的。英赛罗夫和勖土尔兹，是被写作强的意志的人的，但那是外国人。到高尔基，这传统有些破坏起来了，然而他的出现的二十世纪之初，为象征主义和神秘主义底倾向所笼罩，那时代的文学，也仍然不能脱出颓废底绝望底乃至病底兴奋的生活表现。在仅靠俄国文学以知俄国的现实的外国人的眼中，觉得俄国就是暗淡，只包在弱弱的生活气分里，一面也是当然。但是，出现于十月革命后的俄国的人，和先前文学上所描写下来的那些，却完全是别一种了。新俄的人物的特色，是铁一般的意力和不可抑制的元气。那行动，是果决而敏捷，不许长在怀疑底的状态中。确信自己的真理，有和世界为敌而战的决心。忍苦的锻炼，经历得十足了。世界上最初的无产阶级国家，实在是成于这样的人们之手的。但这样的强的型式的人物，是不会有突然出现于俄国历史上之理的。他们的先驱者在那里呢？在俄国文学上搜求，仅仅是倘要说发见了隐约的先型，倒还可以说得罢了。不妨说，在俄国旧时代的文学上，是很不够认识这性格的。在俄国的现实上，这种强的性格，决不能说少有。十八世纪的拉迪锡且夫、诺维科夫；入十九世纪而有十二月党员；别林斯基、车尔尼雪夫斯基、查苏利奇、普列汉诺夫、列宁；或则十九世纪的六十年代的农民运动的人们；从十九世纪末到二十世纪的革命运动的战士，例如司提班·哈尔图林等，不能说是缺少着强烈的意力的人。而在俄国文学上，则虽于智识阶级出身的人们，也未尝加以描写，更不必说出自农民劳动者之间的人物了。自然，检阅的障碍，一定也很大的。然而只这一点，该不会便决定了亘一世纪的文学的方向。不是虽有检阅的迫压[12]，总也描写了巴萨罗夫，描写了纳藉达诺夫，写下了萨尔蒂科夫的讽刺剧，出现了托尔斯泰和柯罗连科的作品和论文了么？

在俄国文学史上，这强烈的性格的表现，为什么缺乏的呢？革命前的俄国文学，是大地主的贵族和小有产阶级底智识阶级的所产，这阶级，是已经渐入于衰退之域了的。作者大抵取自己的阶级生活，用作题材，作者也自然心理底地，分有着那衰退的阶级的生活气分。那结果，作品便专带哀歌的风调，作者的眼，自然只看见接近他身体的颓废、腐朽、解体的现象，而争斗、元气、力、高扬的

12　现代汉语常用"压迫"。——编者注

现象，却几乎都逸失了。

此也应当知道，文学上的人生的认识，是主观底，而有意识或无意识地，从作者的阶级底兴味，受着制限的。这是玛易斯基之论的归结。

八

普列汉诺夫曾经立说，谓假使将艺术上的作品的内容，分为思想、心情、题目三项，则无论怎样的作品，都不能是并不包含着一些思想底要素的东西。即使那作品好像毫不措意于思想，只靠着形的技巧而成之际，那"无思想底"的这事本身，即可以看作包含着特殊的思想。就是，那意思，是在表明着一贯的世界观之不必要的。无论作者怎样地愿不愿将一定的思想，显现于作品中，但到底总成了表现着怎样的思想。但是，以无论在怎样的形，作品上没有不表现着思想而论，则是否无论怎样的思想，都适于作品中的表现的呢？据普列汉诺夫说，则因为艺术是人和人之间的精神底交通的手段之一，所以由作品而表现的感情愈高，倘别的各条件也相应，则那作品，即愈适于收得作为感应交通的手段之效。悭吝人不能歌咏他遗失了的金钱，是什么缘故呢？就因为即使做了诗，谁也不为那诗所感动的缘故。也就是因为那诗一定不能收得作为他和别的人们之间的感应交通的手段之效的缘故。所以为了艺术，就并非一切思想都有用，而非能使人和人之间的感应交通，可能到最多限度的思想不可了。含有最多的社会底意义的思想，便是这。

然而无论在什么时代，所谓含有最多的社会底意义的思想者，应该并非朽腐的后时的反动思想，而是时代上的进步底的思想。所以为了艺术，最是相宜的思想，应该是尽着在那时代的先驱底思想的责的东西。艺术家对于自己的时代的重要的社会底思潮，倘不了然，则由那艺术家所表现于作品中的思想的性质，即不免非常低落。因此那作品也就跟着成为低调的东西了。现在就将适宜于艺术的思想，定为站在时代的先驱底位置上的思想罢，那么，这先驱底思想的性质，又凭什么来决定呢？这问题，归结之处，是在凭什么来决定一时代的艺术的特色。而决定现代艺术的特色的，又是什么呢？人说，艺术是反映人生的，但为了要知道艺术怎样反映人生，即应该知道人生的构造组织。在近代的文明国，作为这构造组织的最重要的契机之一者，是阶级斗争。社会思想的进行，便自然反映出各阶级和那相互之间的斗争的历史。正如古代的艺术，是生产的技巧的直接之所产一样，现代的艺术，是阶级斗争之所产。要之，如果时代的先驱底思想的性质，由阶级斗争而被决定，那么，艺术上最有意义有价值的作品，便要算以时代的先驱底思想为基础的，即时代的先驱底阶级的艺术，即无产阶级的艺术了。

在文学作品上的人生的认识，不出于相对底真实的范围。以广义言，所谓由作者的主观倾向加以贯穿支配者，其实便是那相对底真实，不外乎在各时代的阶级底真实的意思。作品从作者的阶级底兴味，有意识或无意识地受着制限，受着指导的事，上文已经说过了。而那阶级底兴味，若代表着站在那时代的先头的阶级的思想时，则那艺术，也就含有代表那时代的价值和意义，这事，是从上述的普列汉诺夫的解释，可以当然引伸[13]出来的。这岂非也在证明艺术之力，是在有意识或无意识中，动大众之心，而加以导诱之处么？玛易斯基更引伸此论，以为艺术如果是有意识或无意识地，表现那时代的先驱底阶级的兴味的东西，那力量结局是在"感染力"，则当进向社会主义的王国的过渡期中，在一贯着那时代的特色，即

13　现代汉语常用"引申"。——编者注

阶级斗争之间，艺术就应该更加焕发前述的意义。当一切文化现象，都带着阶级斗争底特色时，艺术总该是不能独独超然于斗争之外的。不但此也，艺术还应该提其"感染力"，为无产阶级的斗争，去作有力的帮手。倘承认艺术超越阶级，则艺术和时代的先驱底思想的关系的问题，便不成立，一切艺术都含有或一意义上的思想的事，也就当然不成立了。倘据沃隆斯基之说，只将艺术解释为人生的认识，那么，竟至于会这样地归到无阶级文学的否定去的。

九

无产阶级文学既是如上面所说那样的意义的过渡期的文学，是阶级斗争的文学，则在现今世界上的无论那一国——虽在形成了无产阶级独裁国家的苏俄，也不过仅仅显示了那萌芽，正是毫不足怪的事。凡新兴的阶级的文化之形成，是要经过两个时期的。第一，是在新阶级未成社会的中心势力以前，旧社会中，已有新文化的萌芽可见。第二，是新阶级成了社会生活的中心势力之后，遂见第一时期的萌芽之长成。然而这前后两期的关系，常常由于各种的事情，尤其是由于那阶级的社会底特质，而不能一样。有产阶级在施行封建制度的社会上，早已能够使那文化发达起来了。到千七百八十九年为止，法国的第三阶级在经济上政治上不消说，便是在哲学、科学、文学方面，也十分发达了自己的文化。因为法国的有产阶级，借榨取别人的勤劳而生，很有用他丰富的财力，致力于发达文化的十足的余裕的。但无产阶级却和这事情完全不同。无产阶级是被榨取阶级，可不俟言，在带着资本主义底色彩的社会的范围内，无产阶级总是贫穷，到将来恐怕也这样。所以分其力量于自己的文化的发达，在无产阶级，是非常困难的。他们的可以从中分出，用于新文化的力，都要用到为满足他们在生活上最切实最必要，不得已的不能放下的要求上去。如为了职业组合呀、购买组合呀、政党呀那些的组织等。在旧文化的社会里，无产阶级虽只想作一点政治上乃至经济上的文化的基础，也就是并不容易的事情，何况向科学、哲学、文学艺术的方面伸手，那可以说，几乎是不可能的。俄国的无产阶级连自己的卢梭也没有一个，不得不说正是不得已的自然的结果。

但是，虽然如此，无产阶级文学的萌芽，却可以溯之颇久以前的。无产阶级政党，是作为劳动运动和社会主义合一的结果而起的事，为恩格勒所曾说，列宁也说过的，无产阶级文学的发达，也可以试来和这原则相比照。在俄国文学上，有前后一贯的系统底的无产阶级文学的出现以前，社会主义底文学是早经存立的了，然而这决不是可以称为无产阶级文学的东西。乌托邦底社会主义思想，渐布于俄国的革命底智识阶级之间，是十九世纪的三四十年代，同时也出现了社会主义思想的文学。如赫尔岑的朋友，俄国最初的社会主义者之一的亡命客阿喀略夫，虽可称为社会主义诗人，却决非无产阶级诗人。在六十年代，有社会主义诗人兼经济学家密哈尔·密哈罗夫。在七十年代，有参加了农民革命运动的许多社会主义底智识阶级的诗人，如拉孚罗夫、穆罗梭夫、斐格纳尔、瓦尔呵夫斯基等便是。在八十年代，有诗人雅古波微支；小说戏剧方面，则有萨尔蒂科夫，有乌斯宾斯基。还有出色的诗人涅克拉索夫，虽说稍离了社会主义底智识阶级的文学的本流，但和这潮流尚相近。这些社会主义底智识阶级的文学，因八十年代之终的皇室主义的压迫，仿佛几乎失了光耀似的，但代之而兴者，有最初的劳动者诗人修古莱夫、纳卡耶夫等。然而这些劳动者诗人们，还不是无产阶级底的。他们的出身，是从无产劳动者阶级的，但在那初期的诗中，绝无斗争的意志之类，却横着对神的信仰，神助的希望，向往我家，我马，我村的复归之心。所以其一，是社会主义底的诗，而不是无产阶级底；又其一，是劳动者的诗，而不是社会主义底。这两流，到九十年代，这才要融合于一个的无产阶级底的文学。

在俄国的最初的无产阶级底社会主义诗人，是拉兑因。先前的密哈罗夫，曾说"可悯的被打倒的人民，呻吟而且长太息，伸手向我们，对我们求救"，自然表示着智识阶级和民众的距离，和这相对，最初的无产阶级诗人拉兑因，却道"我们都出于民众，工人家的孩子们"，自述着加在民众的战斗里了。这两者之差，即在显示从六十年代的智识阶级底社会主义，向九十年代的劳动运动的推移的。拉兑因便是虽然属于智识阶级，却置身于无产阶级的立场上而作歌的最初的诗人。出现于千九百五年的这一类的智识阶级出身的无产阶级诗人，是泰拉梭夫，《国际歌》的译者达宁等。前文所举的修古莱夫、纳卡耶夫等劳动者出身的诗人，也渐渐带了社会主义底战斗底倾向，如修古莱夫，竟至于歌道"我们铁匠心少年，幸福之键当锻炼，高高擎起重的锤，再来力打钢胸前！"了。这样地，在八十年以前，而最初的社会主义诗人出，在四十年前，而最初的劳动诗人出，终至于这两派渐相接近，要成为无产阶级文学了。

十

无产阶级文学以稍有组织底之形出现，是在千九百十一年起，全欧洲大战前的千九百十四年顷之间。不消说，在这时代，是还未达到成为一种普遍的社会上文字上的运动之处的，然而已经不是一两人渐渐出现，小说方面则有微微克、培萨里珂及其他，诗人则有萨木普德涅克、腓立伯兼珂、杰米扬·别德内、该拉希摩夫等，一时辈出了。这时的高尔基，一面自己要接近都会的下层生活，劳动者的生活去，同时也聚集了这些无名的无产阶级的文人，加以保护，且为那诗文集的出版设法，这是不可遗忘的。要之，可以说，这时代，是作为无产阶级文学最初的出发点，含有重要的意义的了。正如烈烈威支所言，无产阶级文学的十分成长发达起来，不过是劳动者阶级成了支配阶级的十月革命以后的事。无产阶级的艺术，是须使劳动者阶级，广大地在现实生活的范围里，活动其创造力之后，这才出现的。而在现实生活的范围里，得见劳动者阶级的创造力的活动，则须他们独立而建设创造其生活，成了社会生活的主人的时候，这才可能。十月革命以后，以列宁格勒、墨斯科和别的地方为中心，聚集起来了的无产阶级诗文人就不少。至千九百二十年，那诗人的大半，便脱离了无产者文化团，作成"库士尼札"（锻冶厂）这一个团体，这遂成了无产阶级文学的中心。说起内乱时代乃至战时共产主义时代的无产阶级文学来，可以说，除这一团体而外，别无所有。立在这团外者，不过就是一个煽动讽刺诗人杰米扬·别德内罢了。

以"库士尼札"为中心的诗的特色，大抵是抽象底的，而绝叫底地歌咏热情和兴奋，革命的世界底意义，向往解放的热狂，象征底地高唱宇宙底的大规模等。这时代，在俄国革命，是暴风雨和混乱的时代；是并无具体底地来描写，细叙之暇的时代；是长的叙事诗和小说，不及写也不及读的时代。描象底，而宇宙底的大规模之处，则是这时代的特色。千九百二十一年实行新经济政策时，在无产阶级文学上，就有一个危机来到了。当内乱和战时共产主义时代，虽有一切的苦痛和穷乏，但有强的兴奋；有紧张，有燃烧。然而现在，革命入了新的时期，长的、倦的、质实的、重要的、困难的时期就开始。并不解明的灰色的日常生活就开始了。诗人也不得不在这平凡单调的生活中，再去深深地探求革命的意义。然而这工作，较之在革命开初的罗曼谛克[14]的兴奋之日，以宇宙底规模，抽象底地热情底地歌咏革命，却要困难复杂得多了。当这转机，意气沮丧了的是契理罗夫、该拉希摩夫和其他的诗人们。是对于革命的新容的失望。是因为过了革命的一转期，而不能重整无产阶级文学的军容的失坠。一面仍然站在非歌咏革命的兴奋不可的立场，而一面，则内心的真实，却自然而然地不能掩尽其深的失望疲劳之感。这里有难以隐瞒的矛盾。在革命的初期，一般底的革命的兴奋，和诗人各个的内心的心情之间，是有着一致的。这二者自相融合，成为有统一的诗。所以即使是抽象底概括底，而其间自有情绪的条理，有中心生命。现在则要将分裂了的二者，强行统一起来；要在这里做出什么内外一致来。这在许多无产阶级诗人，是困难的事。于是在一面，掩不尽这矛盾，不能不歌咏内心的真实——失望的心情，否则便成为硬来依然重唱向来的基调了。这便是称为和实行新经济政策偕来的无产阶级文学的危机的。

而过着了这所谓危机，无产阶级诗文人的许多，不能理解新时代的要求，和新的社会生活相对应，而在文学上，也改正其态度手法的结果，则将一部分的诗文人，即较无产阶级文学更其具象底地描写生活的，不过是"革命的同路人"，送到文坛的中央去了。从驯致和助长了这形势的这点，即从推赏辩护了那"革命的同路人"这点，沃隆斯基是成着众矢之的的。关于无产阶级文学和这"革命的同路人"即皮利尼亚克、伊凡诺夫等人的关系交涉，也有各种的问题，其中，这也涉及旧时代文学的传统和无产阶级文学的关系的问题的，但在这里，姑且不说这些罢。

---

14 现代汉语常用"罗曼蒂克"。——编者注

十一

千九百二十二年十二月，比较底年青的无产阶级文学者的一团"十月"，组织成就，此外也出现了几个年青的无产阶级文学者团体，宣言和论战，气势渐又兴盛起来。而"十月"一派，则自然而然地成了这青年无产阶级文学者诸派的前卫模样。由实施新经济政策，一时入了危机的无产阶级文学，借新人的出现与其团结，便见得形势重行[15]兴旺了。就是，从千九百十八年到二十年，是无产者文化团，接着是"库士尼札"一派的时代；假如以二十一年为在创作方面和团体底组织方面，都是一个危机，则二十二年之于十月革命后的无产阶级文学，可以说，是划了第三期的。现在将在这时期中，占着诸派的前卫的位置的"十月"一派，据罗陀夫的报告而采用了的思想上艺术上的纲领，载在下面看看罢——

无产阶级者团体"十月"的思想底艺术底纲领

一　从阶级底社会向无阶级底社会，即××××的社会的过渡期的社会主义底革命的时代，已以由苏维埃的组织而建立无产阶级独裁于俄国的十月革命开端了。惟××××××××，这才能使无产阶级为一切关系的统率者、改革者。

二　无产阶级在阶级斗争的经过之间，在经济和政治方面，已能形成了革命底马克思主义的思想，但在别方面，却未能从各种支配阶级的亘几世纪以来的思想上的影响感化，完全解放。终结了内乱，而在深入经济战线上的斗争的过程中的今日，文化战线是被促进了。这战线，从实行新经济政策的事情看来，更从有产阶级的观念形态的侵入的事实看来，都尤为重要。和这战线的前进一同，在

无产阶级之前，作为开头第一个问题而起者，是建设自己的阶级文化这问题。于是也就起了对于感动大众之力，作为加以深的影响的强有力的手段的建设自己的文学的问题。

三　作为运动的无产阶级文学，以十月革命的结果，这才具备了那出现和发达上所必要的条件。然而，俄国无产阶级在教养上的落后，有产阶级底观念形态的亘几世纪的压迫，革命前的最近数十年间的俄国文学的颓废底倾向——这些都聚集起来，不但将有产阶级文学的影响，给与无产阶级文学的创造而已，这影响至今尚且相继，而且形成着将来也能涉及的事情。不独此也，对于无产阶级文学的创造，连那理想主义底的小有产阶级底革命思想的影响，也还不能不发现。这影响之所由来，是出于作为问题，陈列在俄国无产阶级之前的那有产阶级底民主底革命已经成功这一种事情的。为了这样的事情，无产阶级文学便直到今日，在观念形态方面，在形式方面，即都不得不带兼收而又无涉的性质，至今也还常常带着的。

四　然而，和据着新经济政策，在一切方面，开始了以一定计划为本的社会主义底建设一同，又和波雪维克改为不再用先前的煽动，而试行在无产阶级大众之间，加以有条理的深的宣传一同，在无产阶级文学方面，便也发生了设立一定的秩序的必要了。

五　以上文所述的一切考察为本，无产阶级文学的团体"十月"，则作为由辩证底唯物论底世界观所一贯的无产阶级前卫的一部分，努力于设立这样的秩序。而且以为那成就，无论在思想上，在形式上，惟独靠了制作单一的艺术上的纲领，这才可能。那纲领，则应当有用于作为无产阶级文学的将来的发达的基础。

因为以为这样的纲领，是在实际的创作和思想战线上的斗争的过程中，成为究极之形的东西的缘故，团体"十月"在那结束的最初，作为自己的行动的基础，立定了出发点如次——

六　在阶级底社会里，文学也如别的东西一样，以应一定的阶级的要求，惟经由阶级，而应全人类的要求。故无产阶级文学云者，是将劳动者阶级以及广泛地从事于勤劳的大众的心理和意识，加以统一和组织，而使向往于作为世界的改筑者，××××社会的造就者的无产阶级的究极的要求的文学。

七　在扩张无产阶级的××，使之强固，接近××××社会去的过程中，无产阶级文学不但深深地保持着阶级底特色，仅将劳动者阶级的心理和意识，加以统一和组织而已，更将影响愈益及于社会的别的阶级部面，由此从有产阶级文学的脚下，夺了最后的立场。

八　无产阶级文学和有产阶级文学对跱底地相对立。已经和自己的阶级一同，决定了运命的有产阶级文学，是借着从人生的游离、神秘、为艺术的艺术，乃至以形式为目的的形式等，向着这些东西的隐遁，以勉力韬晦着自己的存在。无产阶级文学则反是，在创作基本上，放下××××马克思派的世界观，作为创作的材料，则采用无产阶级自为制作者的现代的现实，或是以往的无产阶级的生活和斗争的革命底罗曼主义，或是在将来的预期上的无产阶级的××。

九　和无产阶级文学的社会底意义的伸长一同，在无产阶级之前，便发生了一个问题，便是大概取主题于无产阶级生活，而将这大加展开的纪念碑底的大作的创造。无产阶级文学者的团体“十月”以为须在和支配了无产阶级文学的最近五年间的抒情诗相并，在那根本上树立了对于创作的材料的叙事诗底戏剧底态度的时候，这才能够满足上述的要求。和这相伴，作品的形式也将极广博地、简素地，而且将那艺术上的手段，也用得最为节约起来。

十　团体“十月”确认以内容为主。无产阶级文学作品的内容，自然给与言语的材料，暗示以形式。内容和形式，是辨证法底反对律，内容是决定形式的，内容经由形式，而艺术底地成为形象。

十一　在过渡时代的阶级斗争的形式的繁多，对于无产阶级文学者，即在要求取繁多的主题而创作。于是将历史上前时代的文学所作的诗文上的形式和运用法，从一切方面来利用的事，便成为必要了。

所以我们的团体，不取心醉于或一形式的办法。也不取先前区分有产阶级文学的诸流派那样，专凭形式底特征的区分法。这样的区分法，原是将理想主义和形而上学，搬到文学创作的过程里去的。

十二　团体"十月"考察了文学上颓废底倾向的诸派，将那有支配力的阶级正到历史底高潮时候所作的原是统一的艺术上的形式，分解其构成分子，一直破碎为细微的部分，而尚将那构成分子中的若干，看作自立的原理的事情；又考察了这些颓废底的诸派，对于无产阶级文学的影响的事实；更考察了无产阶级文学蒙了影响的危险，故作为主义，对于

（甲）将创作上形象，以自己任意的散漫的绘画底的装饰似地，颓废底地来设想的事（想象主义），加以排斥，而赞成那依从具有社会上必然性的内容，通贯作品的全体，以展布开来的单一的首尾一贯的动底的形象。又对于

（乙）重视言语之律，似乎便是目的，那结果，艺术家就常常躲在并无社会底意义的纯是言语之业的世界里，而终至于主张以这为真的艺术作品（未来主义）者，加以排斥，而赞成那作品的内容，在单一的首尾一贯的形象中发展开来，和这一同，组织底地被展开的首尾一贯的律。而且又对于

（丙）将发生于有产阶级的衰退时代，而成长于不健全的神秘思想的根本上的音响，拜物狂底地加以尊重的倾向（象征主义），加以

排斥，而赞成那作品的音响底方面和作品形象和律的组织底浑融。

惟将作品作为全体，在那具体底的意义上看，又在那照着正当的法则的发达的过程上看，这才能够到达以历史底的意义而论的最高的艺术底综合。

十三　这样子，我们的团体之作为问题者，并非将那存在于有产阶级文学中，由此渐渐挑选，运入无产阶级文学来的各种形式，加以洗炼，乃在造出新的原理和新的形式的型范来，而加以表现。这是凭着将旧来的文学上的形式，在实际上据为己有，而将这些用了新的无产阶级底内容来改作的方法的。这也凭着将过去的丰富的经验和无产阶级文学的作品，批评底地加以考察的方法的。而作为那结果，则必当造出无产阶级文学的新的综合底的形式来。

十二

上面所载的纲领，无非是叙述无产阶级文学的意义，将来应取的题材和形式，形式和内容的关系，和前时代文学的关系交涉以及对付的态度等，而申明过渡期文学的性质和方面的。就中，在所说无产阶级文学的将来的题材和形式，当以取于无产阶级的现实为主，较之抒情诗，倒是将向叙事诗底戏剧方面之处，可以看出无产阶级文学发达上的一转机来。与其是用抽象底普遍底的题目题材的革命的颂歌，倒不如借现实的描写以显示革命，或成就了革命的时代的姿容，与其是赞美普遍底抽象底的劳动或劳动者的生活，倒不如显示劳动者的具体底的各个的现实的生活，或在革命的暴风雨中的活人的姿容，来深深地打动无产阶级底情绪之处，就应该是这转机所包含的意义。与其歌地球、咏火星的革命，还是写出活的人来罢，便是一个也好的，斐伽也可以，尼启多也可以，拿了在工厂里做工的活人来罢。与其向宇宙之大，吐露革命的意气，还是在毫末之小，看革命的真的具体底的力的源泉罢。在一切琐事中，有世界革命之力的渊源在。——这是这转机的意义。例如新经济政策，是革命的一个大大的新阵营，为了不因此而失望于革命起见，就必须有广博地对于革命的湛深的理解。制造工业的商品和农业产物的价格之间，作了大的开放，施行那所谓"钺子"政策者，是什么意义呢？在这一件小小的琐事中，莫非并不蕴蓄着和世界革命相关的广大的深心的么？在这里面，莫非并不包藏着和无产阶级革命的斗争相偕的深邃的热和力的么？在这样的无聊的平常的不易收拾的事实里，不能看出内乱和战时共产主义所要求了的以上的深邃的英雄主义来么？无产阶级革命的阵营，是应该重整几回的。而且在那里，也不能总只期望着夺目惊人的奋战和突击。这革命发达的转机，在无产阶级文学之前，终于提出了新的要求，可以说，正是自然的事。在夺目惊人的奋战突击的时代，有赞美力量的必要，必须有鼓舞临阵的人心的进行曲，但当持久之战，却以更加细心的现实底的态度为必要了。对于这转机，也有这样地来解释的。

要求现实的具体底的表现的倾向，在小说方面，见于略息珂、革拉特科夫、法捷耶夫、李别进斯基诸人的作品上，诗这方面，则当算别泽缅斯基、陀罗宁、藉罗夫、阿勃拉陀微支以及别的许多人。以运用农民生活为主者，有纳威罗夫。纳威罗夫虽是农民出身，但因此便以为那作品和作者并非无产阶级底，那自然决无此理的。因为农民生活由农民出身而守着无产阶级底立场的作者的眼睛，将那黑暗方面，和无产阶级革命后的新生活的萌芽一同观察表现出来，也就是无产阶级文学当然应该包容的一分野。然而可以作无产阶级文学的题材之用的那现实，却决不限于劳动者和农民的生活的范围。智识阶级、新经济政策暴富儿、教士、小商人，还有反革命而去了的国外的侨民，和革命的变迁很有关系的苏维埃联邦内的异民族，而且还有革命的过去的历史底事实——这些一切，都可以运用，作为无产阶级文学的题材的。尤其是最后这一项，即革命史上的事实，在将革命的传统底精神，传达感染于人这一端上，则更为最重要的题材云，烈烈威支说。

十三

作为无产阶级文学的问题，还有考察其形式方面的必要。新的酒，是应该装在新的皮袋里的。新的形式，是应该以什么为基础，怎样地来创制呢？旧时代的文学在多年之间，几经变迁而造下来的各种的形式，在或一意义上，可以说，于构成新的形式上，都有用的。凡当一个阶级新兴时，在那年青阶级的文学上，有内容胜于形式，形式不能整然的倾向，是大抵不免的事实。这事实，大概不待普列汉诺夫的指摘，凡通晓文学史的大体者，恐怕无不知道的罢。就俄国文学的例来看，则十八世纪前半期的康台弥耳及其他宫廷诗人的作品，内容虽然新锐，而在形式上，又何其逡巡于波兰文学的影响之下呢？岂不是说自康台弥耳之后，经一代的诗宗杰尔查文到普希金，而俄国宫廷贵族阶级的诗，这才渐渐到达了那形式的圆熟浑成么？而这经过，是费了几十年。在无产阶级文学之际，也可以视同一例。对于无产阶级文学，是往往以那形式之不备和技巧之拙劣，作为责难之点的，然为无产阶级文学在今日之没有普希金，不过是可以和十八世纪前半的俄国文学上，只有了康台弥耳的事略略视同一例的事实。虽说是外来的，有了宫廷贵族文学的传统的背景的康台弥耳，到普希金，而至于圆熟浑成尚且费了几十年。则无产阶级文学的形式——从对于旧文化的革命而产生的无产阶级文学，至今还未确立自己的形式，正是毫不足怪的事。然而现在，较之十八世纪乃至十九世纪的初头，是生活的步调迅速得多了的时代。尤其是在革命后的俄国，从一切方面的生活事象上，这事实就更加深切地可以感知。也许不妨想，从康台弥耳到普希金的过程，是可以更其缩短的罢。但总之，现在的无产阶级文学之没有他的普希金，是确实的。或者也可以从无产阶级文学的本质着想，以为倘不接近社会主义时代，便没有无产阶级的普希金出现的罢。然而现在的形式技巧之不备，不足以否定无产阶级文学的意义，也就明明白白了。

要之：在过渡时代的无产阶级文学，倘于利用先前的一切形式的事，加以拒绝，是不行的。无产阶级文学的内容，大概总要自然地创作改革那形式和技巧；因了许多实际上的尝试，而生出新的综合底形式技巧来。现在为止的许多形式技巧，应该不过是为了使将来的无产阶级文学的形式技巧，臻于浑成的应入坩锅的材料和要素。据烈烈威支说，却是，作为原则，则在这些许多旧文学的形式技巧中，是大抵将一阶级正在年青、健康、力的旺盛时代所作的形式技巧，取以利用，加以摄取的。就外国文学的相互的关系交涉而观，新兴阶级多受别国的新兴阶级的文学的影响，衰退阶级大概常受别国的同是衰退的阶级的影响，也是一般的原则底事实。

将无产阶级文学的成长，和形式的问题连结起来一思索，便自然不得不触着文学的种目的问题了。上文已曾说及，在无产阶级文学的第一期，即从千九百十八年至二十年的内乱战时共产主义时代，那文学上的种目，专是诗，而尤其是抒情诗。革命的欢喜，世界革命的抱负，奋斗的踊跃和劳动的赞美，在诗里，是专在吟咏内面的气分的高扬的。然而以无产阶级文学成长的一转机为界，感到了具体底地表现活的人物的行动的必要时，抒情诗便渐渐退至第二段，散文的形式竟占了中心的位置了。对于散文的形式，从中尤其是小说，据所谓形式派的批评家锡克罗夫斯基和别的人们说，则文学的种目的型范，已经分崩起来。和这相对，无产阶级文学派的批评家，却以为这文学的种目的型范的分崩，文学是不会因此衰退的，不过是和有产阶级的解体一同，显示着有产阶级文学的已在解体罢了。当三四百年前，有产阶级还是年青的新兴阶级的时代，在文学方面，也曾构成了新种目的型范的。小说便是这新种目的型范。是出现于散文这一个大种目之中的一种新的种目的型范。例如见于《吉诃德先生》的那样，虽然还未能从"短篇之集大成"这一种形式全然脱离，但那构成的倾向，却在到处都在集合钩连[16]，作成一种有条理的东西之处。在薄伽丘的《十日谈》中，在嘉赛的《侃泰培黎故事》中，是都有努力的痕迹，想将散漫的东西，用什么楔子，来贯串为一的，但还未能将这些归结于一个的中枢。到《吉诃德先生》，而这集合底构造的意向，这才算是分明得以实现了。聚集着许多断片，但作为全体，是求心底的。和这相反，一入有产阶级的解体期，则在文学上的种目的型范上，同时也开始解体，构成作品的各部分，都带起远心底倾向来了。那近便的明显的例子，便是皮利尼亚克。在皮利尼亚克的作品里，各个断片，都在要远心底地独立起来。这问题，是可以看作含有颇为重大的意义的。无产阶级文学要造出自己的新的小说的型范来，大概也如在一般的形式问题之际一样，原则底地，是只好上溯前时代的阶级在新兴期中所造作的作品，加以学习的罢。与其学习略前的时代，倒不如远就古典之源，却是更好的路罢。而那特色，大约是专在构造之为求心底，以及有着主题和行动的展开这些事罢。惟那主题和行动的展开，则自然是应该依据无产阶级思想的立场的。而且那展开，又须以较之

16　现代汉语常用"勾连"。——编者注

三百年前，迅速得多的步调进行，大约也是不消赘说的事。

就诗歌方面而观，也如小说一般，可见构造的解体底远心底现象。如上面所载的"十月"一派在纲领中说过那样，"文学上颓废底倾向的诸派，将那有支配力的阶级正到历史底高潮时候所作的原是统一的艺术上的形式，分解其构成分子，一直破碎为细微的部分，而尚将那构成分子中的若干，看作自立的原理"这一种事实，在纲领中也曾——指摘，正是想象派和未来派所共有的现象。锡尔息涅微支（想象派）曾经主张，以为言语的思想底方面，仅于哲学者有兴味，言语的音响底方面，仅于音乐家有兴味，在诗人，惟形象为必要，诗者，毕竟可以是无思想无音响底的"形象的目录"的。在诗，倘乏于形象，则即使所含的思想怎样地深奥而真实，韵律的构造怎样地超妙，也不能认为艺术品云。克鲁契涅夫（未来派）则只醉心于诗的音响底方面，而那思想底方面，却完全将它否定了。凡这些，是都可以看作这文学上的解体底衰退的现象的。（克鲁契涅夫曾经为了此文的作者和构成派的女诗人英贝尔，特行朗诵过凯门斯基的《士额拉·安巴》和别的诗。我于将诗做成音乐的企图，是极其明白地感到了，然而没有懂得那诗的心情。但我相信，这也并非因为听者是外国人的缘故。）反之，作为主题，思想、形象、音响，无不浑然成为一个组织，综合而成一完全的艺术品的例，烈烈威支则举着普希金的《青铜的骑士》，艺术上的构成要素的集中底组织底统一的综合，应该是将来的无产阶级诗的特色，和散文（小说）是同一的。然而这也并非说，不当从最近时的有产阶级文学即颓废底倾向的文学，承受什么东西，而全然加以拒绝的意思。这些各倾向所具的倒是近于张大了的构成分子的特色，大概是应当看作品的内容，取了它来，而将这作为新的组织中的一要素，加以陶冶，活用的罢。

十四

以上，不过是根据苏维埃俄国评论坛诸家关于无产阶级文学之所说，叙述了那问题的轮廓和作为特色者的二三。关于无产阶级文学，则尚有和称为"革命同路人"的小有产阶级底革命派的文学的关系，以及与"同路人"相涉的文艺政策的问题，更有无产阶级文学的团体底组织的问题，或者那成为无产阶级文学论的根据的马克思派文学观等，可以合起来叙述一回的事还很不少。然而即此一篇，已经长到预定以上了，所以这回也就此为止。如果含在以上的粗略的论述之中的评论和事实，能够于解释这问题的性质和方向，以及和时代的交涉等，有一点裨助，那么，这一篇之用，也就很够了。

还有，上文所叙之中，如已经一一记明了姓氏那样，从许多人们的论文引用的处所，是颇为不少的，但因为那些书籍的大部分，现在不在身边，所以只靠了不充足的记忆和摘本，自信对于论说的主旨，有所误传的事，是一定没有的，只是自由地将那表现加以更张之处，却也不少，并且一一记明出处的方便，也得不到了，特为声明于此。这些事项，大约将来会有再写的机会的罢。

文艺与批评

［苏］卢那察尔斯基

为批评家的卢那察尔斯基

［日］尾濑敬止

一

生了普希金（Pushkin）的俄国，生了托尔斯泰（Lev Tolstoi）的俄国，生了陀思妥耶夫斯基（Dostoevski）的俄国——那在俄国之前，横着伟大的运命。在这里，昨日作为贵的，今日以为贱，今日作为贱的，明日以为贵。而从创造和破坏起，以至混乱、矛盾、流血、饥饿、绝望、光明、建设这些事相接踵。将这些恰如映在万花镜里的生活的姿态，加以描写者，大约是艺术了罢。而有如那女作家所说——创造那艺术的诗人和小说家，应该是"小鸟一般地自由"。但在他们，有拘束，有苦闷，又有压迫，有时且有可怕的饿死。然而有冷冷地凝眺着这些困穷的作家们者在。有为新的思想之波所荡摇，而从那波中，等待着未尝闻的东西之产生者在。这样地自居于阿灵普山的高处者，并非只信运命的年青诗人勃洛克（A. Block），也非以为俄国受苦，是为了人类或世界，而东奔西走了的高尔基（Maxim Gorki），更不是于那未来抱着大望，而静静地闭着眼睛的梅列日科夫斯基（D. Merezhkovski）。惟这，乃身居支配此国一切文化的地位的劳农政府的人民教育委员长——即教育总长的卢那察尔斯基（Anatol Lunacharski）是。

卢那察尔斯基恰如托洛茨基（L. Trotski）组织了红军一样，又如契切林（G. Chicherin）设立了万国宣传机关一样，创立起统一劳动学校来，于传播多数主义的本领和那福音的事，得到成功了。而且作为苏维埃俄国的惟一的教化者，在受着崇拜，然而他却不仅是教育家。他是教育家，同时也是批评家；是批评家，同时也是艺术家。当作最后所说的艺术家，是从革命之前以来，作为高尔基的朋友，频频活动了的，而在日本，知道的却颇少。他也作诗，也作戏剧，也作批评。那么，卢那察尔斯基对于艺术的态度，是怎样的呢？他是彼得大帝似的专制君主，或是尼禄皇帝似的奇怪的破坏主义者，还是尼采似的超人主义者呢？这些事，要简单地叙述，是做不到的，在这里，就只来窥测他对于艺术乃至文化的一面。

二

卢那察尔斯基原不满足于现代的文明；而且以为形成了那文明的有产者，现今是正在解体而又解体。据他的意见，则——所谓文明者，是颓废的文明，决非生存者之所寻求的。因为在那文明中，虽然也许有着或种的美丽、优柔、味道，而毫无可以称为反抗心之类的东西，所以就死了的一般凝结着。因此之故，应该格外给以气力、紧张、战斗，而同时也不怕作为当然的结果而生的悲剧和牺牲。而且倘不筑起一个新而有实，而又有力的文明来，是到底不能满足现在的人们的。

所以，卢那察尔斯基在主张社会主义的必要。但我们应该知道他和一般的论者的设想，又颇有些不同。他所意识之处，是社会主义乃是"从奴隶到自由的过渡"，而又非"要得到为了使自己满足的自由"。他将这事，更加详细地说明道："我为了自己，又为了不染市民的静学底色彩的一切社会主义者，这样想。总之，一致协同的事，并不是我们的目的。只是带着一切紧张，爱和创造的一切苦楚的战争——并且为了永久地保有（我们之力以上的）位置，即使涉几世纪，也要捕捉舞蹈于大空的星，有着可以成为驱这星以向新的未来的翼子的骏马的力之增大而战的战争——乃是可做那因为开花于更开拓了的地上的战斗底、平和底，最后，是人类底的世界的工具的过渡。"

简单地说，则卢那察尔斯基并不将俗所谓社会主义，当作人类底的工具，而仅以这为不过是从奴隶状态引向自由的过渡底学说。大家就应该在抱着这样看法的社会主义的旗印之下，专凭战斗，以赢得美好的未来。进向这永久底，悲剧底且是人道主义底的战斗者，是无产阶级。而且他们，已经促进了一种新机运，在要创造未曾有的文化了。

卢那察尔斯基否定现代文明，看出了形成那文化的有产者的解体，这不是因而也不满足于他们有产者的艺术的文证，又当作什么呢？

据他所说——"今日的艺术是平庸、丑恶、有产者底的。这样的有产者底的艺术，只足供扒搔那饱满了的午餐或晚餐后的神经之用。"那么，所谓有产者作家是怎样的人们，且带着怎样的特色的呢？例如，他说，梅特林克（M. Maeterlinck）是"文化上的佝偻底哲学者"，拜伦（G. Byron）、易卜生（H. Ibsen）、斯特林堡（A. Strindberg）是"有产者底的智识阶级者"，连高尔基，也还是"转向无产者那面去的热情底诗人"。但是，倘问他典型底的有产者作家是谁，那大概立刻答是安德列耶夫（Leonid Andreev）的罢。为什么呢？因为卢那察尔斯基对于他的艺术，是下着这样的批评的。"安德列耶夫和索洛古勃，对于资本，好像是唱着胜利的颂歌。"这样说了之后，接着是"安德列耶夫先就成着社会主义和哲学底的写实主义的分明的反对者。"而最后，则断定道："马克思主义的批评家们，决不当容许安德列耶夫。那理由，是因为他为了作为自己的厌世主义者——破坏主义者的职务，和革命的价值相敌对了。我们在也是朋友的读者之前，不惮于揭发这病的灵魂的一切的祸患。"

三

然而，他说，这样的有产者作家，是难于真的捉得现实的。他们也许能够描写革命，但不能活在那革命中。在那里，有优美罢，有病底的思想罢，也有尖锐的神经罢。然而没有力，没有勇气，没有组织，没有反抗，也没有悲剧。所以，他们的有产者艺术，应该代以无产者的艺术云。但是，在这里所当注意的，是他又非今日俄国文坛所目为极左党的"烈夫"。为什么呢？因为他是有着赅博的智识，对于过去的文学的蕴蓄，以及明白的脑子的。所以不像别的人们，惟破坏是求，而却环顾周围，一步一步地前进。因此也有说他的态度是妥协底的，但也是在同是无产者艺术的赞美者中，特被重视的原因。

卢那察尔斯基所主张的，不是有产者艺术，而是无产者艺术。倘问起这应该用怎样的艺术底形式来，则他以为至少非象征底（Symbolic）的东西不可。但是，这象征底的艺术这句话，对于他的立场，也并非很不响亮的。所以应该先从说明那句话的意义开首。

象征主义云者，是怎么一回事呢？关于这艺术，迄今已经论过几多回了。大抵总以为是和写实主义相对立的东西。然而他却相反，肯定着"为艺术之一形式的象征主义，严密地说起来，是决非和写实主义相对的。要之，是为了开发写实主义的远的步骤，是较之写实主义更加深刻的理解，也是更加勇敢而顺序底的现实。"——这罗札诺夫（Rosanov）之说的。

四

要之，他相信象征主义是写实主义以上的东西，同时并非幻想底，而是规则底，并且急进底的。关于那象征底的艺术的使命或价值，卢那察尔斯基这样地说着："为贵族所迫压，终于分得了国民底的不幸的犹太民族，创造了《旧约》和《塔尔谟特》的故事，和奴隶卖买[1]的大的象征底所产。所谓神国的广大的，然而神常在启发心胸的古代的无产者，恰如犹太人之相信本国的运命一样，确信着对于全世界的苦人的使命，实行了未尝闻的象征底的悲剧底赎罪。自此一到加特力教士时代，在那黑暗而深刻的象征主义中，奥格斯契诺夫（Augustinov）、亚克毕那妥夫（Akbinatov）、丹敦（Danton）辈就出现了。于是现出了作为广义上非常哲学底，而象征底的诗的时代——再说一回，一切人类的世界史底认识时代。"他追溯了这样的过去的历史之后，"以为大的象征，是对于一切国民和一切阶级，宣传着在自己的世界底使命上的分明的意识，步步发展起来了"的。所以像今日似的，以救济世界作为目标的俄国的艺术中，无论如何，总不得不采取象征底的样式。他并且发表了许多评论和创作，那戏剧，是日日上演于彼国有名的舞台上的，但关于这些事，且俟以后的机会来说罢。

但到最后，还要补写一点的，是卢那察尔斯基的未来观。他抛弃旧文化，而主张了新文化的创造。然而，如迄今已经写了多回那样，对于那文化的创造，以及人类的将来，却决不乐观的。在这里，斗争，是必要的；苦痛，是必要的；牺牲，是必要的。而且也往往有灭亡。他说了这话，反对着墨斯科大学有着讲座的有名的文明批评

1　现代汉语常用"买卖"。——编者注

家弗理契（W. Friche）的乐观说："莫非弗理契以为人类总有时成为绝对底的胜利者的么？又以为对于群神的我们的关系，能够完成一切，更极端地说，则一切目的，能够不努力而到达的么？我是不相信弗理契现今所说那样的神秘（未来的人类，虽不斗争也可以的思想）的。那意思，应该是人类的堕落。为什么呢？人类的努力的减退，是所以示精力的退化和生活的衰颓，同时也是很无思虑的事。因为不消说，劳动的旷野，是那力量愈成长，就愈被扩大的。"

艺术是怎样地发生的

在言语的广泛的意义上，Art 云者，是指一切的智力而言。Artistic 的外交官，Artistic 的鞋匠之类，也可以说得。德意志人和法兰西人，是将 Art 解释为这字的原来的意义"艺术"的，而且将这"艺术"，通常分为四种，例如，音乐、绘画、雕刻和建筑就是。然而这分类法，是不能说是全对的，为什么呢？因为最大的艺术之一，是诗，而且如演剧、舞蹈等，也决不应该忘却其为艺术。但可以归入艺术的范畴中者，还不止这些，例如，装身具、陶器、家具之类的制作，也应该是兴味很深的艺术。

"且住，"读者会要说罢，"你扩大了艺术的范围，将各种的手工，也从新加进艺术里去了。"

但是，诸君，那却正是这样的。其实，手工和艺术之间，是一点差别也没有的。

一切艺术的基础，是手工，而一切手工人，就应该是真的艺术家。不但如此，说人们是能制作神像的，然而这也不外乎手工底制作品，和别人的制作可以成为更真实的艺术底作品的鞋者比较起来，不过造成了与其说是有用，倒是有害的，可怜相的美术品罢了。

在这一端，是应该将我们所抱的理解，弄个明白的。

世间往往将美术称为"自由艺术"，以作工业底制作品的对照，而在这中间，放入"工艺"这东西去。这个差别，是在什么地方呢？人类所制作的一切，为此而耗了时光和精力的一切，是都为了充足人类的或种要求而作的东西。生命本身，即使人类所要求的一切东西，为了自己保存和进化，在所必要。

食物、衣服、住居、家庭、武器、道具等，于维持生命，是必要的。假使人类只产生以维持自己的生命为目的的东西，那么，他是制作者，是生产者，这之际，说什么美术，那简直是废话。在这时候，可以也有Art 的，但那是技巧的意思，仗这技巧，而人类能够在最短时期内，用最小的劳力和最少的材料，收得最大的效果。Art 者，是被表现于制作品本来的目的和那坚实之中的。这决不是自由艺术，也不是美术。

然而人们，譬如说，制造那用以烹调食物的壶。他做了那壶，整好形状，用药来烧好。于是一切过程仿佛见得完了似的，但是，他——最蒙昧的野蛮人和在文化的发明期的我们的祖先也就这样——却将这好像完成了的壶，加以修饰，例如，律动底地（即放着或种一定的间隔），用了洋红那样的东西，画上或种的条纹和斑点去。装在这样地做好了的壶里的食物，决不会因为施了彩色，便好吃起来的。然而呀，倘使那彩色，并非出于人类的一种要求，那么，人类怕未必来费这样多事的工夫了罢。惟和保存生命相关联的第一要求，得到充足，而后别的新的要求，这才发生的事，是分明的事实。

是的，人类是为了生存之外，还为了享乐人生，尝味快乐而活着的。

自然于较适生存者的死后，动物型式的完成过程中，试行有机体的一切自由的，广泛的表现，在这里面，便含有快乐感了。在关于种类保存的兴味之中，藏着一定的有机体的最大的力，那最为强有力的行为。

有机体是极其微妙的机械，那全部或一部，停止了活动，或者那活动缓慢了的时候，便不得不受障害，而连别的部分，也非忽然蒙其影响不可的。和这相反，倘若全机关完全地在活动，而且那活动又是适宜的分量，则给我们以爽朗的欢喜。人类是在寻求着这样的欢喜，一面使自己的生活更泼剌，将那内容更加深造的。单调的，不活泼的生存，令人类无聊，给以和生病一样的苦恼。还有，人类为要使自己的生活更有意义，使这更其高尚，使那官能更加丰富，使环境成为美丽，做着种种的努力。这个人类的行为，就是艺术底行为。

人生一切的复杂、微妙、强固，都是人生的装饰。我们过于活动，过于思索的时候，我们便疲劳，然而太不做事了，则又非觉得无聊不可，那么，我们执其中庸，不就好么？

然而这是不能说是全对的。不，人类愿意许多的刺戟[1]，而同时也寻求安静。在这里不能有那样的境界。那么，怎么办，便可以避掉极度的疲劳呢？大抵，没有秩序的刺戟，效果是相关地少，跟着这没有秩序的刺戟之后而来的，是兴奋、疲劳、烦乱。反之，倘用适当的、组织底的方法，人类（理论底地，我们是可以下面那样地说的）是能够享乐无限的刺戟的。

到这里，便成了艺术者，在将秩序整然[2]的刺戟，给与人类，是最好的东西了，赏玩者和听者所耗的知觉精力的一定量，由大部分的刺戟而适当地被恢复。试取听觉刺戟，即音乐的例，来检讨此说罢。音乐的世界，是充满着非常之多的浓淡（nuance）的，但我们听音愈多，就愈增加愉悦感么，决不如此。噪音即使怎样地丰富，也不过增添疲劳和难听。但倘若音乐并非单单的噪音，是谐调底东西，则诸君于各种噪音和称为音乐底调音之区别，便会立刻弄明白的罢。而在所谓一切的听觉刺戟之中，音乐底调音，是立刻，而且最先，由所给与的愉悦感而消失了。我们称这为"纯粹的音"。

调音和一切的音一样，是由空气的波而生的律动，是震动的阶列。噪音中的押音，是不规则的、混乱的，但调音中的这个，则是规则底的，相互之间，有一定的平均的间隔。

我们的神经组织，对于规则底地发生出来的结果，是容易地养

1　现代汉语常用"刺激"。——编者注
2　现代汉语常用"秩序井然"。——编者注

成习惯，容易地知觉那些的，而我们的知觉，便将那"容易"承受进去，当作愉悦。假使小孩子用了风琴，乱七八遭[3]地按出种种的音谱，那么，由此而生者除了疲劳和兴奋之外，怕不能再有什么东西罢。但是，倘在一种整齐的顺序上，奏起音谱来，则由此一定会忽然发生或种愉悦之感。音乐艺术家的事业，即在不绝地保住我们的感兴，可以容易地知觉，而为了那容易，则发见那使音的内容更加丰富的音的连续。这内容和整齐的音的连续，名曰"旋律"（melody）。

音不但互相连续而已，也同时响鸣，而这共鸣音，则有种种。有一种音，在我们的耳朵里，交互地、规则整齐地作响，觉得好像不入调。别一种音，则互相连结、添力、相支、益臻丰富，这称为"和音"（accord）。能发生耳闻而觉得快感的这和音的法则，称为"谐调的法则"。

这样地，选择了声音，加以组合，将大的听觉底要素，给与知觉，则听觉器官便和那构造及性质相应，规则底地活动起来，于是发生那称为"形式化的音乐美"的快感。然而这还不能说是音乐的全部。那只还是形体而已，我们应该探究其蕴奥。

人类，是知道声音之中，含有或种意义的。而且比什么都在先，人类自己就知道着这一事。他于不知不识之间，不绝地在发音，并且借此以表现自己的思想和感情。从人类所造的音之中，又生出有着缀音的言语。这些言语，则正确地表现或种的内容，于是成为涉及诗歌范围的完成品。

但人类，是并不没有意义地将言语来发音的，他将称为"抑扬法"（intonation）的带着种种表现的言语来发音，而这些无意义的抑扬，则往往有不借言语，已足表现感情的时候。这些音，在言语的对照的那心意之先，就和我们的感情并无关系地，独立了来说话。号

3　现代汉语常用"乱七八糟"。——编者注

泣、号叫、怒号、欢声、惊愕、踌躇——凡这些，是最雄辩的言语。人类一逢不幸，是悲哀地低下了最后的音，啜泣着诉说的罢。模仿了沉郁的精神状态的诸相，造了出来的音，即所谓"短音阶"（minor tone）。快活的人，则或是响亮地，或用中断底的喊声，或用律动底的吟诵体说话，他先就生气弥漫，略略高声地说，于是那音里，就愈加添起力量来。以这音为基础而成的，是那"长音阶"（major tone）。然而对于人类所发的音的强弱，要一一给以名目，是不可能的。人有了余暇，想用什么来消遣，而又并无一定要做的事的时候，便想自由地表现自己的感情，试去从新传给别人，而且尽其所能，要强有力地、高妙地，并且很有兴趣地令人听受。他在这时候，便选择口所能发的一切的音，即纯粹的调音，一面寻求着这些音的自然地给与最大快感的旋律和谐调，一面施行着这些音的组合——于是在这些音上，加以表白悲哀、喜悦等，人类所愿意讲述，作深刻的回想的一切感情的抑扬。想别人的感情，为这所动。由这样而发生的，是"歌唱"。倘若角力、打猎、劳动之类的动底的事，是以快乐为目的自由的东西，则从这样子的事所发生者，是舞蹈和演剧。一切艺术，是形式化了的，换了话来说，便是人类化了的复现底现象。是依照知觉机关和动作，以及人类的知觉作用的构成的要求，因而形成了的现象。

但是，人生未必一定由艺术而美化。人类可以由这样的过程而创作，站在和现实很相悬隔的环境中，同时，除描写现实之外，人类又能够描写人类之所希望，而且适宜于人类的理想。

故艺术者，不但和形式美一同，有心理底求心力（求心底感情表现），也有社会教化底的力，因为是描写理想（或者是用讽刺画以鞭恶），对于人类的行为，给以反省的。凡以充足人类的主要欲求，而且无此则存在且不可能的主要欲求为目的的一切行为，名之曰产业。这当然，也和生产主体本身的生产行为相关联。

　　纯艺术者，以给以组织化的刺戟，因而提高并且调节知觉机能，使之丰富为唯一的目的的一切的行为。然而，以消费为目的的生产，同时也是喜悦的源泉，成为给与美的形式的原因的。美的原则应用于人类日常生活的时候，艺术这才与生活觌面。于是见到"艺术产业"的发生。

　　人类，是作为自然之性，描写理想的。就是，人类一面照了美的匀称，磨炼着自己的一切的器官，以及自己的全肉体，一面怀着理想，要使在这环境中的自己的存在充实，并且依了包容着所谓"精神"的有机体、头脑、神经系统之所要求，来改造这世界。这，是希望到处看见美的世界的理想，是在那世界里常是幸福，毫无拘束，也不无聊，而且也没有苦恼的人类的理想。

　　要以人类为自然的指导者的艺术底企图，归根结蒂[4]，是成着创造这理想世界的基础的。而且，全人类艺术，也应该如生命本身一样，永久地生长，创造出有进化的构成体来。然而我们还站在不幸的，不愉快的路程上。

　　艺术往往成为富豪的娱乐家伙而堕落、俗化。社会本身，有时候，则艺术家本身，也堕落而走着邪路，造出并非真的艺术底的，技巧底艺术的刺戟来。这在有着强健的，新鲜的精神的人们，正是嫌恶。

　　资产阶级的社会制度，尤其将艺术恶用，使他商品化。

　　社会主义主张艺术的自由，对于艺术，期待着伟大的全人类底事业。

　　各世纪，各民族，尤其重要的是各阶级，在反映各各的制作上的活的灵魂的艺术上，是各有各各的特殊性的。无产阶级，被弄穷了的这阶级，一向对于人类的艺术创造，没有能够挥着双手，参加在一起，但从今以后，我们从这阶级，却可以期待许多的东西了。

4　现代汉语常用"归根结底"，也作"归根结蒂""归根到底"。——编者注

托尔斯泰之死与少年欧罗巴

生长于现今正作主宰的老年欧罗巴的怀中，而正在发展的少年欧罗巴，未来的欧罗巴，一闻那维系着古代的好传统和未来的好希望的巨人之死，便热烈地——虽然还不能说是完全融洽——呼应了。这是毫不足怪的。谁能不敬重艺术家托尔斯泰呢？

但是，在少年欧罗巴的盛大的托尔斯泰崇拜之中，在思索底的人们里，也写着许多的文章，即使未必能唤起惊奇之念，但至少，是引向认真的思想的。

造成少年欧罗巴的建筑物的脊梁，基础的圆柱，那自然，是马克思主义的广泛深远的潮流。这一方面的理论家们，因为依据了纯净的严格，将自己们所承认的纯正的真理，从一切的混杂，一切别的文化底潮流（即使这是亲近的，怀着同感的）区别开来，便屡屡被讥为炫学。近来，关于托尔斯泰的教义——首先，是关于教义，并非关于艺术——在这世界里，已经接到了颇辛辣的否定底的意见，且加指摘，以为他是有着使自己成为和科学底社会主义的正反对之点的。无产阶级思想的表明者和那前卫底分子，将默默地径走过托尔斯泰的墓旁呢，还是不过冷冷地显示自己和这人并无关系呢，这是可以想到的事件。然而这样的事件却并不发生。

自然，无产阶级对于美底价值，不能漠不相关，是并无疑义的。无产阶级无论在怎样的阶级、时代、社会的艺术里，都曾将这看出。然而在许多俄国劳动者发来的电报之中，所说的不仅是关于作为艺术家的托尔斯泰，不，较多的倒是作为社会实行家的托尔斯泰。

从在国会中的社会民主党的党派所发的电报，也是一样的意思。而且不但以自己之名，却用世界无产阶级之名，表了吊意的党派，是不错的。

实在，考茨基（K. Kautsky）写着关于作为值得崇高的荣誉的伟大作家的托尔斯泰，同时也分明怀着不只是单单的艺术底一天才这一种意见。

莱兑蒲尔在有责任的议会的演说上，关于作为军国主义之敌的托尔斯泰，就是，关于这个处所，也陈述了他的社会底教义，而且这样地起誓道："来讲这伟人的事，是自以为光荣的。"

做着奥地利国会的议长的反犹太主义者，拒绝对于托尔斯泰的尊崇，为了他的名誉，做一场最初的雄辩的演说的，是社会主义者。

在法兰西议会里的托尔斯泰纪念会之际的大脚色，饶勒斯（Jean Jaurès）的说明，也许是更加精密了。"在荒野上，有着'生之泉'。人们常常去寻它。在这泉，是交错着无量数的许多路。托尔斯泰是这样的生之泉。质素的基督教徒们和我们社会主义者，是走着不同的路的，但我们在叫作列夫·托尔斯泰这爱之泉的旁边，大家会见了。"

将向着我们的同胞的这去世了的伟人，表示社会主义世界所取的敏感的，有爱情的态度的记录，无涯际地继续下去，固然也好罢。然而大于托尔斯泰的教义和声名不下于他的马克思的教义的根本底对立，却谁也不愿说，而也不能说。对于重要的这一般，遮了眼睛，是不行的。不加分析，而接近托尔斯泰主义去，是不行的。因为他不是人类的前卫的全然同盟者，同时也不是敌人。

其实，科学底社会主义，是由于现在组织的苛刻的矛盾状态而生的。列夫·托尔斯泰也将这些苛刻的矛盾，天才底地加以张扬。社会主义将这些矛盾的解决，求之于使因阶级、国家而生的人类的区别，告一结局那样的调和的社会组织，靠着劳动的组织之中。列夫·托尔斯泰也一样地寻求调和的组织，一样地描写人们的劳动的协和的将来，一样地排斥阶级差别，一样地爱下层社会，而嫌恶上流社会。（自然，这嫌恶，并非对于个个，而是对于金权政治，贵族政治的原理这东西本身的。）

科学底社会主义，将个人主义看作置基础于私有财产之上的社会底无政府状态的一种。

社会主义预言着集团主义，同志底感情，广泛的、英雄底的世界观，对于狭小的小店商人底的那些，将获胜利，而排斥着个人主义。自有其丰富而紧张的个性的列夫·托尔斯泰，个人主义的苦闷者的列夫·托尔斯泰，是将自己的一生，献于和个人主义的争斗了。

科学底社会主义，将国家看作分离着的利己主义者们和阶级底矛盾的社会的自然的组织。

托尔斯泰对于国家，也抱着一样的意见，先见到倘在别样的条件之下，国家是将成为无用的东西。

惟这些，是两者的思想底建筑物之间的最重要的类似点。

自然，那差异，也是根本底的。

科学底社会主义，是现实底。

科学底社会主义，将个人主义、私有财产、资本等，看作在人类文化发达上的不可避的局面。因为要从这苦楚的局面脱出，社会主义则惟属望于现在社会的内底的力量的发展；或则客观底地，将这些的相互关系剖明；或则竭力尽瘁于将以未来的理想的负担者而出现的阶级的自觉。科学底社会主义是主张从人类进到现在了的道上，更加前进的；是主张一面助成着旧世界的破坏，新世界的成熟，而积极底地，参加于文化生活的一切方面的。

作为社会哲学者的托尔斯泰——却是清水似的理想主义者。他竟锋利地将神圣的聪明的理想，和罪深的愚昧的现实相对立。为自己的爱的理想，探求了那外面底形式的他，也在过去的事物上，自然底经济关系的平凡的真理上，借用着这形式。他主张从人类进化的大路断然离开，而跳到一种新的轨道上去。据他的意见，他是不相信那前去参加着现实的愚劣邪恶的混乱的，这一种意义的人类的积极性的。首先，应该学习不做那一看好像自然，而其实是有害的许多事。这事情，并不如有些人们所想，就是表明着托尔斯泰的教义是消极底。他的教义，是积极底的。然而是观念底地，积极底的。托尔斯泰将言语的力量看得很大，至于以为可以靠不断的言语的说教，先将无智的人类的醉乱的行列阻止，然后使这行列，和赞美歌一同，跟在进向平和与爱的王国去的整齐的行列的后面。

在这里，也生出别的根本底的不同来。

和个人主义战斗，马克思是用社会底道程，即社会构成的改造的，但托尔斯泰却用个人主义底道程。在他，是只要个性将自己本身牺牲，在自己的身中，在自己的怀中，将自己的个人主义，烧以爱之火，作为那结果，全社会便变了形状了。

托尔斯泰——是预言者。他和那对于使游牧民的性情，因而堕落的文明的潮流，曾经抗斗的以色列的预言者们，是血族的弟兄。他们也曾将人们叫回，到真理去，到人性去，到小私有财产底牧歌——在这里，所有物已经不是所有物，是为神的法则所统，而是神的临时的颁赏——去。托尔斯泰的社会上的教师亨利·乔治（Henry George），以摩西的法则为最好的律例，赠了赞歌，是不亦宜哉的。托尔斯泰者——和那凭着《新旧约》所赞美的平等之名，虽引弓以向教会，也所不惧，而对于蓄财的增加，筑了堤堰的伟大的异端者，是血族的弟兄。他和那在旧的组织之中，不知不觉将回忆加以理想化，而持着人道底的态度的圣西门（St. Simon）、蒲鲁东（Proudhon）、卡莱尔（Carlyle）、拉斯金（Ruskin）等，反对着资本主义之不正的新的斗士，是血族的弟兄。

然而，假如科学底社会主义的同人，虽然不赞成这样的人们，而对于他们，还不得不献尊敬的贡品者，这不可忘记，乃是因为同人之中，用了像托尔斯泰所有的那样无比的武器，就是艺术底天才的武器，武装着的人，一个也没有的缘故。我们且停止将作为艺术家的托尔斯泰，从作为思想家的托尔斯泰拉开罢。其实，是内底平安的渴望，要解决那强有力的个性的矛盾的欲求，其实，是对于自己和周围的人们的凭着真理和真实和公明之名的冷酷——使托尔斯泰成了艺术的巨人的。他的艺术作品，一无例外，都是道德底、哲学底论说。他常常，对于新的，客观底地是极有价值的，但为他所不懂的东西，打下自己的铁槌去，要打碎一切。但是，看罢——这些打击，并不足为害。

有可活的运命者，是不会因批评而死的。而旧的世界，却反而因为托尔斯泰的强有力的讽刺的箭，而颤抖、动摇了。他用了美的光，将虚伪的观念和颓废的居心，加以张扬、照耀。然而这样的文字，也不过呼起深的怜悯来。对于在自己里面的自己的阶级和自己的传统的狭隘，不能战胜的伟大灵魂的误谬[1]，在这里，我们就极容易觉察。但托尔斯泰将对于个个的目的的平庸的、好的本质的胜利，以及人类和宇宙的一致，却用了他以前的怎样的诗人也做不到的，征服一切那样的热情，加以赞美的。

这力量，即所以使托尔斯泰在理念和感情两方面，较之他的一切伟大的侪辈，升得更高。惟此之故，所以在一切的这些，经济底地反动底的革命家们中，在这些没有发见直向自己的理想之路的爱与和谐的骑士们中，在这些，实在虽是朋侪，而被误解为仇敌的人们中，托尔斯泰遂较之别的什么人，都为较近于欧罗巴社会的前卫

1　现代汉语常用"谬误"。——编者注

底的阶级的、前卫底的人们的心脏。

少年欧罗巴,那自然,要比我写在篇首那样的潮流为更广。而且已经,自然——有着两个作家,作为这少年欧罗巴的正当的代表者而出现,他们已将托尔斯泰在精神的王国中的位置和所谓空间底之大,比谁都高明地下了定义了。其一个,年纪也较老,在那作为艺术家的灵魂中,也有着许多文化底老衰的毒。但是,虽然如此,他却凭了多样的,有光辉的天禀的别方面,和现在的,在我们的文明化了的世界里,惟我们所独有的最年青最新鲜的东西,非常相近的。我在这里是说阿纳托尔·法朗士(Anatole France)。别的一个,应该算进那一面的阵营里去,是颇为暧昧[2]的。但他也由那灵魂的超群的琴弦和新的音乐,将来社会的音乐相呼应——那是盖哈特·霍普特曼(Gerhart Hauptmann)。

法朗士在托尔斯泰之中,看见了伟大的先见者;还抱着这样的意见,以为在市人的脑中,被想作带疯的乌托邦似的他的教义中的许多东西,乃是作为很完成了的人类生活的一种形式的敏感的预觉而出现的。和这同时,他——这是最重要的事——还将托尔斯泰来比荷马(Homeros)。

将一种散文诗似的东西,呈之托尔斯泰的霍普特曼,是加了两个别样的名目:萨伏那洛拉(Savonarola)和佛陀。

读者诸君,和这些文化界的三明星同时相接的人,是应该怎样伟大呢,试来加以想象罢。荷马——这是客观性本身,是用了灿灿之明,使现实反映出来的直觉底的天性,是在现实在那财宝之中,为了反照,而见得更加伟大、辉煌、安静这一个意义上,将现实改变形容的直觉底的天性。萨伏那洛拉呢,恐怕是完全相反的本质,就是,热情底的主观主义,直到了恍惚境的空想主义,要将一切的

客观底美，隶属于主观底道德，形式——灵魂的欲求的最明白的表现罢。他的世界里的事故，总见得是有些苍白、丑恶、偶然的。但相反，他却将"失掉了平心的运命到伟大地步，和几乎失掉了情热[3]的乔辟泰"（译者注——荷马的形容，重译者按：乔辟泰是希腊的大神），变为满于爱的——同时也是较之正在死刑的缢架上，苦着就死的人的模样，不能变得更好的那样可怕的——神的意志了。

倘若在和以上的两极的同距离之处，能够发见天才，那自然，是佛陀了。他对于生活的美之前的欢喜，对于紧张的斗争底的意志的激发，都取一样的态度；对于竟愚蠢到想以各种嬉戏来诱佛陀的幻的摩耶（重译者按：摩耶夫人是佛母），对于在自己的方向，最为崇高的一切的情热，也一样地送以哀怜和嫌恶的微笑。

触到荷马和萨伏那洛拉和佛陀——这事，那意义，就是说无限。

自然，托尔斯泰并没有荷马那样的淳朴底的客观性，也没有透明那样的平静，也没有艺术家底率直。

诚然，荷马并不是一个人，是将年纪青青[4]的民族的尝试，聚集在自己的六脚诗中的代代的诗人们（他们互相肖似着）的集合体。但是，从托尔斯泰的许多诗底表现里，他的创造，就如自然的创造一般，在他，也有着好像那形象这东西，就贯通着客观底实在的一切美和力之中那样的辉煌的真理的太阳，直接底的明观力，吹拂着弥满的生命的风。托尔斯泰又如实地包含着全民众的内面外面的两生活。在那表现的广阔之点，令人想到荷马。

自然，托尔斯泰在那说教之点，热情底地，是不及萨伏那洛拉。在他，没有暗黑之火，没有遭遇灵感、遭遇恶魔的恍惚境。

但无论如何，非常类似之点的存在，是无可疑的。在无论怎样的

3　现代汉语常用"热情"。——编者注
4　现代汉语常用"年纪轻轻"。——编者注

地上权力的禁止之前也不跌绊；向着真理和公正之探求的那毫不宽假的强直；对于神的那热烈的爱；从这里流出来的那信仰的公式的保守者的否定；对于兼顾二者的精神底的，凭着永远的生命的充实之名的，外面底文化生活的单纯化的那欲求；并未排斥艺术，但只准作为宗教底道德的仆从的那态度：就都是的。

而应当注目的事，是恰如萨伏那洛拉的宗教底道德主义，在那说教之中，却并未有妨于他之登雄辩术的绝顶，以及他虽然跪在传道士波契藉黎的足下，也并未有妨于他描写许多的杰作，并且生活于别的艺术底巨人蒲阿那罗谛（译者注——是米开朗基罗）的心中一样，托尔斯泰的宗教底道德主义和他的美的一切一面性，也没有妨害他写《复活》和其他的杰作。自然，不消说得，萨伏那洛拉和托尔斯泰，在对于艺术的那宗教底态度上，纵使是怎样一面底的罢，——他们却依然站着，较之"为艺术的艺术"的论究者，还是决然，作为拔群的艺术家。

托尔斯泰恰如活着而已经知道了涅槃的境地的佛陀一般，既非亚细亚式地善感，也不是不知道悲哀。然而托尔斯泰的神，总显得仿佛一切东西，都娇憨地沉没融化下去的辉煌的深渊模样。托尔斯泰的爱，常常很带着对于平静的渴望，以及对于人生的一切问题，困难的一面底解决的渴望的性质。

所以托尔斯泰不是荷马，不是萨伏那洛拉，也不是佛陀。然而在这无涯际的灵魂中，却有使法朗士和霍普特曼想起上述的三巨人来的血族的类似点。再说一回罢，同时触着三个的项上的事——那意义，就是说，是伟大的人。

在托尔斯泰之中，集中着许多各样的有价值的东西。因此，裁判他的时候，裁判者也会裁判了自己。我对于少年意大利，尤其愿意用一用这方法。

　　我自然并非说，加特力教底的、保守底的、有产者底的旧的意大利，"可尊敬的"月刊杂志和大新闻的意大利，知道了托尔斯泰之死，没有说什么聪明的好的话。然而由那旧的意大利的理论家们说了出来的有限的、聪明的、好的话，却全落在平平常常的赞辞里了。帕皮尼（Giovanni Papini），则将我们检阅少年意大利军在托尔斯泰的墓前行进时，可以由我们给以有名誉的位置的好赞辞，写在那论文里。

　　托尔斯泰之死，即成了诚实的，而且全然灿烂的论文的基因。这论文，是增加巴比尼的名誉的，较之凭了同一的基因而作的意大利中的所有文章为更胜。假使纸面能有余地，我们是高兴地译出那全篇来的罢。但我们只能忍耐一下，仅摘出一点明白的处所。巴比尼是将意大利的一切御用记者们，堂堂地骂倒了——

　　　　凡平常的公牛一般的愚钝，事件是关于牛和驴子的时候，几乎就不注意，一旦出了事，便立刻在你们的前面，满满摆开不精致的角来。

　　　　可以借百科辞典之助，用了一等葬仪公司的骈文一般的文体，颠来倒去，只说些催起一切呕吐那样的，应当羞愧的，"旧帐"底的唠叨话的么？我停止了拼命来竭力将圣人的出家，一直扯落到家庭口角的突然的一念去的唠叨话罢。但是，对于文笔小商人们利用了这机会，而向托尔斯泰抛上笑剧演员和游艺家的绰号的事，怎么能不开口呢？假使托尔斯泰是空想家，是游艺家的事，能慰藉值得你们的侮辱的偏隘，那么，我们又何言乎了。然而对于装着无暇和年迈的空想家相关的认真的人们的脸，而在唠叨的你们，却不能宽恕的。托尔斯泰是吐露了难以宽容的思想。但这在你们，是"愚蠢的事"，——你们即使怎样地挤尽了那小小的脑浆，也不能一直想到这处所的——。

即使怎么一来，能够想到这处所了，你们也没有足以吐露它的勇气罢，——假使因此而永远的生命，便在你们之前出现。我来忠告一下。虽然很有使你们的新裤子的迭⁵痕，弄得乱七八遭的危险性，但总之，跪到那写了愚蠢事情的作家，说了不可能的事的使徒的他的灵前去罢。

巴比尼在这暴风雨般的进击之后，陈述着作为理想底的人类的生活的托尔斯泰的生活的内面底意义。他将自己的许多的思想，综合在下文似的数行中——

　　这——是人呀。看哪——这，是人呀！他的生活的开始，是英雄底、战斗底，充满着事件。那是委身于赌博和情欲，然而战斗不止的封建底的人的生活。然而从这兵士里，出现了艺术家。他，艺术家，开始了创造者的神圣的生活，他，使全世界的死者们复生，将灵魂插入数百新的创造之中，使大众的良心振动，给一切国民读，登一切人之上，终至于见到世界上没有和自己并行者了。自此以后，乃从艺术家之后，出现了使徒、预言者、人类的救世主、温和的基督教徒、现世的幸福的否定者。

　　他在获得了所遗留下来的那么多的东西之后，怎么能不将一切东西，全部辞退呢？

巴比尼的论文的这处所，令人想起黑格尔（Hegel）的宗教哲学中的有名的处所。就是，伟大的哲学者，是将人的一生，分为下文的四阶段，而描写着的。

尚未觉醒的未来，开始逍遥起来的淳朴的幼年时代。生命的加

5　现代汉语常用"叠"。——编者注

强了的欢喜和伴着难制的、热情的、苦恼的、浑浊的、苦闷的青年期。

有平静的信念的伴着创造底劳役的成年期。获得了在一切个别底的事物之上的普遍性的认识的老年期，拥抱一切，否定了个人主义的残滓，好像温情的教师的老年期。

这和由安德列耶夫（Andreev）所表现的"人的一生"，全不是两样的东西！其实，老年是往往并非作为灵魂的神性化的第四的最高阶段而显现的，——这屡屡，是力的可悲的分解，是肉体的不可避的溃灭，同时是灵魂之向废墟的转化。然而，老人的灿烂的典型，米开朗基罗（Michelangelo）、歌德（Goethe）、雨果（Hugo）、托尔斯泰——是显示着黑格尔的结构，较之极度可悲的变体底的现实，尤为可信的。

刚在地上萌芽了的社会主义的机关志《少年意大利》的少年作家们，也向托尔斯泰挥上了臂膊。说，他是早在先前死掉了的了。老年者，是永远的死，而托尔斯泰的哲学，是这伟大的天才的腐败的结果，是心理的老衰，云云。但是，应该和这些尚未成熟的少年们，一并宽恕了这样的裁判。他们是充满着力的。

倘若刚刚将脚踏上了第一阶段的他们，已经懂得了第四阶段的心理，那么这不是好事情。论文《对于托尔斯泰之死的生命的回答》的作者，青年安契理斯（D'Ancelis），对于作为艺术家的托尔斯泰，是抱着尊敬之念的。他和一般的人类的成长相比较，而认知托尔斯泰的不可测之高，以为大概惟有被托尔斯泰所裁判了的莎士比亚，在自己所创造的世界的丰富这一点上，和他为近，更以下文那样的话，结束了文章——

　　这使徒，也是正当的，而且是卡莱尔底意义上的"英雄"。他作为英雄而生，作为英雄而死了。然而人类并无需宣说生活之否定的英雄。

却反对地，必需强有力的、不屈的艺术家。惟这个，是寻问这老人的苦闷之迹的时候，所以感到我们的心脏的跳动，恰如在年迈的父亲的卧榻之侧的儿子的心脏一样的原因。

这实在是可以据以收束小论的很好的记录。

托尔斯泰与马克思

一　资产阶级的主力少数主义

同志诸君！叫作《托尔斯泰与马克思》的今天的我的题目，我并非偶然选定的。现在，我们的俄国——别的各国，那形态却有些不同——在决定人类的分野的根本底诸观念之中，马克思主义和托尔斯泰主义，是被表现在对跖底的地位上。

自然，对马克思主义的一切之敌，都归在托尔斯泰主义的阵营内，是决非妥当的。

马克思主义云者，如大家所知道，是无产阶级的观念，是阶级理论，是在支配阶级和劳动阶级的斗争上，劳动阶级所把持着的武器。有产阶级领率了那一切的枝条，以及为了无智，社会底地易于分裂的倾向，而落在有产阶级的权势之下的那些民众，正和马克思主义对立着。从托尔斯泰主义看起来，有产阶级是最少有可以责难之处的。——有产阶级者，如大家所知道，是帝国主义底的东西。有产阶级者，虽当最近的战争在地上涂了血，时日还不多，却已在暗地里整顿着新的武装和谋略。有产阶级者，一任那放恣的意志，要以准备在人类头上的其次的战争，怎样地惹起未曾有的深刻的结局，使全世界陷于破灭的底里，在这里是已经没有多说的必要了。

我们马克思主义者，就是，首先，是革命底的，唯一真正的马克思主义者，共产主义者的我们，和这掠夺底的有产阶级的，意识底地固执在各种地位上的一伙人，应该彻底底地战斗。在有产阶级的背后，并没有思想底的什么的力量。帝国主义底有产阶级，对于自己的存在，自己的倾向，以及自己正在造作的罪恶，是寻不出辩护这些的理由的。到最近，有产阶级将疏辩自己的野兽底的面貌的事，以及将这面貌扮作道德底的东西的事的一切企图，全都放弃了——就是这样说，也不是过甚之辞。自然，随伴[1]底的报事者们，那是虽在现在，也还想将毒药装进民众的脑和心里去，并且想用爱国主义的麻药的。弗拉基米尔·伊里奇（列宁）在帝国主义战（欧洲战争）后不久，所讲的议论之中，曾有悲观说，以为在叫作祖国这各色的国旗之下，有产阶级是从新招兵，许多劳动者是眩惑于爱国主义的口号，又要为了榨取他们自己的人们，演兄弟相杀的惨剧了罢。这是大概不错的。——然而，虽然如此，这仍可以用了认真的观念来斗争，那是无须说得。为了榨取者们的利益起见的劳动者互相的杀戮，要之就只在舆论的沉衰，嵌在对于目的的印板里的习惯的惰性，批判力之不彻底等。但是，即使并不思索这些事，早早晚晚，也会到民众自己看破这意气昂然的野兽的原形的时候的罢，惟这时候，则有产阶级当然成为他们的憎恶的对象了。

实在，在有产阶级，也有可以辩护自己的观念的。这是什么呢？是少数主义[2]即变了形的马克思主义。社会民主底马克思主义，乃是有产阶级来遮蔽自己的羞耻部的没有果实的叶子，有产阶级是缺少那挥着什么像自己的主义的东西，积极底地闯到民众面前去的勇气的。——有产阶级因此便迎迓社会主义，又利用马克思主义者，于是民众就倾听他们好像是自己的话的主张。他们先说起和有产阶级的阶级战，然而这是客套话，只因为临末想要讲革命的休息。他们将歪曲的，所谓进化底马克思主义这一种宽心的唠叨话，

1 现代汉语常用"伴随"。——编者注
2 Menshevism 意云较少主义，也译少数主义，原是指 Plekhanov 一派的社会民主劳动党少数派的指导原理而言，但也用以称社会民主主义，Kautzky 等的正统派马克思主义，Kautzky 主义等。——重译者

165

说给劳动阶级听。就是，他将事物的推移，委诸运命之手，而对于无产阶级，则说忍从、节度、整齐之必要的。

少数主义，从这见地说起来，那自然，是我们的最可怕的敌。因此我们为了和他们斗争，费去了非常之多的时光。在民众面前，使少数主义的声望失坠，也便是克服民众，那我们是很知道的。所以我们的战术，是在少数主义的彻底底批判，我们现在正在实行的统一战线的树立，以及从我们的队伍之中，将可疑的分子毫不宽容地加以扫荡——这些一切，那意义，已经就是和在本质上，似是而非的马克思主义，即少数主义的斗争。

少数主义之力，是强大的，这在事实上，是做着有产阶级的主力的。有产阶级能够从劳动阶级的前卫，社会民主机关之中，开了自己专用的代理店了。他们的利用少数主义有怎样巧妙，只要看世间一切有产阶级中的最聪明而且有着最古的历史的英吉利的有产阶级，竟将政权付给了少数派这一点，就可以明白。他们以为只要资产家的保守的政权，在麦唐纳之手，是决不愁危险的，竟毫不失机。所以将政权交给麦唐纳的事，就成了对于劳动阶级，给了更富于弹力性的欺骗和愚弄的新形式；也成了一种聪明的新政策，是对于政治思想的发达幼稚的民众，竭力给与一个印象，使觉得英吉利是劳动者自己在治理，在英国已经无可更有要求了。在这半世纪间，有产阶级就大抵这样地仗着民众主义的帮助，使民众错乱，借普通选举的幻影，使民众行欺骗底选举。然而选出的阁员，依然是有产者，是承少数派的意旨，而压迫大多数民众的东西。在现在，有产阶级是这样地计划着在用了新的尺做出来的民主主义的旗印之下，来建设使确乎不拔的自己的权力，实证底地确立起来的社会主义底政府、劳动政府的。

二 托尔斯泰主义为马克思主义的竞争者

同志诸君，托尔斯泰主义在上面说过的我们所谓"随伴底"敌对里面，是占着第二义底的地位的世界观。这在无产阶级，是并没有那么大的影响的，但对于智识阶级，却是给以极深极深的影响的思想。还有一点应该看得紧要，就是，有时候，不但在欧洲，虽在亚洲腹地的农民的较良的阶级里，也有得以成为我们的竞争者的可能性。

托尔斯泰主义要引劳动智识阶级和劳动农民阶级为最重要的同调，以及成为我们的竞争者而出现的事，到了如何程度呢，用两个小小的例子来表示罢。

法兰西现代的大作家罗曼·罗兰（Romain Rolland），是作为许多小说和评论之类的作者，有盛名于欧洲的人。曾有这样的逸话，就是，他二十五岁的时候，将充满着感激的信，寄给托尔斯泰。那时，他信里的意思，是说自己是托尔斯泰的精神底子息，请托尔斯泰的爱顾和教示，因此托尔斯泰看了他的满是真实，而且显着天才的闪光的信，知道寄信人是很了解托尔斯泰自己的，便将长的恳切的回信，寄给罗兰了。

近时我在关于罗兰的论文中，看到了颇有名的这样的句子。那是说，"列夫·托尔斯泰是世界的智识阶级之父，而当他自己进坟墓时，以自己的地位，任命于罗曼·罗兰了"。

欧洲大战前，尤其是罗曼·罗兰正在主张着严格的平和主义的大战的最中，对于他，从欧洲和别的诸国寄信来的，以及直接访问他的，非常之多。虽是现在，关于一切政治问题，罗曼·罗兰是还在应对的，但最近有一桩案件——这是发生于西班牙的国粹反动主义者兑·理威拉将军和同国的大哲学者乌纳穆诺（Unamuno）之间的大争执。政府便将乌纳穆诺从西班牙放逐到亚非利加，或是什么地方的岛上去了。那时候，罗曼·罗兰便对于兑·理威拉将军发表了一篇智识阶级底气味纷纷的抗议文。我们只要这样想象，就可以没有大错，就是，恰如在有些国度的国民，现在的教皇之流的恐吓文字也未必一定成为威压底的东西一样，罗曼·罗兰的抗议，也毫无效验地跑过了兑·理威拉将军的铜一般的前额了。然而世界的报章上，连最为保守的东西上，也登载了罗曼·罗兰的抗议，所以惹起了大大的波纹；他的道德底计量，虽在现在，也还是非常之沉重到这样。

是去年罢，还是大约两年以前呢，罗曼·罗兰曾将一封信寄给法兰西智识阶级一方的代表者的那《火中》的作者巴比塞（Henri Barbusse）。巴比塞是我们的同志，共产主义者，是天才底作家。他写了关于战争的著作，而这还被翻成世界的各国语了，自然，那些书籍的内容，是就战争的惨祸和战争的根本问题，而传其真理的。

巴比塞非难了罗曼·罗兰，那要点，是在说罗兰对于革命暴力的组织化，和对付有产阶级权力的民众底权力的组织化的重要性，没有懂得。他又威喝似的这样说："连齿尖都武装了的有产阶级，将继续作占有那强韧的组织全部之举的罢，为什么呢？因为用这强韧的组织之力，防止虽一兵卒，也不能脱自己的权力之外而他去，××××××，××××××，使行同胞战的有产阶级，是使民众再陷于先前的困穷的底里，而无论怎样的良言，怎样的说教，怎样的主义，也早不能收什么效果了，要反对这势力，即有产阶级的'这地狱之力'，只留着一条路，这便是×××××××。不能作×××的准备者，即这组织的破坏者，××从引人类于破灭之底的阶级的手里，将政权夺取××××××，要之，便是人类进步的奸细。"[3]

对于这个，罗曼·罗兰便直挥着托尔斯泰的理论，为拥护纯无抵抗主义的立场，堂堂然直扑巴比塞了。对于这罗曼·罗兰的反驳，欧洲智识阶级的一部分，便以为惟这无抵抗主义，即对于暴力的无抵抗，是唯一的合法的主张，且从靠了这善意主义，理想主义，有在地上创造"神的平和"，事实上芟除战争的可能性这一个信仰上，表示赞成之意。但智识阶级的别一部分，也有仅仅伪善底地，赞和罗曼之说的。他们知道得很清楚，倘依无抵抗主义的理论，则有产阶级的权力，还可以保几年的寿命；在有产阶级，托尔斯泰主义是无上的好的防御机，只要托尔斯泰主义和罗曼主义保住地位，便可以处之泰然的事，他们是很知道的。无抵抗主义作为反抗的形式，是有利的，至少，较之革命底反抗，那当然是较为有利的形式。

这回是举一个在亚细亚的例子罢。在我们，现在特别应该看作重要的，并不只以在欧洲的事象为限，就是在东洋的这些事，那重要性也是相等的。作为列宁所遗留的功绩之一，可以特记的事，是他指出了无产革命，和亚细亚的农民革命有不可分离的关系这一点。列宁是从那天才底思想，到达这样的归结的。当有产阶级正仗着少数主义战术，使无产阶级的首领者腐化，将他们买收的时候，欧洲的无产阶级对于有产阶级，能扬胜利的凯歌者，是只在这样的一个时机。

这便是做着前驱的各国的社会革命，和殖民地及准殖民地的无产革命相联结的时候。所以我们也应该以对付欧洲一样的注意，去向东洋。

印度的人口计有三亿，和苏维埃联邦共和国人口的两倍半相

3　许多空字，是原译本如此的，现在姑且约略译出，极希望看见原文或法文原信的读者，加以指示，俾后来能够修正。——重译者

当，较之亚美利加合众国的这，是三倍以上。这大数的人口，现在是正在酝酿着动摇。印度的革命思想，是向着各方面在动弹了。在印度也有共产主义者，然而印度的产业，还在比较底幼稚的状态。所以在目下，共产主义者还寥寥，但到将来，当以居民的大数为同调的民族运动之际，他们是要显示那活动的能力的罢。所谓居民的大数者，就是在他们的被虐待的境遇上，还在采用排英政策时，农民底集团的前卫。而这农民底集团，是可以分为两个范畴的。其一，是计划着民族底一揆的积极底集团，其大多数，是政治底思想觉醒了的印度国的回教徒；别的一个，是支持印度的旧文化即甘地（Gandhi）的运动的一派。

甘地在印度是得了圣人之称的。他也是印度民众的大指导者。他的战术，是托尔斯泰式战术。不消说，托尔斯泰和甘地之间，是有不同之点的。然而这不过是在枝叶上，以全体而言，甘地实在是印度的托尔斯泰。所以由他说起来，惟有仗着平和底手段，即文化底运动，这才能够得到最后的胜利。而这所谓文化底运动者，虽是其中的称为最过激的手段的，也不过是英国货的不买同盟，或是对于英国的统治权，组织民众的武器底一揆罢了。

到这里，我已经从种种方面，讲过了这两个范畴的例子。由此也可以明白，有些运动，只要和无产阶级的问题无关（虽然我们是以与无产阶级一同，和少数主义的中心思想来斗争为主的），还有，只要并非摆开于无产阶级运动有重要意义的协同战线，则那运动，就应该和蒙了托尔斯泰主义影响的运动，受一样的待遇。所以在这里，便生出剖明托尔斯泰主义和马克思主义的关系的兴味来了。

作为社会底现象的托尔斯泰主义，并不是新的东西。新的社会形式，即资本的集中，著大的富的膨胀，商业和产业的生长既然出现，而且普及于一个国度里的时候，则和托尔斯泰主义相似的运动，便自然发生起来，现在我将这样运动之行于旧时代和见于最近的历史的两三例，举出来看看罢。

称托尔斯泰为预言者，是可以的。他和见于圣书中的预言者是一模一样。因为他和他们，虽然隔了几千年的时代，然而不过在反复着同一条件之下，反复着他们所反复了来的事情。

这些警世家，即圣书底预言者，一早从伊里亚、蔼勒绥的传说时代起，到现代的世间止，那出现竟没有中绝，是因为什么理由呢？那说明，是这样的。早先，原是游牧民族的犹太人，经历时代，便渐渐定居于一处地方，于是他们就从事农业，蒙了周围的文化底影响，蒙了从一方面，是农业经济上必然底的现象的土地集中化的过程，从别一面，是大规模的商品交换的影响，终于显出种种的阶级底分歧来了。于是犹太人的生活便成为贵族底，这就化为君主政治，到底造成了靠着穷困同胞的牺牲以生活的阶级。这阶级，采用了商业底农业国的道德，同时也通行了适合于农业底商业生活样式的宗教，即通行于西部亚细亚的拜地农作的宗教。这宗教，在那狂热和淫佚，以及带着对于穷人的欺骗底，而且诱惑底倾向这一点上，是稗勒和爱斯泰尔德的信仰。[4] 然而是富于许多文化底美底要素和华丽巧致的宗教底仪式的宗教。

犹太的富豪，既为这所谓"异端"的宗教底华丽方面所蛊惑，同时也脱离单纯的原始底生活样式了。然而接着这事而起的，是寡妇孤儿的榨取，那住屋的夺取、奢侈、欢乐和饮酒之风，和这些一同，也流行了使用各种的香料、黄金、装饰品；赞美女性所具的优美、典雅、淫荡；终至于倡道复归于异民族之神的信仰了。

4　Baal et Astarte，斐尼基的男女两神，代表怀孕和生殖力的。——重译者

由以上的所讲，已经完结了我们的对跙底阶级，即胎生期底资本主义的说明。然而这资本主义，那自然不消说，是极其原始底的，交易底性质的东西，并非在真的意义上的资本主义。而这游牧底集团，对于新发生的这压抑底秩序，竭力反对了。稍富的人，固然能有仗着政治底手段，来直接反抗的机会，但下层民众，对于支配阶级的道德，却不过在嘴上说些不平。在先前，相对底平等主义，对于邻人的好谊，生活的简易化这些事，曾经怎样正当地施行过，民众是知道的。于是以为这些是民众的真的生活，而且是惟一合法的事情，我们的神，民众的神，即古代以色列人的民族联盟的军神，是嘉纳这真理的，其他一切的企图，则和我们的神相违背，而主张过去的生活之唯一合法了。

往时，神的预言者之所以被尊敬的理由，是因为用了平常人的话，即对于民众，不能给与一些反响。所以无论怎样的雄辩家，也不直接向民众诉说。民众不过由预言者在半发癫痫中说出来的奇迹底的言语，知道他的精神。因为倘不这样，民众就不相信辩士和预言者的话。他们的意思，是以为凡有一切，都由 Animism（万有神道），即视之不见的伟大的力，作用于实现而生的。

无论如何，这是重大的反抗。但到底，这成了怎样情形呢？岂止不是现状维持呢，倒是成了使历史的车，向后退走的倾向。然而这时候，和神的名是不相干，但将这过去加以分析、赞美，换在更好的位置上，并将过去加以理想化，不放在自己的背后，而反放在前方，换了话来说，就是，只好将一看是理想化、圣化了的旧的秩序，作为理想的对象了。

然而这理想，是小有产者底、小市民底、小农民底的满足。但是，在各人还都住在陋屋里，连这也做不到的人，便局在无花果树下，而且大家都靠着自己的劳力而生活着的时代，则希温（Zion）山边，曾经度着由完全的邻人爱而生活，因此也充满着神的真理和生活的平和的事，却也不难推想的。所以预言者们，也没有论及社会底理想和意向的必要。那有这样的必要呢？他们说过平等，说过分田，说过小经济，然而这是中农民的理想，是称为榨取者，则还太幼稚，然而达得最高了的中农经济的理想。作为饱满的，而且度了仗着邻人爱的平和生活的结果，他们对于全地上的革命，是也抱着相同的见解的。据那时的他们的意见，则是怀着狼可以和羔羊一同饲养，狮子决不来害小儿那样的思想。倘是这样，那么，这地上，是成了平和的乐园了的罢，为什么呢？因为由自己的劳动以营生活的邻人爱，据他们的意见，是根本底，而且唯一的，万世不易的神的真理的缘故。

三　卢梭和卡莱尔的社会观

现在，更用新的现代的例，来讲一讲这事情罢。这是在法兰西的例子。法兰西革命的原因，如诸君所知道，是资本主义发达的结果。革命勃发以前，法兰西的有产阶级，不但已经发达到动摇了两个最高阶级（贵族和教士阶级）的基础和支配力那样程度而已，这两个阶级，对于农民阶级和中产市民阶级，是同为可怕的重压物的。法兰西革命在那本身中，就带着复杂的倾向。这就是，大有产阶级成了支配阶级，想自由地支使宪法，和这相对，别一面则小有产阶级虽然不过暂时，但压迫了大有产阶级，并且引小资本家及几乎没有资产的近于无产阶级的民众为同调，将实现一七九三年的宪法的事成功了。这在民主主义的发达上，是给了非常之大的影响，而且促其进步的。将这解说起来，便是在教士阶级和剥了金箔的贵族之下，有着大有产阶级的层，在大有产阶级之下，有着在或一程度上，可以称为"国民"的无差别的民众，要说为什么称为无差别的民众，那便因为在这里面，混淆着农民阶级的利害和一切形态的都会无产阶级的利害。

革命已经准备的时候，大有产阶级是利用了大家以为舆论指导者的生活有些稳固的上层智识阶级，作为自己的代辩者的。充当了这样的智识阶级的前卫之辈，是以博学负盛名的学者，如伏尔泰（Voltaire）、狄德罗（Diderot）、达朗贝尔（D'Alembert）、爱尔维修（Helvetius）、霍尔巴赫（Holbach）等，他们相信文明和文化，以为将来的产业底富的增加、科学底智识、农业的进步，是可以绝灭那由于中世纪底偏见的阶级差别的不合理，创造以新的科学为基础的人生，于是就得到这地上的繁荣的。

然而小有产阶级，却并不这样想。他们对于向科学和艺术的这样夸大的期待，还抱着很大的不满，因为科学和艺术，不过是一种结约，现实底地，是毫没有什么好东西给他们的。不独如此而已，这些还反而助长制造品的膨胀，成为大商业和大资本的发达，这大资本，则成了他们的阶级压迫的盾牌了。

一切文明的本体，在壮丽的旅馆中，在模范庄园中，或则在大产业经营的建筑物中，在大有产阶级的大商店中。瑞士的一个钟表匠，费一生于书记或别的半从仆的生活，脱巡警的拘捕，而寻求着亡命的天地的小有产阶级直系出身的卢梭（Jean Jacques Rousseau），是毕生没有出这阶级的圈外的，然而标举了圣书底预言者的别派，说出这样的话来——

"这是撒旦的作为，这是凯因的规定。"而且你们的富，你们的名誉，你们的文明，你们的艺术，你们的学问——这些一切，都不是必要的东西，所必要者，只有地上惟一的真理。那么，所谓真理者，究竟是指什么呢？依他的回答，便是平等。是造立经济底平等。由平等的经济个体，结起相互契约来，以创成国家底组织，国家尊重各人的平等，这么一来，则少数者的一单位，岂不成了对于大多数者，更无抗辩的权利了么？然而承认大多数者的原则底的支配权，平等人的支配权的这组织，依卢梭的意见，是真正的地上的极乐。这里有装入他的理想底内容的理由，他主张人们应该依照自然受教育，应该复归到自然所生照样的圆满无双的人——以前是文明使他堕落了的——去，并且从此又生出更新的女性的模范来，生出作为母性，是单纯而宽大，并且对于自己所受的任务，是用鲜花似的典丽——那时的有产阶级和贵族阶级上层的文明底女性，是没有灵魂的偶人——加以处理的作为朋友的女性来。卢梭将他自己的神的本相，分明地这样说："有谁在我的心里说，人们应该平等，我们由活泼的劳动，由和自然的融合，而享受大的慰安[5]，这是神的声音，是在不需什么教会的各人心里的神的声音。如果人们中止了榨取邻人，而成了在地土上作工的劳动者，则他在自己的心里，听到神的声音的罢。"

这回，来讲一个英吉利的例子罢。

还没有到制品时代、商业资本时代，只是铁的前进时代，即机械产业、工场产业勃兴未久的时候，在铁的堆积之下，被挤出了仓舍去的农夫，手工业被夺了的小手工业者们，便叫出怨嗟之声来。当这时，奋然而起的，是英吉利的预言者卡莱尔（Thomas Carlyle）。然而他的话，和卢梭的话是一样的。他向机械产业者说："你们对着地主、城主，或则封建底的羁绊，扬着反抗的声音。但在封建时代，地主之不得不扶养农夫者，乃是和父对于子的一样的关系，而农夫是几与家畜相等，愈怠于饲育，即愈不利于饲主的。然而你们现在的态度，却过于不仁。你们以这不仁的态度，只在暂时之间，

5　现代汉语常用"安慰"。——编者注

便榨取完穷人，或则吸尽了你们榨取过的地主的全身的汁水，要将这改铸为金币。你们胡乱搜集小孩，将他们的生命抛在机器里，要造出贱价的薄洋布来。你们有什么权利，能说你们是自由主义者，是求自由的人呢？和'旧'相斗争的你们的根据，是什么呢？'旧'者，比'现在'还要好些，因为那时人们是神一般过活。但是，神是什么呢？神的规定是什么呢？那就是邻人爱。在已有定规的世界上，无需叫作竞争这一种不仁的关系。也无需叫作簿记、减法、利益之类的东西，以及强凌弱，和令人以为这是当然似的优胜劣败的争斗。应该回到人类关系的原始组织去。应该回到有机底存在，相互爱去。"

据卡莱尔说，则这些一切，都以宗教底精神为前提，然而，无论什么，凡一切，都应该从被机器声、放汽声、数钱声弄得耳聋了的人们的内底感情，誊写出来。

四 作为社会底理论的托尔斯泰主义

我还可以无限量地引用这样的许多例，然而诸君也知道着，当文化的黎明期将要过去的时候，或者那历程将要急激地到来的时候，旧时代是总从那中心里，生出时代的天才儿来的。他们站在旧传统中，以反抗旧世界，但对于旧传统，则在离开事实的看法上，以最理想化了的形式来眺望。

倘从这观点，来略略观察作为社会底理论的托尔斯泰主义，我们便即刻发见这样的事，就是，纵使托尔斯泰主义是取缔反动的护民官，对于反动的革命家，即揭起反抗资本主义的革命旗子的，但倘将不用未来而用过去的名义，或者用了称为未来而不过是变形底过去的名义，来挑发反资本主义的一揆的人们，都大抵归在预言者的范畴里，则要而言之，可以说，托尔斯泰主义在那观物的方法上，是预言者底的。

托尔斯泰比较了都会和农村，将理想底价值放在农村上，是事实。这大地主——托尔斯泰是大地主——对于有产者的一切东西，都抱着彻底底的反感；在他，凡是产业、商业、有产者底的学问，以及有产者底的艺术，无不嫌憎。他从小市民阶级、小官僚阶级——他由大地主的感情，最侮蔑这阶级——起，直到大肚子的商人、学术中毒的医学博士、技师、丰姿楚楚的贵妇人、以行政底手段自豪的大臣们止，都一样地怀着反感，他们是和他所希望的完全的融和[6]的世界，相距很远的人们。

托尔斯泰的社会否定说，可以说是原始底的；还有，他自己的个性否定说，这在结果上，是带社会底性质的，但这在他的哲学观之中，已经讲过——到后来，要讲到的罢，他的社会否定说，是对于无为徒食者、放肆的资本家、智识阶级而放肆的官吏的一种地主底抗议，这位伟大的地主的"老爷"，是在寻求可以过显辛[7]那样生活法的理论的。显辛呢，作为诗人斐德是做脚韵诗，作为显辛，是农奴制主张者。斐德·显辛和托尔斯泰，都不避忌和站在反动底见地的别的地主老爷们相交游。对于这些地主老爷们，即使怎样地说教，也是徒劳，而且不能给与一点什么内底的满足，是连托尔斯泰自己，也由那伟大的聪明性，自己明白的。关于这内底满足，在今天的演讲上，我还想略略讲一讲。

他，赞美农村，同时也认识了农村的两个极端的对照的存在。这就是地主和农夫。

6　现代汉语常用"融合"。——编者注

7　Shenshin 是一八〇〇年代的有名的诗人斐德（Fet）的本名。一八六〇年的农奴解放反对者。——译者赞美地主，是无论如何不可能的，因为这成了赞美寄生虫——掠夺者。地主是贪着别人的劳力而生活的。一面高扬着地主主义、老爷主义，又怎能讲平等主义呢？惟这老爷主义，乃是掠夺底、榨取底的色彩浓厚的东西，在托尔斯泰，惟这老爷主义，是他的憎恶的有产阶级的主要的标记，根本底的咒诅的对象。然而农夫却和这相反的。农夫对于坐在土堤上，和自己们讲闲话的善良忠厚的老爷们，全然很亲密；他们懂得老爷们也在一样地想，年成要好，银行是重利盘剥的店，是吸血机器；又在道德底的以及经济底的方面，只要没有直接接触到地主和农夫这种阶级差别底之处，是也能够大家懂得互相的调和点的。

作为那理想论，托尔斯泰使之和有产者底的都会相对峙者，是小家族的集合体这农民阶级。在这里，各人是和那家族一同，仗着自己的劳力过活，也不欺侮谁，从生到死，种白菜，吃白菜，又种白菜，而尽他直接的义务。

这有益的纯农民底生活法，还由了内底光明和内底充实而得丰裕。我们知道，惟有这样的人，是并不欺侮谁，送平和于这地上，而且同时履行着神的使命，即要表现那平和、爱、和睦的共存生活的伟大真理的使命的。他将平和实现了，而他的灵魂，是充满着大安定——就是神的安定——的意识。他已经不畏死，为什么呢？因为在他那里，已经没有了叫作自己，叫作自己的个性这东西，所以他既非个人主义者，也不是掠夺者。他植物一般过活，而在那完全的伟大的自然的怀抱里，静静地开花。他是生于"万有神"，而入于"万有神"的怀里的。惟有这个，是真的幸福；惟有这个，是可以称颂的社会组织。

托尔斯泰描写乌托邦时，是作为艺术家而用隐喻的，他用了伟大的那天禀，描写了将来的革命。这就表现在《呆子伊凡的故事》中。呆子伊凡说："我无论如何，不愿意争斗。"虽是别国人侵入了呆子伊凡的国度里，来征服它，他们也不想反抗。他们说："请，打罢，征服罢，将我们当作奴隶罢，我们是不见得反抗的，胜负不是已经定了么？"

这思想的过于乌托邦底，是谁也立刻知道的。而且在那里面，藏着什么内底的，根本底的谬误，根本底的矛盾，也全然明白。关于这事，大概后来还要讲到的。所谓谬误者，是因为人类之中，也有贪婪者，也有吝啬者，所以戒吝啬的说教和无抵抗主义的说教，为贪婪的人们，倒反而成了机会很好的说教了。来侵略呆子伊凡的国度的别国人，会非常高兴，这样说的罢——

"好，我要骑在你颈子上叫你当马，并且榨取你和你的孩子们。"

那个甘地，在印度作反不列颠政府的说教，是非常之好的事情，但他所说的反抗的形式却很拙，他向民众说："你们曾经受教，以为一说到抵抗，便是手里拿起武器来，然而你们是应该用'忍耐'这一种武器来抵抗的。"于是甘地便解除了印度的"呆子伊凡"的武装，将他们做成真的呆子了。甘地的宣传不买不列颠的绸纱和原料，不列颠政府是愤怒了的，然而时时等着利用甘地的机会，所以不买绸纱和别的一切苦痛，是都含忍着的，因为这在不列颠政府，倒成了将一切苦痛，转嫁于印度的"呆子伊凡"之上的好口实。

然而托尔斯泰是没有想到那无抵抗主义，会造出这样的结果来的，他相信很好的乌托邦，由此能够实现。

我在这里来讲一个明显的例子罢。

在托尔斯泰，是有内底焦躁和分裂的。因为他是伟大的艺术家，又非欺瞒自己，妄信别人的话那样的凡庸的评论家，所以他是知道得太知道了地，知道他作为未来的理想，所描写的社会底画面的内容，是已经过去的事，他在那有名的小说《鸡蛋般大的麦子的故事》中，就将这事分明地告白着。

人们发见了鸡蛋一般大的一种莫名其妙的东西的故事，诸君是记得的罢。人们都不知道这是什么，去请老人来，羸弱的跛脚的老人来到了，从他的身上，索索地掉下着泥沙。

问他这是什么呢，"我不知道，"他回答说，"但父亲还康健，叫他来罢，会知道也说不定的。"人们又迎父亲去。他是一个开初谁也不相信他是跛脚老人的父亲那样，又壮健又活泼的农夫。他进来了，而且看了，说："这不知道呀，但问我的父亲去试试罢，他是还康健的。"将他的父亲叫来了。这是很少壮的汉子，无论怎么看，总是一个青年，要到阴间去，似乎距离还很远。他将这拿在手里，看了，于是讷讷地说："是的，这是麦子，这样的麦，古时候是有过的。"

"但是，怎么会有那样出奇的麦子的呢？"

"古时候没有什么天文学者，也不弄叫作学问这个玩意儿，可是种田人的日子是过得好的，土地也很肥的。"

托尔斯泰就这样地暗示着空想底的，这世上未曾存在过的黄金时代，然而这是空想，他自己却分明知道的。托尔斯泰又描写着一种社会底幻想，以为呆子伊凡有一天总能够将那征服者、掠夺者弄得无可奈何。其实，呆子伊凡的神经，是见得好像比征服者的神经还要强韧似的。譬如基督的教训里，也有"他们打你左边的脸，便送过右边的脸去，打了右脸，又送过左脸去，打了左脸，又送过右脸去"这些话。这样地打着之间，打者的手就总会痛得发木，并且说的罢——"这畜生，是多么坚忍的小子呀，全没有用——"

于是打者的心里终于发生疑惑，搔着头皮，说——

"莫非倒是我错么？岂不是挨打的小子，倒是有着支配力的么？要不然，从那里来的那坚忍呢？"

在托尔斯泰，也有和这相似之处。他相信能够仗这样的无抵抗主义，叫醒使用暴力的人们的良心，用了由忍从的行为所生的好话，在恶人的心里，呼起真的神的萌芽的。

符拉迪弥尔·梭乐斐雅夫（Vladimir Solovicv）——是伟大的神秘哲学者，几乎是正教信者，从这个关系说起来，和我们是比托尔斯泰距离更远的右倾底人物——曾和托尔斯泰会见，有过一场剧论。

对于托尔斯泰的主张无论何时何地，都不能容许暴力，他反问道——

"好，假如你看见一个毒打婴儿的凶人，你怎么办呢？"

"去开导他。"这是托尔斯泰的回答。

"假如开导了也不听呢？"

"再开导他。"

"那汉子是在你的面前，给婴儿受着苦的呵。"

"那是，神的意志了。"

这回答，以托尔斯泰而论，是自然的。就因为无论如何，总不许用暴力。用了由信仰发生的狂热，宗教底狂热，以说服人们，也并非不可能的。

愤慨于托尔斯泰的这样的言说者，也不独一个梭乐斐雅夫。雪且特林[8]也在有名的故事《鲫的理想主义者和鼠头鱼》中，对托尔斯泰给了出色的讽刺。他将有刺鱼类的鼠头鱼，来比精明的现实主义者，用理想主义者的鲫鱼，当作总向鼠头鱼讲些高尚问题的哲学家。鼠头鱼说——

"戳破你的肥肚子。你的话一来，只是就要作呕。讲这些话，不是

8 Shchedrin，有名的讽刺作家，描写农奴制的黑暗面的。Gogol 的直系弟子。一八二六年生，八九年卒。——译者

无聊么？现在，瞧罢，梭子鱼来找着了我们的港湾，也说不定的呵。"

"所谓梭子鱼者，是什么呢？"鲫鱼问。"名目我是知道的，那么，就是那小子也佩服了我的信仰，到我这里来了。"

这时候，梭子鱼出现了。鲫鱼向他问："喂，梭子君，你可知道真理是什么呀？"

梭子鱼吃了一惊，呼的吸一口水之际，已将鲫鱼吞掉了，就是这样的故事。

这是真实。是常有的事。以为能够从平和底宣传，得到平和的乌托邦的信仰，在事实上，是全然不能信的。

像托尔斯泰那样伟大的人物，怎么会不觉到别有根本底的问题的呢？他是想了的，凡是人，都带着神的闪光，善的闪光，而且人们对于这闪光，是应该有能够灵感到它的能力，作用于它的能力，惟有这样，这地上才能由他和他的门徒们，改造为平和的世界。他作为社会改革者，是这样想着的。从我们看起来，他还不只是社会改良家。他高捧福音书；崇奉孔子，和别的贤哲们，尤其是福音书和基督。他坚信着基督的历史底人格。

对于丝毫也没有改良人类的基督和福音书和最初的使徒们，托尔斯泰为什么崇奉到这样的呢？这只好说是古怪。到现在为止，已经过了大约两千年的岁月，然而人类呢，借了托尔斯泰自己的话说起来，则依然犯罪，不逊，沉湎于一切罪恶中。所以纵使托尔斯泰再来宣说他的教理两千年，我们还能期待什么大事件？比托尔斯泰相信基督的那力量还要强的东西，尚且不可能的事，怎么能用别的力量，做到地上的改造呢！只要世界存在，社会底不合理也存在，说教者是不绝地接踵而生，重复说些鲫鱼的话，但世间对于这，不是置若罔闻，便是将它"吞掉"，于是只有梭子鱼的王国，屹然地继续着它的存在了。

五 托尔斯泰的矛盾和谬误

现在，我还要从别方面，讲几句关于托尔斯泰主义的话。

以上所说的事，假使作为社会理论，而加以说明，那是要变成呆气的。然而这并非社会理论，不过是想发见自己的精神底平和的渴望，和发见达到这精神底平和的路程，并且对于凡有渴望这精神底平和的一切人们，也加以接引的手段的一种愿望罢了。

托尔斯泰不但作为绅士，并且，作为教养最高的绅士，为这充满肮脏的文化的恶臭所苦，他也为更可怕的恶病——个人主义所苦。托尔斯泰的个性，是最为分明的，这使他成了伟大的艺术家，而在作为伟大的艺术家的他那里，就发见和普通的人，在那外底印象的多少上，在感情经验的深浅上，都有非常之不同。他是欲望的伟大的人。人生，对于他，是给与非同小可的满足的。

在托尔斯泰，生活的事，知道寒暑的事，愉悦口鼻的事，观赏周围的自然的事，是怎样地欢快；还有，将那被人采摘、锄掘的植物，由于求生的努力，因而反抗的情形，是怎样满足地描写着的雄辩的例子，我是能够引出许多来的，但现在且不引它罢。

求生的欲望，自信之坚强，凡这些，是托尔斯泰的本质底东西。而这身子小小的人，委实也给人以精力的化身一般的印象。能仿佛托尔斯泰的面貌者，大约莫过于高尔基（Maxim Gorki）了。他用了大艺术家的工巧，将和在油画的"神甫"的老人不同的活的托尔斯泰，那就是情欲炎炎，嘴边湛着永远的猥亵，精力底的，带着一种不便公言的表情，显着对于思想异己者的憎恶之感，而作势等着论战的对手的，满是矛盾的托尔斯泰，描写得更无余剩了。[9]说到托尔

9　即指《回忆杂记》，有郁达夫译本，载《奔流》第一卷第七本。——重译者

斯泰的矛盾，他是曾想怎样设法矫正自己的矛盾，得了成功的，但这也不过暂时，他的内部便又发生不可收拾的凌乱了。

然而便是高尔基，对于托尔斯泰的人物描写，也至于不敢领教了，曾经说过——

这不是平常人，从那出奇的聪明说起来，从那出格的精神内容的丰富说起来，他乃是幻术师或是什么。

如果是无论谁，都要活，不想死的呢，尤其是，如果是将个性作为第一条件，而生活于自己独自的世界中的智识阶级者，例如艺术家、律师、医生之类，则便将这生活于独自性的事，来用作否定自己生存这一定的社会底意义的武器。这样的智识阶级者，便比别人加倍地尊重自己的生，而且恐怖死。他对于不怕死的农民、的野兽、的动物，则投以怜悯的眼光。

有着喷泉一般紧张之极的生活的托尔斯泰，也比常人加倍地爱生而怕死的。对于死的猛烈的恐怖，这在他，是比什么都要强有力的刺戟。蛊惑底的这生命之流，如果中止了，怎么办呢？这在托尔斯泰，是重大的问题。一切逝去、一切迁流、一切消融，并无一种现实的存在——就是既没有他托尔斯泰，也没有环绕他的为他所爱的人们，也没有自然，觉得好像实有的自然还是流转，一切在变化，被破坏，而且一切是幻想，是描在烟上的影像——的这恐怖，来侵袭他，又怎么求平和呢？

我意识着这事，我自己知道我的身体在消融，生命在从我的指缝之间逃走。能够看见这"现实"在怎样地奔出飞掉。以后，一切是虚无，是空洞，是无存在。

这样的意识，真不知怎样地使他懊恼，他的日记中，总常是写着这件事。他读西欧的作家亚莱克斯尔的日记——这是只写着死之恐怖的日记——的时候，曾经说过：

> 惟这是真实的人物，惟这是伟大的问题。能够忘记了死的人，那是废人，是不能抓住问题的核心的钝汉，然而可以说是幸福的人。

在这里，便是说，对于死之恐怖，无所见无所惧的人们，是不行的；无常的鬼在眼前出现，而坦然不以为意的人们，是不足与语的。在托尔斯泰，于是就发生了寻求绝对不死之道的必要。然而他从什么处所寻出那样的东西来呢？

还有一个智识阶级者的那符拉迪弥尔·梭乐斐雅夫，是将这绝对的不死的东西，求之于形而上学之中的。他曾说："要相信，相信教会所教的东西。你有着不灭的灵魂，于此还有什么疑，什么迷呢？"

然而托尔斯泰是太聪明的人。以那伟大的精神力，到达了不死的理想的，而还有一点的不安，他也免不掉。

在他的日记的最后的页子上，有这样地写着的——

> 今天，信仰不足，神呵，请帮助我不足的信仰罢。
> 早晨，抱着对于神的坚固的信仰醒来了。感谢一切希望似将达成，神所惠赐的助力。

但在此后两天的日记上，是——

> 被袭于可怕的疑惑，执迷……

这样的心情，大约是继续到临终的最后的瞬间的罢。

这样的疑惑、执迷，是有将这转换到别的方向去的必要的，于是在这智识阶级者，又是地主，又是绅士的他，便做出了征服那个人主义底的东西的大工作，这便是遵从上面所讲那样的路程，而在基督教底理想之中，发见心的安定。他是这样想着的，"在这世间的一切，是刹那，是流转，是死亡；然而也有永久底者，生着根者，不流转者，常不变者。如果能够发见了这样的东西，就应该将全身装进那里去，将全身委之于这永久底者，不流转者，常不变者，便发见了得救。发见这样的永久底东西，就是在自身中发见不灭。应该探求这样的东西。正教教会所教的信仰，是承认不得的，这是流转的、消灭的、传染了一切虚伪的信仰。"

诸君也都知道，托尔斯泰是教会和一切教会底仪式的彻底底的反对者。他用了那小小的带绿色的眼睛，冷嘲地观察一切事物。他到剧场去看瓦格纳（Wagner），写下了那印象，但那些一切，不过使他觉得于他自己是呆气的事情——

我怎么竟去看这样无聊的东西，怎么竟以为这是艺术？这都是著色的硬纸板做的。大张着嘴，唱些无聊的事的那优伶们，那都是傀儡，做孩子的玩具，是可以的罢，然而孩子还会厌倦。用锯子截树似的那梵亚琳的声音。这都是昏话。

有着各种芳香的艺术，他也用了这样的描写，将它弄得稀烂。

便是对于裁判，他也用一样的看法的。人在裁判人，对于从极复杂的个人底的剧中所发生，或是从社会底自然的法则所发生的行为，人在夺人的生命。裁判官，他们是可怜的官儿，或则和别的官儿讲空话，或则打饱嗳，或则鸣太太的不平，或则剔牙齿，而一面在裁判人——这样的一切事物的顺序，都由托尔斯泰如实地、深刻地描写着。

关于教会的他的看法，也一样的。教士们穿着有一时代毕山丁王的臣下所穿的常礼服那样的花衣，做着毫无用处的姿势。这是很古的时候所装的姿势的变形。一切都陈腐、愚蠢。人们不能简单地观察事物，至今还以为在教会里有意义，有一种诗。

这样地观察着事物，托尔斯泰便破坏着在他周围的一切的东西。凡在他周围的，都打得稀烂。君主政体、爱国心、裁判、科学、艺术——全都破坏了。这宛如在《浮士德》(Faust)的舞台面上，妖精合唱道："伟大者呀，你粉碎了宇宙的全图，恰如玻璃一样"那样子。为探求永久不变的真理起见，托尔斯泰对于竭力要来蛊惑自己的一切东西，用了正确的瞄准和严冷的憎恶，加以突击的事，也可以唱那和《浮士德》的舞台上一样的歌的罢。

然而，究竟，这永久不变的真理，是在那里呢？对于自己本身的个人底观察和社会底观察，教给了他，就是，为了满足自己的情欲，而和别人斗争，在最广的字义上的这斗争，便是恶的主要，使人永远苦恼，失掉他的平衡，而且于他的内部，给以苦痛的，便是这个，云。

托尔斯泰的到达了这结论，是不足为奇的，这是普通的事，佛陀也到达了这结论的。是一样的贵族，而异质的世界的人的他，也照样地观察了社会组织的全苦恼。将为了自己的利己底的目的的斗争停止，还不能借此从这苦恼逃出么？这么一做，平和和安静，便都可以得到了。情欲，是不给人以平和和安静的：就是这样的意思。

人生能够并无情欲的么？能够的。但于此有一个必要的条件。那条件，便是无论如何，要完全离开对于外面底的幸福的一切的爱执，并且将外面底幸福和它的堆积，不再看重，而代以对于邻人的爱。然而这爱，在托尔斯泰是并不大的。我们不能说他热烈地爱了邻人，将他们崇重。当那生涯的最后之际，他说着。本来不应当教诲人的，不能什么路都好。应该救助灵魂，应该反省自己。然而在那生涯的盛年时候，他说过，不将爱来替换对于人们的敌意，是不行的，应该以侮辱别人的事为羞耻，为罪恶。抛掉罢，离开罢，这里就有对于人们的爱。无论为了怎样的幸福，也不要和你的兄弟——别人冲突罢，因为那些一切的幸福，只是架空的东西。这样一来，人们便将不被瞬间底的一切东西所害，在那里面，养出一种平安的生活来。

托尔斯泰竭力要在自己里面，发见这样的平安的生活的时候，他自己就看作那生活，觉得总也渐近了那平安，而且在最好的瞬间，是这样地实在发见了真实的安静。

在这里，是有一种深的真理的。现在的人们，正苦于一切生活上的不安和动摇，那自然是不消说。倘若他能够自己随意将催眠术加于自己，拂下了一切的不安和动摇，那么，暂时之间，内部也实在会有澄明的静寂的罢。这静寂，托尔斯泰是看得非常之重的。并且他仗着将一种暴力，加于自己之上——他告白着这事情——而在那静寂中之所觉到者，便是真的实在，人生的实体，神圣的生活，乃至"在神明里面的生活"了。

人们借了爱，借了和一切周围的东西结约平和，而作为代价，所赢得的这内底安静，便忽然充满了生存的光。这充满的是毫无恶意，而且毫不向着外面底的目的而进行的实在的光。托尔斯泰的社会底理想，就是基督教底的理想，关于这一节，正如他自己也曾说过，是各人大家决不欺侮谁，也不寻求富贵，除了延续自己的生存的事以外，一无所求，而靠了自己的手的劳动，生活下去。托尔斯泰是这样地，扬言着人生是协和底的。他——农夫——知道神，为

什么呢，因为神也知道他的缘故。这被理想化了的农夫，必须是使
自己的手养活自己，没有恶意的，平和的邻人。

　　和卢梭、卡莱尔、老子、佛陀，以及别的在各个国度，各种时
代，将文化底过程的相似的时期，由本身表示出来的许多思想家的
思想，连在同一系列的托尔斯泰，然而随意用俄国色彩涂糟了的思
想圈，就这样地告了终结。自从发见了这真理以来，托尔斯泰便开
始说教了。就是这样，我们暂且按下关于托尔斯泰的说明罢。

六　托尔斯泰主义和马克思主义的关系

　　那么，马克思主义云者，那本身是表示着什么的呢？

　　马克思主义是无产阶级所固有的学说。这是适合于无产阶级
的阶级底利益，然而正因为这样，所以是完全客观底地，描出着现
实的学说。这里是有立刻来叙述这学说，和那在相反的位置上的世
界——托尔斯泰的世界——有着怎样关系的必要的。这学说，是
十分地容纳文明的，也容纳科学，也容纳艺术，而且连财富，连富
的蓄积——资本主义，也十分地容纳。马克思主义是都会的所产，
不是农村的所产。那是看前面，不看后面的，和托尔斯泰，在有一
点上——在对于有产阶级的如火的憎恶这一点上——是相交会的。
这就因为有产阶级做完了自己可做的事，已经成了有害的存在的缘
故。由都会的机制而生的一切矛盾，和在托尔斯泰主义者一样，在
马克思主义者也同样地来解释。从这些内在底矛盾而生的，便是各
要素间的斗争。这斗争，固然是引向将来对于旧世界的胜利的契
机，然而这并非由于科学、艺术、文明、都会工业等等[10]的抛弃——
倒转而被实现的，乃是由于这些事物之在那路上的将来的发展而被

10　此句式在现代汉语中常用一个"等"。——编者注

实现。这将来的发展，在它后面引出来的，是农民阶级和小有产者的破产、疲惫，还有是人类社会中阶级之最后者的，那一切所有都被剥夺了的无产阶级的发生。

然而，这最后的阶级，是据着将那作为进步的言语的科学，加以具体化了的机械而劳作着的。在开始获得对于自然得到真的胜利的巨大的劳动机关的助力之下，而劳作着的。而且，是对于世界市场，作为庞大的集团而劳作着的。而这事，即所以给一切全世界的无产阶级团结造成一个素地。而又惟这团结，才能够将科学和实用技术，以及文明的全连锁，从利用这些于贪婪的目的，自己的利欲上的诸阶级之手拉开，移到全人类的机关去。那时候，在那机关里武装了的我们，总便能够征服自然了罢。而且也能够消费了比较底仅少的劳力，而获得充足我们的欲求所必要的一切东西了罢。待到这些直接底的生存上的欲求，在各人各是共通的生产财物的所有者这一种平等者的世界的最高阶段上，得到充足的时候，那么，我们便要建设起大家都不带斗争的原因的，而且在已经组织了的生产历程上，出色的各式各样地开出花来的，自由人的文明来了罢。这样的是马克思主义的世界观。

托尔斯泰主义所能说的最初的抗议，是这样的。就是：你们这样地非难莱夫·尼古拉微支（托尔斯泰）者，因为没有懂得"福音书"以来，虽然已经经过了许多的岁月，而人们纵有一切说教，也不能改造到较好的方向去的缘故。然而你们呢？虽是你们，大概也该知道要以暴力来创造人类的幸福这一种革命底企图，在先前是很少的。在多数者，能够用了武装的手，将文明从少数者的手里拉开，而创造全新的，人类历史上所未曾有的时代的事，你们为什么还期待着的呢？

这抗议，是不合理的。何以是不合理，何以是死着的呢？就因为在十九至二十世纪那般的科学的开花,在人类的历史上未曾有过的缘故。加以这样的工场产业,这样的交通路线,都未曾有过,而且在现今的形态上那样的资本主义,也未曾存在过的缘故。人类,并非单纯地生长的,那是从幼稚的状态,转移到成熟的状态去,逐渐生长起来的。在这里,有高扬和低落的一定的波。有文明的发展和崩坏的波。然而我们将人类的过去的行程,历史底地加以检讨的时候,我们却看见在科学和产业之点,人类是愈进愈前,终于到达了未曾站过的顶点。

大概,如果假定为在别的一切时代,社会主义已经得胜,如果这样的奇迹,已经成就,贫民分割了那时的生产机关,分割了富人的财产,那么,世界因此,说起来,大概就更其穷困了。然而现在呢,我们能够说:仗着现在的生产机关的正当的使用,即能得为万人所必要的财物;而且因为人类富裕着,所以要从自然获得必需的食物和别的惠泽的问题,到这时才得解决。人类至今并不富裕者,不过是因为在我们眼前发展得这么迅速的现存的科学和现存的技术,都用到使个个的资本家致富的营利底的目标里面去了的缘故;使用在个个的托辣斯和国家资本等类之间的竞争的集中的里面去了的缘故。于是这抗议,就消灭了。

那时候,还要提出一种抗议来。就算你们由这路径,能够收拾掉口腹的问题罢。然而你们是单存在于这世间,最为粗糙的唯物论者。在你们以为有兴味的,只是大家果腹的事。而这也是你们的最高的理想。但我们是要发见安静的,要在自己里面发见神明的。在你们,这样的事,是一无所有,只有肚饱而已,云云。

我们就回答,这样的事,是从那里也不会发生的罢。从各人无不愿意每天能有东西吃的事情,不会弄出他只为了吃而生活着的结论来,倒是相反,他为了劳动、思索、享乐生命,所以他非吃不可。

人类并非为吃而生活，但没有食物，是活不下去的。

一般社会的衣食住的这问题，决定生活的根本条件的这问题，其重要是在最高的程度上的。而托尔斯泰主义者们对于这事，也并未否定。为什么呢？因为我们知道在他们的理想中，也有于本身之上，发见着靠自己的手的劳力，还能敷衍的生存的人。我们也并不以为这些物质底幸福之中，会独自含有本能底目的。所以我们说，待这些问题被解决，不见踪影的时候，而且经济底秩序，当然有了它应有的状态的时候，惟那时候，而人类的最高欲求——在智识，在创造力，在对于别人的爱的欲求，以及依据理论底智识，并且在事实上的自然的征服，才是向着第一的计划，跨了出去的时候罢。

对于这话，又有这样的抗议。你们未尝给与问题的真解决。你们为什么以为经济问题的社会主义底解决，一定将人们引向人类社会的调和去的呢？为什么人们从那时起，便变好了呢？

对于这事，我们也还是全然合理底地，这样地回答。我们也和你们一样，不相信人类是生成的性恶的。假使我们相信，那么，我们便以为所谓"善"者，是用了种种可怕的鞭子，来整顿人们的事了罢。我们要以为与其将人类托付教师，加以教育，倒不如将他作为狂暴的生物，系上锁链，交给那用烧得通红的铁，烧尽他的罪恶的刽子手之为必要了罢。但我们是相信人类里面，有"神的闪光"（托尔斯泰主义的诸君呀，为什么是神的闪光呢？）的。总而言之，是相信人类倘若那欲求得到满足，便显示着并无咒诅别的存在之必要的，有活气的存在的。

在人类，人类是必要的。当除去了怀挟敌意的原因的时候，人之于人，是很好的东西。作为好友，作为同事，作为那爱的对象，作为那孩子等等。在内面底的家族关系上，如果只是家族，更没有不和的外部底原因，那么，你们就会遇到那有崇高之名的友爱这东西的罢。

　　将人类的生活，设想为兄弟关系，或是有兄弟姊妹[11]的一家族，为什么是不对的呢？

　　是的，只因为有私有财产和竞争存在的缘故。抛下骨头去，因此人们互相咬起来。然而骨头不够，如果不咬，就只好落伍！于是在这斗争里，生出巨万的财产来。得了这个的人，就恐怕失掉。为支持自己所占的地位起见，只好步步向上走。那结果，我们所看见的，是全般底的富的蓄积，这是私有财产的掠夺世界所造就的。这事情一停止，则对于你们所称为神的闪光，而我们作为活的东西，称为人类的自然的性质的东西，即毫无什么障害。人类就会结最好的果子了。

　　不独此也，社会主义底组织，不但表现那敌视底竞争的必然性的消灭而已，也表现共同劳动的巨大的组织。各个人的劳动，使一切人富裕，一切人的劳动，也使各个人富裕。这是因为经济底连带，而造成巩固的基础的。而这连带，又毫没有非怎样设法来破掉不可的危险性。

　　托尔斯泰主义者们还有下文那样的抗议。那么，好罢，然而你们在想泼血，想将血来泼别人。暂且认这为正当的罢，也且认社会主义是创造新的条件的罢。而且又承认由社会主义将工业从资本家的手里拉下，移作全人类的机关，在这基础上，能够创造一般社会的十足的福祉的罢。那时候，人们也可以营那调和了的生活了罢。然而呵，我所要说的，是得到这个，须用怎样的牺牲？就是近年的事。当国内战争和实施赤色恐怖政策的时候，托尔斯泰主义者们便拿了那平和主义，在住居国内的智识阶级之间大搞其乱。他们说，那里有社会主义呢？那里有一般社会的福祉呢？你们得到了什么？生活可好起来呀？居民是这样地回答："反而坏了，坏到百倍了，只有即刻就要好起来的约束，实际上却很坏，我们浸在血里直

11　现代汉语常用"姐妹"。——编者注

到喉咙了。"只要履行了这些约束，则为收受一种共产主义底的现实起见，就有施行这些一切可怕的罪恶，这一切的同胞杀戮的必要么？居民便异口同音地叫起来："没有的，无论如何，没有这必要的。"然而倘若这不是赤色恐怖政策，而是白色的，则即使居民的大半并不这样说，一定从别一面也还是采用了暴力的手段。而况这大半，除了表明着阶级底敌之外，是毫没有什么的。但在这里，我们所说的，是对于从衷心确信着能够稳当地、平和地、合宜地解决这问题的中间派的人们。

对于这个，可以有两种的反驳。第一，是社会生活的诸问题，并不由于各人的意志，那是有着各有其本身的法则的历史底历程的。所以这和托尔斯泰或马克思的是否愿意如此，并没有关系。然而，一到人类的下积——被轻贱、被侮辱、被蹂躏的下积，蹶然而起的时候，在他们的意识中，发生了"我们是在能够扼住那压榨我们的东西的地位上"这一个念头，而且强大了的时候，那时候，他们便不来倾听平和论者了，径去抓住压榨者的咽喉，并且开始沸腾着可怕的敌意。那时候，就起了问题——为保持自己的衣服的干净，避开斗争呢，还是愿意领悟，在未知谁胜的那斗争之际，即使不过充当后卫，只要是多余者，也还是可以抵当老练者的分量呢？这问题，便起来了。

符拉迪弥尔·梭乐斐雅夫曾将倘有人虐待孩子，对此将取怎样的态度的事，质问过托尔斯泰。但我们是这样地说的。如果人类为了要将包含着现在的几亿万人和将来的几世纪的人类自己，从托尔斯泰主义诸君也在攻击的那不正的世界的恐怖中拖出，而起身去赴最后的战争，又怎么能不去与闻其事呢？怎么能看见战斗一开，便慌忙起来说些"不要斗了，为什么斗的？"之类的话呢？这是除了枉然的言语的虚耗和使自己屈服于历史的效验之外，再也没有什么了罢。

但姑且假定为事情都能照我们的心而改换的罢。而且问题的进行，是顺着全依我们的意志的历史底历程的罢。这时候，在人类，也只剩了一两个方法了，就是，仍旧无休无息地，身受着人类在这些下面渐就灭亡的贫乏、疾病、罪恶、无智的不变的无限的重压，而用了先前的步调，在历史的圆圈里爬来爬去呢，还是将生活圈破坏，简直从这里面跳了出来呢？即使为了采用后者的方法，而不得不付高价的血的牺牲，我们大概也还是选取第二法的。不能在牺牲之前停留，是常有的事。

但在托尔斯泰主义者，在这一端，是显得多么温良呵！他们是多么尊重个个的人物，个个的生活呵！他们是多么用了从实生活游离了的他们自己的一切言语，来议论现世，而忘却着他们自己的言语呵！

应该记得，在人类，是有英勇主义（Heroism）的倾向的，而这个，恐怕乃是在人的里面的最为神圣的东西。在人，有将自己并不看作本然底目的，也不看作生存的最后的连锁的倾向；也有以为具有将自己的爱的中心，发挥于伟大的现在正在建设的事业上的能力，将自己看作建设者，看作那建设的础石，看作进向未来的组织的洪流、波动的一分子的倾向。知道了这事，以下的事大概也就明白了。如果社会的外科疗法底历程以外，这一意志对于别一意志的冲突以外，为我们的神圣的革命战线，不被后卫的传染性所破坏的后卫的外科底消毒以外，再没有怎样的历程，再没有怎样的出口，那么，我们就意识着自己的正当，来背十字架的罢。

对别人给以死的宣告者，而自己呢，却并无为伟大的事业而死的觉悟，那么，这是很可憎厌的人。但是，知道着人类是经过了委一切于运命之手那样的危机者，也知道这一失败，后世无数的时代人将只能徘徊于奴隶底的道德，而胜利之际，便阔步于从经济底铁锁解放出来的人类的路了。但我们是做不成这样的被解放的人类的。因此我们并不将自己估价到这样高，然而借了我们的苦恼和我们的斗争，而能成为这样的人者，是我们的子孙，于是我们就要毫不迟疑，选取战斗和胜利了。

在这里，即有我们的中心底的意见的不同，并且有着那理据。两个的世界观，是在这一点上冲突着的。在现代的德国，智识阶级已经遇到了大大的内面底动摇。他们憎恶着将战争和破坏给与了他们的有产阶级。他们寻求着非有产阶级底的路。而他们在最好的部分上，分裂为两条水路了。其一，是向着共产主义的方向的。并且竭力想结成无产阶级的左翼团体，得大众的注目和同情，以振起革命。即使这在十年乃至十五年之间，难于著著见效，即使这是困难的事，而他们还是向着现在的世界，向着人类生活的合理底组织突进，不但用眼去看那在地上的人类的正当的经济组织而已，还想用手去触动。而且正在努力，要将那拦在路上，只为利欲的目的，不使人类大众走到合理底生活去的东西，打得粉碎。

别一边的人们说——我们已经为战争所苦了……却还要有一回流血的惨案么？……但能否得到胜利呢？究竟有这必要么？从内面底的路宣言反对，探求圣者之道，以冀和别世界相融合，岂不倒是好得多么？我们是有着从无常之门，或从忘我之道，可以到达的别的世界的。他说着恰如唯理论者似的话，因为对于不谈彼岸的世界这一种轻信，未曾告发，所以托尔斯泰占着那中央位置的和神秘主义的游戏，便从这里开头……在自己里面发见神，而离开战争罢！使人子之中有平和罢，别的人们便会自来加入的。

我们遭遇了不能不为各个人，各十人斗争之际，要紧的事，是他们（一般人）怎样地明示着自己的立场。有些人是到世界的法西主义（Fascism）的阵容去，别的人则到少数主义去。这些一切，是正面的敌。第三种的人们，则跑到我们的阵容这边来。然而还有既不向右，也不向左，不冷，也不热，不黑，也不红，只在这人生中，留作无用的东西，并不探求非历史底的路而后退，但也不向前，却走向侧面，走向空虚里去了那样的人们。我们呢，首先，是觉得他们可怜。是个人底地可怜。因为在他们的空想底的自己满足之中，我们看见了欺瞒和幻影的自己满足的缘故。第二，是从社会建设的见地，将他们看作失掉的力，以为可惜。第三，是我们的义务，在于竭力拉得多数的帮手。所以我们应该从他们的眼睛上，揭掉覆盖，勉力使他们对于现在的现实所要求着的事物，张开眼睛来。

要做托尔斯泰主义者，那恐怕是容易的事罢。我调查过他们的许多人，但我并没有从他们里面发见特别的禁欲主义者。一到实在非拒绝兵役的义务不可的时候，那可就起了凄惨的冲突了。话虽如此，他们托尔斯泰主义者们，却从来决没有到达过认真地来震撼这掠夺底社会组织那样的集团底的意志表示。他们大抵避着正面冲突——我是托尔斯泰主义者呀。说出来的话，是极多的好句子。然而归根结蒂，在生活构成的理想上，是极度的凡俗主义。

我曾在瑞士遇见过一个非常出色的托尔斯泰主义者。[12]据他的意思，他是完全地过着圣洁的生活的。我曾想从最普通的农民的生活里，提出那生活来，但是没有弄得好。大大的菜园，许多的白菜，天天新鲜的白菜汤，不变的菜园的锄掘，关于救助灵魂的会话——此后所得到的，然而是嫌厌之情。为什么呢？因为这是枉然的水的乱打的缘故。但是他那里，恰如奔赴伟大的教师那里去的那样，聚集去各样的人们。于是吃白菜，喝牛奶，而倾听他的菜气、牛奶气的议论。

总之，这是容易的事。因为在实际上，这就是平和，就是腐败。然而直闯进去，投身于社会底斗争的正中央的事，无休无息地为正寻求伟大的行为和牺牲的历史的铜似的声音所刺戟，而苦于那斗争

12　大约是指罗曼·罗兰。——重译者

的矛盾的事，那在精神底崇高之度，较之这一切的反刍动物底的事件，是高到无限的。

当今天讲完了两个世界观的矛盾的概略之际，我说一个基督教底的、辛辣的故事罢。那是主带着尼古拉·米烈启斯基和圣凯襄，在地上走的故事。他们遇见了陷在泥沼里的农夫的车。主说，应该帮农夫去。然而穿着灿烂的天衣的凯襄说："主呵，我不下沼里去，怎样好做那污了自己的法衣的事呢。"一面尼古拉却走下沼里，费了许多力，抓着轮子，将车拖出来了。他走上来，遍身是泥污。然而那泥，却变了带着一种说不出的光明的辉煌的光。灿然的珠玉，装饰了他的衣服。于是主对尼古拉说："因为你为了帮助邻人，不怕进污秽里去，一年不妨休息到两回，但凯襄却四年只一回。"

正如这尼古拉·米烈启斯基[13]一样，托尔斯泰主义者们也太要保自己的纯洁。而因为这样，所以不能做真的爱的事业。那事业，不过是作为单在言语上的东西，遗留着。有时候，一面倾耳于我们那样的大雷雨时代，他托尔斯泰主义者们，一面却从人生所要求的巨大的要求退走，嚷着坏话，逃掉了。

我们所希望的，是不要将那在各处抽着新的萌芽的伟大的托尔斯泰之中，有着那道德底论证，有着那艺术底根据，而到现在呢，那稍稍有力的立场，要和无产阶级来结合了的智识阶级，在中途拖住。在无产阶级，智识阶级是必要的。在最初的时期，那必要的程度，恐怕要到没有他们，无产阶级便不能简单地走进新的共产主义底组织体的里面去。

参与这共产主义底建设的我们，从今以后，也将和一切别的偏见一同，和那表面很出色，而实有害于世的托尔斯泰主义者所怀的偏见，斗争下去的罢。

13　这里应该是凯襄，但不知道是原文误，还是译本误的。——重译者

今日的艺术与明日的艺术

　　社会主义的理论家或用想象，或用科学底地多少有些根据的臆测，以论关于人类的社会主义底将来的时候，他们都一样地下文似的归纳起来。就是：在将来的社会里，尽最本质底的职掌者，是艺术。

　　他们里面，也有这样地非难的人——社会主义底制度，在转换期的政治底领域上，预料起来，是无产阶级和贫民阶级的执政，就是，曾被支配阶级从文化挤开了的结果，那本质上文化底地低落着的阶级的执政。所以这制度，言其意思，便是在文化底方面，是应付精神的最微妙而且高尚的要求的社会底和国家底生活机关的衰颓和破坏。但是，对于这非难，无产阶级的代表者们是决然地否认着的。

　　自然，社会主义的这类理论家和预言者们，其于无产阶级的艺术和旧支配阶级的艺术之间，有着著大的深渊，否则，至少也有境界线存在，是片时也未曾否定的。他们的几乎大部分的人们，是对于非文化和不关心于文化，发着非难之声。然而和这一同，他们也同时承认着关于"单一的人类底艺术"，的废话。就是我，也并不欢喜说"单一的人类底艺术"，是不存在的，然而假使有谁，说些关于人类的单一底言语的事，那么，可以说，这人是也对也不对。有人类的言语构成的同一性或共通性存在，固然不消说得，但这既不妨害中国语和法国语的存在，就也不会使十二世纪的时世语和现世纪的时世语的存在，至于不可能。艺术也是，作为社会生物学底现象，是全然一样的。就是，人类之能成为艺术家，以及在人间，普遍底地有艺术存在的事，毫没有否定了艺术和时代的推移一同，曾经遭过大大的变化，也没有否定了艺术在各社会各民族中，被铸造为特种的样式。

假使我们将有着多少距离的民族相互之间的种种社会底风习，比较起来看，大约便会确信艺术的不同一的理由的罢。况且社会主义底社会，在社会底秩序上，和有产者底社会，是颇极两样的。社会主义底社会，有时能够于由政治底变革手段，在不满一天之内，从资本主义里发生。然而有产者底社会和社会主义底社会的内部底本质，却非常互相差异。那结果，这两社会的艺术，在许多之点，是不一样的。但是，观念形态底样式，却常带着或一程度的迟缓，所以政治的变革，在观念形态底领域上也不能显示电光底变革，正是当然的事。

艺术既然一面进着或一定的轨道，有着或一定的习惯，无论故意或不得已，总之是努力于适合于或一定的趣味，而一面要顾到一定的市场，则仅在二十四小时，或一星期，或一个月之中，纵使对于职业艺术家的社会的要求已经激变，要艺术立刻自己意识到这事，原也极不容易的。

但是，假如他们竟意识了这事了，则和那意识一同起来的，是什么呢？那应该是碰着了稀有的大事变的时候，艺术家在他迄今成为习惯了的那样式上，已经不能照先前一样地来活动的那一种深刻的哀愁、失意。由这意思，在有产者治下的经济生活关系上而颇是病底的艺术世界的或一部分之间，革命底变革便不得不算是坏事了。盖在有产者社会里的艺术家，并非能够自由地活动的个人，他是自己的作品的贩卖者。就是，在有产者社会里的各艺术家，是以商人底关系而显现的，他，是艺术家，是诗人，是精神底贵重品的创作者，而同时也不得不如"灵感是不能卖的，但是那文章却能卖"的谚语一样地，兑换精神底贵重品。

可恨，这贵重品，不但能卖而已，且也非卖不可。因为无须卖那文章和绘画，十足地有着遗产的艺术家，是极少有的。

如果艺术家所发卖自己的商品（呜呼！）的市场，实质底地变化了，则这在艺术家，是剧烈的大打击。因为新市场要求着怎样的东西，那所要求的东西自己能否供给，以及一般底地是否还要这商品，他都不知道。

这，是将本问题，从纯经济底见地，来论究了的。

然而，即使我们将对于艺术作品的观察，从在我们关涉艺术的人较为亲近的见地——文化底见地，观察起来，我们也将发见和从经济底见地来论究者相同的病底事实。因为在文化底关系上，定货和出货，也是存在的。假如这里偶然有一个在精神底关系上，确信只将自以为最神圣的东西，注入那作品里去的艺术家罢。可是这艺术家，一定要发见自己的作品对于周围并不起什么反响，以及周围的人们在将他当作外国人看。这样的时候，谁不对呢？非查察了实际之后，是什么也不能说的。或者是因为那艺术家老朽了，越过了他的民众，便将他当作败残者，剩在不知道那里的后方，也说不定。或者正相反，因为艺术家是天才底的，所以超越了那时代，也不可知。无论那一面，总之倘不是成为离了本流的支流，终于消在沙里似的怪物，便将成为殉道者一样，超越世论，为现代人所不能理解的畸人。如果是后者，则那作品，一定要作为人类的艺术中最贵重的真珠，为后世所赞赏。

我们能够下面那样地确言。就是：拥有巨资，支配社会，而且构成着社会的精神生活的大部分的一切阶级，一遇急激的转换期，则衰颓下去，破灭下去，死灭下去，而代之而兴者，则是并无既成底形式，或者虽然有，但所有的却是和曾经得势的既成阶级的形式极端相反的形式的新阶级，来着手于最初的计画。在这样的条件之下，则艺术界不得不混乱，还有个人底地，不得不遭遇那引起道德底和肉体底地直接的灭亡的激烈的暴风雨，也说不定的。

艺术家从这一点观察起来，将这社会主义底变革，加以大的评价到怎样程度呢？他们对于这变革，是和那评价作反比例，不得不敌意渐深的罢。而且他们虽然明知道资本主义底制度的不公平，却又不得不这样说的罢，曰："一切都照先前，那就好了。我们并不说旧的东西好，然而倘要改革，则并不遭遇急激的痉挛和损伤地，也不鹘突地，和较为文化底的、较有教养的、较有准备的大众——于我们的社会并非无关系的大众，一同逐渐改革起来，那岂不好呵！"

然而这种的心情，是可以和让 - 保尔·马拉（Jean-Paul Marat）曾对艺术家们说过的话："凡有这些的人们，是富人的家丁，意识底地或无意识底地，正直地或不正直地，从未将什么色彩显在表面上。他们恰如靠了富人的食桌的余沥，生活下来的家丁一般，叹着这富人的破灭"的宣告，比照着看的。而且这，不但在革命无产阶级的眼里见得如此而已，即在客观的社会学者，也容易发生同感。

这样的世间的艺术家们所示的一切这些的现象，是胡乱的东西、非常肤浅的东西、病底地浮出的东西，和艺术本身，毫不带什么同一性或共通点。所以，本质底地，在艺术家中的艺术家，如那作品贩卖问题者，是不演什么决定底的作用的。假如演了呢，那是变态底的事，是不幸的事。那是耻辱。艺术家应该从这见地，以顾全自己的创作力。在那内部精神里，他应该首先省察那创作力，不使和烧牛肉的问题有什么从属的关系。

非物质底的，换了话来说，则是精神底的嘱托和提言之存在，是不消说得的，但艺术家，则以无论何时何地，绝不从属于何人为必要。而且无论怎样的程度，也没有依从任何希望条件的必要。有时候，他也和或一宫殿的描写，或是或人的纪念像的建立的嘱托者相商量罢。然而这不过是外部底的事，以什么为基调，应当将他的"精神"的什么部分加以物质化，都完全是属于他的事，在这点上，他应该保有最大限度的自由。凡艺术家，无论怎样，总非从外部方面，全然成为自由不可。

新的社会主义底制度，将这自由送给艺术家，是实在的么？现在，我不愿意用了蔷薇色，来描写那是实在的事。我们正遭遇着病底的过渡期，反革命战，饥饿和经济底破坏的时期。然而，如后者，在最近时，这才为胜利的太阳所照映。[1] 我们要讲关于新社会的正规的活动，那不消说，是太早了。到讲这社会诞生的苦辛的经历的时候，也还要有相当的日子罢。但无论如何，预料社会主义底社会的正规底活动，将给艺术以最大限度的自由，是难以否定的。

社会主义是在努力，要使为社会的贵重的一切劳动者，尤其是给与创作底贵重品的劳动者，站在市场如何变动，总不受什么影响的地位。社会主义是在从经济底方面和精神底方面，研究个个的各人——虽然刚开手——将这作为一定的价值，并且看作一定的社会底职能。对于那后者，则应该给以能成人类的舌头、眼睛、耳朵的营养的一定的滋养分。因为惟有这样，这才能够使各人的天禀和素质，为了全人类的巨大的精神底到达，自由地活动，伸长起来。

将这具体化了来说，便是应该意识到自己是艺术家，并且使任意构成着的艺术家团体所认为同人的一切人们，获得全不必顾虑关于物质底生存，而能够注全力于自己的创作的确实的生存权。为要实现这事，我们还应该绝不踌躇地迈进。

应着我们所获得的力的分量，我们应该将正在用功的青年、毕业于学校而跨进实社会的人们、艺术家、熟练的技术者、巨匠等，换在社会的保障的位置上，并且应该像对着停在树上的小鸟，说道"不要愁明天那天之类，尽你身体的本领来唱罢！"一样，也说给他们。

这是由我们的社会主义底计划，必然底地起来的问题。我们将这问题愈是较多地实现下去，我们的胜利就愈充足，艺术家对于市

---

[1]　在那时，是尚早的乐观主义了。——一九二三年备考

场和嘱托者的胜利就愈确实，从人类的心灵里，也愈加自由地涌出艺术底源泉的罢。

但是，单单的自由，是不够的，自由云者，是在最高程度的消极底的或物，更加精确地说，便是在自己之中，不带积极底的东西的或物。尼采说："你虽说自由，自由，但是，兄弟呀！是怎样的自由呢？"这完全是真的。我，可以说是自由的。我的手足没有被束缚，我向左向右都能走，可以立功，也可以受侮。然而不能因为这样，便归纳为这自由是积极底的东西，因为解放精神病者或有犯罪底倾向的人——也许倒有些是积极底现象的缘故。

新的社会和社会主义制度，不但将艺术家解放而已，还给他一定的刺戟。艺术家应当自由，我所说的意思，并非说在这话的形而上学底意义上，他应当自由。即使我们用纯物理学底意义，说或人是自由的，也不能从这话，便立刻归纳为他能飞，或者便于用四脚走。我们运动身体的方法，关系于生来的身体构造的如何，人类是自由的——这意思，并非说他能够有四耳四目。人的实体，为人类的全过去所构成，我们所名之为容貌者，连细微之点，也为过去所决定。人类不但肉体，连心理也受遗传，所以无论谁，都不是自己本身的精神的原因者。我们是由遗传而得精神的，那时候，得来的或是"白纸"，或是容易擦掉的线，否则便是刻了十分深刻的线的"纸"。无论所得的是什么，就在这精神上面，再逐渐迭上外来的新印象，自己的绿青，即自己的经验去。

那么，个性是怎样地被构成的呢？那是，将在自己生存着的社会里所受的各种的印象，以及由遗传而生得的倾向和萌芽，蓄积在特种的综合之中而成就的。

社会主义底社会，对于艺术家，能够无限量地给与他较之他向来生存着的旧社会，更加巨大的内底生活的内容。

关于新社会之有广博的、纪念碑底的、原素底的、永久底的、雄大的性质，在这里是什么异样也不会有的。

像在我国这样的现象，在德国也一样地存在。在德国，当几乎每两村之间，有着分隔别村的税关的界壁的那时候，为了这，"关税同盟"是必要的，但到后来，帝国主义底中央集权来替代了这个。当我们分离为各团体，又，我们的该营合同生活的可能性，实际底地殆被剥夺了的时候，在精神底关系上，也看见和这一样的现象。人类之中，最贵重的，是人类的集团性，但在这样的环境里，我们是没有知道这，也没有觉到这的罢。

我们继承着人类的过去，也爱人类的未来，并且也响应各种的现象。那现象，便是和本身的周围有着硬壳的蜗牛全然一样，发生于由昏玻窗而感受视觉底印象，经厚障壁而感受音响的实体的我们的周围的东西。惟有社会主义，则破坏这障壁，无论怎样的形式的利己主义，也打破那存在的素因，毁掉龟一般拖着走的小屋，对于从外部来的一切的刺激，我们就易于感受，易于铭感。而且这样地和外部联络在难以相离的关系上的我们，便必然底地和人类的全心理相融合了。

人类，是无限的，是永劫的，是神底的，我们这样地感觉，是始于什么时候的呢？这是在——明白了人类所有的一切，都是挪借，或是经过筛子，从外部所收受的东西，而人类决不为衣服之类所制限的时候；人类像了伟大的预言者，成为能够生活于全心理底生活的人物了的时候；人类能够说"我的人格，达于日星，我的人格，在我们现代人的苦痛和愉悦和欢喜之中，具体底地活着，将在过去以及未来的人类的欢喜和悲哀，作为我的东西而活着"的时候，是那时候。

这是将成为人类的精神的，伟大的不死底扩大的罢。但倘有人说，因为围绕我们的生活的步调太快的结果，以及人类所受的印象太多的结果，人类大概都患着神经衰弱，那么，也就可以担忧：当"喧器和音响和长枝条的生长"满于人间的时候,社会主义开拓我们的耳目的时候,人类的脑髓不会破得乱七八糟的么?自然,人类的一切用器,也并不是能够收受逼他而来的人类底暴风雨的全部的东西。

在艺术的领域上,要展开堂堂的记念碑[2]底的宏大的场面,我这样想,但这是无可怀疑的事,那时候,先是艺术底集团,进向这意义上的第一计划去,是明明白白的。倘我们作为例子,取了集团主义的最贫弱的时机,例如古代的共产,或意大利中世期末叶的共产建设,或是建设中欧的戈谛克式的寺院和市参事会堂等的艺术来一看,那么,就会发见,在这里,个人是将影子藏在背后,而且无论是怎样的人类底天才的堂堂乎而又值得惊异的作品,也不容易寻出那作者的名氏的罢。凡这些,不消说,就都是费百年的岁月,化[3]许多的费用,由无名的团结,而建设了什么可惊的建筑物的。

我们在不远的将来,就要有拉斯金(Ruskin)所曾经颂扬为较艺术底个人主义更加优秀者,即艺术底集团以及建筑家、画家、雕刻家的全一底团结的罢。他们将一气来研究一定的同一计划,而且他们不但无须百年的岁月,只在几年之中,建设各种人类的理想和人类的贵重品的殿堂而已,也将建设作为我们的紧要的欲求之所在的公园都市和完备的都会,并且以人类对自然所描写的美和调和的幻想为基调,来改造地球的全面的罢。

倘要预期那由精神之中的内部底变革而生的什么损失,和在外部的社会主义底变革相当者,那恐怕是幽玄(Intimacy)的诗和幽玄的艺术这方面罢。我知道着神秘底而难以言传,并且不能翻译为任何言语的,虽微音和轻颤,也都觉得的艺术家的微妙的感觉,换了话来说,就是知道着以为我们的内部底变革的结果,我们的精神将

2 现代汉语常用"纪念碑"。——编者注
3 现代汉语常用"花"。——编者注

要全被颠倒罢，赫赫的太阳的光线之所不到的狭路，将连一条也没有了罢之类的，艺术的微妙的感觉的恐怖。

但我想，以此为憾的时候，大约是未必会来的。为什么呢？就因为这样的个人中心主义和个人的独创性，或是收受印象的气质底特征愈强，则社会的分化之度也就跟着它而愈加增加起来的缘故；还有我们的精神感受印象愈多，则将精神来水准化的事也就愈加困难起来的缘故。

试取什么边鄙的村落为例来看——在边鄙地方的人们，是大家非常相像的。在西伯利亚的僻地，或是隔绝了一切外界的印象的人们所住的幕屋等处，会看见集团底精神病的现象——就是，当人们失了自己的个性时，易于发生梅略欠涅病[4]的现象。而反之，对谁也不给安静的大都会，却于个性的发达，给与最敏感的样式的。精神病研究者告诉我们，村落里的最大多数的精神病者，所患的是白痴，即个性的倒错和个性的丧失，但在都会和中央部以及首都里的最大多数的精神病者，却是发狂和夸张个性的人们——例如夸大妄想狂和热中[5]狂。

疾病之所显示者，是一般底生活状态的最征候底之点。我们的在要进行的市街主义，以及在精神界物质界，发生于白日之下的一切事物的文化底向上，是引向个性的发挥，那材料的丰富，称为人类底个性这社会相的复杂化的。

从这个见地来观察，则在社会主义底社会里的创作上的独创力，就比在什么社会里都要大。但预料起来，这独创力，也将更为勇敢。而且，正在受着"Decadence"这句话的洗礼的耽美底颓废底的东西，那职务将愈加缩小，也是可以肯定的。就是，人类将征服迫压自己的一切哀愁和不幸，而得到胜利。而且在社会主义底社会

4　是发生于西伯利亚的僻地的流行性精神病，和癫痫相像。——译者
5　现代汉语常用"热衷"。——编者注

里，也能够苍白瘦削，除了哀调以外，不能表现其心情的孩子，化为有着最勇敢的积极底的心情的壮健而又充满希望的青年。那时候，迄今是本质底的哀调，在他恐怕早成为不调和的东西了。

经了这样的试练的艺术家的共通底特质，是能够在一瞬息中，超越了对于别人的个人底外面的接触——自然还不能不接触——而即刻入于惟有作为艺术家的境地。倘若讲起关于我们现在正在创造的世界历史的划界时代来，那就可以大大地鼓舞底地，大大地光明底地来说：首先，我们将走进这社会主义底乐园，但应该经过那小小的层，而且这还是颇苦的炼狱[6]。

倘将现代的艺术，仔细地一检点，则我们大约就会发现，艺术是已经并非单一的东西了，所以，当艺术直面着新的社会底需要的现在，艺术家的各种团体和各种部类，在这点上就非常混乱。

新旧的艺术，在旧世界里，是颇猛烈地，而且颇怀着憎恶，互相攻击了的。年青的艺术，对于妨害自己的自由的发展的事，以及艺术界的特权底的元老阶级，还有仗着已经树立了的自己的名声，一直在后来的社会里也还保着地位的旧时的人们的成绩——等，都大大地愤慨了。

在这神经衰弱底世界里，我们是在非常地特殊的现象之下，生存下来的。以异常的速度，方向行了转换。几乎每年有新流派发生。有志于发现艺术上的新大陆，发见亚美利加的青年，滥造了可以称为技巧的东西。假使旧的系谱的艺术家们，从自己的立场，对着青年的艺术家，说道，现在是写生（Sketch）得了势力了，所以暴风底的而新奇的你们的探求，在今日的艺术上，是消极底的东西。则他们的观察，许是正确也说不定的。

几乎谁也不认真做事，几乎谁也不着力于艺术的社会底活用

6　出但丁所作的《神曲》，是天堂和地狱之间的地方。——重译者

这方面。那结果，是使我们只能和最实际底的非文化混杂。倘在艺术虽然分明知道，然而堕落下去，失了传统，成着野蛮的现代，将我们和旧系谱的艺术家相比较，来非难我们，说我们比他们画得更坏，写得更坏，那是不得当的罢。为什么呢？因为我们的艺术，是预期着就要将新的趣味，送给生活的。然而显出衰颓期者，却无论怎么说，总是艺术的社会底信用的丧失。倘从旧系谱的艺术家那面来观察，说青年们不过要博名声，炫着奇矫，那大约可以说，话是对的。乳臭还未从唇边干透的无髭的青年，便早以轨范自居，即使他竭力撒出前代未闻的恶作有怎么多，而其中却既不成样子，也不会有调和，那是轻易凑成的理论，或是搜集言语的草案，这是可以做理解他所发明的东西的钥匙的罢。而且他，还常在自己的周围，寻到两三个比他更愚蠢，连他所发见了的独自的东西也不能发见的青年们的罢。他们于是相率而向那可以发挥独自性的清新的轨范前进。市场对于这现象，也有些适应起来。

艺术家的伟大的主人翁——那是广告家，艺术作品的贩卖者——最近也明白而且嗅到了这方面的事，他们不但买卖有名的名氏和伪造物，并且喜欢制造新的名氏起来了。在什么地方的楼顶房里住着的人，他——说得好，是病底地强于自爱的不遇的人，说得坏，是骗子。

然而巴黎或伦敦的一个公司却准备利用他来赚钱，全买了他的画，用广告的意思将这卖出去。一切的识者和搜集家，都想为自己买到这些画。在他们，一定要用这"伊凡诺夫"，[7] 这便定了市价。他们买了那个去。盖因为"这是希奇[8]的"的缘故——这句话，在现代，是非常的赞辞。而这种事象，在最新的艺术之中，则是病底地很厉害，在那里，有被厌弃的残骸的山积，是谁也不能否定的罢。

7　俄国很常见的姓氏，大约犹如中国说张三、李四。——重译者
8　现代汉语常用"稀奇"。——编者注

青年们在创作之前，发见新的道路之前，先来准备走这新路的腿装，健脚，是好事情罢；经了艺术的好学校，然后来想独立，来想艺术的此后的发展，是好事情罢。青年们到了这样，不是正当的么？

可惜的是，我们还不得不时时顾及这样的非难，那就是说，虽在代表着有势力的亚克特美派（学院派）的团体的艺术家，也一样，艺术的社会底活用这方面，也被付之于等闲。在各国里，艺术正在沉衰，圣火正在消灭。

自然，印象派的人们所在反对的非褐色的酱油呀，没有苦恼的钞本的誊录呀，最近十年间几乎风靡了一切艺术的没有苦恼的继承呀[9]，或是有产阶级社会的艺术等，是可以使它和年青的艺术相对峙的。

从别方面观察起来，则正确地指示着，那"轨范"这东西，就几乎完全成了壁纸店。他们应了富贵的人们的需要，制造适合于那住居的各种乐曲和富人的肖像，这样子，他们不但被剥夺了创造底活动，而且全然职工化了。但这里之所谓职工，并非我已经讲过的，这话的本来意义的职工，即艺术的社会底活用者。

在我们的博物馆里所见的绘画，即属于真实的全盛期的绘画，和现代的绘画之间的那差异，可有未曾看出的人呢？

从这样的见地，大概就可以说，艺术的状态，实在是颇为苦恼的状态了。我们在艺术里，看见沸腾和志望和探求，总之，这是惟一的好东西。为什么呢？因为在不行探求之处，就没有适应于这世纪的经了洗练的技巧，而只有曾在或一时代实在活过的艺术的——苍白、秃毛、无齿、瘦削、濒死的——残骸的。

自然，在这两极端，即新的探求和旧的形骸之间，为了优秀的技术者们，还留有很多的余地。倘我们隔了或一定距离来看，则在

9　此处原文为"最近十年间几乎风靡了一切艺术的没有有苦恼的继承呀"，疑为原文多字，故更正。——编者注

人类经过造形[10]艺术之上的一阶段的那艰苦的沙漠的绿洲上，会看见将新的探求和旧的体型，独特地结合起来的一等星的辉煌的罢。

于是乎应该归纳了。但是，在这之前，将关于革命艺术的问题，作为问题来一看，也不是枉然的事。

我们上面说过的探求，是显示着病底状况的，然而，在那探求之中，不带着非常健全的基础么，又，没有触着发生于艺术的领域以外的革命，即发生于社会底探求的领域内的革命的真谛么？这问题，是极其重要，而且很有兴味的问题。所以我希望在这里听我演讲的市民和同志诸君，我关于艺术上的所谓更新和艺术上的无知，以及似是而非的伪学者的丑恶的方面，虽然颇猛烈地讲过了，但不要立刻将这和触到革命的真谛的重要问题，连结起来去着想。我所要讲的，除了关于无知和似是而非的伪学者之外，是什么也不是的。

然而，在这里，却发见着大价值的事业，在这里，却有着对于活的今日，对于真的事业，要表现自己的感应，并且用文学底反响来呼应的艺术家中的最易于共鸣的部分的（即年青的人们的）诚实的志望。我们并且有着在这意义上的典型底流派（印象派在前几时还曾嚷嚷，但现在已被看作昨日的流派了。）——颇可作详细的研究的对象的立体派和未来派就是这。但对于这现象的解剖，我现在不能分给它时间。

在现在，只能讲一讲一般地已被肯定了之说——就是，二十世纪之所创造的人生，实在是绚烂，而且印象很丰富，在艺术的新倾向中，有着这人生的现实底反映——这一种谁也没有论争的余地之说在这里。

造形底艺术，依它自己的典型，是静学底艺术；于雕刻和绘画，没有给与可以描出运动的东西。

在二十世纪——特是运动的世纪，力学底世纪——里，绘画和

10 现代汉语常用"造型"。——编者注

雕刻的样式本身，是不得不惹起人类的精神和病底冲突的。

艺术家用尽心思，要自己的绘画动着、活着，他努力想到了形态，使作品力学底地活起来。然而虽然如此，描在画布上的一切的东西，却立刻死掉了。所以就有创造运动的幻影（Illusion）的必要，而最新的艺术底流派，目下便在内部底矛盾里争持。但是，并不是惟有这个，乃是构成青年们所正在深刻地体验着的危机的精神的东西，对于有大力发大声的叫唤者的许多青年的爱情和奋激，也成为那精神的构成，那精神，于伴着资本主义底、战争底、革命底性质的暴风的社会生活的新状态，是很相适应的。

现代，是最英勇底（Heroic）的时代。

不久以前，我们还彼此在谈琐细事和寻常事。看契诃夫的作品和莫泊桑的《孤独》就是。谁在今日，还说人生有些发酸呀，人生的波澜稀少呀，锋利的印象不够呀，事件的进展不足呀呢？我们现在，可以说，已经进了曾在过去的或一时代，人类的经验了的粗野的旋涡的正中央了。这旋涡，愈到中心去，就卷得我们愈紧。坚实的一切东西，都在那里面被分解，例如，雕刻也是，绘画也是。于是替换了先前的易于溶解的特质，而得到过度地强有力的特质，极端的内部底不安的特质，同时是作为时代精神，必然底地正在要求的明了的特质。先前为了被评价而准备着的色彩、容姿、线等，在现在，比起我们每事所经验的新的那些来，在我们只见得是隐约的朦胧的东西了。作为形式的革命，是跟着其中所含的破坏，被铸成的形体的缺如，最大量的运动的存在的程度，而和最新艺术，联为亲密的血族关系的东西。

但是，这事，是最新艺术的内容，和新生活的内容有些关系的意思么？不，并没有这意思。属于过去的系谱的艺术家现在虽然还生存，革命阶级的无产阶级却直感到毫无什么可以从他们摄取。而反之，无产阶级也觉得非全然向未来派去不可。然而这样的事，在我们是毫不觉得正当的。

假使将革命无产阶级们的显现于一方面的对于旧形式的爱执，用了或种非文化的事来说明，则在别方面，各个无产阶级的对于未来派体型的有所摄取，就分明应该当作偶然底而且肤浅底的现象。无产阶级（尤其是那最前进的人们）虽然对未来派说，"惟这个是应我们的欲求的东西"，然而两者的这样的实在底的融合——是全不存在的。

然而，我们愈考察在无产阶级者戏院和展览会的状况，就愈不能不承认对于无产者艺术，给以最大影响者，总还要推最新的流派。形式底的亲族关系，即新形式的探求，其实由于对一切革命的本质底的动力主义（Dynamism）的偏爱的——这使彼此两方面成为亲属。然而在无产阶级，有着内容。倘使你们（新流派的艺术家）问他们（无产阶级）所要的是什么，他们就会对你们吐露堂堂的思想的罢，而且会讲说关于人类的心理的绝对底变革的事的罢，这些一切，也许是还没有完全地被确定着的，但至少，也暗示着目的和理想。但是，关于这事，他们倘去质问未来派的人们，大约未来派的人们就会说，"形式呀"……"形式呀"。"体验"以外，什么也没有画出的线和色彩的种种的结合，在未来派是以为这是一种绘画的。感染了有产者的艺术底空虚（盖在有产者，是没有理想的），成着先入之主的未来派，说，文学不应该列入艺术之内，艺术家不应该感染着梗概底内容和文学风。在我们，这话是奇怪的。倘若这话并非以不能懂得这质问的孩子为对手，那么，我想，便是颇为颓废的征候。为什么呢？因为一切艺术是诗，一切艺术是创作，艺术者，是表现着自己的感情和观念的东西，这以外是什么也不能表现的。这些观念，这些艺术，愈是确定底，则艺术家所表现于那作品[11]

11　在这里，我自然大抵是就观念形态底艺术而言，至于产业底艺术，则可以比较地更多是形式底的。

上的果实，也愈是确定底、纯熟底的东西。

谁以为线和色彩的结合，就成着贵重的东西的时候，他乃是不能将新的什么东西灌进新的革囊里去的小子，或者恰如文化用旧了那内容，转向到纯然的形式主义去的时候一样，是专重形式的半死半生的老人。尼采说过的下面那样的话，是最为得当的："现今的艺术，失掉了'神'，艺术不知道应该教什么，也没有理想，所以纵使你是怎样伟大的技术者，在这样的条件之下，你却不会是艺术家。"

在形态上没有独特的思想的人，在形态上没有被铸造了的明白的体验的人，便不是艺术家，他不过成为单单的技术者，以造出别的艺术家可以利用的或种的结合。

这显然的内容之缺如，以及连在做诗本身，也是并无内部底内容的声音和言语的自由的结合论（这样地也还是失算，终于将文学从文学赶出了）之类，究竟是有着怎样的特质的呢？这是被不像未来派之专在追求新奇的新人们，看作——未来派者，是恰如有产者底进膳之后，说别的东西都平凡，想要黄莺舌头的有产者底文化的极端地腻味的无谓，和被阉割了的果实，是很陈腐的东西——的程度就是。

在旧艺术，愈有着颇是本质底的出发点，即艺术愈是现实底的，则可以断言，它有着对于将来的生存权无疑，还不止生存权，艺术在将来，将愈加巩固其位置。纵使我们坚持着怎样的理论，能够想念底地，否定了自然给与于健全的一切人们的形态的结合，蕴蓄着最高的观念底和情操底内容的形态的结合——惟有这样的结合，有着存在权——的事实么？

然而这并非艺术非写实底不可的意思。说起这是什么意思来，是：人类当活着之间，会有一种欲望在人类里出现，要使人们以及在周围的自然结合起来的意思。是：虽在图谋结合，但愿意表现出我们的贵重的幻想和或种高潮的观念地，并且改造过或种的现实底形态地，结合起来的一种欲望，在人类里出现了的意思。

正如诸君不能抹杀我们的言语一样，也不能抹杀这事的罢，因为这是几百万年间，一道伴着人类下来的东西。

从这见地来观察，则对于自然有着现实底而且"奴隶"底——（新人物是这样地说的）——接触的被称为旧艺术这东西，倘充满以新内容，那艺术便将看见最决定底而且广大的反应。振兴这艺术的关键，系于发见那活的精神或内容。近年来，对于内容，竟有轻率的、嘲弄底的态度了，但寻出内容的事，言其实，在很有技巧的艺术家，是他所应做的一切。以对于事略家的态度来对内容，是不行的。寻出内容的事，意思就是得到观念的结合，而那观念，则就是充满于人类的精神中，非将这表现出来不可的东西。

新的艺术，在社会主义关系上，也并非在更加适宜的状态。

在新兴艺术相互之间，在这艺术的天才底代表者们和劳动大众之间，设起亲睦关系来的我的尝试，无论何时总遇见颇认真的反对。那反对，不但从大众的方面，从劳动阶级的相当的代表者们这方面也受到，他们否定底地摇着头，说道："不，那是不适当的。"然而那样的事，不成其为意义，新的艺术云者——是较之新的接触和变形，生活现象的音乐底解释，或由自然所授的形式，倒更有以创造者所显示的艺术底形式为主之类的倾向。但在这里，内容也在所必要。

天才底未来派之一的诗人马雅可夫斯基（V. Maiakovski），写了称为《神秘喜剧蒲夫》这诗底作品。这作品的样式，是马雅可夫斯基所常用的，然而内容，却有着稍有不同之物。这作品，以现代的巨人底体验，作为内容，内容是帖然切合于生活现象的，作为近年的艺术作品，可以说，先是最初的收获。

从外部底方面观察起来，事情是简单的，虽然我们衰颓着，俄罗斯衰颓着，然而我们非开拓艺术的全盛期不可。我们愿不愿，并不是问题。是目下我们被逼得不能不做，而且不可不做的事，连列宁似的并非艺术家的人，所怂恿我们的是——在街上，在屋里，以及在我们各都市上的各种的艺术底创造。竭力从速地变革这些都市的外貌；将新的体验表现于艺术底作品上；抛掉可以成为国民的耻辱的感情的大块；在记念物底建筑物和记念塔的样式上造出新的东西来——这些的欲望，现出来了。这欲望，是巨大的。我们可以将这做在临时记念物的形式上，在墨斯科和彼得格勒和别的都市里，已经建立起来了，以后也还要多多建立的罢。[12]

将石膏和一时底的雕像，铸铜与否，是由于艺术家的态度之如何的，他们倘努力于铸铜，也就做得到的罢。还有，人民愈是裕福起来——自然，人民是要裕福起来的——这创作的进步也就愈加出色的罢。这"十月"二十五日的节日，是大节日中之一，从世界上任何时候都不能见到的外部底的规模[13]，从国家所支出的经费，从在胜利的余泽中所体验的心醉，都应该想到是大节日之一的。

彼得格勒的第一个大工厂这普谛罗夫斯基工厂，向政府申请，要对于在彼得格勒建设壮大的人民宫殿的事业，给以援助的事，我在今天知道了，不胜其高兴。他们说，即使你将十所百所的宗务院、元老院、那旧的典型的建筑物和有产者的房屋，给与我们，于我们也不满足的，这些并不是我们所要的东西。我们愿意有和本身相应而设计的自己的房屋，从有产者的肩头拉下来的东西，是不想要的。政府呢，自然，不会拒绝因此而支出的几千万金的，从明年春天起，我们也当然要着手于堂堂的世界底的人民会馆建设，我们应该立即着手于设计会议和事前准备。

关于这在彼得格勒的社会主义底人民会馆的建筑问题，倘不能

12　这运动，是蒙了穷乏时代的影响而中止了，但现在又已旺盛起来。——一九二三年备考
13　此处原文为"从世界上任何时都不能见到的外部底的规模"，疑为原文错漏，故更正。——编者注

悉数网罗了艺术家，则从劳动者方面向艺术家去嘱托，要若干的天才底艺术家来参加，是办得到的，而且也应该如此的，可是这是在我们没有多余的面包片的时候。[14]

倘若事件在此后仍以现在似的步调进行，则我们将努力，在奇异的我们的扎尔（俄皇）的彼得格勒上，再添上更奇异的劳动者的彼得格勒去。（至少，人民和那指导者，是在向着这事前进的。）

对于这事的趣味和才能和天才的需要数量，可能搜求到呢？我想，聚会在这里的艺术家诸君，是充满着大的自信，会说——使我们去作工罢，给我们材料罢，才能之数，是不足虑的。而且这样的气运，我想，惟在伟大的时代的伟大的国民的艺术世界里，这才存在的。

自由的最大量，——由现代的世界底而且历史底切要，非资本家的国民的嘱托的大举，而被形成的内底内容的最大量，——和这相应的创作的自由，——艺术的一切机关的自由的制度，即一切官衙式和有什么功绩的艺术贵族的一切管理之排除，——艺术底人格和艺术底集团的自决的完全的自由，——凡这些，是原则，惟有这，是和展开于艺术之前的诸事业相呼应，而能遂行的惟一的东西。

对于在这彼得格勒的，以前的最高美术教育机关的前美术学校，我希望着诸君。希望诸君在本年中，因了年长年少的同志的提携，又因了由人生提出与艺术界的直接问题而被启发了的最是自发底的提携，而得艺术自决的自由的第一经验。那自由，是不加长幼或有名无名的差别，随意到好像一兵卒可以做元帅，实际地造出自由的竞争来，这在革命时，是常有的事，在这样的时机，一切才能，是能够发见和那力量相称的评价和位置的。所以，我们的生活的悲惨的方面，我毫不否认，然而同时，血管里流着热血的人们，却也能够经验那要冲进切开了的未来里去的准备和欢欣，我想。在未来之中，危险的东西和不

14　那时这计划并未实现。在现在，那实现是已经临近了。——一九二三年

确定的东西，还多着，但这是应该以自己还是壮者的事，来唤起勇气，鼓舞勇气的。而且，人们在没有躺在坟墓里之前，总应该是壮者。

有人说，恰如米耐尔跋（才艺女神）的枭，只在夜里飞出来一般，艺术只在大事件的发生之后，来结那事件的总帐。我据了许多的征候，觉得在我们之间，这样的现象，大约是没有的。那理由，是因为社会主义底革命，在热烈地志望，要赶快将新的酒灌进新的革囊里去的缘故。

在现在，我们也常从动摇的农民和劳动者方面，得到要求。那要求，是给他们科学，给他们艺术，使他们知道蓄积至今的宝物，给他们设立可以发见对于自己的期待、体验、见解的反应的机关，对他们解放知识和修得的源泉等。他们能够用了这些，将久已酝酿在国民的心底的东西，秘而不宣的东西，以及正如革命解放了各人的个性那样地已经解放了的东西等，适当地、天才底地，或者未曾有地，描写出来。

我所望于诸君的是勇气和信念和希望的坚强，我们是生存在真的希望之国里。即使这希望是像元日草的罢，总之也还是一种会得生长的东西。芥子种能成大木，我们的土地化为乐园，由人间底天才的暗示，而成为伟大的艺术底作品，艺术家在现在，可以在这里发挥自己的本领。

我想，我们所聚会的小小的祝贺会，是和社会主义底变革的精神，在深的共鸣之中的。还有，我所作为最大的欢喜者，是我为了要作已经说过了的那样的演讲，来到诸君之前的今天，和普谛罗夫斯基工厂的委员见面，受了这样的要求。他们要求说："劝诱你的艺术家们罢，使国家拿出本钱来罢，那么，在彼得格勒，第一的伟大的人民会馆，就会造起来了。""国立技艺自由研究所"，是可以站在先头，以建筑在彼得格勒的"自由人民会馆"的集团底技术者。

苏维埃国家与艺术

艺术的怎样的方面，是能够将利益给与苏维埃国家，而且非给不可的呢？先应该将艺术的怎样的领域，归我们管理，而且用国库来维持的呢？

因为有着虽然和艺术关系较轻，却往往将恶影响及于艺术活动上的人们，所以我想将这种国家的问题，给这样的人们来讲一讲。

其一 作为生产的艺术

到艺术接近生产，还颇有些距离。所以大抵由左倾艺术家所提倡着的这标语，是在证明现代艺术的一种贫弱的，这应该直截地而且决定底地说。其实，艺术在现代似的时代，是也如在向来的革命时代一样，首先总得是观念形态的。艺术者，应该是将和那国民及国民的前卫阶级有最密接的关系的艺术家的感激的精神，自行表现的东西。艺术者，又应该是将现今正在作暴风底运动的人民大众的情绪，加以组织的手段。

然而，那感情上对于革命大抵是敬而远之的"右倾"艺术家——但"左倾"艺术家，在这关系上，却较亲近革命——是成了将最颓废底的影响，给与最近十年间的西欧艺术的，纯然的形式主义底倾向的俘虏了。所谓那形式主义底倾向者，外面底地，固然器器然似乎很元气，但内面底地，却完全是颓废底的。而且直到最近时，他们还有了进于内容的虚无，即所谓无对象的世界去的执拗的倾向。这些无理想者和无对象者们，虽然自己就是革命的实见者，而对于这历史上的大事件，竟毫不能给与什么观念形态底艺术，什么堂堂的雕刻或绘画底图解。

左倾艺术家们，则一面努力于不离无产阶级，并且竭力和他们合着步调，一面以非常的兴味，在研究艺术的生产底问题。在纺绩、木工、冶金及陶器等的生产上，即使那些是无对象的形式底艺术罢，但是能够制造充满着欢喜和美的物品的，也已经正在制造。我们的文化的目的，在创造人们的周围满是美和欢喜的社会，是说也无须说得的。

倘将我们的视线，宽广地转向艺术的生产问题去，那么，大约就会看见无际的地平线，展在我们的眼前的。在这里，有新都市之建设，运河之开掘，大小公园之新设，人民馆之建筑，俱乐部之装饰，室内之布置，装身具和衣服之优美，嗜好之改革和奖励等的问题，这目的的究竟，即在改造那围绕我们的自然底周围。这改造的实行，最首先是靠着经济、农业和工业。在这关系上，这些各部门之所给与者，是恰如半制品一般的东西。到究竟，则一切东西，例如虽是食物，也应该对于直接的目的的人类的欲望（经济问题），给以满足之外，又将别的目的，即快乐的欢喜给与人们。

自然，现在我们太穷困；所以谈论关于这方面的认真的工作和俄国工农的生活状态的实际底改造的时候，恐怕离我们还是很远很远的。但不能因为这样，我们便不再触到艺术的生产问题，什么都不问。惟现在，却正是应该攻究这问题的时光。第一，例如在织物生产上，我们并无应该将这染得没趣味的理由，为什么呢？就因为艺术底的染色和没趣味底的染色，经费是一样的，但那结果，却于贩卖价格上有非常之大的差异。食器等类，也见得有同样的关系。我们今日，已经很想将和技师有同等的熟练的技术者，送到工场和制造所去。然而我国当帝政末期之际，这种事业却在极端地坏的状态上。我们是曾将德国人制造的东西，作为选择的最后的印记的。而我们的技术家底艺术家的大多数，对于这事也毫不加一点批评。在现在，我们已经在我国的学校里，开始养成独特的技术家底艺术家。并且期待着，想于最近的将来，将生产拉到颇高的水平上。

还有，在内外市场上，对于俄国的独特的出产，和不失十七世纪的香味的东西，特殊而有些粗野的，然而新鲜的俄国乡村（还没有失掉独自的感情的）的趣味等，感到魅力的事，我们是一瞬间也忘记不得的。

在这意义上，俄国的艺术家们能够于家庭工业方面，做出崭新的东西来。左倾艺术家已经在陶器制造所，于陶器上施以有趣味的各种彩色法，而论证这事了。我国，在大体上是原料品的输出国。但这样的输出是极端地不利益的。因为工业在低的水平上，所以完全的制品的输出，实在是很少，可以称为艺术底制品的输出的，则至今为止，只有家庭工业品。从家庭工业的保护和奖励起，以至建设可以从木材、织物、金属，生产出和这相类的物品的特种制造所，建设花边和绒毡制造所以及类似这个的东西等，无论那一样，从经济底见地说，也是有利的。

人民教育委员会向来就常以大大的注意，参与着这问题。我们不但努力于保护我们传自先前的制度的在这关系上的一切东西而已，还创设了新的或种的制造所，在先前的斯忒罗喀诺夫学校里，则设了研究艺术工业的各方面的分科。

因为实施新经济政策所受的打击，这方面自然也有的。职业教育局非常穷困，那结果就影响到技艺学校去了。技艺学校是完全穷透了。技艺教育部为要救济徒弟学校和生产学校，也讲了力之所及的一切的方策，然而那结果却不副所望[1]。不但如此而已，忍耐了许

1　现代汉语常用"不负所望"。——编者注

多辛苦，还倾注了一切努力，而革命初期的军事问题的余映，又成了衰亡的威胁。而这事业，是和中央劳动组合、最高经济会议和外国贸易委员会，有着直接的关系的，所以我想，为了来议关于俄国的艺术底产业及其教育的振兴策，招集一个由这些的关系公署，以及这方面的有权威的艺术家、识者所成的特别会议，恐怕是最为紧要的事。

其二　作为观念形态的艺术

就如我已经论述过，在革命，是预期着作为观念形态的艺术的发达的。说起这话的意思，是指什么来，那么，就是直接地，是将作者的观念和感情，间接地，是经由作为居民的表示者的那作者，而将居民的观念和感情，表现出来的艺术底作品。假使我们自问，为什么我们这里，几乎全没有观念形态底无产阶级艺术的呢？（例外是有的，后来论及。）那回答，大概是颇为简单而且明了的。当有产阶级做了有产者革命的那时，在文化底关系上，在实生活底关系上，比起现在的无产阶级来，都远在福气的境遇上，有产阶级能够毫不感到什么困难，而使自己们的艺术家辈出了。不但这个，知识阶级——即事实上掌握着一切艺术，而且向来使那艺术贡献于旧制度的知识阶级，和有产阶级是骨肉的关系。（从 Watteau 起，Molière 和 Ruskin 是有产者。）在这一端，和无产阶级自然毫没有什么共通点。无产阶级，是作为仅有薄弱的文化的阶级，作为虽是知识阶级，也还至于发生或种憎恶的阶级（唉！我们的革命就十分证明着这事），而勃兴于不可名状的困难的境遇之中的。在这样的条件之下的知识阶级，从自己们的一伙里，只能出了极少的几个会对于得了胜利的无产阶级，以诚实而完全地歌唱赞歌的艺术家。从无产阶级的一伙里也一样，仅能够辈出了少数的人们。

我已经指出过，在这里，也有例外。我想，这就是文学。作为艺术的文学，是要求真挚的预备的。但是，虽在不完全的准备的状态上，或者竟未曾做这准备，只要作家有什么话要说，他深刻地感动着，而且他又有文才，那么，从他的笔尖，也能够写出有趣而意义多的什么东西来的罢。然而这样的事，在音乐的领域，在雕刻、绘画、建筑以及别的领域，却全然不能想的。我在这里所要说的，其实大抵就是关于这等事。对于艺术底观念形态底文学（马雅可夫斯基及其团体的作品，我的戏曲和无产者诗人们的特长底地丰富的一切的诗……），也许有提出疑义来的。但无论如何，虽是最严格的批评家，可能将这些一切作品，从那数目中简略地抛掉与否，也还是一个疑问。何况是在这些作品，已在欧洲惹起着认真的注意的今日呢。

于这现象，造形艺术能够使什么来对立呢？还有音乐？

同志塔特林（Tatlin）制作了一座反常（Paradox）底纪念塔。[2] 在全俄劳动组合的屋子的一间客厅里，现在也可以见到。莫泊桑曾经写过，只因为不愿意看铁的妖怪爱弗勒[3]（Eiffel）塔，想要逃出巴黎。许是我的主观底谬误也说不定的，我想，和塔特林的这纽纽曲曲的纪念塔比较起来的时候，爱弗勒塔乃是真真的美人了。假使墨斯科或彼得堡，用了有名的左倾艺术家之一的他的创作品，装饰起来，那么，这恐怕并非单是我一个人的真实的悲叹罢。

就如我已经讲过，左倾艺术家像哑的一般，不说革命底言语之间，则他们观念形态底地造出革命艺术来的事，在事实上，大约仍旧很少的。他们原则底地，排斥着绘画和雕刻等类的观念底及画像底内容。这样，他们就从以自然为材料而赋以形象的原来的自己

2　第三国际纪念塔的模型。——译者
3　现译"埃菲尔"。——编者注

的任务，脱轨到歧路里去了。国家不可不着想，致力，将有观念形态底性质的一流的作品，加以帮助，使它行世，是办得到的。无论谁，不能人工底地，生出天才或大的才能来。但能办的惟一的事，是倘有这样的天才或才能出现了，国家对于他，就应该给以一切方面的维持。国家也当然应该取这样的手段。所以倘若有谁出现，画了虽是和伊凡诺夫（Ivanov）的《基督的出现》或式里珂夫（Srikov）的《穆罗梭瓦夫人》的内容比较起来，不过那五分之一的价值的绘画，——但是适应于新时代的新内容的——那么，由我想来，这将怎样地成为一般的欢喜呵，而且我党和苏维埃主权，对于这样的事件，将怎样地高兴着来对付呵。

苏维埃主权出现的当初，弗拉基米尔·伊里奇（列宁）就已经对我提议，要用伟大的思想家的半身像，来装饰墨斯科和彼得堡。在彼得堡，那是已经收了相当的成效的。在那地方，大约还剩有这些半身像的大部分。大半是用石膏所做，但自然，那一部分，是应该雕成石像，或者改铸铜像的东西。在墨斯科的这尝试，却全归失败了。我不知道其中能有一个可以满足的纪念像。马克思、安格勒或巴枯宁的半身像，都失败的，尤其是，如巴枯宁的半身像，则恰如无政府主义者是革命底的一样地，是形式底地、革命底的。于是以为这样的纪念像是在对于自己们的战将的记忆上，给以历然的嘲弄的东西，要将这打碎了。这一类的东西，正不知有多少。然而同志安德列耶夫（Andreev）所制作的纪念像（在墨斯科苏维埃的对面），却质朴而且轻快的。但是，归根结蒂，便是这，也不是报告真的春天的莺儿。

那么，在音乐方面又怎样呢？——纵使怎样地留心探访，还是字面照样的绝无。将参加革命底全事件的全大众，反映出几分来的音乐底作品，一种也没有。然而，在听到，而且看见对于苏维埃的不愉快的时代，藏着不满的艺术家诸君的耶稣新教底私语的时候，却不禁于不知不觉中,从心的深处叫叹道:"真是死鬼们呀!"

但是,在本来的意义上的艺术底作品之外,观念形态底艺术中,在那全意义上还有别方面的自己的艺术。艺术底宣传事业就是,和这有关系的,是传单,革命底的什么小唱,或者朗诵底的文章,以及煽动用戏曲等。在这关系上,我们也做过一些事了。传单印刷了许多,大部分固然是粗拙的,但其中也有好的,也有颇好的。煽动戏剧团遍赴各地,并非全是不好的东西。也有革命底外题,具有相当动目的技俩[4]的也还有。但是,可惜的是,正发生着要中止第二流的移动艺术——虽然第二流,总还是艺术(没有这,在大众中,是什么活动也不能够的。)——这一个颇为重大的问题。我怕这事会实现。政治教育局和那艺术部,所有的维持这些机关的经费太少了。

我党和苏维埃政府,虽一分时,能够疑心那具有正确的基础的艺术底运动,有着怎样伟大的运动力的事么?我党虽一分时,能够疑心因新经济政策,而我们采用了小资产者底精神的今日,运动和宣传,比先前更加必要起来了的事么?

其三　Proletcult

从革命的一直先前起,无产者艺术的拥护者和那反对者之间,就开始斗着特种的议论。在反对者那面,有大家分明互异其流派的两个的倾向。其中之一,是直到现在,立脚于所谓"全人类底"艺术的见地的,但和这的不一致,是原理底。言其实,有时也偶见很有教养的反对者们,然而这种反对者们所有的皮相底考察,要除掉它,大约也不见得有多么难。但是,事实上,在地球上有了位置的一切艺术的一定的,而又颇是相对底的单一的事,于埃及艺术或法

4　现代汉语常用"伎俩"。——编者注

兰西艺术的存在的事实，是相矛盾的么？或者，于在同一的法兰西，十七世纪和十八世纪之初有宫廷的御用底的封建底中世艺术，而十八世纪后半和以后则有有产者底艺术的事实，是相矛盾的么？全人类底艺术，和全人类底文化同样地在发展，而且也和文化同样，被分类为种种的层次、细别——丹纳（Taine）说，那原因，是气候、人种、时机等的关系——的，倘要不看这事实，只好成为全然的盲目。文化史的社会底研究愈加深化，动力或历史底情况对于文化有着决定的意义的事，也愈加显得明白。而这动力的马克思底的解剖，则在教给我们以下面的事实之不可疑。就是，动力者，由各时代的经济底发展和阶级的斗争而被决定的。

倘用单单的一瞥，就能够知道意识底有产阶级艺术，从狄德罗（Diderot）和大辟特（David）起，怎样地虐待了汲那流派的典型底地皇室的御用底艺术，那么，何况和一切等级的有产阶级全然彻底地不同的无产阶级——正如社会革命的时代，在人类的历史上，到底是现出惟一的局面一样，在全人类底艺术史上，也能够容许不将可以成为新局面的自己独特的艺术，加以分割的思想的。

别的反对论，是出于马克思主义者们的，那是较为深刻。他们对于得了胜利的无产阶级，将以全然新的相貌，给与文化和艺术的事，并不怀疑。他们之所指摘之处，只在作为隶属阶级乃至被榨取阶级的无产阶级，在那准备底革命或为着进行那组织化的争斗时代，是没有从下面来展开艺术的余力的，这处所。

而这些反对论者之说，是以为无产阶级的势力，都用到政治底活动去，因此之故，那势力又生出力以上的劳力和担当不住的生活条件来。有产阶级是在得到自己的胜利的很以前，将那观念形态，不但在理论底样式上，而且在艺术底样式上，也使它发达了的。而这事实，为有产阶级计，是非常合适的条件，和无产阶级的运命，是完全两样的。

我和这些反对者论争关于无产阶级艺术的精神的时候，曾经这样地指摘了。就是：倘若无产阶级在那斗争的初期，不但将那思想，也能将那感情，以艺术底作品为中心，构成起来，那么，真不知道于无产阶级怎样地有益。而将那论证，我却在先是《国际歌》以及别的无产阶级底唱歌等，那样的较为质朴，而且不很特别的现象之中发见了。依着这样的艺术底战斗武器的特状，我预想了预备底的无产阶级艺术，还能够作为例证，无数地引用这样的艺术的萌芽。

自然，当此之际，我并非专举纯无产阶级样式和纯无产阶级出身者的作品。正如在别的时地一样，在这里，也有过渡期在，而惠特曼（Whitman）和维尔哈伦（Verhaeren）的许多诗，自然是成着无产阶级诗的先驱的。和这一样，默尼耶（Meunier）的雕刻，或是较为温和，然而颇是典型底的霍尔斯特（Holst）的壁画，也前导了无产阶级底造形艺术。

然而纯无产阶级底作品也出现着了，就是在文学方面。

我想，获了胜利的无产阶级，将创造自己的艺术，是没有论争的余地的。全人类底艺术，将成为怎样的罢这一种论驳，并不是论驳。自然，无产阶级的阶级战，成为社会的阶级底差别撤废战，无产阶级的胜利，成为全阶级的消灭的事，是真实。然而，无产阶级得到完全的胜利之后——他们从新地施行人类的教育，并且撤去曾为过渡期所必要的无产阶级独裁，而将人类的真实的一切前卫力，纠合于自己的周围，于是手中掌握着文化底霸权——到那时候为止，大概要有比较地长的中间期的罢，这事，我们是相信的。

我是将这看作并无论争的余地的，而且对于这，我们的同人之中，大概也不会行认真的论驳。但是，在无产阶级的胜利期和对有产阶级支配的斗争期的中间，却横亘着在俄国已经到来的无产阶级独裁期了。于是也发生一个疑问，就是，无产阶级可能发展自己的艺术呢？

理论底地，是好像无论谁，于此也并无反驳的余地似的。阶级——大众底的，在生活和劳动状态上，是分明地独特的，内部底地，是为世界底观念所照耀，所暖热，一面又在大斗争中，度着那生活，而在空间上，在时间上，都赋着应该凝视最远的地平线的运命的——阶级，负着完成第一等职掌的使命的实务底的阶级，在诗的领域，绘画、音乐等的领域上，却将哑吧[5]似的一声不响，这怎么能够这样想呢？

于最有光辉的生活，已经觉醒了的大众之中，竟没有禀着艺术底嗜好和才能的人们从中出现，这怎么能够容认呢？

这是不能想通的事。再说一遍罢，理论底地，这是完全明明白白的。所以在十月革命前的 Proletcult[6] 的胎生和其后的发展上，从我们的党这方面，是没有遇到理论底反驳，也没有遇到实际底障害。自然，有产阶级底和半有产阶级底艺术家们，是唠叨些无产阶级艺术这东西，并不存在，存在着者，只有全人类底艺术而已等等，鸣了不平了。但是，那样的无聊事，并不是值得算作问题的事情。

然而，这作为实际底的工作，却决非那么单纯的。在实际上，我们能够看见了 Proletcult 的活动的实际底的旺盛么？我们可以是认大的数量底成功。Proletcult 在一时统一了五十万无产者（现在也大体上是统一着）这巨大的数字。那数目，虽是和我们的党员数，也有相比较的价值。这数字，是给在文化底事业上，要独立底地显现自己的倾向，有怎样地强做证据的。但是，Proletcult 可曾出了什么足使怀疑论者完全沉默的大作品没有呢？

---

5 现代汉语常用"哑巴"。——编者注

6 无产者艺术委员会，是革命艺术的指导机关，附属于国立学术委员会。——译者没有！Proletcult，那必要，是在并无谈论的余地之处，然而还没有足以压倒一切反对者的作品，却也是事实。怀疑论者们便从这一点推论起来——在 Proletcult 的期待上，是有根本底的谬误的，无产阶级的文化底活动，是最迟的舞台，当独裁的不安定的初期，成着各方面的论争的中心的阶级，为了艺术那样的比较底地"奢华"的东西，是搜不出足够的力量来的云云，这样结论着。但我却以为这些怀疑论者是错误的。首先第一，必须记得，无产阶级是在全然技术底无知的条件上，进了文化底创造的路。在音乐和造形艺术的领域上，就更加一层。即使他们有怎样的才能，倘不作多年的准备，除了完全是外行人底作品以外，大概还是什么也拿不出来的。到这里，我们就可以直截明了地下断语，就是，我们从在学校和研究所的预科一年级的教室里的人们之中，要期待天才底的作品，那固然不消说得，便是期待鲜明而社会底地著名的作品，也不可能的。关于这方面的全然别一个疑问，即在无产阶级之间，有着在造形艺术和音乐的领域上的创作的质素和志望的人们，是否很多呢？对于这疑问，我们却大约立刻能有可以满意的回答。绘画、雕刻、朗吟、唱歌、音乐等一切研究所，一瞬间便为无产者的青年所充满，我们在他们之间，每一步总遇见大大的才能。这样的研究所之保其地位，是有这必要的呢，还是没有呢？可以用了创造新艺术，必须自此经过许多的年数这一个理由，而抛掉新的智识阶级的一队的准备的么？然而，那是和将这谈话，又从头重述一回同样的。竭力早开手，最为切实。现在将不惯的画笔去对画布，或者正在听着对位法的青年，而身穿技术的甲胄，以全速度展开自己的才能的时候，也许并不在遥远的将来，只是两三年后的事，也未可料的。

这里忘记不得的事，是这些研究所到实施新经济政策为止，是极为贫弱的东西，教师也困难，因此他们又不得不和大障害战斗。

其实，旧的艺术家和学院主义的末派的人们，往往因了民主主义的先入之主，对无产阶级是怀着敌意的。政治底地和我们最近的左倾艺术家们，则引无产阶级到变形和无对象的邪路里去了，这些东西，在纯然的装饰底艺术的领域里，是全然合法底的，然而使对于观念形态底艺术的无产阶级的健全的趋向，在萌芽中已经枯槁的事，也不能否定。倘若新经济政策将反响及于 Proletcult 了，那也不过是使这些研究所只得关闭，另外毫没有什么可以因此谴责无产阶级的才能不够呀，关于 Proletcult 的预测，理论底地不正确呀之类的东西。我想，倒是有说当以俄国的共有土地组合之例，作为基调，来排斥土地用役上的集团主义的时候，车尔尼雪夫斯基（Chernishevski）所说的"不得以被浪打在岸上的鱼，不能游泳的事，来论证鱼是不能游泳的"的话的必要罢。

艺术的一部，就是，我已经说过，惟独文学，是显示着或种的例外的。但其实，虽是文学，自然也要求绵密而且充足的准备。从这见地上，我对于文学院的下了第一的基础的事，衷心为之喜欢，不但如此，这领域里的先天底才能，可以读破了过去的优秀的规范，而将教养的水平自行增高，并且产生鲜明的作品或大杰作，是全然明白的。

当各人对于同侪，给以艺术的感化之际，有着比别的任何方法都好的最完全的"言语"。所以无产阶级便辟头第一，在文学之中，将自己现示[7]了。

我并不想在本文上，来批评底地解剖无产阶级文学的作品。什么时候，我一定要实行的，但做这事，必须依照最确实的根据。我们在现在，已经有了诗人，大体是抒情诗人的完全的团体，这事实，我是可以做见证的。他们在文学史上，有着那地位无疑；那诗

7　现代汉语常用"显示"。——编者注

坛，也全由青年所构成，正在显着顺当的发达。对于他们，在美文学和戏曲作法的领域上，是还有加添或种有兴味的尝试的必要的（Gastev、Liashko、Bessariko、Pletnev 及其他）。倘若无产阶级文学将注意向着正在抗战的，一切的消极底流派，则我们于此，不得不认年青的无产阶级文学，可以代了那些而发达于我们的时代。自然，作为组织的 Proletcult，看去好像是没有遂行着那课题。他从自己一伙里，排斥着颇多的诗人。为着教化底手段的无产阶级底探求，他是应该成为活的主体的，但因此之故，也就见得好像没有做到。但是，这是因人间底"太人间底"的各种的接触和误解而发生，决不是起于主义的。

在演剧的领域上，Proletcult 正在认真地探求，所以炯眼的人，立即能够看见这方面的大大的成效的罢。自然，Proletcult 还没有适当的一定的戏剧作法，他也全然没有出一个独特的自己的演员。这是不足怪的。演剧，原是以优秀的技巧为必要的。而要修得技巧，只好从别人，即做教授的演员和舞台监督，然而我们现在有着怎样的做教授的演员和舞台监督呢？他们就是学院派或写实主义底传统的人们。他们对于 Proletcult 的趋向，取着否定底态度。所以虽是做着大可尊敬的教授的艺术家们——也没有从要向新的、传单底的、鲜明的、记念碑底而且又是通俗底的东西，勇往直前的无产阶级青年，受着特别的亲近。这些一切的特质，已被写实主义底和学院底演剧，拭掉了或一程度了，或者也可以说，决没有启发。于是乎往那趋向最骚然，并且表现底而又大有生气的左翼的剧坛去了。从迈伊尔呵力特（Mayerhold）起，左翼的人们，在很先前就提倡着愉快的演剧，爽朗的热闹的演剧。这样的演剧，比起气氛和心理底解剖剧来，那是远是民众底的。然而，和这同时，左翼艺术家们又在有产阶级底市场上，作不合于无产阶级的病的竞争，所以他们那里，就有着作为那结果而生的奇狂和蓊蘙和浓腻的倾向。因此之故，而虽是用了未来派底挽花纹样沿边的最时行的戏剧，年老的优秀的共产党劳动者们也还是显着非常懊丧的脸，跑到我们这里来，这事是我们大家都知道的。左翼艺术的许多东西，于演剧的方面，是可以适用，也能够中用的，但有许多，却有从看客遮掩了戏剧的真意的通弊。这样的倾向，在未来派的别的艺术的领域内，也在各种的变形之中察看得出来。

共产主义底戏曲作法研究所所主催的，将讽刺底拟狂诗《同志孚莱斯泰珂夫》的精神，做成样式的舞台布置的大失败，我想，是使将来停止这样的倾向的罢。

Proletcult 于这倾向的演剧底探求，并非无关心。倘若有效验的毒物，于有趣而质朴的戏剧《墨西哥人》没有害，那么，那毒物至少是将普雷特涅夫（Pletnev）的《莱娜》的第一的舞台布置完全毁坏了。但为了这些一切的困难和迷误，Proletcult 中央委员会的纯无产阶级剧场，是充满了实现新剧的创造和技术底意义之达成的大奋励以及英雄气的希望。但是，虽然如此，假如现在来毁坏目下已经无力地低头垂手，因为停止了由新政策来定了命运的扶助而失望着的这集团，是直接的犯罪，那么，这事是令人懊恼的。

其四　苏维埃主权的艺术问题

大众教化问题，是劳农主权的中心问题之一无疑。教化的概念中，也包含着艺术底教化。为劳动者和农民，又，和在历史上一切时代，有着生活底地充实的势力的新兴阶级的观念形态者一样，为劳动人民的观念形态者，艺术也并非本身就是一个目的。人生当强健的时候，人生决不从艺术来造偶像的，却来造为自己的武器，以及为人生，为那成长，为那发达的一切。

从这一点看来，艺术的内容，便添起特别的意义来了。但不可因此便立刻推断，以为形式是应该当作第二流底的东西。因为在那里面，也含着艺术的魅力。艺术的形式者，原是一面将艺术底形式，附与于各种的生活的内容，一面将对于人心的透彻力，提到异常之高的东西。

生活的各方面的中心底内容，是什么呢——在这里，虽是只关于无产阶级和与之合体的革命底农民而言——那是为了社会主义和最是社会主义底的理想而做的斗争。这内容，是无际限地多角形底的。

这内容，自行拥抱着全世界；这内容，令人用了别的眼睛，注视宇宙、大地、人类的历史。又令人注视自己本身，生活的各瞬间，我们的周围的各对象。

这内容，可以铸造于人类底创作方法的多样的体型之中，也可以铸造为艺术底作品的一切的形式。

大众的社会主义底教化，是教化的中心，大部分也几乎尽于此了，但对于艺术那样的伟大的武器，必然底地也不得不加以注意的。

将这放在念头上，来从别方面考察这问题罢。艺术底教化，是相互地有着连系，而和这同时，又有着相异的两面的。其一面，是使大众知道艺术，别的一面，是将可以成为大众的精神的表示者的那单位和集团，从他们之中，激发起来的倾向。

纵使等待劳动阶级方面的自发的艺术底出现，到了怎地疲倦，我们也能够大胆地相信他们。从劳动者和农民的心中所迸出的东西，总是和在发达的路上的太阳——社会主义有关系的。不过当我们在这里讲起关于艺术作品之影响于大众之际，我们就遇到这样的事实。就是，在我们的治下的艺术，是颇为多种多样，既有价值不同的东西，也有从那内容看来，或从那没有内容之点看来，和我们的理想，都在种种相远的距离的东西的。

因此容易误解，也容易着想，以为将非社会主义底艺术，扩布于大众之中，是不但无益，且将有害的。从由无产阶级所蓄积了的经验上，在这里是毫没有挟什么疑义的余地的，然而总有谁容易陷在这大错误里。现在也有——虽然颇少——无产阶级和农民，陷在这错误里的。然而往往陷在这里的，是和他们合体的智识阶级的改宗者。

但是，已经出现了的社会主义底艺术的实数，目下很有限，倘若以为我们将全艺术引到这样的最小量里来了，那么，这就因为将大众的艺术底教化，放在颇不确实的根据上面了的缘故。

大众的艺术底教化，是应该彻头彻尾，放在广大的根据之上的。

我们已经讲过艺术的形式方面，自能致大大的利益了，惟有习得形式的完全——即可以触到人类的感情，给他喜悦，呼起他的美感和美感的形式，这才能将所与的现象，引进艺术的领域去。

所以倘若我们离开艺术的内容，仅就形式，以及和内容相关联的这形式而言，那大约就即刻懂得，只要是艺术的真正的作品，即实际底地有强力的效果的作品，也无一能被我们所蔑视了。

关于各时代各民族的个人底和集团底天才，各以依社会制度而定了的手段，艺术底地来表现自己的心理这一个问题，到这里已经触到了。而从野蛮人的木头的原始底雕刻和古代的人类底旋律起，经过了在遏罗陀的高潮时代，以至文艺复兴期之间的艺术上的形式和流派的多数，是将艺术课目，直搬到大大的豪华了的。

谁肯来负布告的责任，说是无须教育无产者与农民，到详细地知道人类的过去的一切时机呢？自然谁也不肯的，况且熟知艺术底形式，为增进大众中的人类的艺术底活动起见，是极为重要的事。

内容上虽然不相近，而形式底地完成着的作品，从受动底见地看来，对于劳动者和农民，是只能给与半肉感底性质的漠然的满足的，但在对于艺术底的化身的深奥，有着兴味的劳动者和农民，则虽是观念底地，是应该敌视的作品，他们只要解剖底地加以分解，透彻了那构成的本质，便可以成为非常地大的教训。

其次，讲到艺术底内容。

艺术——这是歌咏自己以及自己的周围的，人类的巨大的歌。艺术者，是人类的绵绵不尽的抒情底而且幻想底的一篇自叙传。倘有以为殿堂、神性、诗、交响乐的兴味，在于以文字表现着的巨人底的书籍，而不在和那艺术有直接关系的内容，于是不顾内容者，则那是多么可笑的侏儒呵。

重复地说罢，在强健而生活底的阶级，对于艺术全然是结着老衰底的形式底关系——这现象，是常见于早老底少年的——或则迷进现代艺术的无对象底倾向去，实在是毫无意味的。

艺术者，是借那内容之力，将人类的社会生活，经一个人而使之反映出来的。这社会生活，无论在怎样的时代，也无论在怎样的国民，一定带有支配底势力阶级的印记，或阶级之间的主权争夺战的反映。

在这些阶级之中，有和那为了自由和幸福而使扰乱蜂起的劳动人民，非常接近的阶级，也有仅由那目的和正在遂行这一端，和现在的实状略有关系的阶级，也有对于劳动底理想，在那本质上非深怀敌意不可的阶级。

于是就发生了有使无产阶级和农民，懂得过去的艺术的必要了，但所到达的结论，岂必是这仅以含有他们的精神底内容的艺术的范围为限么？不是的，我想对于国民大众的这样的教育学底态度，是全然应该反对的。我完全确信，我的经验也这样教给我，出于大众本身之中的斗将，对于大众，是并不显示这样自大的，保护人的态度的。这工作，全是文化普及的再发、的复兴。最近为止还是支配阶级的团体出身的文化普及者，正在努力于将觉得为了农民阶级和无产阶级，是教育底的东西，来和他们结合，而智识阶级底团体出身的文化普及者却相反，在现在，在别方面加了太多的盐，为他们大众设了新束缚。

过去的艺术，应该一切全属于劳动者和农民。但在这方面，倘表示什么愚钝的无差别，那自然是可笑的。自然，我们自己，以及伟大的国民底讲堂，对于可以奉献我们的亲爱的人们，都正在大加注意。但是，真正的艺术的作品，即在必要的形式中，实际地反映着什么人类的体验的作品，而能够从人类的记忆上抹杀，或是作为旧文化继承者的劳动者的禁品者，是一种也没有的。

将注意向着描写那对于幸福乃至社会主义底正义的人类的追求，或对于世界的乐观，对于黑暗界的斗争的艺术作品的时候，我们将在艺术关系上，看见高照着劳动大众之路的真实的篝火或明星的罢。他们劳动大众，自然是点着灯塔，烧着自己们的太阳。而这些过去的遗产之作为伟大的宝物，固然是暂时的事——但倘有看不透终局的浅人，或缺少意识的怪物出现，将劳动者和农民的视线，从这伟大的遗产隔开，或向他们讲说些将眼睛只向着点在最近艺术的领域中的炬火的必要，那么，在将遗产当作宝物的劳动者和农民，恐怕是要觉得大为不满的罢。

教育人民委员会作为应该遂行的题目而办理了的问题，就如上文所说。

从这些根据出发，教育人民委员会对于旧的事物和传统——这些之中，过去生存着，并且由这些，而过去的伟大的艺术时代的艺术，能于我们所将前进的伟大的艺术期，给以感化——的保存，用了许多注意和劳力。

在往时的博物馆、宫殿、公园和纪念物等的保护的领域上,在演剧目录和剧场的好传统保护的领域上,在图书馆、乐器,以及音乐底集团保护的领域上,我们都任了国民底财产的周到的"活的"保护。活的——这要注解。这是因为不独保护,也含有将使人民大众,易于接近的形式,附与于这些的事务的。

因国内底和世界底反动而起的反革命战争之给我们所负的悲惨的生活状态,连呼吸一整口气的余裕,也不给大众,但可以说,我们却昂昂然,艺术能在实际广泛的分量上,和这些大众相接近了。

从别方面看来,则用了 Proletcult 创立和拥护的手段,在艺术领域中的造形底、音律底、文学底学校创设的手段,虽在非常困难的境遇之中,我们是总之,做了预期以外的大事业了。

我们顺着这路程前进罢。竭力来作许多的规范,使接近一切劳动人民那样地,来作人类的艺术底自叙传,以及竭力助势,使这劳动人民在上述的自叙传上,自去写添贵重的红的一页——这是教育人民委员会在艺术教化的领域上的目的。

一九一九年末作

其五 艺术政策的诸问题
——本文是在全俄艺术劳动者组合的大会上的演说

国家的艺术政策问题,是颇为重要的问题。关于这事的我所做的尝试,因为和转换为新经济政策一起,苏维埃国家也样样地改变了政策,所以好几回,被弄得百末粉碎了。终于还发生了这样的问题:从马克思主义的见地,艺术可以称为观念论呢,还是可以称为马克思主义底审美学呢？然而这问题，还完全是新的，不过刚在开始研究。初期的我们的诸先辈，几乎没有触到过这问题。我们也是，要到确定那对于艺术的纯正马克思主义底见解，还有相当的距离，但是，我们姑且脚踏实地，来观察那关于艺术理论的提高了的趣味罢。

近来，关于艺术的普列汉诺夫（Plekhanov）的著作出版了，弗理契（Friche）的论文集和阿瓦托夫（Arvatov）的书也已经印出，霍善斯坦因（Hausenstein）的，是正在印刷，我的《艺术研究》也出版了。出版者争先恐后地在要求马克思主义者的关于艺术的论文，这事，是非常地征候底的。这就是思想觉醒起来，已在向这方向活动的意思。而且从西伯利亚和别的地方，来了质疑，问对于无党派底生活描写的文学，我们应该取怎样的态度，我也看作是征候底的事。艺术的问题，在先前置之不顾的社会里，议论起来了。凡有这些，是证明着在最近的将来，对于艺术问题的实相，以及对于由此而生的实际，都将确定了明确的见解的。[8]

所可惜的，是我们现在还不能埋头于广泛的题目，所以国家不得不将立刻能够实施的紧急问题放在前头，而将我们的纲领暂且搁一下。据我所观察，这样的紧急问题有四种，即艺术底教化问题、艺术和产业问题、艺术和煽动问题以及艺术保护问题[9]。我想照这样的次序，来讲一讲这些问题，并且说述些在这方向上的状况是如何，我们所应该处理的问题是什么。

一，艺术的教化＝先从艺术底教化开头。这问题，在全世界，是成着尖锐的问题的。最著名的艺术教育家之一的珂内留斯（Cornelius），关于德国，决定底地说过：在那地方，真正的艺术底教

8　从说了这些话以来，这问题愈加进展，而且巩固起来了，这有赖于同志托洛茨基的显著的论文之处，尤为不少。

9　此处原文为"艺术和煽动问题以及艺术保护问题是"，疑为原文多字，故更正。——编者注

化的什么方法，什么艺术教育学，都绝对底地没有。在几年以前出版了的著作里，珂内留斯就已经搔着痒处地，指出我们之所感了。他说："和传统断绝了的左倾艺术，并不带着有什么实际底性质的一定的旅行券。然而不顾过去的经验，则要在不远的将来，在艺术教育学方面放下什么合理底的基础去，是不可能的。代了传统，而保存着虽于古之巨匠，也不肯模写的恶习惯之间，旧的主义，是将被风刮着的罢。"

要证明这话的妥当，是能够引用许多的特长底的例子的。但我在这里，就提出两个的例证。其一，是在欧洲的颓废的利害，竟至于已经没有一个真的巨匠了。例如，那被破坏了的莱谟斯寺院[10]的一部，非改修不可的时候，能办这事的建筑家，竟一个也没有，只好不再想恢复。

别一例证，是前世纪的六十年代的事，当时弗罗芒坦（Fromentin）在那著作中，曾经叹息在法兰西，没有一个能够好好地临摹梵·高（Gogh）的画家。艺术家安台开尔曾在巴黎，劝诱巴黎学院的教授们，和他们在公众之前，来试行怎样地能够用了自己的手，模写有名的人们的绘画。然而这些教授们中，应这劝诱的却并无一个，口实是这些绘画的价值，都比自己低。安台开尔说，大约因为他们之中，谁也不能做的缘故罢，这话是正确的。现在在西欧的艺术杂志上，会看见"对于古昔巨匠的憧憬"的表现，正不是无因的事。除了在伟大的巨匠那里，受着教养的方法以外，更不能有什么别的教养方法，是不消说得的。在建筑术，在雕刻，也都一样，和伟大的巨匠应该是成为那一派的门下生的一小家族那样的关系。例如，在那时，则在列奥纳多（Leonardo da Vinci）那里的马各·陀吉阿纳（Marco d'Oggiono）就是。

10　法国迈伦州的都会，以有壮丽的寺院著名。——译者

　　凡这些，作为欧洲的艺术教育已经碰壁的例证，就都是极其特征底的事。我们目下正遭遇着一样的事情，共产主义者和接近共产主义的艺术专门家们，已经碰着了一件事实，就是一遇到在艺术底学校的教育法改革问题的时候，他们竟毫无什么科学底方法，也毫无什么科学底的教授的基础。在这些学校里，只养成一些和实生活切断了的艺术家，对于我后来在艺术和产业问题一项下，将要讲到的，养成那为了完成大事业，作为在工业和家内手工业的艺术底指导者的艺术家，却太不注意了。

　　在音乐学校里的状况，较好一些。音乐的教授，被构成于正确的基础之上，即艺术的真实的法则的研究之上，是明明白白的。实说起来，则虽是最猛烈的音乐的革命家，也不能从摄取的音乐底调和，全然离去。但是，总之，在音乐教育的领域上，我以为也应该想一想或种的改革。这改革，已由同志耶服尔斯基（Yavorski）妥善地办过了。由这改革，而教授被严密地分类为学校别，即初等、中等及高等，且使教授法和活的问题，换一句话，就是和不用物的除去，接近起来了。这改革，遇着了音乐教授团方面的反对。本问题是现在有再在使全俄艺术劳动组合参加了的委员会，再加审议，来彻底底地研究的必要的。据那最初的草案，则高等音乐学校，应该为了卒业的技术者，成为学术研究学校似的，但这原案，我想，还须有大大的修正。儿童音乐学校这方面，是几乎遭了破弃，好容易支持住了。在一九一九年，这关系方面大有发展，音乐学校至于数不完，一下子开了十个上下的学校，所以这些就几乎全无资力的保障。因此，在音乐的领域上那样的被缩小、被废止的，另外不见其比。然而在这样的现象之中，却决没有什么破灭底的东西，我们从今以后，要逐渐地使他向于隆盛的，我们还决不可忘却了颇可喜的一种状况，那便是在我们俄罗斯，合唱底歌谣，正以强大的速度在进步。在大的欢喜中，将近一千五百人的劳动联合合唱团组织起来了。在这里面，也有着无产阶级的新的达成的端绪。

在最是多难底领域里的，是造形艺术。我们在这方面，将纲领修改了好几回，将委员会招集了好几回，那结果，是近来做成了一篇令人发生颇为因循姑息的结构这一种印象的临时底纲领。但我想，还很要熟虑一番。[11]倘将纲领分类为两个根本问题，就是，将教授来科学底地方法化的问题，和使教授去接近艺术的生产底的活的目的的问题，则在前者的关系上，不能不说是大失败了，还很忧愁，不知道可有从盆子中，和水一同将婴儿倒掉了那样的倾向没有。然而这样的事，是不会有的。况且说只有绘画、雕刻、建筑，不能在教室里领会艺术的初等智识，是谁也不能相信的事。在这方面，倘不能也如音乐一样，有可以集合在一定的教坛前的简明的研究法，则在造形艺术的领域里，真正的方法学之不能出现，是当然的。我并不以为在这方向上，年老的学究就办不了相当的工作。年青的人们，所必要的，是首先不必以一切倾向为问题，而只摄取那成着艺术和艺术职业的科学底基础的东西，然后乃不但选择倾向而已，也将今后可以师事的技艺者，完全自由地加以选择。

在生产底技术的领域内，得着颇多的达成。至少，在这墨斯科，技术制作所[12]是得着大成功的。从纺绩部、陶磁[13]部起，几个别的部，都进着顺当的路，而且于这事业，引聚了颇多的年青的艺术家。在这里，也可以看出全俄劳动组合和国家的诸生产机关的密切的协调主义来。无论怎样的外国人，倘去参观技艺制作所，则评为公平，是无疑的。只是我们须进行，不要被向着生产方面来了的现

11　唉唉，有了这预言。委员会再动手（此处原文为"委员会再在动手"，疑为原文多字，故更正），然而困难却似乎并不减少。

12　人民教育委员会附属的制作所。——译者

13　现代汉语常用"陶瓷"。——编者注

在的倾向，中绝了实际科学底的教育方法的热烈的我们的探究。然而对于这倾向，也不可热中到一直线地突进的。生产底倾向，是最重要的问题。艺术家底生产家，为国民所必要的事，此后国民也将愈加深信不疑的罢。因此，所谓纯艺术家的数目，也将很少地被限定的罢。就是，惟独具有特别的本能的人们罢了。

关于演剧教育事业，我们也开了几回使优秀的演剧的识者参加在内的会议。确定了的根本原则，理论底地呢，是很出色的。在戏剧艺术，则要类别斯道的初步和可以成为演剧的基础的东西，于演剧史等，也要加以类别，还有，是创设研究所，使和这些相对立，叫大学生去做研究员，无论什么剧场里，使他们都直接去参加，能够自由地研究。借此以图一方面，是个性化，别一方面，是智识的标准化和可能之大的体型化——这就是根本题目。一切人们，都应该是演剧底识者。但也和在造形艺术的领域里一样，要做这事，是极其困难的。因为还没有依据了什么，确定着略略可以满足的原则。那证据，是虽在比较底地亲近于这问题的艺术剧场和小剧场，也还不能在自己的学校里，设起一般底的预科来。我知道有以俄国演剧自负的这体系的两个好的代表者，有这样的交谈。一个说："你那里，是不会说俄国话的呀。"于是别一个答道："与其采用你的学校里的学生，倒不如从市场上领来的好哩。"就这样，一面所自负者，在别一面却全不中意。所定了的这领域内的纲领，于我，是给了好像什么东西挂在空中一般的有所不足的印象。那原因——一部分是旧习惯，一部分是追求和未受检查的更改，所以，假若这更改是并不偏颇的，那么，归根结蒂，这更改就是实验，是生体解剖，这生体解剖，只好希望他多多结实罢了。[14]

所以我想，作为应该协助艺术教育部的理论底机关的国立学术

14　在现在，纲领问题是已经解决，可以比较底满足了。

委员会，在这关系上，当然非更加坚固不可。否则，便和"织而又拆，拆而又织"的沛内罗巴（Penelopa）的织物，毫没有什么不同。

要之，在艺术教育领域内的国家的问题，是和革命后的初期一样，停滞着。第一，对于有天才的人们，有加以援助，使达于那创作底工作的顶点的必要。其次，有养成可以应付实生活的艺术底需要的许多艺术劳动者的必要。还有，有养成大多数的在艺术的全领域内的教育家的必要。而最后，则有将教授的体系和纲领，加以整理的必要。再说一回，音乐教育的现况，是还有点良好的，但演剧和造形艺术的教育状况，却相当地坏。

二，艺术底产业和艺术底生产问题＝当移到其次的艺术底产业和艺术底生产问题去之际，先有将这些用语的意义，加以说明的必要。

有人这样地解释——我们应该只生产有用于日常生活的东西。他们说，生产水注、桌子、铁路、机械，是好的，但绘画却不行，因为绘画毫不副什么功利底目的。虽有一定的重量和形体，然而这不是物品。但是，便是绘画的东西，可以盛你的东西的施了彩色的小箱子，和除看之外没有用处的绘画之间，那自然也有一些什么区别存在。因为这样的艺术，即纯艺术，只为了满足审美底要求，是有用的艺术，所以在我们是不必要的。而且他们又说着，这是资产阶级底、封建底、司呵拉思谛克（Scholastic）的艺术，但我们却将只生产功利底物品云云。然而，幸而是说着这话的人们，还并非全都是至于固执此说那样的愚钝。

"喂，同志，所谓进行曲，是怎样的东西呀？进行曲是有益的东西么？"去问赤军兵卒试试罢。他将要回答："有益的东西呵。"然而他并不是什么挂在称钩[15]上，比较过了的。

于是就发生了必要，是规定所谓生产，是怎样的事来，那么，

15　现代汉语常用"秤钩"。——编者注

绘画不是生产么？我们是在对于有益的物品的产业，对于生产，以及对于生产品的艺术化而言，还是我们仅将人所制作的一切东西，统谓之生产呢？——有将这加以区别的必要。

可是又有拿出"艺术是有益的物品的生产"这无理之至的公式来的人，恰如产业是指无益的物品的生产似的！

不消说，壶，是有益的物品，那么，在这上面有加以花纹的必要么？倘不然，从这里盛出来的羹汤，是不可口的罢。人类将无益的物品，造得很多，或者在物品上添些花纹，使它体面，加上无益的性质去，这样一做，较之没有花纹的壶，有花纹的壶在市场上价值就更贵，在这里，即起了艺术问题。

所谓艺术底产业者，是在功利底意义上的有益的事物的，全不是单单的艺术底生产。反复地说罢，可以煮粥的壶，也是有益的。但绘画，却并非有益于日常生活的物品，然而，总之，却也不能说这于我们是无益的。凡有启发人类的本性，以及构成人类的生活，使他更自由、更快乐的这类一切，当然都属于有益。所以有特地将有益的事物的艺术底生产，从本来的意义的艺术，区别开来的必要，同时又有不将这通称为艺术底生产，而称为艺术底产业的必要。

那么，这艺术底产业的目的，应该是怎样的呢？这目的之庞大，是毫无可疑的余地的。将艺术底产业的价值看低，是大罪，——这也是无疑的。再郑重地说罢——艺术底产业，是艺术的最重大的课题。

马克思主义教给我们的根本目的，是怎样的事呢？那并非广告世界，而是改造世界！惟有艺术底产业，乃正是世界的改造。从变更地球之形的开凿地峡、建设都市起，以至杯子的新样式止，就都成为艺术底生产的。产业的目的，——是人类能够在世界上最容易满足自己的欲望地，以变更世界。然而人类还有一个欲望——是要愉快地生活、有趣地生活、紧张而生活这一个欲望。这欲望有怎样地重大，由下面的事就明白了。就是，假使我们为了人类，创造起尼采所说那样的乐园来，实现了衣食的餍足，那么，最初，是生活于餍足之中的，但到后来，怕就要现出和那寻求可以自缢之处的幸福者毫不两样的局面的罢。对于生活的嫌恶，会竟将人类变成愚昧的罢。而且会生出单为了吃而活着的人类来的罢。

"有益的"云者，是什么意思呢？有益的东西云者，是启发人类的本性的东西，为人类解放较多的自由的时间的东西。"为什么？""为生活。"有益的一切东西，是构成享乐底生活的下层建筑。倘若人类不行享乐，这是无味枯燥的生活。然而，人类的全目的，是在为自己建设没有乐趣的好生活么？那就恰如只有小菜，而没有兔肉一样，所以人类不但要有益的东西而已，先有变更事物，以得幸福的必要，是全然明白的事。由这目的，石器时代的人类，便将自己的壶加以雕刻了，为什么呢？因为这样的壶，给他较多的幸福的缘故。

人类，是于一切的东西上，加以独特的性质、独特的律动和匀衡的。人类，是为要生活得更加紧张，将从生活所受的印象之量，系统底地增高的。

艺术底产业，是百分之九十九的被完成了的制造品和百分之九十九的有益的物品，为要使这些成为观赏底，再加上百分之一的东西。

艺术底产业，可以分这为三个根本底种类——

第一种类——是艺术底构成主义，是艺术将产业完全融合了的时候，乃被实现的东西。有着几何学化了的特种的趣味的艺术家底技师，能够以种种线的调和底结合为基础，而造作美的机械。例如机关车之改得更美、更善，也就大概出于这主义的应用的精神的。

在构成主义，是常常有目的的，也非有不可。所以倘若我们的或一艺术家，当经营那构成主义底绘画时，不过损伤了取材，则不能称之为真正的构成主义，是当然的事。于是就成了这样的事：艺术家不去教技师也好，却反对地，艺术家应该向技师去受教。倘诸君到构成主义者们的展览会里去看一看，那么，在那地方，除了大大的惊异之外，恐怕什么也感不到的罢。然而诸君如果去看阿美利加的优秀的工场，则在那里，就要实际底地看见崇高的美。

艺术底产业的第二种类——这是施了装饰的艺术底产业，就是装饰化，但是，在一面，又存在着否定装饰艺术的倾向，又有一种见解，以为什么彩色鲜秾的羽纱或包袱，是小资产阶级趣味，但这却并非小资产阶级趣味，而是国民趣味。从古以来，国民底的衣服，是用浓重的色彩的，但小资产阶级是清教徒，是奎凯（Quaker）教徒，他们将现在诸君所穿那样的黑色或灰色的阴郁的无色彩的衣服，使我们穿了起来。热心的小资产阶级曾经说过："神呀！从美，来保护人们罢，美，是香得像神，像祭司一样的。"这是小资产阶级精神的表征。这精神，从说了"虽一分时，我们也将不为美所捕捉，连我的最后的一文钱，也都贮蓄着"的弗兰克林起，桑巴特（Werner Sombart）之辈也都写着的，这是小资产阶级精神的表征。

我们因为穷，也许，非穿破烂衣服不可也难说。然而，这是因为穷的缘故，倘使不穷，倘使我们努力起来，要使劳动者，女性劳动者的生活，以及农夫农妇的生活成为较为快乐底，则那时候，将欢迎这该得诅咒的灰色，还是欢迎鲜明的愉快的色采[16]呢？当然，是后一种，我们的优秀的艺术底创造力，将要造出卓越的愉快的体型来，是无疑的。小资产阶级底贮蓄，和无产阶级毫没有什么共通之点。新支配阶级，不是贮蓄底，而是创造底。

我们应该在我们的学校里，教育那将来成为陶磁工场、羽纱工

16　现代汉语常用"色彩"。——编者注

场、金属加工工场的艺术家，而在粘土、金属和木制品上，加上满是喜色的外观去的人们。凡在制造日用物品的一切无产阶级，都应该有相当的艺术底教育。

还有，对于艺术底家内手工业，也应该加以注意。并且有顾到这在不远的将来，要占外国输出品的重要的位置，而加以帮助、廓清、更新的必要。应该使围绕着艺术底产业的这些全景的劳动大众和艺术家觉醒起来。

三，煽动底艺术问题＝艺术的重大的问题，是煽动问题。有人断定说，于煽动底艺术，应该适用生产的原则（例如传单生产），凡艺术家，应该只应着嘱托而作工。但是，这就成了这样的事：今天台仪庚[17]来嘱托我，则我为台仪庚画，明天苏维埃主权来嘱托，那就给苏维埃主权画了。这样的艺术，分明只能偶然地有煽动底意义，恰如诸君偶然不得奶油，却得了甘油一般。即使能够画无可非议的传单，然而看了这个，人们的心并不跃动，这是无用的冷淡的艺术的标本。真可以信赖的艺术家云者，是有着有所欲言的气概，能够以心血创作艺术的艺术家之谓。只有浸透在我们的世界观里的艺术，这才能够造真正的煽动艺术。在现在，我们也已经看见了伪造的煽动艺术正在逐渐消灭的现象。

那么，煽动艺术这句话，应该怎样地解释的呢？艺术的几乎全领域，至少，是真正的艺术的全领域，而离产业底艺术及其目的愈远，则是煽动艺术。然而在这里，所谓艺术者，并非共产主义底煽动艺术的意思。艺术者，许是恶魔底的艺术也说不定。几乎一切的艺术，对于我们，是有着或则有害，或则有益的煽动的萌芽的，而且艺术者，又常是煽动底的。以为只有传单是煽动艺术，而正式的绘画并非煽动底者，那是完全的错误。

17　Denikin 是十月革命后，反对苏维埃国家的将军。——重译者

共产主义者煽动艺术，是共产主义者的艺术，他们也可以不隶属于党派，但对于事物，则非有共产主义底见地不可。那么，惟有这样的煽动艺术，于我们是重要的么？不然。和我们的世界观并不一致，然而在或一面有着接触点的艺术，于我们也是重要的。例如果戈理（Gogol），不是共产主义者，但因此便以为他的《巡按使》和我们没有关系，是不得当的。引用别的例子。试看文艺复兴期的伟大的巨匠的一种名画，则其中就有一定的"煽动"，但和这一同，也有一定的宗教底要素（例如画着活的神女的）。这自然不是无产阶级底绘画，或者也可以说是可憎恶的东西，有害的东西。然而对于这绘画的积极底方面，却有奉献女性美的赞颂的必要。在这样的关系上，这玛顿那（Madonna），是有大大的意义的，我们可以立即断定，这样的艺术，于我们最为有益，恰如虽然是"宗教底"，但作为人类的组织体的或种理想，我们给以价值的阿波罗（Apollon）之有益一样。

对于我们有反感的阶级的煽动，我们必须加以禁止，是当然的。在我们的革命期中，我们不能实施煽动的绝对自由。而且在这里，还必须大大的机微和大大的留心。有知道艺术史与其趋势的必要，应该知道着自己们的敌人。而且必须使他成为无害，在或一阶段上中断。为要实现这目的，就创设了文艺出版委员会。即使说个不完，说检阅是可耻的，对于这，我却要说，枪剑随身，在社会主义底制度的条件之下，是可怕的事。不是没有法子么？我们暂时非背着枪剑走，是不行的。在不远的将来，不用这个的时期，是会到来的罢，但在现在的俄国，却是普列汉诺夫说过那样，"非各人都会放枪不可"的，在这意义上，检阅便是这样的武器，应该能够完全地利用这武器，然而单因为不是共产党员这一个理由，向通行者乱开手枪那样的事，那自然不对的。

革命当时，赤卫军、劳动者和农民等，很为煽动底演剧所吸引了。但战事一完，新经济政策一出现，这煽动底生活便几乎并不留下一点什么痕迹。连传单也少了起来。约略一看，恰如在这领域里，出现了退步似的。但是，自然并不如此。为什么呢？因为目下正在成长的艺术，是有价值的大的新艺术的缘故。

音乐的领域内的状况，稍为不佳。在我国，有许多的节日。这些节日，我们的运动者，都完结在自己委实不能不感到恍忽[18]的灵感底氛围气之中。大众底行列，有时候则大众底演剧，是举行的，然而一个作曲家，数千人所成的这些的合唱队，却没有出现。几篇音乐底作品，好像是已经写作了的，但这也到底还不是报春的莺儿。

在传单界，有着出名了的若干的人们，台尼（Deni）、摩尔（Moll）等，几乎为所有苏维埃市民所知道。可以成为重要的中心的未来，为他们所有的新协会（革命俄国艺术家等的），已经创立了。以应对生活的具体底要求，作为内容的新倾向，可以看见。而且，凡这些之所显示，是在这领域，即最需要纪念品和壁画的造形艺术界，我们有着大大的课题和大大的可能性。现在早有向这加以注意，创造那所期望的中心的必要了。

在文学上，这气运尤其显著。自然，在我们的文坛上，目下所创作出来的东西，也并非是好的，共产主义底的，然而我们所目睹的或一文坛的或种旺盛，以及间或发表大作品的天成的诗人和戏剧作家之出现的事，是不能否定的。

所可惜者，在一并抱拥着文笔家的文坛的这一大领域上，我们还没有中心点。我们关于这问题，有加以讲究的必要。

前些时，杰米扬·别德内（Demian Bednii）得了赤旗章了。全俄中央执行委员会由了这事，证明了通俗底的明了的艺术之最为重

18　现代汉语常用"恍惚"。——编者注

要。这是应该刻在各人的念头上的事。只有明了而谁都能懂的艺术，我们才可以奖励的。杰米扬·别德内是天才底地做到了，他总有些像涅克拉索夫（Nekrassov），但他以自己的创作，吸引着劳动读者的广泛的层。我并不说，回到六十年代的艺术去，但我想，却有好好地研究那时的东西的必要，因为在那里，我们所非学不可的东西是很多的。

关于传单，有使这可以长留纪念的必要，同时又应该将煽动艺术的中轴，放在近于写实派的地方。关于这问题，是还有大大的异论的。我曾经常常说，这是，"总之，给一切兽类以生活，给一切草木以生长罢——并且看那成果罢。"有着非拔不可的杂草的事，到现在，也分明起来了。是拔掉它的时机了，是在政治教育局内，在艺术苏维埃的形式上，创设艺术底的惟一的中心的时机了。作为那部员的，则应该是国家底、政党底、劳动组合底诸机关的代表者，并且添上那给与了大的资格，和我们亲近的权威者的一小部分的人们。而且有作为这苏维埃的任务，来审议那些有着原则底性质的诸问题以及计画底纲领的必要。

最近的苏维埃大会，没有施行关于电影问题的特别的审议，但那价值，是识得了的，是认定着的，但是，对于这，我却想，虽然电影的复兴的步调，大体总算有些前进，其一部分，也成着国办事业，然而那实状，却决不是可以乐观的。还是两年以前了，弗拉基米尔·伊里奇（列宁）曾叫了我去，说道："一切我国的艺术之中，为了俄罗斯，最为重要的，是电影。"

使国办的电影制作事业不至于荒废那样地，并且不成为殖民化了的西欧资本那样地，以讲究势力底方策，那自然是必要的。

关于亚克特美（学院）艺术，来说几句话。倘使诸君同意于我在本讲演所说的电影艺术的定义，那么，当然要说的罢：所谓纯艺术，是怎样的东西呢？这，是指那因为煽动力薄弱，或者全不以煽动为目的，纯艺术——作为以装饰为目的的结果，而煽动成为无益或无害的艺术而言的。例如，第一研究所的《悍妇的驯服》，是伟大的东西。在莎士比亚，这作品是有煽动底意义的，他用这来教训喜欢争闹的女人们，使她归于真的女性。但在我们，则这倾向岂但不能容纳而已呢，还是可以嫌恶的。然而我们仍然看着这剧本，而且愉快地笑着。这事的意思，就是这是引起好奇心的展览品，宛如我们洗浴，颇为愉快一样。是最愉快的展览品。但自然，这并非煽动艺术。和这些一道，空虚的艺术也还很旺盛。

许多的爱和才能，被塞在非常地空虚的东西之中，是常有的事。他们之中，没有煽动底色彩，他们并不说可以敌视的观念形态，但愉快、有趣，给人安慰。将这从形式底艺术的见地来看的时候，是也可以有一种意义的罢。对于这样的艺术，国家应该取怎样的态度呢？对于这，只有漠不关心而已。然而，无产阶级国家，对于这却不能始终守着全然漠不关心的态度，为什么呢？因为在这样的东西之中，为了纯正艺术，我们所必要的形式是被保存着，被完成着的。我们正在伟大的写实主义底演剧的复兴的黎明期，但我们不可像初生的婴儿一样，摸索着彷徨！有讲究采用旧的写实主义底演剧的方法的必要罢。也有知道在舞台上，完全地演出人生来，应该怎地办理的必要。一面应该断然阻止那躲在艺术之形里，而作对于我们有敌意的煽动和宣传的东西，而洗炼了的艺术，则同时也应该加以保护。在现在的我们的根本题目，是中央国立革命剧场——那舞台装置，是容易运到乡下的舞台去的廉价而且艺术底的舞台装置，并非轻薄的煽动，而是能演艺术底大戏曲的——剧场的创设。

我在这讲演里，没有能够很触到实际底诸问题。从中，对于最重要的问题之一的俱乐部，则全然未能提及。我们近来，在努力于那"教化之家"的俱乐部和政治教化诸机关的组织了。艺术家的重大的任务之一，是这些俱乐部里的节日和夜会的节目单子，要慎重地编制。

我在这讲演里，关于各地方，所讲的非常之少。诸君的这大会，是为了各地方的艺术生活的开发，将有大大的效果的罢。我们曾经向地方提议过，地方可以各就所知，着手于这事业。但在今日，已到了可以构成那观念底指导机关的时机。自然，关于物质底援助呢，此刻也还没有值得提起的事。所以，是有将我们的自给自足力，放在更广的轨道上的必要的。

应该将大剧场的大部分，合一于企业联合。和这相关联，也应该施行人物的移动。倘若有些演员，有些劳动者，当改建企业于自给自足之上，而不能胜任，不相适合者，就有任命别人以代之的必要。那时候，真的兴旺才开头，例如，国立出版所就是，对于国办电影公司，也希望有一样的结果。

诸君也都知道的，在我们，未曾着手的工作还很多。我想，中央艺术局的设置，所以就最为合理底了。但是，一考察构成上，财政上的事，又恐怕这样的公署的增设，暂时并无把握。只是艺术教育部，全俄艺术劳动者组合和国立学术委员会，却如沛内罗巴的织物那样地，一直织到现在了，为织成这织物起见，应该结合起来，并且有将这结合了的，创设在政治教育局里，使于艺术事业关系最多的人们，接近国家底、党派底，以及劳动组合底机关的必要。惟在那时候，我们才能突进于惟一的艺术机关罢。而且惟在这时候，我们才能够实现底地，及影响于艺术的开发。为了盲目者，这也终于分明地成为惠泽之力的罢。

关于马克思主义文艺批评之任务的提要

一

我国的文学，现在经过着那发达之一的决定底的机运（Moment）。在国内，新的生活正在被建设。文学，是见得好像逐渐学得反映这生活于那未被决定的转变的姿态上，而且能够移向较高度的任务，即对于建设过程的或一定的政治底，尤其是日常生活底道德底作用去了。

我国所显现的种种阶级的对立，虽说比别的诸国都要少得远，然而那构成，却决不能以为是单一的。即使关于农民底和劳动者底文学的倾向已经有些不同的必然，置之不论，而在国内，也残留着有旧的习性的要素——或是和无产阶级独裁全然不能和解的，或是无论如何，虽于劳动者的社会主义底建设的最基本底的倾向，也不能适应的诸要素。

这旧和新之间，继续着斗争。感到欧罗巴的影响，过去的影响，旧支配阶级的遗留的影响，或一程度，展开于新经济政策的地盘之上的有产阶级的影响。这些东西，不但在个个的集团和个人的支配底气分之中而已，且在一切种类的混合之中感到。忘却了在有产者底意义上的直接底的所谓意识底地敌对底的潮流之外，还有恐怕更危险的，总分明是更难克服的要素——小市民底日常生活底现象的要素，是不行的。这小有产者底要素，虽在无产阶级自身的日常生活底诸关系之中，往往且在共产主义者自身的本性之中，也十分深深地侵入着。惟这个，就是在负着无产阶级的社会主义底努力的符印，为了建设新的日常生活而斗争的形式上的阶级斗争，所以不但不被减弱，却更以先前的力，逐渐取了纤细的深刻的形式的原因。这些事情，就使艺术——尤其是文学——的武器，在现今成为极其重要的东西。然而这些，和无产者以及与之相近的文学的出现一同，也唤起敌对我们的要素——其中我们不但包括意识底地、决定底地、敌对底的东西而已，也并含着例如由于那消极性，那悲观主义、个人主义、偏见、歪曲，等等，而无意识底地敌对底的东西——的文学底反映。

二

在这状况之下，在文学所当扮演的那大的职掌的条件之中，马克思主义文艺批评，在那责任上，占着极高的地位。那是无疑地负了使命，现在当和文学相偕，成为向着新的人类和新的日常生活之生成的过程的，强有力的精力底的参与者了。

三

马克思主义文艺批评，首先第一，不得不有社会学底性质，而且不消说，还是在马克思和列宁的科学底社会学的精神上的这性质，在这一点，就很和别的一切批评不同。

往往立了文学的批评与其历史的任务的差别，而将那差别，较之区分为过去的研究和现在的研究——倒是在文学史家，则以所与的作品的根据，在社会底构成之中的那位置，对于社会生活的那影响的客观底研究为必要；在批评家，则以从那形式底或社会底价值以及缺点这些见地，加以观察了的所与的作品的评价为必要地，区别起来。

这样的区别，于马克思主义者、批评家，是丧失他几乎一切之力的。在言语的特别的意义上的批评，虽然作为非有不可的要素，入于马克思主义者之所完成了的批评作品之中，然而虽然如此，成为更其必要的基本底要素者，则是社会学底分析。

四

这社会学底分析，在批评家、马克思主义者，是依着怎样的精神而施行的呢？马克思主义之看社会生活，是作为那个个的部分都互相连系着的有机底全体，而演那决定底职掌者，是最为物质底的，最合法则底的经济关系，首先第一，是劳动的形态的。例如当或一时代的广泛的究明，批评家、马克思主义者即应该努力于给与全社会发达的完全的光景。但在个个的作家或作品之际，却未必一定有究明根本底经济底条件的必要。因为在这里，是那也可以称为普列汉诺夫原则的常在作用的原则，以特别的力而显现着的。他说，——凡艺术作品，只在很少的比量上，直接地依据于所与的社会的生产形态。那是经由了别的连环，即成长于社会的阶级构成和阶级底利害的地盘之上的阶级心理，而间接地依据于那个（生产形态）的。凡文学作品，常常意识底地，无意识底地，将所与的作家是其表现者的那阶级的心理，或者往往将那若干的混合——这是对于作者的种种的阶级的作用的显现，这是以细心的分析为必要的——反映出来。

五

和某几个阶级或有着广泛的社会底性质的大的集团的心理的联系，在各艺术作品，大抵由内容而被决定。是言语的艺术，且是最近于思想的艺术的文学，以比起别的艺术来，内容和那形式相比较，在那里面含有较多的意义为特征。在文学，正是那艺术底内容，即含在形象之中，或和形象相联系的思想和感情的川流，作为全作品的决定底要件而显现。内容自在努力，要向一定的形式。可以说，对于一切所与的内容，是只有一个最后的形式，相适应的。作家多多少少，总能够最明快地显示出使他感动的思想、现象和感情，发见对于那作品之所供给的读者，给以最强的印象那样的表现形式。

批评家、马克思主义者于是首先第一，将作品的内容，装在那里面的社会底本质，作为那究明的对象。他将和某几个社会底集团的联系，含在作品中的暗示之力所将给与社会生活的作用，加以决定，然后移向形式，——首先第一，是那基本底目的和这形式的适应的程度，即从阐明这于最高度的表现性，由所与的内容以向读者的最高度的传染性，是否有用的观点看来的形式。

六

但是，马克思主义者倘将常常不可忘却的文学底形式之研究的特殊底任务，加以否定，是不行的。在实际上，所与的作品的形式，决不仅由那内容而已，还由于几个别的要件而被决定。思索，会话的阶级底心理底习惯，可以称为所与的阶级（或是将影响给与于作品的阶级底集团）的生活样式的东西，所与的社会的物质文化的一般底水准，邻邦的影响，能显现于生活的一切方面的过去的惰性或更新的渴望——这些一切，都能够作为决定形式的补足底要件，而作用于形式之上。形式是往往不和作品，却和全时代及全流派相连结的。这且可以成为和内容相矛盾，而害及内容的力。这有时能从内容离开，而取独自的、幻影底的性质，这事情，发生于文学作品将失了内容，怕敢活的生活，竭力想靠了大言壮语底的饱满了的，或则相反，小小的有趣的形式的空虚的游戏，将生活从自己隔离的阶级的倾向，反映出来的时候。这些一切的要件，都不得不归入马克思主义者的分析之中。与读者所目睹，在一切好作品，形式全由内容而被决定，一切艺术作品，都向着这样的好作品努力，——从这直接底公式所脱落的这些形式底诸要件，它本身决不是从社会生活截断了的东西。那是，这也应该寻出社会解释。

七

到此为止，我们大抵往来于作为文艺科学的马克思主义批评的领域里了。在这里，马克思主义者、批评家，是作为将马克思主义底分析的方法，特殊底地适用于这领域——文学的社会学者，而活动着的。马克思主义文艺批评的建设者普列汉诺夫，曾经竭力张扬，以为惟这个，才是马克思主义者的真实的职掌。他曾确言，马克思主义者之所以异于例如"启蒙学者"的缘由，即在"启蒙学者"课文学一定的目的，一定的要求，从一定的理想的观点来批评，而马克思主义者则说明一切作品出现的合法则底原因之处云。

普列汉诺夫既不得不使客观底，科学底马克思主义底的批评的方法，和旧的主观主义或耽美底胡涂以及食伤来对立，则在这一端，他自然不独是正当而已，于定出将来的马克思主义批评的真实的道路这事上，也做了巨大的工作。

但是，以为无论有怎样的事，也只究明外底事实，而加以分析，是无产阶级的特性，却是不能够的。马克思主义决不单是社会底教义。马克思主义也是建设的积极底的纲领。这建设，倘没有事实上的客观底领导，是不能设想的。倘若马克思主义者对于环绕他的诸现象之间的连系的客观底决定，没有感觉，则他之为马克思主义者是完结了。然而，从真实的，完成了的马克思主义者，我们还要要求对于这环境的一定的作用。批评家、马克思主义者，并非将从最大到最小的东西的文学底星座的运动的必然底法则，加以说明的文学底天文学家。他又是战士，他又是建设者。在这意义上，评价的要素，在现代的马克思主义批评里，即应该列得极高。

八

应该放在文学作品的评价的基础上的规范，该是怎样的东西呢？首先第一，从内容的见地，以走近这个去罢。在这里，问题是大体很明白。基本底规范，在这里，是和在无产者伦理上所说的东西一样的，——就是，有助于无产者的事业的发达和胜利的一切，是善，害之者，是恶。

批评家、马克思主义者应该努力于发见所与的作品的基本底社会底倾向——它的意识底地或无意识底地在瞄准，或在打击的东西。批评家、马克思主义者应该适应着这基本底、社会底、力学底支配调，以作一般底评价。

然而，虽在所与的作品的社会底内容的评价的领域里，问题已决不单纯。对于马克思主义者，要要求大的熟练和大的感觉。在这里，问题不只在一定的马克思主义底教养，而在关于无此则不会有批评的一定的才能。倘若问题是关于真实地大的艺术作品之际，则应该计量到很多的不同的方面。于此要靠什么检温器或药局的天平，是极困难的。于此所必要者，是可以称为社会底感觉这东西。否则，谬误是必然的事。例如，批评家、马克思主义者倘只将课了全然实际底的问题的作品，看作有意义之作，就不行。并不否定当面的问题所提出的特殊的重要性，但将一看好像很普通，或是不相干，而实则仔细地一检讨，乃是影响于社会生活的问题之所提出的巨大的意义，加以否定，是绝对地不可的。

我们于此，有和关于科学的相同的现象。要求科学完全埋头于实际底任务，是深刻的谬见。纵是最抽象底的科学底问题，这到解决了的时候，便常常成为最有实益的东西，这事情，是已经成了ABC的了。

然而，作家或诗人，在本质上（倘若他是无产者作家），努力于文化的基本底发轫的无产者底再评价，一面将一般底的任务，放在自己之前的时候，批评家即易于自失。第一，在这样的时候，我们常常还未有正当的规范。第二，在这里，假说，而且是最大胆的假说，也会成为有价值的东西。何以故呢？因为问题是并不在问题的决定底解决，而在那提起和那加工上的。但是，或一程度为止，这些一切，能够加在纯实际底文学作品里。在自己的作品上，说明我党的纲领的已经做好的条项的艺术家——是不好的。艺术家者，因为他揭出新的东西来，因为他凭那直感，以浸透统计学和论理学所不能进去的领域，所以可贵。要判断或一艺术家是否正当，他是否正当地联结了真实，即共产主义的基本底努力，决不是容易事，而在这里，真实的判断，大约只形成于各个批评家和读者之间的意见的冲突之中的罢。这事，毫不减少批评家的工作的重要和必要之度。

在文学作品的社会底内容的评价上，极其重要的问题，是将最初的分析时，列入了和我们不相干，有时是和我们相敌对的现象之数之中的作品，加以对于我们的价值的第二段底审议。其实，明白自己之敌的心情，是极要紧的，利用不从我们同人中来的证人，也要紧的。凡这些，有时使我们引出深刻的结论，而且两者都将关于我们的生活现象的知识的宝库，非常之多地丰富起来。批评家、马克思主义者无论当怎样的时会，都不应当以为或一作品或或一作家，例如，是代表着小市民底现象的，那结果，便将那作品一脚踢掉。往往虽然如此，而应该从中引出大的利益来。因此之故，非从所与的作品的已经产生和倾向的见地，而从利用这于我们的建设的可能与否这一个见地的再评价，乃是批评家、马克思主义者的直接的任务。

声明在这里。在文学的领域上和我们疏远的，从而还和我们敌对的现象，这虽在其中含有上述的意义上的几分利益的时候，也无须说得，会成为极有害的、有毒的东西，会成为反革命底宣传的危险的表现的。在这里，不消说，登场的便已经不是马克思主义批评，而是马克思主义检阅了。

九

批评家、马克思主义者一从内容的评价，移向形式的评价去，问题大约就更加复杂起来。

这任务，是极为重要的。普列汉诺夫也张扬这重要性。成为这种评价的一般底规范者，是什么呢？形式之于那内容，应该最大限度地相适应，给以最大的表现力，而且保证着于那作品所向的读者的范围，给与最强的影响的可能性。

在这里，首先第一，有记起普列汉诺夫也曾说过的最重要的形式底规范——就是，文学是形象的艺术，一切露出的思想，露出的宣传的向那里面的侵入，常是所与的作品之失败的意思这一个规范来的必要。不消说，这普列汉诺夫底规范，也并非绝对底的东西。现有犯这规范的例如雪且特林（Shichedrin）、乌斯宾斯基

（Uspenski）和富尔曼诺夫（Furmanov）的优秀的作品。但这事，除了能有美文学底政论底性质的混合型的文学现象这意义以外，更无所有。以全体而论，总之是应当警戒的。自然，获得了出色的形象底性质的政论，是宣传和广义上的文学的堂皇的形式。然而反之，为纯政论底要素所充塞的艺术底文学，却纵使那判断怎样地出色，也大抵使读者冷下去的。倘若内容在作品之中，并非由形象的被熔解了的辉煌的金属的形相所铸成，而是成了大的冷的团块，突出在这液体里，则在上述的意义上，批评家能够以完全的权利，指摘作者于内容的艺术底加工之不足。

从上记的一般底的事，流演而出的第二的部分底规范，是作品的形式的独自性（Originality）。这独自性云者，是什么呢？那是在所与的作品的形式底肉体，和那内容溶合于不可分的全体这事之中的。真实的艺术底作品，于那内容，自然应该是新的东西。倘在作者那里，没有新的内容，则那作品的价值就少。这是自然明白的事。凡艺术家，应该表现在他以前所未经表现的东西。曾被表现的东西的重做（这事，例如在有些画家们，是不容易懂得的），并不是艺术。那往往不过是极其细致之品的那细工。从这见地，而作品的新的内容，对于那作品，则要求新的形式。

怎样的现象，是和这真实的形式的独自性对立的呢？第一，是于新的构想的真实的具象化，有所妨害的定规。有些作家，会成为先前所用的形式的俘虏，那时在他，纵使内容是新的，然而装在旧的袋子里。这样的缺点，是不得不指摘的。第二，是形式独独微弱的时候，就是，虽然有着新的有兴味的构想，而艺术家还未能将言语——即在言辞之丰富、句之构成的意义上，在就绪的短篇、章、长篇、戏曲，等等的建筑底构成的意义上，还有在诗的言辞的韵律以及其他的形式的意义上的形式底富源，作为我有的时候。这些一切，是应该由批评家、马克思主义者来指示的。真实的批评家、马克思主义者，即所谓最高的典型的批评家，应该成为教师——尤其是年青的或刚才开手的作家的教师。

最后，对于关于形式的独自性的上记的部分底规则的第三样最大错误，是形式的独自化。当此之际，人们是靠了外面底想到和装饰，遮掩着内容的空虚，被有产者颓废派的典型底表现者的那形式主义，弄得聋聩了的作家，竟至于有虽然有着极有价值的内容，而于此捻进种种的把戏去，借此来镀金，以害了自己的工作的。

于形式底性质的第三规范——即作品的大众性，应该取慎重的态度。对于供给大众，作为生活的创设者而诉于这大众的文学的创造，有着最高的兴味的我们，对于这样的大众性，也有极高的兴味。被隔离被截断了的一切形式，意在专门家底耽美家的狭范围的一切形式，一切艺术底条件性和洗练性等，都应该由马克思主义者来批判。恰如马克思主义批评能够指示过去现在的这样的作品的或种的内面底价值，而且非指示不可一样，也应该摘发那要从靠这样的形式底诸要素为活的工作，努力离开的艺术家的心情。

但是，如已经说过，对于大众性的规范，是应该希望用非常之慎重的。恰如我们的报章，我们的宣传文书，我们有着从对于读者，有大要求的最复杂的书籍、杂志、日报起，直到最初步底的通俗化为止的那些一样，我们也不应该依了连在文化的意义上（程度）极低的农民或劳动者也（在内）的广泛的大众的水准，来平均我们的文学。这，是最大的错误罢。

能够将复杂的，尊贵的社会底内容，用了使千百万人也都感动的强有力的艺术底单纯，表现出来的作家，愿于他有光荣罢。即使靠了比较底单纯的比较底初步底的内容也好，能够使这几百万的大众感动的作家，愿于他有光荣罢。将这样的作家，马克思主义批评家应该非常之高地评价。在这里，批评家、马克思主义者的特别的注意和特别的正当的援助，是必要的。但自然，对于能读一个一个的文字的人，不能很懂，而是供给无产阶级的上层部分，全然意识底的党员，已经获得了相当的文化底水准的读者那样的作品的意义，也不能否定。仅据一种缘由，说是在正演巨大的职务于社会主义底建设的工作的这部分的一切人们之前，生活已课以许多有生气的问题，而这些问题，却还未站在广泛的大众之前，或是还未艺术底地，做成于大众底的形式之内，便并无艺术底回答地，置之不顾，那自然是不可的。但是，在我们这里，却应该说，倒是看见相反的罪过，就是我们的作家们，将注意集中于较容易的任务——为文化底地、高的读者范围而作的那一种任务。然而，如屡次说过那样，为劳动者农民大众的文学底工作，倘使这是成功的，有才能的东西的时候，在那评价这意义上，就应该由我们列在较高的地位。

十

如已经说过，批评家、马克思主义者在相当的程度上，是教师。倘若从这批评，做不到什么的加（plus），什么的前进，则这样的批评，是无益的。那么，应该从批评加添怎样的加呢？第一，批评家、马克思主义者对于作家，应该做教师。这样一说，也许会有满以愤怒的叫喊，说是谁也没有将自以为站在作家之上的权利，给与批评家云云的。这样的反驳，倘将问题放得正当，就完全地消灭。第一，从批评家、马克思主义者应该做作家的教师这一个命题，有引出他应该是极其坚固的，是马克思主义者，有优秀的趣味和该博的智识的人这一个结论的必要。人也许说，这样的批评家，我们是完全没有，或者很少有罢。前一说，是不对的，后一说，大约近于真实。然而从这里，也只能作"有用功的必要"这一个结论罢了。只要有善良的意志和才能，在我们的伟大的国度里，是没有不足的罢。但是，学习的事，还应该使大加坚实。第二，是批评家不消说不但教导作家，并且不但不以自己为比作家是更高的存在而已，他还从作家学习许多的东西。最好的批评家，是会用热心和感激来对作家，而且无论那一样之际，对于他（作家），是先就恳切如兄弟的。马克思主义者、批评家，在两种的意义上，应该是作家的教师，而且也能是，——即第一，于年青的作家，于一般地有弄出许多形式底谬误之惧的作家，他应该指摘其缺点。

我们已经用不着别林斯基（Belinski），为什么呢？因为我们的作家们，已经不以忠告为必要了……云云，这样的意见，已在流行，在革命前，或者，这也许是对的。但到了革命后，在我国里，从国民的下层，现出几百几千的新作家的今日，这却不过是可笑的意见。在这里，是切实的指导底批评，直到仅是用心很好的精通文学的人为止的一切的大小的别林斯基，无疑地在所必要的。

在别一面，批评家、马克思主义者在社会性这事上，应该是作家的教师。于社会性是幼稚的，而且因为关于社会生活的法则的那幼稚的观念的结果，以及我们现在的时代的基本底无理解等等的结果，而犯最质朴的谬误者，决不仅仅是非无产者作家，在马克思主义者作家无产者作家，也到处犯着一样的谬误。这并非侮辱作家的意思，部分底地，竟是称赞作家的。作家——是极敏感的，依照现实的直接底作用的存在。对于抽象底科学底思索，作家大抵没有特别的兴味，也没有特别的才能。所以，不消说，作家往往不能自禁地，拒绝那从批评家、政论家那面而来的助力的提议。然而这事，大抵即能由提议所显的那炫学底（Pedantic）的形式，得到说明。在实际上，真实地伟大的文学，是正惟由于大的作家和有大才能的文艺批评家的协力，这才成长起来，今后也将成长下去的。

十一

一面努力于做作家的有益的教师，批评家、马克思主义者，又非也是读者的教师不可。是的，应该教读者以读法。作为注释家的批评家，作为时而警告嘴里有甜味的毒的人的批评家，为要显示伟大的核心，而敲破硬的外皮给人看的批评家，将剩落在阴影里的宝贝，打开来给人看的批评家，在 i 之上加点，而行以艺术底材料为基础的一般化的批评家——惟这个，在我们的时代，在多数的最尊的，然而又无经验的读者正在出现的时代，是必要的引路者。他对于我国和世界的过去的文学，非如此不可，对于现代的文学，也非如此不可。所以将我们的时代对于批评家、马克思主义者怎样地提出着特殊的要求，再来张扬一回罢。我们决不想借我们的提要来吓人。从最简单的工作开手也好。从谬误开手也好。但初开手的批评家、马克思主义者不应该忘记，为了要到达那假如给自己以至于称为高足的权利那样的最初的处所，是应该攀非常地高峻的阶级而上的。然而，试想广泛的我们的文化的日见其高的大波，泉流一般到处飞迸起来了的有才能的文学，也就不会不信马克思主义批评的现在的不很高明的状态，便将转换向较好的方向了。

十二

追补底地还涉及两个问题在这里。第一，是对于批评家、马克思主义者在发生非难，说他们几乎惟从事于摘发。其实，在现在，关于或一作家，说他的倾向是无意识底地，或"半意识底"地反革命底的事，是颇为危险的。或一作家，作为远于我们的要素，作为小市民底要素，或者作为极远地站在右翼的同路人，而被评价之际，甚且我们的阵营内的或一作家受着在什么坏倾向上的非难之时，问题也决不见得纯粹。或者也许说——检讨或一作家的政治底罪业、政治底疑惑、政治底恶质或缺陷，是批评家的工作么？我们应该尽全力以除掉这种的抗议。用这种的方法，以达个人底的目的，或者意识底地怀着恶意，想归或一作家于这样之罪的批评家——是恶汉。这样的奸计，迟迟早早，一定被曝露的。不深思，不熟虑，时而作这一类的告发的批评家，是不检点的、轻率的人。然而，怕敢将自己的好心的社会底分析的结果，用大声发表，而歪斜了马克思主义的本质者，则不能不说是怠慢，是政治底地消极底的。

问题，是决不在批评家、马克思主义者叫道——"领事呀，睁开眼来罢"上的。在那里，所必要的并非赴诉于国家机关，而是定或一作家之于我们的建设上的客观底价值。从这里抽出结论来，改正自己的方向，是作家的工作。我们大抵是在思想底斗争的领域里的。将在现代的文学与其评价上的斗争的性质，加以拒否，是一个忠实而正直的共产主义者所不会做的事。

十三

临末，最后的问题，激烈的锋利的论争的形式，是可以容许的么？

就大体而言，锋利的论争，在其引动读者的意义上，是有益的。论争底性质的论文，尤其是在彼此互有错误之际，则和别的条件一同，影响较广，为读者所摄取也较深。加以作为革命家的马克思主义者、批评家的战斗底气质，就自然地用起那思想的激烈的表现来。然而，当此之际，忘记了用论争之美，来遮蔽自己的议论之弱，是批评家的大罪恶的事，是不行的。还有，虽然一般地议论并不多，而有种种刻薄的诗，比较，嘲笑底叫喊，狡猾的质问之际，则恐怕是给与热闹的印象的，然而成为很不诚恳的东西。批评，是应该应用于批评本身的。为什么呢？因为马克思主义批评，同时是科学底，又在独特的意义上，是艺术底的工作的缘故。在批评家的工作上，激怒——是不好的忠告者，而且少有是正当的见地的表现。但是，有些时候，也容许从批评家的心脏奔迸而出的辛辣的嘲弄和愤怒的言辞。别的批评家或读者，以及首先第一是作家的多少有些敏感的耳朵，是懂得什么地方有愤怒的自然的动弹，什么地方飞出着单单的恶意的。不要将这和阶级底愤怒混同起来。阶级底愤怒，是决定底地打，然而那犹如地上的云，高悬于个人底恶意之上。以全体而言，批评家、马克思主义者应该不陷于做批评家的最大罪恶的优柔和妥协，而有善意于 a priori（由因推果）。他的伟大的欢喜，是寻出好的方面来，将这在那全部价值上，示给读者。在他的别的目的，是帮助、匡正、警告，而只有很少的时候，可以有努力于此的必要，即用了真能灭绝夸口的虚伪的要素那样的嘲笑，或是侮蔑，或是压碎般的批评的强有力的箭，来杀掉不中用的东西。

译者附记

在一本书之前，有一篇序文，略述作者的生涯、思想、主张，或本书中所含的要义，一定于读者便益得多。但这种工作，在我是力所不及的，因为只读过这位作者所著述的极小部分。现在从尾濑敬止的《革命露西亚的艺术》中，译一篇短文放在前面，其实也并非精良坚实之作，——我恐怕他只依据了一本《研求》——不过可以略知大概，聊胜于无罢了。

第一篇是从金田常三郎所译《托尔斯泰与马克思》的附录里重译的，他原从世界语的本子译出，所以这译本是重而又重。艺术何以发生之故，本是重大的问题，可惜这篇文字并不多，所以读到终篇，令人仿佛有不足之感。然而他的艺术观的根本概念，例如在《实证美学的基础》中所发挥的，却几乎无不具体而微地说在里面，领会之后，虽然只是一个大概，但也就明白一个大概了。看语气，好像是讲演，惟不知讲于那一年。

第二篇是托尔斯泰死去的翌年——一九一一年——二月，在《新时代》揭载，后来收在《文学底影像》里的。今年一月，我从日本辑印的《马克思主义者之所见的托尔斯泰》中杉本良吉的译文重译，登在《春潮月刊》一卷三期上。末尾有一点短跋，略述重译这篇文章的意思，现在再录在下面——

"一，托尔斯泰去世时，中国人似乎并不怎样觉得，现在倒回上去，从这篇里，可以看见那时西欧文学界有名的人们——法国的 Anatole France，德国的 Gerhart Hauptmann，意大利的 Giovanni Papini，还有青年作家 D'Ancelis 等——的意见，以及一个科学底社会主义者——本论文的作者——对于这些意见的批评，较之由自己一一搜集起来看更清楚、更省力。

　　"二，借此可以知道时局不同，立论便往往不免于转变，预知的事，是非常之难的。在这一篇上，作者还只将托尔斯泰判作非友非敌，不过一个并不相干的人；但到一九二四年的讲演，却已认为虽非敌人的第一阵营，但是'很麻烦的对手'了，这大约是多数派已经握了政权，于托尔斯泰派之多，渐渐感到统治上的不便的缘故。到去年，托尔斯泰诞生百年记念时，同作者又有一篇文章叫作《托尔斯泰记念会的意义》，措辞又没有演讲那么峻烈了，倘使这并非因为要向世界表示苏联未尝独异，而不过内部日见巩固，立论便也平静起来：那自然是很好的。

　　"从译本看来，卢那察尔斯基的论说就已经很够明白，痛快了。但因为译者的能力不够和中国文本来的缺点，译完一看，晦涩，甚而至于难解之处也真多；倘将仂句拆下来呢，又失了原来的精悍的语气。在我，是除了还是这样的硬译之外，只有'束手'这一条路——就是所谓'没有出路'——了，所余的惟一的希望，只在读者还肯硬着头皮看下去而已。"

　　约略同时，韦素园君的从原文直接译出的这一篇，也在《未名半月刊》二卷二期上发表了。他多年卧在病床上还翻译这样费力的论文，实在给我不少的鼓励和感激。至于译文，有时晦涩也不下于我，但多几句，精确之处自然也更多，我现在未曾据以改定这译本，有心的读者，可以自去参看的。

　　第三篇就是上文所提起的一九二四年在墨斯科的讲演，据金田常三郎的日译本重译的，曾分载去年《奔流》的七、八两本上。原本并无种种小题目，是译者所加，意在使读者易于省览，现在仍然袭而不改。还有一篇短序，于这两种世界观的差异和冲突，说得很简明，也节译一点在这里——

"流成现代世界人类的思想圈的对跖底二大潮流，一是唯物底思想，一是唯心底思想。这两个代表底思想，其间又夹杂着从这两种思想抽芽，而变形了的思想，常常相克，以形成现代人类的思想生活。

"卢那察尔斯基要表现这两种代表底观念形态，便将前者的非有产者底唯物主义，称为马克思主义，后者的非有产者底精神主义，称为托尔斯泰主义。

"在俄国的托尔斯泰主义，当无产者独裁的今日，在农民和智识阶级之间，也还有强固的思想底根底的。……这于无产者的马克思主义底国家统制上，非常不便。所以在劳农俄国人民教化的高位的卢那察尔斯基，为拂拭在俄国的多数主义的思想底障碍石的托尔斯泰主义起见，作这一场演说，正是当然的事。

"然而卢那察尔斯基并不以托尔斯泰主义为完全的正面之敌。这是因为托尔斯泰主义在否定资本主义，高唱同胞主义，主张人类平等之点，可以成为或一程度的同路人的缘故。那么，在也可以看作这演说的戏曲化的《被解放了的堂吉诃德》里，作者虽在挪揄人道主义者，托尔斯泰主义的化身吉诃德老爷，却决不怀着恶意的。作者以可怜的人道主义的侠客堂·吉诃德为革命的魔障，然而并不想杀了他来祭革命的军旗。我们在这里，能够看见卢那察尔斯基的很多的人性和宽大。"

第四和第五两篇，都从茂森唯士的《新艺术论》译出，原文收在一九二四年墨斯科出版的《艺术与革命》中。两篇系合三回的演说而成，仅见后者的上半注云"一九一九年末作"，其余未详年代，但看其语气，当也在十月革命后不久，艰难困苦之时。其中于艺术在社会主义社会里之必得完全自由，在阶级社会里之不能不暂有禁约，尤其是于俄国那时艺术的衰微的情形，指导者的保存、启发、鼓吹的劳作，说得十分简明切要。那思虑之深远，甚至于还因为经济，而顾及保全农民所特有的作风。这对于今年忽然高唱自由主义的"正人君子"，和去年一时大叫"打发他们去"的"革命文学家"，实在是一帖喝得会出汗的苦口的良药。但他对于俄国文艺的主张，又因为时地究有不同，所以中国的托名要存古而实以自保的保守者，是又不能引为口实的。

末一篇是一九二八年七月，在《新世界》杂志上发表的很新的文章，同年九月，日本藏原惟人译载在《战旗》里，今即据以重译。原译者按语中有云："这是作者显示了马克思主义文艺批评的基准的重要的论文。我们将苏联和日本的社会底发展阶段之不同，放在念头上之后，能够从这里学得非常之多的物事。我希望关心于文艺运动的同人，从这论文中摄取得进向正当的解决的许多的启发。"这是也可以移赠中国的读者们的。还有我们也曾有过以马克思主义文艺批评自命的批评家了，但在所写的判决书中，同时也一并告发了自己。这一篇提要，即可以据以批评近来中国之所谓同种的"批评"。必须更有真切的批评，这才有真的新文艺和新批评的产生的希望。

本书的内容和出处，就如上文所言。虽然不过是一些杂摘的花果枝柯，但或许也能够由此推见若干花果枝柯之所由发生的根柢。但我又想，要豁然贯通，是仍须致力于社会科学这大源泉的，因为千万言的论文，总不外乎深通学说，而且明白了全世界历来的艺术史之后，应环境之情势，回环曲折地演了出来的支流。

六篇中，有两篇半曾在期刊上发表，其余都是新译的。我以为最要紧的尤其是末一篇，凡要略知新的批评者，都非细看不可。可惜译成一看，还是很艰涩，这在我的力量上，真是无可如何。原译文上也颇有错字，能知道的都已改正，此外则只能承袭，因为一人之力，察不出来。但仍希望读者倘有发见时，加以指摘，给我将来还有改正的机会。

至于我的译文，则因为匆忙和疏忽，加以体力不济，谬误和遗漏之处也颇多。这首先要感谢雪峰君，他于校勘时，先就给我改正了不少的脱误。

一九二九年八月十六日之夜，鲁迅于上海的风雨、啼哭、歌笑声中记。

文艺政策

序言

　　作为本书的主要部分者，是一九二四年五月九日在俄国共产党中央委员会内所开的关于对文艺的党的政策的讨论会的速记录的翻译。关于文艺政策，在党的内部也有种种意见的不同，于是共产党中央委员会便以当时的中央委员会出版部长 Ia. 雅科夫列夫为议长，开了讨论会，使在这里，自由地讨论这问题。

　　只要一读这速记录，便谁都明白，在这讨论会里，各同志之间有着颇深的意见的对立，而这又并不见有什么根本底的解决，剩下来了。我们于此，发见无产阶级文学本身以及对于这事的党的政策，凡有三种不同的立场——

　　一，由沃隆斯基及托洛茨基所代表的立场；

　　二，瓦进及其他“那·巴斯图”一派的立场；

　　三，布哈林、卢那察尔斯基等的立场。

　　就是，站在第一的立场的人们，是否定独立的无产阶级文学，乃至无产阶级文化的成立的。其理由，是以为无产阶级独裁的时期，是从资本主义进向共产主义的过渡底时代，而这又正是激烈的阶级斗争的时代，所以无产阶级在这短促的时期之内，不能创造出独立的文化来。站在第二、第三的立场上的人们，则正相反，主张无产阶级的独裁期，是涉及颇长的时期的，所以在这期间中，能有站在这阶级斗争的地盘上的无产阶级的文学——文化的成立。

　　但虽然同认了无产阶级文学的成立的必然与其必要，而在第二的立场和第三的立场上的人们之间，在对付的政策上，意见却又不同。瓦进及其他“那巴斯图”派的人们的意见，以为在文艺领域内，是必须有党的直接的指导和干涉的；和这相对，布哈林、卢那察尔斯基等则主张由党这一方面的人工的干涉，首先就于无产阶级文学有害。

这种争论，此后也反复了许多时，终于在一九二五年七月一日所发表的俄国共产党中央委员会的决议《关于文艺领域上的党的政策》里，党的政策就决定了。

我们将这和速记录一同阅读，便可以明白俄国共产党的文艺政策，是正在向着怎样的方向进行。而且对于我国的无产阶级文艺运动的阵营内，正在兴起的以政治和文艺这一个问题为中心的论争的解决，也相信可以给与或一种的启发。

本书的翻译之中，从《关于对文艺的党的政策》的开头起，至布哈林止，和卢那察尔斯基的演说，以及添在卷末的两个决议，是我的翻译，此外是都出于外村史郎的译笔的，还将这事附白于此。

一九二七年十月　藏原惟人

关于对文艺的党的政策

——关于文艺政策的评议会的议事速记录

（一九二四年五月九日）

沃隆斯基（A. Voronsky）的报告演说

我先得声明两件事。第一，本讨论会，据我所理解，是要明白以施行若干的实践底解决为主的，所以关于我们的理论底异点，我几乎不提起，而但以涉及必要之处为限。第二，我想将我的报告，仅限于论争的范围内——自然，我也以为这范围，是极其条件底，人为底的。然而，文学生活是现在已经弄到不得不限定于这范围以内了。那么，就开始报告罢。

我以为必须本评议会来讨论的，重要的问题——乃是关于共产党里，对于现代文学的诸问题，可曾立定什么指导方针的问题。有些同志们说，这样的方针，我们之间并没有，我们这里，只存在些混乱、游移、任意，因此各位同志便施行冒险了。据我的意思，这意见是完全不对的。党的指导方针，是以前也曾有过，现今也还存在。而这指导方针，由我看来，是常常归结于下列的事的——就是，党是在文艺领域内，和国内及国外侨民，行了最决定底的斗争的，党是对于站在"十月"的地盘上的一切革命底团体，给了助力的，这就是并不以或一个团体的方向，为自己的方向，只要看见什么团体，站在十月革命的见地上做着工作，便积极底地加了援助；党是并不干涉艺术的自己解决，而给了完全的自由的。我想，我们实践底地做着工作的人们，在关于文艺的问题之中，所指导着的，实在便是归结在以上的基本底各个命题上面。

党为什么取了这样的立场的呢？首先应该懂得的，是我们的国度——乃是百姓的国，农民的国，这事情在我们的全社会生活上，狭则在我们的文学上，都留着很大的痕迹，此后也将留得很久的。再取别的要素（moment）——例如，取劳动者来看罢。他们也在农民的层里，有着颇是坚固的根，他们或者因为周围的状况，或者因为那出身，和农民联结着，所以一到我国文学的复活一开端，新的年青的作家们一出现——在我国，农民底、百姓底倾向便被明明白白地描写出来，也是当然的事，我们并不是单就"同路人"而言。关于无产阶级作家，我也这样说，因为从倾向上，无产阶级作家也可以在这里这样说得的。

倘使我们认真一点，来细看我们的无产阶级作家的诗歌，尤其是散文，则我们便能够完全分明地看出这倾向来罢。更进，来看一看我们的无产阶级和共产党的情形罢。无产阶级是并未预先获得科学和艺术，而握了政权了，实在，并没有能够获得这类的东西。这个情况，和有产阶级的时候很不同。在这集会上，我没有将这意思发挥开去的必要——这早是确定了的命题了。不但如此，我们的无产阶级经过了市民战争，非常疲劳。我们共产党在过去，在现今，对于艺术的诸问题都不能有多大的关心，不过将最小限度的注意，分给了艺术。党的智能、党的才能、党的精力，统为政治所夺了，现今也还在被夺。

为了这情况，以及我在这里不能涉及的许多的情况，在我国，便生出并非共产主义作家或劳动者作家的强有力的潮流，而存在着若干个的文学底集团的状态来[1]。

---

[1]　此处原文为"而存在着若干个个的文学底集团的状态来"，疑为原文多字，故更正。——编者注

这些文学底集团，对于现代的艺术，是供献了独自的，有时是极有意义的东西。而且还在供献着。但是，他们各走任意的路，自定自己的路，以全体而言，还不能占据全文学底潮流。然而他们之间，也常有集团底精神统治着。

从这情况出发——我国是农民国；年青的苏维埃的作家，在我国，因此便带着农民底倾向出现；我们的无产阶级及党，大概忙于直接的政治斗争；我国的无产阶级作家之间，有集团底精神统治——从这情况出发，党是向来不站在一个倾向的见地上，而谨慎地纠正他们的方向，协助一切的革命底文学底团体的。

如果我们再接近艺术，艺术的性质这问题去，那么，从这一方面，也可以明白党为什么不站在或一潮流的见地上，并且也不能站的缘故了罢。

艺术者，因其性质，和科学一样，是不能受在我们的生活的或一种别的领域上那样的简单的调整的。艺术者，和在科学上一样，自有他自己的方法，这就是他自有其发达的法则，历史。在新的，"十月"后的文学，一切东西，还属于未来，一切东西还单是材料，仅是开端，是假作，许多东西都没有分明表示。这情况，也令我们取了谨慎的态度。

我们倘一看我们文学底诸集团，就明明白白，无论现存的集团的那一个，都不能满足共产主义底见解——有着农民底倾向和极其混乱的理论的"同路人""十月""锻冶厂"，以及目下正在发生的共产青年团的文学底团体——这些一切，都不是使党能说惟独从这里，是我们可以开步的文学底潮流的团体。所以党就不站住在或一文学底集团的见地上，而取了和一切革命底团体协力的立场了。

我应该以施行着实际的工作的一员，将最近几年来在文艺领域内所做到的事，告诉本集会。在文艺的分野上我们的工作，已经有了大的结果的事，在我，是毫不怀疑的。现在，文学已成了不能从生活除去的重要的社会底要素。文学的比重是大了，还逐日成长着。例如，从极有责任的我们这一路共产主义者所成的本会，便可以举出来做证据。这可见现在在文学的领域内所成就的事，已惹了我们同志的广大的人们的注意了。从分量上说，从质地上说，我们的文学，都逐日成长着。而且在不远的将来——这是从一切事物所感到的——我们便要目睹久已没有了的那样文学的繁荣罢。这一事，是可以用了完全静稳的确信，说出来的。在我国，就要有我们自己的古典底、我们自己的革命底的、伟大的、健康的文学罢。在这领域内，我们是有了最大的结果了。当赴会之前，我曾将有时坏，有时好，都是颇为坚固地，和我们一同开手作工的艺术家们，大略数了一数。

我将这分为种种的集团。例如，老人一组，则高尔基（M. Gorky）、阿列克谢·尼古拉耶维奇·托尔斯泰（A. Tolstoy）、普里什文（M. Prishvin）、万垒赛耶夫（V. Veresaev）、沙吉涅央（Shaginyan）、沃利诺夫（Volynov）、波陀亚绥夫（Podojachev）、孚尔希（Olga Forch）、德莱涅夫（K. Trenev）、尼刚德罗夫（Nikantrov）等。

革命所生的年青的作家（年青的"同路人"）——巴培黎（Babel）、伊凡诺夫（Vsevolod Ivanov）、皮利尼亚克（Pilyniak）、绥孚理那（Seifullina）、列昂诺夫（Leonov）、玛里锡庚（Malishkin）、尼启丁（Nikitin）、费定（Fedin）、梭希兼珂（Zoshchenko）、斯洛宁斯基（Sloninsky）、蒲当哲夫（Budantsev）、叶赛宁（Esenin）、契柯诺夫（Tikhonov）、克鲁契珂夫（Kruchikov）、敖列洵（Oreshin）、英贝尔（Vera Inber）、左祝理亚（Zozulia）、凯泰雅夫（Kataev）等。

未来派的人们——马雅可夫斯基（Majakovsky）、亚绥耶夫（Asseev）、帕斯捷尔纳克（Pasternak）、特列季亚科夫（Tretiakov）。

无产阶级作家及共产主义作家——勃留索夫（Briusov）、绥拉菲靡维奇（Serafimovitch）、亚罗绥夫（Arosev）、卡萨特金（Kasatkin）、绥蒙诺夫（Sergej Semionov）、斯威尔斯基（Svirsky）、凯进（Kadin）、亚历山德罗夫斯基（Alexandrovsky）、里亚希柯（Lyashko）、阿勃拉陀微支（Obradovitch）、渥尔珂夫（Volkov）、雅克波夫斯基（Iakubovsky）、该拉希摩夫（Gerasimov）、吉理罗夫（Kirillov）、革拉特科夫（Gladkov）、尼梭服易（B. Nizovoy）、诺维科夫·普里波伊（Novikov-Priboy）、麦凯罗夫（Makarov）、陀鲁什宁（Drushnin）等等。

我不过举出了和《赤色新地》有关系的团体（除掉未来派的人们），至于别的团体，例如和《十月》有关系的团体，却并未涉及。在他们，是自有他们自己的到达，自有他们自己的文学者的名称的。这事实——在我们的周围，和我们一同工作，而且还要更加工作的文学者的这样的数目，已经组织起来了的这事实，便是证明着我们在这领域内所做的大的积极底的工作的。我并非要在这里夸张，以为已经到达了决定底的结果。那不消说，在这领域内，现在要到达那样的结果，是不可能的。

其次，关于观念形态，在这领域内，也得了颇可注意的结果了。我没有历叙关于各个作家的进化的可能，然而词章的艺术家们的全体底进化，却分明在我们四近。这一节，对于"老人们"，对于先前难于合作，但现在却容易得多多了的"同路人"，都可以说得的。

有人说，招集这些杂多的文学者这件事，是使沃隆斯基以及和他同行的人们，成了有产阶级的俘虏了。但是，在现今，还以为高尔基、托尔斯泰以及别的"老人"能将我们做了俘虏者，是只有全在热病状态的人们。况且，所谓有产阶级性者，是什么呢？关于这事，可惜在本会上不能详细叙述。人们以为《亚蔼黎多》是有产阶级底作品，但最近我和同志什诺维夫（G. Zinoviev）谈起的时候，他却说是很有益处，又有价值的作品。高尔基的《自传的故事》，也有人说是"有产阶级底"的。然而倘使我们一方面认真地提出关于有产阶级性的问题来，则就会有什么是有产阶级性这一个很大的问题出现的罢。我以为这有产阶级性这东西，是常常大为左翼底的口号和词句所蒙蔽的，我想，现在《戈伦》上所载的东西，这才是真实的马克思主义的歪曲，是那艺术底修正哩。

人们用了同志亚尔跋多夫的话，说是"艺术从种种的观念形态底上层建筑造出，是不对的，这应该和生活直接联结起来"的时候，我不知道这可是有产阶级性。但我知道，在这里，是用了勘拉契珂夫主义之名，行着和我们的普列汉诺夫的斗争。在我国，当立定课题，要教育农民和工人，使他们阅读，并且理解普希金（Pushkin）、托尔斯泰（L. Tolstoy）、高尔基的时候，却有在劳动阶级之前，宣传着弃掷古典底东西于现代的那边的。这是有产阶级性不是？当正在对于作为生活的感情底认识的特殊方法的艺术，行着斗争，对于那生活认识，则正要建立一个生活创造的理论——彻头彻尾是主观底，因而也是观念论底的理论的时候，这是有产阶级性不是呢？

所以这问题是很有论争的余地；而在沃隆斯基成为俘虏了，瓦进却和同志楮沙克（Chujak）以及别的许多"楮沙克"（外国人之意）们在幸福的和合里这一种可怕的辞句之下，隐藏着真的有产阶级性，倒是十分能有的事。还有，人说，沃隆斯基不怀阶级底见地。自然，像"那巴斯图"所展开那样的"阶级底"见地，在我们这里是并不恰有的，但假使问题的建立并非这模样，那么，这时候，我们另外再来查考罢。

在我国，和"同路人"的问题，是怎么一个情形呢？我们和他们协同之际，向"同路人"提出了怎样的要求了呢？他们，尤其是在初期——二一年、二二年时，并不懂得在革命上的无产阶级的组织底、规律底、指导底职掌，也不能使这十分加强，将革命大抵描写成农民的自然成长性的胜利模样，那我们是知道的。不但这样，他们一面在那国民底断面上，将俄国革命看得很熟悉，却往往将那国际底性质放过了。我们便一面将这些和另外的缺点指摘、订正，拿了一定的要求，接近这样的"同路人"去，——就是，看他们曾为劳动者和农民的联合这一件事的利益而出力没有？如果我们看见有一个艺术家的工作，在结局上，有着援助都市和农村的联结的意义，那工作，是归向无产阶级和农民的提携的利益的，则我们对于这样的艺术家，应该容许他许多事。这样的办法，我想，从无产阶级的见地看来，是有益的，而且于无产阶级文学的创造，是赋与[2]力量的。重要的事，是在无产阶级文学的创造——这是一个过程，这样的文学，是不能即刻创造的。这文学的成长和发展的道路，是复杂的，有时还竟至于纷乱。

其次，是关于无产阶级作家。我切实相信，在我国，是从劳动者和农民的最下层，从劳动者以及别的种种的组织中，从大众，从赤军，都要有新的作家出现。从什么僻地里，从乡村里，有作家出现，——惟有这些作家，是由那血和生活，和劳动者及农民——自然，在现在，和农民为较多——联结着的。这些作家，一定要占主要的位置；我们应该依据他们，援助他们，——在这些事，我们和无产阶级作家之间，是不会有什么意见的不同的。并且也相信所谓无产阶级文学，由那两三个代表者（凯进、亚历山德罗夫斯基，其他），赢得了显著的结果。

虽然如此，而我们和现在的无产阶级作家之间，假如还有意见的不同，那就不得不声明究竟是什么缘故了。要建立抽象底的一般底的定义，那是极其容易的。这样的定义在我们这里，多得很。在我国，被称为无产阶级作家者，首先是有着共产主义底观念形态

2　现代汉语常用"赋予"。——编者注

的作家，倘用了现在喜欢使用的皮利尼亚克的表现法来说，那便是"以无产阶级的眼睛"看世界的作家。但在实际上，我国的无产阶级作家，乃是有着极受限制的见解和习惯，被历史底地形成了的具体底的类型。这就是——属于一个什么联盟呀，一个什么集团的作家。而在这样的集团里，都是各各的"信仰的象征"，各各的文学底教义。这"信仰的象征"，通常是约束在这一种确信上的，就是以为现在俄国的无产阶级作家的根本的任务，是在有产阶级美学、艺术和文化的破坏，以及新的社会主义艺术和文化的创造。但在现实上，站在无产阶级之前的问题，却是旧艺术和文化的批判的摄取，于是在这里便发生了一种很大的不调和。在实际上，这样的并列，是一直引到抽象里去的。得不到革命的活人，而得了象征；并非次第底的进展，而出现了在脑子里做出来的东西。于是往往在无产阶级艺术的姿态之下，拿来了旧时代的有产阶级艺术的产物。在我们正在文学的领域内做事的共产主义者的实际家，在这领域内，是常有不能专靠让步的方针的时候的。所以，凭着我们的诸位同志所说，以为抛弃 Proletcult（无产者教育）主义愈早，他们即愈可以从速成为真实的无产阶级作家这一个简单的理由，我们便让步，那是不行的。

还有，在别一方面，有唤起诸位同志的注意的必要。我国的文学上的意见的差异，在根本上，不过是将对于专门家的旧的党的论争，搬到文学上来了罢了。诸位倘将那杂志《那巴斯图》仔细一看，一切便会明白的罢。同志烈烈威支在《那巴斯图》的初号之一上，不是一面讨论着关于"同路人"和无产阶级作家的问题，一面说，这问题不在质而在量；换了话说，便是问题并不在将"同路人"登载杂志与否，乃在将他们登载多少的么？这全然是分明的问题的建立法——是反对那些在我国的生活的其他的领域内，虽然已被克服，而在文学上，却还有相当的力量的专门家的问题的建立法呀。

诸位同志们，本评议会的所以召集，是因为要解决根本底的问题，就是，第一，×××的战术，即并不站在或一个特定的团体的见地上，而用一切方法，来援助×××团体或艺术家这一种用到此刻了的战术，究竟对不对。这是对的呢？还是非取"那巴斯图"的方针不可呢？据"那巴斯图"的人们的提案，是应该取杂志"那巴斯图"及其对于艺术家的态度，作为出发点的。他们又要求将文学上的"政权"付给"墨普"（墨斯科无产阶级作家同盟），即非常幼小的，在艺术上，几乎并无表见的一个特定的团体。我可以完全冷静地说，而且也知道——同志瓦进，是不能清算现在俄国共产党中央委员会所站的立场的，为什么呢？因为惟这立场，是由生活本身所规定，而站在"那巴斯图"的立场上，则便是破坏一切工作的意思了。在这里还有应该记得的事，就是从阿列克谢·尼古拉耶维奇·托尔斯泰和"同路人"起，以至无产阶级作家的，真实的艺术家的最大多数，都在杂志《赤色新地》上做事，却没有和"那巴斯图"连合起来。这就因为杂志《那巴斯图》，连一个优良的"同路人"也引不进去的缘故，像那杂志所取那样的方针，是什么事也做不出来的。

再前进罢，这里有无产阶级青年在。我试问这些青年们罢：为什么四十人合成的这青年的团体，现在在"赤色新地"的周围组织起来的？为什么他们离开了"那巴斯图"的人们的？也许有人会说，沃隆斯基诱惑了他们了，使他们堕落。现在姑且作为这样罢。但且看发生什么事，——就是，据"那巴斯图"派的人们的意见，则"锻冶厂"派的人们堕落了，一切"同路人"也堕落了，青年的大部分也堕落了，我国的所有作家都堕落了。如果几乎一切都已堕落，则剩下来的究竟是谁呢？是同志烈烈威支和罗陀夫，剩在文

学里。但是，只这样，岂不是未免太少么？可惜我的时间已经过头
了，我现在不能涉及此外的许多根本底问题了。

　　最后，还有应该在这评议会上声明的事——这就是我在这里当
诸位之前所讲的话，并非作为一个沃隆斯基，而是作为在"赤色新
地""克鲁格""锻冶厂"和青年团体"沛来威尔"上做事的那文学的
代表者，换一句话，则是凭了几乎一切活动着的青年的苏维埃文学
之名，而说着话的。这文学，和我们同在。"那巴斯图"派的人们，
是做不到的。如果本文学评议会对于这一节不加考虑，那就恐怕要
犯大大的错误的罢。

瓦进（II.Vardin）的报告演说

　　本评议会，是在决定文艺领域上的党的方针的。同志沃隆斯
基努力要给人一个印象，仿佛对于文学一定的党的方针，已经存在
着了的一般。然而假如党内已有着这样的方针，则主张相反的我们
"那巴斯图者"便成了和党的方针反对。提出这样的问题来，于同
志沃隆斯基也许是有利的。然而这并不和实情适合。事实是这样
的。在一九二一年，同志沃隆斯基得到指令，是教他将或一种作家
团体留在苏俄的方法……那时候，是不得不顾虑"皮利尼亚克"之
类，逃到白军里去的。然而自此以来，已经经过了三年的年月了。
在这期间，出了什么事了呢？在社会底政治底情势之中，有了怎样
的变化了呢？一九二一年和一九二四年的不同，究竟是什么呢？

　　同志沃隆斯基用尽一切方法，试来分析现实，要从这现实出
发。他通论文学，然而开在中央委员会里的党的评议会，是只有从
政治的见地看来的文学的问题，这才可以作为问题的事，他却不能
理解。

同志沃隆斯基的 These（提要），是"现下的情势和在文艺上的俄国共产党的问题。"然而他关于现下的情势，一句也不说，关于在文学的分野上的党的课题，也几乎没有说。比起一九二一年，比起那时所给与的方针来，他一步也没有前进。

想一想罢。人们到了党的中央委员会的评议会，来讨论关于文学的分野上的党的课题，而在会上，却绝不说起我们所生活着的社会底政治底情势；也绝不说起怎样提出现在所设的问题；"那巴斯图"的人们早就施行了的那剧烈的斗争，是因为什么而起的呢？也不给取说明之劳。而这剧烈的斗争之所以惹起，却正因为我们的眼前竖着重要的政治底问题；在我们的眼前，文学已在渐渐变了有产阶级的，有产阶级观念形态的手段；同志沃隆斯基所立的立场，是使我们的敌人的政治底课题不费力，因此也就为一切反苏维埃政党及倾向所迎迓了。

根本的问题就在此。倘若我们不说这些事，倘若我们不从这里出发，倘若我们忘却了问题的本质，是在怎样地使文学成为我们本身的手段，倘使，再说一回罢，并不理解这个，不从这里出发，则我们就毫没有聚在俄国共产党中央委员会里的必要的。

请许我说一说同志沃隆斯基应该做什么罢。现下的情势的特殊性，究竟在什么地方呢？试拿最近的党的文件——被共产党中央委员会所采用的同志穆罗妥夫的提要来看罢。那文件里，记载着农村中的富农的成长，都市中的个人资本的成长。在这有产阶级的再荣的地盘之上，自然就有那观念形态的再荣，而且也自然底地，有了为巩固自己的立场计，利用一切可能的反无产阶级层的尝试，首先是钻进文学里，于是竭力将这利用于自己的政治底目的上的尝试，这是可以观察出来的。

现下的情势的别的性格底的特性，是在我们国里，正在感到或一种的退潮，正在出现着社会底反动的征候。这反动的气分，非但在非无产阶级层——智识阶级、市民之类里，这退潮、疲劳、悲观的气分，便是我党里面，也都侵入，感到了。如果拿那登在杂志《波雪维克》第二号上的同志布哈林的论文来一看，诸位便会知道我所说的并非空想底的危险，而在我们之前的危险，乃是全然现实底的罢。这时候，关于文艺的问题，岂不明明白白，有着最重要的意义么？

而在这事实的面前，同志沃隆斯基说着些什么呢？他是从事于文学者的登记了；他以怎样的文学者存在，报告我们，排列了他们的姓氏了；他也编成了他们的履历了罢。这为党的评议会计，也许是非常重要的。

但是，诸位：这些履历——是完全的空事情。全部问题，是在这些履历里面，隐藏着怎样的社会底要素，怎样的倾向，怎样的观念形态的萌芽；这些人们，对于四近正在发生的政治斗争，做着怎样的职务，以及可有做出来的危险。这些一切问题，都不惹同志沃隆斯基的兴味。他的立场的最大的错处，是在，在他那里，阶级斗争是不存在的，革命的事是不存在的。他就大体判断，他拿出对于艺术，不可有什么整顿，什么政治底干涉这一种新发见来。同志沃隆斯基是在生活和政治斗争之外的。威吓着我们的危险，他是不看的。

诸位同志们，在现在的党的评议会上，必须顾及的现下的第三的政治底特性，乃是一切反苏维埃政党，对于现下的情势，是将那重要的希望，都放在包围共产党，党的解体和变质之上的。应该从这观点，将这问题，又从这观点，将同志沃隆斯基的政策和实际，都加以批判。倘若，诸位，我们忘却了现下的情势，我们是不能解决面前的问题的。再说一遍——倘若我们之前，没有政治上的问题，我们是并无聚到这里来的必要的。

　　我们之间，也有爱发些艺术是艺术，关于趣味，是不能争的之类的议论的人。然而这样的想法，是不可容许的。同志沃隆斯基说过，同志什诺维夫称赞了阿列克谢·尼古拉耶维奇·托尔斯泰的《亚蔼黎多》；我也从同志什诺维夫亲口听到过。同志加米涅夫（Kamenev）呢，曾对我说，他读爱伦堡，是觉得满足的。同志布哈林是写了爱伦堡的《莆里阿·莆来尼德》的序。

　　然而问题并不在同志加米涅夫或别的同志，读了爱伦堡，觉得满足或不觉得。问题是在这些文学、政治底地，于我们有危险呢还是没有危险。问题的本质，是在这些文学，对于大众给与怎样的影响。必须从这里出发的。近时，《共产主义者》志上，载着克拉拉·蔡特金（Klara Zetkin）的回忆，那里面，记有关于文学的职分的，文学应该怎样走，向着那里走的列宁的最有兴味的注意。从这注意，我领悟了一件事——同志加米涅夫要读什么，是可以随便的，我们聚在这里的一切人，几乎都看着白系的文学，这是因为我们都已有了和这相当的免疫性的，然而我们不将这些一切文学，散布于广大的大众的罢。如果不如此，我国里就也不妨有出版的自由了。为了苏维埃共和国的利益，也无赔偿，而征服火星的《亚蔼黎多》的那主人公，对于同志什诺维夫，也许给以艺术底欢喜的，但在广大的劳农大众，这些一切的文学，乃是最有害的毒物。倘使我在斯惠耳陀罗夫大学的列宁主义研究会里，看见拿着爱伦堡的女子大学生，我就这样说："同志加米涅夫读爱伦堡，是一件事，然而斯惠耳陀罗夫的女子大学生，加以在现今的疲劳和悲观的状态上，来读这文学——那是全然，全然是另一件事。"再复述一回罢——对于文学的问题，我们所必要的，是从那及于大众的影响的见地来观察，别的一切见地，在我们，是绝不会有什么决定底意义的。

　　那么，党的文学政策，应该是怎样的呢？这政策，应该向着三个方向走。第一，我们有竭力妨害资产阶级将文学利用于那政治的目的的必要。第二，我们应该利用旧文学中的一切有用的东西，招引能够将利益送给我们的那一切文学者。第三，我们应该更进一步，为革命必须有自己的文学起见，讲究一定的具体底对策。

这些一切的问题，同志沃隆斯基怎地解决着呢？他大抵非常满足。他能够给我们作"同路人"的长长的表，而这些人们，在他，是文学上的基础底势力，他依据了这些人们，以这些人们的名，在这里讲得很可以，而且惟有这些人们，据他所说，是倾听这里所讲的事情的。这些"同路人"者，究竟是怎样的人们呢？看一看同志沃隆斯基的论文罢。这么一来，诸位便从中可以看出这"同路人"的致命底的特色了。同志沃隆斯基瞒不住这是不可靠的人们这一个事实，革命不能和这样的人们始终相关的这一个事实。然而同志沃隆斯基对于我们必须有自己的文学，来替代这些的事，却一句话也不说。

再拿别的文件来看。此刻我的手头有着出版所"克鲁格"所印行的叫作《作家关于艺术和自己》的书。在这里面，他们将自己，将自己对于文学的见解，非常自由地叙述着。现在请容许我对于皮利尼亚克，唤起诸位的注意来。皮利尼亚克所说的话，比别的"同路人"更其显露着那性格。皮利尼亚克写着——

"我不是共产主义者，所以我不觉得我应该是共产主义者，我应该共产主义者底地来著作……对于共产主义者的俄罗斯的关系，是我的对于他们的关系……我要说明，俄国共产党的运命，只给与我比俄国本身的运命更少的兴味。在我，俄国共产党不过是俄国历史上的一个环。"诸位同志们，你们知道么，那巴威尔·尼古拉耶维奇·米留可夫，对于这事，是也怀着和这恰恰相同的见解的。请再听下文罢。皮利尼亚克写着，"除了现在所写着的之外，在我，是不会写的，也未必写罢——假使要强制我，则世间虽有文学的法则，但这并无强制文学底才力的可能。"这是又坦白，又正直的。还有，"右翼的布宁（出色的作家）和梅列日科夫斯基，左翼的绥拉菲摩维奇——是旧的作家，但他们什么也没有写，即使写了，也很不行，这就因为他们以艺术来替代了政治的缘故，以政治之名来写作的缘故，他们的艺术不再是艺术，停止了发响了。"诸君看见没有，将绥拉菲摩维奇和梅列日科夫斯基，革命家共产主义者和反动家白军士，皮利尼亚克置之同列，说是都为政治所妨害了。我们知道，政治并没有妨害了绥拉菲摩维奇的写出好作品《铁之流》来。

再听皮利尼亚克的话罢——"在新的文学上，什么是必要的呢？——我不知道，我只知道一件事——必要的是好作品，另外的事，将由此偿还的罢。"这是同志沃隆斯基的见地。他也是一个不管那才能向着怎样的方向，而只要是"好作品"，"有才能的作品"的帮手。皮利尼亚克还称赞着出版所"克鲁格"和杂志《赤色新地》。皮利尼亚克想着——惟有这个，是健康的文学。同志沃隆斯基挑选着好作家，挑选着"好作品"。而且对于这些好作品，"不用纸币而付现钱"，也是很好的事。

是这样的"同路人"。要他们更拿出所能给与的东西以上的东西来，他们是不能的。这一事必须理解。但许多人们没有理解。于是对于"同路人"的非批判底态度，便弥漫了。在这意义上，揭在《真理报》上的同志渥辛斯基的今天的论文，是有趣的。他就卢那察尔斯基的最近的戏曲而言。他用了很柔软的句子，表示着这作品是怎样地不满足。后来，同志渥辛斯基是这样说——"即使说是或种文学，有向着神秘底反动底的形态观念这方面的隐约的倾向，但和从事于将没有党员证的文学，积极底地狩猎出来的乱暴的同志们（杂志《那巴斯图》）异其意见，也不妨事的。"

这意思，就是说，因为"那巴斯图"的人们注视着他们的向神秘主义和反动的隐约的倾向，所以不好。同志渥辛斯基呀，当革命第七年，在苏维埃共和国，公然宣传神秘底反动底形态观念的人，是一个也没有的呵。

假使"那巴斯图"派之罪，是在曝露"同路人"的"隐约的倾向"，那么我的意思，是以为这决不是他们之罪，而是他们之功。本党不能不说"那巴斯图"的人们，是尽着党的义务的罢。即使这是极隐约的现象，但在资产阶级底神秘底反动底形态观念之前，闭了眼睛者，即此便犯着罪的。

再前进罢。我们的出版所、大杂志的政策，是怎么样的呢？很多很多的大半是敌对我们的文学，由我们的苏维埃的机关传播开去。因为这些文学，是从国立出版所及别的党苏维埃的出版所所印行，并且先是《赤色新地》，印刷在我党的杂志的页上，大众便以为这才是真实的革命底文学，容受了。在我们的高等教育机关，在我们的劳动大学，青年们以为这文学是革命的文学，容受着。我们的年青的后进，是从皮利尼亚克、尼启丁、爱伦堡，开手文学底地研究着革命。我们的高等教育机关和劳动大学的文学教授——大多数是旧的教授。他们依据了同志沃隆斯基及别的批评底评价，将这些文学，当作真是革命的文学，教授着学生。

这样的状态，我们还能够忍耐下去么？还没有从我们的文学里除去其实并非革命底的一切商标的必要么？

我们的出版所和编辑局的这样的政策，靠着苏维埃共产主义底招牌的一切皮利尼亚克主义的遮蔽，有必须永久完结的必要的。

在这里，我们于是到了别的重要的问题——我们的文学批评的问题了。

我国的重要的批评家，谁也知道——是同志沃隆斯基。但我要决定底地说——沃隆斯基不是波雪维克的批评家。在他那里，并没有对于所批评的文学的马克思主义者底态度。在他那里，是已经有着从别林斯基时候以来所承继的传统底智识阶级的批评的。（席上之声，"这不是坏事情！""他是依据着旧有的遗产的！"）诸位同志们，这旧来的遗产，应该知道利用。但是，同志台尔，你不是曾经揭发过，旧来的遗产，例如，即使是普列汉诺夫，也不能利用么？于此我要说，沃隆斯基没有对于文学的波雪维克底，马克思主义者底态度。而别的批评家，是跟着他的方针的。

例如，有一个叫作普拉荷陀辛的人，他是先前的 S. R.（社会革命党员），其实呢，现在也还是 S. R.。由同志卢那察尔斯基和斯台克罗夫所编辑的杂志"Krasnaja Nieva"的批评栏，实际上是这普拉荷陀辛指导着的。这杂志的五月一日号上，普拉荷陀辛登载了关于凯进的批评论文，普拉荷陀辛是大赏识了凯进的诗了的。为什么呢？——这是因为"其中并无宣传，宣言，战斗底阶级底忠义主义，抽象底市民底调子存在，而惟这调子，是内面底地，非音乐底，非第一义底的，但凯进的各诗——常是真实的人间底体验的断片，是谐音。"

"战斗底阶级底忠义主义"，"抽象底市民底调子"……真是，这些不都带着好声音么？就是这样，这批评家在我们的杂志的页上说着。无不依据沃隆斯基的这批评家，是全然支持他的。再请听罢。凯进者，普拉荷陀辛说——"决不立于'工厂的竹马'呀、'协同组合'呀，以及此外现代诗歌的一般底拟古典之上的。"凯进者——普拉荷陀辛力说——"决不歇斯迭里[3]病地"，陷于"现代的社会底，而且常是关于雇来的劳动的叫喊"。

诸位同志，这不几乎就是 S. R. 的宣言么？同志渥辛斯基也许说，这不过是倾向。但在无产阶级独裁之下，反对革命，是不能写

3　现代汉语常用"歇斯底里"。——编者注

得比这更明了了。在这诗里，凯进不是无产阶级的诗人，而是职工诗人。普拉苻陀辛的小资产阶级底观念形态，便在凯进的诗里认出了这一方面，将这称赞了。对于观念形态底地，可以非难的凯进的诗，纵使我们可以忍耐，但对于这样的批评家，却无论如何，不能忍耐，也不该忍耐的。然而倘以为普拉苻陀辛的这论文，是偶然飞出来的，可不对。普拉苻陀辛者，在事实上，是"Krasnaja Nieva"——这印行六万，给最广大的大众阅读的杂志的编辑者之一人。我是引用了五月一日号所载的论文的。在那正月号，这普拉苻陀辛则登了反对无产阶级文学，反对"那巴斯图"派，瞎恭维同志托洛茨基和沃隆斯基的论文，在这里将托洛茨基写成 Taras Bulda，沃隆斯基写成 Ostap 模样。

这样，诸位，共产主义底批评，在我国是不存在的。在苏维埃的商标之下，出卖着一切污秽；没有一个批评家，来将这些一切文学的真实的意义，示给读者，说明给读者，从阶级斗争和无产阶级的政治底利益的观点，来观察这些的。党的马克思主义者底批评家，在我国是不存在的。然而这一定应该出现。

同志们，同志沃隆斯基所实施着的政策，是被我们的敌人全然决定底地评价着的。一切国外和国内侨民，都激赏同志沃隆斯基的文学政策。最是注意地着目于我们的论争者，是右翼 S. R. 的杂志"Volja Russi"。这杂志的十一月号中，说着这样的话——"一切论争，由沃隆斯基对于文学，以文学底见地来看的事开头。……'右翼'和'左翼'的斗争继续着，但已经决定对于文学，试行一从艺术底见地了。……沃隆斯基所行的路，当得或种的成果。"……

这样的话，并非瞎造的。"Volja Russi"的别一号，以及十一月号上，还讲到同志托洛茨基和契切林的论文。下文，是我们在那里面所发见的——"托洛茨基在赤军复员的时候，开手写文学和艺术

了。外交委员长的'复员'，岂不是使契切林（Chicherin）从事于文学的意思么？"（笑）

然而这并非怎样要紧的事情。要紧的事，是检讨了我们的文学底诸倾向之后，这 S. R. 杂志所下的结论——

"……亘俄罗斯全国，行着新的斗争，世界观的斗争，作为由共产党纲领的一面底命题而'中毒'后的反动，而为全体底世界观创造起见的斗争。"

作为"一面底"共产党纲领的代表者，这 S. R. 杂志，则举出"那巴斯图"派——对于这派，全体侨民，尤其是"Volja Russi"，是行着发狂的斗争的——来，他们将"那巴斯图"派，斥为严刑主义者，无产阶级的十字军等等。然而他们对于同志沃隆斯基、托洛茨基，以及这一派的别的人们的赏赞的意思，是全然明明白白的。我们的敌人，一定在"那巴斯图"底方针的反对者现在所做的政治底错误里，寻到了支持。

党的前面，是站着怎样的根本底问题呢？"同路人"呢，自然应该利用，但是利用的，也应该是真实的革命的同伴者。将来怎样利用"同路人"呢？唯一的方法——只有本党依据了在文学的分野上的本党自己的团体。在我们，××× 细胞是必要的。在我们，文学的分野上的波雪维克的小组是必要的。做这细胞，这 ××× 的小组者，是无产阶级作家团体。说是他们里面，没有天才，诚然，天才是没有。这还是年幼的军队。向着大概是刚出地下室的阶级，而且在市民战争的翌日，便要求天才底作家，是愚蠢的。然而党要实施那政策，可以依据的那样的团体，是存在的。那团体，便是"全联邦无产阶级作家联盟"（"域普"）。党应该指导"域普"，在那周围，使党外的作家团结起来。

同志们，我们时常说——沃隆斯基应该打倒。这自然是比喻底的说法。问题的个人底结合，是不足以解决的。问题的本质，是在使党外的作家，结合于×××细胞的周围，党的团体的一点上。即使将坏的沃隆斯基，换一个好的沃隆斯基，并不能救转这状态。对于党外的作家，我们用了指导一切党外的部分的一样的方法——经过细胞，经过小组，可以指导的。

同志们，无产阶级文学现在不过是刚才产生。正如文字那样，几个月之间，得了非常的成功了。与其以劳动阶级未出天才底作家为奇，倒不如惊异于劳动阶级在比较底短期之间，出了很有才能的作家们，更其重要的，是在工厂中，劳动通信员、劳动大学生、青年共产党员之间，竟能布了文学研究会广大的网。在市民战争终结后的第四年，便发生了劳动阶级广大的文学运动，是可以惊异的。

同志们，在对于无产阶级文学的关系上，沃隆斯基是采着破坏底方针的。这破坏底方针，应该一扫。对于这最重要的新的运动，党应该给以指针。那时候，我们波雪维克，才会有波雪维克主义的文学，革命才会有那真实的文学的罢。

（同志瓦进的报告之后，同志 A. 威勖鲁易起立，证明同志沃隆斯基的立场的正当；又，同志 U. 李别进斯基在简短的发言中，要使"那巴斯图"的见地，得有基础。）

渥辛斯基（S. Osinsky）

今天由我们讨论着的问题，如果拿同志瓦进的判断来一看，那里面是存在着无限的不条理的。据他的意见，这并非艺术上的问题，而是政治上的问题。不然，这是艺术上的问题，也是政治上的问题，而同志瓦进全不理解这一点。同志瓦进在这里所讲的话，就如说，在高等数学的领域里，没有属于俄国共产党的人们，所以应该将他们统统驱逐,立刻换上共产主义的劳动者——和对于现代的科学这样地说,是一模一样。这里由"墨普"所主张的事,不过是对于专门家的旧论争。而这论争,则已到了取了下面似的形态而出现了——就是,从文学界逐去专门家罢,我们自己的无产阶级作家万岁,我们自己的无产阶级的专门家万岁。

这劳动反对派底见地,是应该抛掉它,拒绝它的。还有不好的事情。我们如果拿李别进斯基的小说《明天》来一看,那是纯然的清算派的作品。但是同志李别进斯基呢,到这里说了些什么关于观念形态的话。我不能不说——这错处,并不是单在李别进斯基之上的。我们大家,都被小资产阶级底自然成长性所围绕,我们应该和这战斗。或一程度为止,应该站在哨所上,那是完全明明白白的,也是决定底的。然而倘若你们要在自己这一面,获得独占,则从诸位的团体里,生出些什么来呢?倘若诸位的"将全俄文学,交给'墨普'罢"这一个提案竟得容纳,那时候,除了俄国文学的破坏这一件事以外,什么也不会发生的。例如,敬爱的同志罗陀夫,是才能极少的作家。还有,敬爱的同志烈烈威支,也是才能极少的诗人。据我的意见,他较之诗,倒是散文好得远远的作家。倘使这样的人们团结起来,叫全文学跟在他们之后,则那时候,在我国将发生什么呢?诸位说,这个那个的文学,不中我们的意。那么,请将别的文学给我们看罢。倘说,现在这种的文学还未存在,这是还未成长,还未创造——那么,是不是说,就将文学废止了好呢?这是要问一问的。

文学云者,是什么?文学云者,第一,先是一切教化的萌芽。倘若我们在这苏维埃俄国,揭着"绝灭文盲"这一个口号,那么,我们先不可不有的——是文学。而且是艺术底文学。没有这个,我们便不能说是有着十分的教化。不看科学书籍的人们,那些人们,艺术底书籍是看的罢。文艺是有很大的意义的，如果我们不将这给与大众，我们恐怕就阻止发达。这里就发生一个问题——诸位的非难，是在所给与的艺术作品上，有了或一种不好的倾向的时候不是？然而诸君也不妨相信，大众读一种含有坏的观念形态的作品，是会除掉那坏的观念形态，而只留下好的那些，用这来滋养自己的。没有这营养，是什么事都不能做的。这自然并不是说，驱逐掉我们的文学。然而诸位的问题的建立法，以及那实践底结果，客观底地，是最有害的结果。这事是应该率直地说一说的。

拉思珂耳涅珂夫（F. Raskolnikov）

倘使诸位看一看旧的非波雪维克的杂志，例如，即使是"Sovremenniy Mir"那样的，你们在那里也会看见是行着决定底的二元性的罢。在那里，社会评论的部分，是不能不有一定的方向的，但文艺的部分，却完全可以自由。所以在一本杂志上，文艺栏里——是阿尔志跋绥夫（Artzybashev）的小说《赛宁》，在社会栏里——是普列汉诺夫（Plekhanov）的马克思主义底论文，能够在一处遇见。

那么，在对于这事的以前的我们波雪维克的传统，是怎样的呢？革命以前，我们没有印行文学杂志那么多的资产。但是，我们的劳动报《真理》，也还有着文艺栏。我们便在那里，登载我们的无产阶级作家的作品。但在那里，阿尔志跋绥夫、安德列耶夫（Leonid Andreev），是都没有登载过的。

凡有这些阿尔志跋绥夫和别的资产阶级文学者们，在那时代，也是或种意义上的同路人。自然，倘使我们去嘱托他们，他们因为想在劳动者之间，获得自己的名声，会高高兴兴，将作品送给劳动报的罢。然而我们故意避开他们，努力要在无产阶级大众的层中，寻出我们的无产阶级作家来。现在呢，我们有在旧的、革命前的《真理》上开手工作的作家和诗人的一大团了。一九一四年顷，此刻在座的同志加米涅夫，就直接参与了无产阶级作家的最初的创作集的发行的。无产阶级诗歌的创立者，那时是杰米扬·别德内，还有和他一同在旧《真理》上工作的无产阶级诗人的一团。

但是，现在同志沃隆斯基所拥护着、展开着的方针，却是在文艺领域上的我们波雪维克方针的分明的歪曲。诸位，我们之所以反对印行皮利尼亚克和阿列克谢·尼古拉耶维奇·托尔斯泰的讨厌的作品，我们决不是说："将皮利尼亚克按到墙上去，将阿列克谢·尼古拉耶维奇·托尔斯泰再赶出外国去。"这些作家，自然都是在独特的意义上，有着才能的作家。我们也决不是要制造对于他们的同盟排斥（boycott）的氛围气，也并非要求在苏维埃联邦的领地内，禁止印刷他们的文章。我们不过努力要纠正文艺领域上的方针。我们不过仅主张这些不相干的，有时还和我们为敌的作家们，在党和苏维埃的印刷品的纸张上，受着殷勤的欢迎的事，应该停止。在现今，例如"Russkiy Sovremennik"那样的资产阶级杂志，正在开始出版了。由同志沃隆斯基所招集的文学者的一部，要流到那一边去，是毫无疑义的，因为稿费大约是那一边多，而那些作家们，也正如同志瓦进说过那样，大半是"看金钱面上"的人们呀。但在我们，却有在我党中，在苏维埃的文学中，施行彻底的政策的必要。在我们的杂志上，评论的部分和文艺的部分，是必须有完全的一元性的。我们不能容许同志沃隆斯基所做的那个二元性。便是他自己，对于聚集在《赤色新地》的周围的自己的作家，不也下着比谁都厉害的致命底的批评么？（朗读。）我并不攻难他写了这个。他写得不错。我之所以攻难他，是在他将这些作品，在国立出版所的商标之下，印在我们苏维埃的杂志上。（座中的声音，"他们印出来的，还不止这个哩。"）他们也还登载着更其不好的作品。他们登载着"Tarsan"呀，"Mess Mend"——这最卑俗的 Pinkerton 式作品。我并非说，要将这些作家全都同盟排斥，或者使他们动也动不得。自然，要印多少，给他们印多少，就是了。只要不在我们苏维埃的党的杂志上，也不要用工农的钱来印就好。还有，有一个为了《赤色新地》的读者，专门解说现代文学潮流的叫作普拉荷陀辛的批评家。他在这沃隆斯基的杂志上，写些什么呢？大家听罢。（朗读。）

最后，对于在《作为生活认识的艺术》里，由同志沃隆斯基所展开的他的理论，还要说几句话。我深信这篇论文，是马克思主义的通俗化的最坏的例子。普列汉诺夫在那论文《艺术与社会生活》里，已经指示出，为纯艺术的理论，换了话说，就是为艺术的艺术的理论所统治的时代，是有的了。这是生于在作家和围绕他们的环境之间，难于和解的不调和所造成的历史底瞬间的。意识底地，要逃避这一切生活的纯艺术的公式，却在沃隆斯基的人工底的，散漫的，非马克思主义底的，公式——作为生活认识的艺术里，寻得地位了。并非作为生活认识的艺术，而是作为社会关系的产物的艺术——惟有这个，是对于艺术的唯一而正当的马克思主义底见解。

波隆斯基（V. Polonsky）

正如同志渥辛斯基已经说过那样，同志瓦进所加重主张的，是以为站在我们之前者，并非艺术底问题，而是政治底问题。但这就不许我们来谈关于从文学底见地看来的问题么？第一，这政治底问题的意义，岂不是就在使文学发达，成长于我们的国里么？这问题，惟在当检讨之际，并不忽视那具体底艺术底特性的时候，这才可以政治底地解决。然而同志瓦进的口气，却明明说是关于文艺领域上的党政策的问题的设立，我们不妨忘却了单论文艺，不涉其他的事似的。瓦进将眼光避开了文艺的特殊性，他要不想到文艺上特有的法则了——他的谬误的主要的原因，也就在这里。倘使沃隆斯基正如"那巴斯图"派诸君所说，是一个破坏者，那么，瓦进——就是分明的歼灭者。为什么呢？因为他的决议，不过是一个要将文艺全灭的尝试。这是同志瓦进的决议所要求的——

"从我们的出版物，决定底地驱逐出失了社会底意义的作家，尤其是曲解了革命的社会底、政治底和生活底形相的作家。从我们的出版物，决定底地驱逐出国内的文学底 Emigrant（侨民）。"

这里倒还是毫不可怕的——有谁会反对从我们的出版物，驱逐出曲解革命的新的"国内侨民"呢？这一点，是可以放心赞成的。我们和他们之间，在这地方并无争论之点。但问题，是在谁来做审判者。谁来判决，定为"曲解"者，而加以驱逐，等类，等类呢？这是极重要的问题。据同志瓦进的决议的别一条，我们知道他大概要使谁来担任这职务。他是要求着以"无产阶级作家联盟为文学战线上的党的依据点"的。

就是为了这个，同志瓦进打着墙。他望着自己的联盟的独裁，"域普"（全联邦无产阶级作家联盟）的独裁，他想"域普"从中央委员会得到证明书，随意判决，并且从文学驱逐出去。但在"域普"本身之中，不也就有"同路人"存在么？所谓"同路人"者，岂是单指那说是"我和你们同行，然而自己随便走"的皮利尼亚克一类的么？"同路人"者，是也用以称呼那准备着党员证，得了以党之名，以无产阶级之名来说话的权利，但在或一程度以上，却不和我们同行，而只想用了党员证，来遮掩这事的人们的。这一类的"同路人"尤其危险，而且自以为自己的袋子里有着党员证，便要来取得统治权的，不正是他们么？但是，从一个的作家团体的独裁，文艺会得到什么利益呢？这会给我们利益么？同志瓦进，岂不是竟至于说出"我们读什么都可以，但劳动阶级却不行"那样的怪事来了么？我们呢，读我们所喜欢的一切，然而劳动者却只可以读"域普"的作品。这于"域普"也许是有利益的，但于无产阶级，并没有怎样的利益。

关于文艺的论争，大体是和利用熟练的智识阶级的问题相联结的。智识阶级是否适宜于站在我们的革命得了胜利的无产阶级的立场上呢？假使他们是适宜的，我们便不必有怕用这熟练的智识阶级的必要。如果白军的人们以为这是要招致我们的灭亡的，让他们这样去想就是了。我们的问题，是在竭力使智识阶级，移到无产阶级的立场上去这一点上。这一点，对于专门家一般，对于艺术家文学家，都不错的。能够使他们移到无产阶级的见地去，这意思，就是说他们能够用了无产阶级的眼睛来看世界。然而用了同志瓦进那样的驱逐，文学的全灭，这事是办不到的。瓦进说——在我们，文学上的×××细胞，是必要的。这有谁反对呢？然而我们为什么必要×××细胞？为了驱逐出×××细胞以外的一切么？你是讲着"域普"的独裁，而且因为这目的，所以×××细胞在你是必要的。但"域普"的独裁，所以要招致文学的破灭者，就因为没有这个，便扫荡了文学的不能发达的那过程，那斗争底氛围气了。

我想，对于沃隆斯基的攻击，是很有些不对的。沃隆斯基将一九二一年顷立在我们面前的课题，正当地办妥了。那课题，便是——不但将侨寓的智识阶级，不但将国内侨民，也将资产阶级文学，加以分析，从中摘出合于生活的部分，将这和我们联结起来。而沃隆斯基将这事办好了。诚然，沃隆斯基此后并没有改换这状况。而二四年呢——并不是二〇年、二一年。沃隆斯基将这一点忘掉了。但他该会矫正自己的，他在近来，也正在借了教养文学青年的事，改正着自己的方针。

　　无产阶级文学尚未存在，我们应该帮他产生。但那办法，却不在我们借了这帮助，将现存的文学驱逐，而在帮助他从昨日的文学中，获得已经创造的较好的果实，战胜这文学。沃隆斯基和我，都并不将我们称之为"同路人"的作家的文学，看作跨不过的 Rubicon（重译者注——地名，这里是以喻倘一逾越，即见成功的境界）的。这文学，不过是我们应该经过，而且我们还应该更加增高的阶段。所必要的，并非破坏这阶段，却是通过他。新的文学的创造，是并不站在旧文学的破坏之上的。

烈烈威支（G. Lelevitch）

　　从同志渥辛斯基起，部分底地呢，是同志波隆斯基，都在这里将关于"墨普"的工作的事，检讨了很不少。他们说，有这样拙劣的作家的团体，想获得文学上的统治权了。但是，这是——不真实的。对于烈烈威支的诗是拙劣呀，罗陀夫的诗是拙劣与否呀的问题，我还是完全不提罢。

　　论争并不在这里，是在文学上的沃隆斯基的方针不错呢，还是我们的不错。涉及竞争，是不对的。第一，这是形式底的事。以为狡猾的作家的一团，拉住了瓦进和敖林（B. Volin），又拉住了另外许多党员，硬要他们来做个人底目的的手段，岂不是大笑话么？这是——第一。第二，是我们在什么时候、什么地方，说过艺术上的党政策的课题，乃是将统治权交给我们的团体"十月"呢？我们只说对于无产阶级文学的指导，是必要的。根本的问题就在此，并不在团体的斗争。

　　同志沃隆斯基说——所谓无产阶级作家者，是怎样的人呢？你们的意思，是只以为无产阶级作家者，是小团体的会员，首先是立誓破坏旧文学的、历史底的型范的人们。这并不对。我们在无产阶级作家这一个名目之下，所解释的，是用了无产阶级前卫的"眼睛看世界"（皮利尼亚克的话），而且导引读者，向着作为阶级的无产者的终局的问题那一面去的艺术家。例如杰米扬·别德内和绥拉菲靡维奇，即使并不加入"十月"。我们也看作真实的无产阶级作家的。

同志沃隆斯基说，我们是要破坏一切文学的，如果我们的见解一实现，便只剩下空虚的处所罢。诚然，我们之间，没有普希金那样、果戈理（Gogol）那样、歌德（Goethe）那样的巨匠。诚然，我们之间，没有无产阶级的天才。但是资产阶级那里，现在也没有普希金、果戈理、歌德呵。所以，来要求记念碑底天才，是全然无益的事。这是在现代的资产阶级文学中也没有的。这是第一。

第二，自然，关于几种作品的成功与否，几个作家的有无才能，也还可以争论。而这事，是虽在一个的潮流之中，也会有或一程度的意见的歧异的。

然而这一点，是可以决定底地说的——就是，无产阶级文学现在出了许多艺术家，他们在艺术上，虽然决不能和普希金、果戈理比较，但至少，和现代的别阶级的文学，却可以对峙了。先举两个例罢。一九二三年的同路人以至资产阶级的诗歌中，在那创造底力量和革命的展开之广大上，可有一种作品，能和别泽缅斯基的长诗"Comsomolia"相比较的呢？一九二三年的同路人乃至资产阶级的文学中，在那把握之深，观念形态底艺术底价值上，可有能和绥拉菲靡维奇的《铁之流》比肩的呢？这是去年所写的无产阶级的两种作品，在同路人乃至资产阶级文学的去年的作品中，能和这相比较的，却一篇也没有。

同志们，这事实，便是十足的雄辩。只要这两个例，就知道所谓在我国，无产阶级文学什么也没有的话——不过是空话。许多优良的措辞的艺术家，已经从劳动阶级出来了。杰米扬·别德内、绥拉菲靡维奇、李别进斯基、别泽缅斯基，此外许多的人们，就证明着这事。（座中的声音："这单是团体罢！"）我们并不说团体，是说无产阶级文学。（座中的声音："Artem Veseliy 呢？"）亚尔穹·威勖鲁易现在是无产阶级作家。但他的面前，有着很大的危险。如果他不降服，他此后也便是无产阶级作家罢。无产阶级文学已经代表着认真而强有力的艺术底力量。前面自然还有更大的课题。我们不独一个《铁之流》，还要二十个《铁之流》。我们不但一个"Comsomolia"，还须有更深的处理和更广的布置的二十五个"Comsomolia"的。

但是，例如，同路人做不出一个《铁之流》来，而无产阶级文学却做出来了，所以说我们不能艺术底地和资产阶级、同路人文学竞争，是没有道理的。但在这里有一件应该记得的事。这便是，无产阶级文学云者，并非集团和团体，乃是广大的大众运动。低的无产阶级细胞——劳动大学、工场、赤军、乡村及其他的文学研究会，都应该是创造力的巨大的源泉。假使我们这里，只有这些，只有这大众底萌芽，我们也可以说是强有力了。然而我们这里，这些之外，又已经有优胜的无产阶级作家的一队出现。所以，即使我党中止了依据同路人乃至资产阶级文学会为主力的事，也分明另有可以依据的东西存在了。

布哈林（N. Bukharin）

我觉得在此出席的诸位同志的多数，太将问题单纯化，而且看得太决定底地了。在实际上，我们岂不是有着三个重要的根本底的问题么？——这就是读者的问题，作者的问题，还有对于双方的我们的态度的问题。只有这样，我们才能够接近这问题去。

如果问题是这样竖立的，那样，以全体而言，正和范围更广的社会底问题一致。倘若我们说，在政治的领域里，只有一个阶级是无产阶级，而这界限以外，只有一个资产阶级，那恐怕是不对的罢。正和这一样，将对于问题的解决，给与困难的诸问题，抛出于我们的视野之外，是不对的，——因为惟这困难，是正存在于我国没有一定的读者和一定的作者这一件事情里。所以，问题的决定底解决，是没有的，也不会有的。

正如政治上的统治的根据，是奉×××为首的劳动阶级一样，在这混沌之中，也自有或种根本底的东西存在，是无须说得的。所以我们这里，倘就一定的终局而言，则当然该有向着一定的方向的根本底精神；一切的事，多多少少，都该和这终局的目的相连结。许多人都知道，我是站在非常地急进底的立场上的。然而这却绝对地不给我解决那带着一切复杂性的现实的问题。我想——我们在观念形态底科学底生活的一切领域——也包括数学——里，我们之间，究竟可以努力，也应该努力，来造出一个一定的，为我们所特有的立场。于是从这里，便滋长出文化底诸关系的新的精神来。

但是，诸位，可惜这只是不能将特别的困难和过渡底阶段除去的无休无息的准备呀。这不消说，我们从无产阶级文化创造的问题，背过脸去，是不成的，我们从用了所有手段，来支持现存的这萌芽的事，背过脸去，是不成的。我们无论何地何时，都没有拒绝这事的权利。我们倒应该理解，惟有这个，是力学底根据，作为我们的生存的心脏的。但从我看来，杂志《那巴斯图》似乎太将这问题单纯化了。他们的意思是——我国有无产阶级存在，但我国并无中间层，所以问题是在从一切作家中，将他艺术底世界观中的并非纯粹的无产阶级的事，加以曝露，于是用了在"墨普"及其他和这相类的团体里，组织底地做成了的大棍子，来打击他。

这问题的错误的建立法，就在这里。我国还应该有农民文学存在。我们应该迎迓他，是不消说得的。我们能说因为这不是无产阶级文学，不妨杀掉他么？这是蠢事情。我们应该和在别的一切观念形态的领域上完全一样，在文艺的领域上，我们也施行那用了和指导农民相同的渐进法，一面顾虑着那重量和特性，慢慢地从中除去农民底观念形态那样的政策。我们不能不在无产阶级之后，用纤绳拉着这农民文学去。如果关于读者的问题，是这样布置的，那么关于作者的问题也应该这样布置。无论怎样，我们必须养育无产阶级文学的成长。然而我们不可诽谤农民作家。我们不可诽谤为着苏维埃智识阶级的作家。我们不可忘记：文化底问题，和战斗底问题不同，靠着打击，用了机械底强制的方法，是不能解决的。用了骑兵的袭击，也还是不能解决。这应该用了和理性底批判相适应的综合底方法来解决。重要的事——是在和这相当的活动的领域内的竞争。

最后，不可不明白的，是我们的无产阶级作家们，他们应该停止了今天为止那样的只从事于做成 These（方针），而去造出文学底作品来了。（拍手。）诵读那些无限量的主义纲领，已经尽够了，这些东西，都相像到好像两个瓜。这些已经令人倦怠到最后的阶段了。拿出二十篇主义纲领来，还不如拿出一篇好的文学底作品的必要——一切的问题就在这里，为什么呢？因为盛行于我们文学团体中的，是最大的问题的转换。在这里，就存在着那根本底恶。不做必要的事，换了话说，就是并不进向生活的深处，竭力去观察现代生活的许多的方面，普遍化，把握住，不做这些事，而却从脑子里去挤出纲领（These）来。

这样的事，早可以停止了。在我，我要绝灭那同人的无产阶级文学的最好的方法，绝灭他的最大的方法，就是摈斥掉自由的无政府主义底竞争的原则。(声:"不错!是的!")为什么呢?因为在现在,要造成没有经过一定的文学上的生活上的学校,生活的斗争的作家,没有在这斗争中,克得自己的地位的作家,没有争得为了自己的立场的地位的作家,是不能够的。但倘使相反,我们站在应该靠国权来调节,利用一切特权的文学的见地上,则我们毫不容疑,因此要灭亡无产阶级文学。我们不知道由此要造出什么来。可是,诸位同志们,在现在我们的无产阶级文学的领域内,以为我们没有看见大错处么?作家一写出两三篇作品,他岂不就以歌德自居了么?……

我已经提示了站在无产阶级作家之前的课题,我并且给了一个名目,叫作"力学底力"。我要复说一遍,这是我们的预想。但再复说一回罢,我要说,为解决这预想草案起见,我们是有特别的方法的。从这里,要流出为"那巴斯图"的团体所不懂的许多问题来。文学批评者,必须作为决定我们的社会的意见的人,或是团体来行动的么?这可应该像我们招致农民一般,将"同路人"招到我们这边来呢?自然,应该如此。然而一面用棍子打他们的头,绞住他们的咽喉到不能呼吸,一面"招致"他们,这有什么必要呢,又怎么可能呢?一切的问题,就在这里。

从我看来,我国的读者是有各种各样的。作家也有各种各样。所以无论如何,问题的解决,也不会是决定底,一面底。根本的问题,是在读者应该长进,到由无产阶级作家来领导。最后,则应该到无产阶级作家来指导无产阶级的读者。这也做得到的罢。正如我党和劳动阶级,不用 These,却用实际的一切工作来证明,于是在勤劳大众的意识中,克得了一定的指导权一样,无产阶级作家也应该战取那一定的艺术底权威,由此来获得指导读者的权利。

最后,还要添一点小小的注意。同志们,我想,这一件事,是必须明白的，就是造成一切团体，不能用造党呀、组合呀、军队呀的型范来造。也必须明白，在一定的时期，尤其是关于文化底问题，我们是有设立别的两样的团体底规律的必要的。问题呢，现在自然不在那名称上，但我要主张——这须是自发底团体，并不拘束的团体，倘是靠补助经费来办的那样的团体，是不行的。（笑。）那么，小团体就会很是多种多样的罢。而且愈是多种多样，也愈好。他们要因其色彩，大家不同。党呢，当然应该定一个一般底方针的。但要而言之，在这诸团体内，总须有或一程度的自由。这并非立有铁底规则的党，这并非劳动组合——这完全是别的型式的团体。凡有文艺上的政策的一切问题的解决，常常有人想求之于党——宛然是对于政治及其他的生活的些细的问题，党都给以回答一般。然而这是党的文化事业的完全错误的 Methodologie（方法），为什么呢？因为这是自有其本身的特殊性的。

这就是我要在这里提出的注意。

阿卫巴赫（L. Averbach）

最重大的点——是关于预想的问题。关于发达的径路、速度和别的问题呢，即使在或一程度上，意见有些不同，但以一般底地，以及全体而论，我们不得不赞成同志布哈林，他在我们面前，提出了正当的预想，并且指出了无产阶级作家的问题，是最为重要的问题，在这意味上，拿同志沃隆斯基的 These 来看罢。这的所以不行，一是对于明日，并不给一点解答；二是将来的工作的计划，完全没有；三是对于文学，看不透那发达。倘若诸位慎重地一研究同志沃隆斯基的 These，则这完全是照字面的意义上的一个潮流。（拉狄克从座中："这是并没有流着的。"）不，同志拉狄克，潮流是流着的，然而，可惜的事，是在同志沃隆斯基的旁边，而且这将他漂流了。问题的本质正在这里。在同志沃隆斯基那里，是不会有预想的，为什么呢？就因为他不相信劳动阶级的力量。他的反对"那巴斯图的人们"的主要的结论，是——你们是没有名气的！他在这席上，说了这样意思的话，今天在我们这里，一切种类的文学底团体和组织都吵闹着，但是作家是会从什么地方的熊洞里，远离都市的山奥里出来的罢。正在这一点，我们和同志沃隆斯基意见断然不同。无产阶级作家的生成的过程，和以前的艺术家出现的那形态，是质地底地两样的。他并非单是个人底地，从什么地方出现，他是能够从广大的无产阶级文学运动之中产生，也正在产生的，为什么呢？因为我们是将所有的作家的组织，看作劳动通信所开始的那连锁的一个环子的。从列宁对于文化革命的时代的命题出发，我是一个确言者，敢说现在动手写作的劳动者作家的团体，是较之个个已经出现的有天分的——这虽然实在是同志沃隆斯基的唯一的标准——作家们，要重要得多。其次，我们的意见的差异，是我们不将作家出现的过程，看作和我们的意志和我们的关系，并不相干，便即起来的一种东西。这并非单是自然成长底过程，但对于这事，同志沃隆斯基却全然怀着宿命底的心情，他说——要出现的罢，从熊洞里。我们应该作用，创造情势，用适宜的氛围气来围绕劳动者作家，给与影响。于是在或一程度上——我们这里有出版所，有报章，也有别的种种——规定那新的作家群的出现，而且这也是做得到的。然而我们这里，关于这一节，却什么也没有做，文学指导的领域，正如文艺批评的领域一样，到处非常混沌。

其次，在二十一年，同志沃隆斯基曾担当到一种一定的任务。这是一定有看一看实行到怎样的必要的。同志沃隆斯基将这极其一面底地实行了。极其不满足地实行了。他所受的委任，是在使有产阶级作家解体的。使有产阶级作家解体，是必要的事。但我要问一问，靠了始终将头钻在有产阶级作家的团体里，是能够使这解体的么？我们以为倘若真要使他们解体，只有在我们创造自己们的作家，依据着自己们的作家的组织的条件上，这才做得到。正因为这缘故，对于同志沃隆斯基的行动的一部分，我们是早就表示了反对的。我可以确言，以"Molodaja Gvardja"的工作为基础，同志沃隆斯基开初就毫不将一点注意给我们青年们，但是一动手，却就开始要将年青的无产阶级作家的团体解体。同志沃隆斯基是一般底地说，对于作家的组织所有的特殊的意义，还未十分地评定，共产主义底工作，是并不靠着个人底的活动，而惟经过了组织，我们这才能够实行的。

诸位同志们，我们现在是站在相续而出的厚厚的有产阶级杂志的前面了，而同志沃隆斯基的行动，却正是创造了他们的出现的可能。这两三年来，如果施行了党的真实的政策，作家"同路人"就不会走到有产阶级杂志那边去了罢，而他们的出现，不过作用于作家的政治底分化，至于真的同路人，就剩在我们这边了罢。

雅克波夫斯基（G. Iakubovsky）

诸位同志，文艺的问题，现出竟至于这样地带着现实味，提了出来，这大概是大众的异常的文化底成长的结果。必须决定底地这样说——煽动，现在是不流行了。只要是和读者有关系的人，和劳动阶级的读者有关系的人，谁都知道。在全俄职业同盟中央委员会里，就有着明白劳动阶级的读者要求着艺术底的文学的材料。例如，在"同路人"之中，伊凡诺夫是有人读的，"锻冶厂"的作家们是有人读的，然而煽动文学却不流行；煽动文学现在是正演着当结婚式之际，连发着"航海术语"，却在主人这面，惹起了反感的 General 的把戏的——请您给我们"切实的"！现代的读者，是正在要求着一点"切实"的东西的。倘若对于这读者，给以未来派所创造的煽动文学，怕便要痉挛底地退缩的罢。和这相连带，就起了"同路人"的问题。我们，"锻冶厂的人们"是要将关于"同路人"的命题，加以精化的。将"同路人"分类为有产阶级底和无产阶级底，是必要的。和这相连带，便又起了"同路人的分类"的问题。关于这样的分类，同志瓦进在那 These 里讲说着。然而分类是并非必要的。必要的事，是精化，是纯化。无论是你，是同志瓦进，想来大概都赞成现今正在流行的纯化的罢，——这较之由你极粗杂地用棒头所做的分类，恐怕要有益得远罢。

从同志瓦进的报告，也不能不指摘出"那巴斯图的人们"的本质，他们的观念形态，都是极其原始底的事来。问题呢，即在艺术家这东西——是产生金卵的童话里的母鸡。"那巴斯图的人们"主张说，应该将母鸡剖开来，那么，我们可以得到金卵。我们"锻冶厂的人们"是和这反对的。为什么呢？因为我们用这种办法得不到金矿。一般底地说起来，同志瓦进的见解，正使人想起那不合时节，而叫了"祭日近了，要乳香呀！"的聪明人。当将来会成大众底的"Rabochiy Journal"，正在排了大困难，从事建设的时候，同志瓦进就叫喊着。"祭日近了，要乳香呀！"他主张将这杂志烧掉。这是——童话的聪明人的见解。同时，我们又看见这样的例，便是"锻冶厂"被"教会"查抄，"Rabochiy Journal"在被烧掉，但诸位如果拿起"烈夫"的最近号来，你们便会看见在那里面，聪明的思想的充满的罢。要将这尘芥，有产阶级底腐败物，搬进劳动者的意识之中去的时候，同志瓦进一面支持着自己的意识形态，一面大叫道，"搬进去——无论搬多少，总是不够的"，我要指摘的，正是这一点。"锻冶厂"是站在制作底见地上的，所以欢迎同志布哈林的进出。我们从事于制作，想拿出好的制作品来。

雅科夫列夫（I. Iakovlev）

"那巴斯图"的团体劝告我们，而他们自己也在实行的这政策的危险性，不在禀有天分的作家们，将因此被从党和苏维埃政权排退，倒在从劳动阶级的列队里起来的作家们，对于自己本身的实际底的工作，在"那巴斯图的人们"那里，却往往变为自己礼赞和对于"同路人"的谗谤底批评了。这道路，说不定会使健全的新文学的现存的萌芽，至于枯槁。对于这种道路，同志列宁是屡次战斗过来的，而我们也不该允许有歪曲了列宁的方针那样的事。将对于自己本身，又必要，又认真的事，文艺的好模范的认真的研究，用了自负来替换的标本，就是"十月"这一派，在 Logosisko Shimonovsky 区的团体内做着工作的那课目（Program）。

在攻击底的通信和劳动通信的工作上，练习着自己的钢笔的劳动者们，是从许多的讲义上，学习着"烈夫"的历史；"十月"的团体的历史；这团体中的各个会员间的相互关系的历史；"十月"的团体中的十二三个年青的文学者，那大部分虽然是知识阶级，但和他们的出现一同发生的无产阶级文学，是生于何处，将走向何处的历史的。

纵使将这团体的个个禀有天分的作家，评价到怎样地高，但用了研究"十月"的历史的事，来代换研究普希金、莎士比亚、维尔哈伦（E. Verhaeren）等，却是用了杂草，来枯掉无产阶级文学的健全的萌芽的那有害的自负，这事情，只要将现在的个个的作家团体，个个的作家联盟的相互关系的实情，比较研究起来，便会格外明白的罢。

我想，虽是"那巴斯图的人们"自己，大约也不会否认，进了种种程度的无产阶级文化的团体的新作家，也常有典型底的有产智识阶级底放纵和钻在颓废的有产阶级文学气质的氛围气里的。对于这敌，"那巴斯图的人们"正没有十分地，明了地观察。然而放纵主义者的氛围气，团体主义者的氛围气，是创造最合于发达那颓废底的性质的心情的土壤。颓废底的性质的心情和今日似的不可不战的时代，先前未曾有。

试取李别进斯基为例来看罢。他的创作《明天》——作者虽然是"十月"派，又是无产阶级作家——莫非真不是颓废底的文学的标本么？

自称为无产阶级文学，而这些和此外的作品，是很少新鲜泼剌的感情，自信，我们将由新经济政策而赴社会主义的确信，却助长着疲劳和失望的心情。然而自称"无产阶级文学"的同志们，却跑了来，并且说，我们是捏着无产阶级文学的代表权的。我们有向着他们这样说的权利。"看看自己罢，你们本身里面，果真没有和在别的人们里一样，含着小资产阶级底解体和颓废的要素么？"（座中之声："一点不错！"）

为从靠了劳动通信、农村通信、军队通信，以接近文学的，新的劳动者的大层之中，无产阶级作家实际地分开，产生起见，我党必须极接近这阶层去，帮他们战胜自己本身的无学，帮他们明白言语的技术和世界文学的好模范。要而言之，是帮他们学，这是"那巴斯图的人们"没有做的。

拉狄克（K. Radek）

我也和同志瓦进一样，不是文学者。（托洛茨基："你是会做文章的。同志拉狄克，——这是谣言！"）所以在这里，是从我们最有兴味的社会底见地，接近问题去。我想，"那巴斯图的人们"是做了一件好事情，这是——打破了许多玻璃，使至今未曾对于文学的问题，加以十分注意的党的广大的范围，此刻是不得不在或一程度上，将自己的注意转过去了。

现今在俄国印行的书籍，应该指摘的事，是一百本中的九十九本——都不是共产主义底的书籍。我们的党的机关报和杂志，都不加批评。这些文学，大抵是毫无什么批评地，自然流通底地，流入于党的青年大众里面去的。在这里，就有小资产阶级的环境的危险。怎样才可以克服这事的问题，现在便站在我们的面前。支持劳动阶级出身的作家们的正在成长的 Generation 呢，还是支持那和劳动阶级接触的青年文士呢？这问题，在我们这里，自然，不会有什么意见的不同的。然而怎么办，以怎样的步调，用怎样的方法？

我还记得弗拉基米尔·伊里奇（列宁）和我的关于无产阶级作家问题的对话。弗拉基米尔·伊里奇（Vladimir Ilitch）这样说："有着天才的闪光的好的劳动者，恐怕要被破灭罢。人从自己的经验来写一本小说，便被抓着头发拖来拖去了。"他还比这说得更明白，"十个老婆子为了要将他做成天才，夸扬着呀。就这样地在使劳动者逐渐灭亡。"

假使我们为了创造或一种的"巴普"和"墨普"创造一切种类的倾向，而且为了给他们创造文学底氛围气起见，决计给与补助费，则我们就会因了这事，同志们，使好的劳动者灭亡。我要关于李别进斯基说一说。我看着李别进斯基的《一周间》的时候，这给了我非常强烈的印象。然而我想，不知道他能否再写出一本和这相类的东西来，为什么呢？因为这里面是有经验底的材料的，但从此以后，他能否拿出好东西来，却是疑问。……我们的任务，是在不将这些劳动者作家们，从他们的环境提出。我们当然应该支持他们。我不知道我们能否人为底地，来准备无产阶级文学。但我想，为了这事，须要求非常之多的东西。

问题之二，是关于"同路人"的。同志沃隆斯基是实行了二十年顷所付给他的党的方针了。在这几年间，容纳了"同路人"，将他们联合、改造的任务，在站在我们面前的范围内，任务是尽了的。

诸位当检讨新的文学现象的时候，对于他们，诸位好像是对于奇迹一样。然而为了文化底的目的，可以利用的旧文学的巨大的团块，是存在的。

就"同路人"而论，倘将皮利尼亚克现在所写的东西，和他二十年所写的东西一比较，便可以看出显明的进步的痕迹，这事是应该指点出来的。发达是并非沿着一条线进行的。在这里，有着文学底荒废所难于替代的伟大的事业。然而文学底荒废，在正当地设立了的任务上是最坏的计划（Plan）。

普列忒内夫（W. Pletnev）

同志布哈林说，在我们这里，读者有种种，作家也一样地有种种。但我要说，在我们这里，应该不是种种，而有一样的革命底马克思主义底批评。在辩士之中的谁也没有说到的这一点上，我想促诸位同志的注意。到这里，就不消说，要和同志沃隆斯基，和他的《作为生活认识的艺术》这本书有关系了。对于这问题，我是很感着兴味的。拿那论文来读下去，有着这样处所，"行为底历程是随着认识底历程的。人先认识而后行为"云云。（沃隆斯基的声音："请你读细注。"）我是从头读到底的。（读。）从这举例，得了"人先认识"的一个结论。然而同志沃隆斯基是显了十分认真的相貌，写着这个的。此后，他便开手依据别林斯基（Belinsky）了。自然，别林斯基呢——是当代的辉煌的批评家。所以要引用他，是可以的。但在同志沃隆斯基那里，问题转到艺术家的创作的时候，我们便看见，"艺术家者，是审视 Idea（观念）的"了。这是明明白白，写在论文上面的。

其次，是同志沃隆斯基的引用别林斯基，就是所谓"至今不动摇的"艺术创作的本质的灵感底的描写——

"艺术家的创造，是一件奥妙的东西，——别林斯基说——艺术家还未执笔在手，已把要描写的东西看得很清楚，他可以算数人的衣襞，也能算数表现忧愁、情热、苦恼的额上的皱纹，并且他知道你们的父亲、兄弟、朋友，你们的母亲、姊妹、爱人，比你们还要熟悉；他也知道他们要谈什么，做什么，他审视着围绕他们，互相连结的事件的一切的脉络。"

同志沃隆斯基是用了非常周到的注意，将那引用文的断句的前两行半删掉了，但在那里面，别林斯基是这样地说的——

"这样，创作的主要的特质，是在玄妙的聪明之中，是在诗底的 Somnambulism（梦游）之中"……

如果这真如同志沃隆斯基所确言，是"至今不动摇"的，那么，我们就有权利来推想，在同志沃隆斯基之中，有什么东西动摇着了。

关于果戈理的论文，是一八三五年所写的别林斯基的初期之作。但在一八三四年的《文学底空想》里，别林斯基却将可以作为当时的自己的批评的支柱的那哲学底的要点展开了。在这时代，黑格尔（Hegel）老人的影响尤为显著。别林斯基在这里，将自己的见解扩大，一直到文明。在这时代，别林斯基确言了"在艺术的创作，是无目的的，是无意识底的"。到后来，别林斯基又用了恰如确言时候一样的断然的态度，将这见解否定了。

"艺术家者，是审观 Idea 的人"——这是从那时代的别林斯基的见解，直接底地流出来的。但是，这有多少，是从对于艺术的革命底马克思主义底态度而来的呢——这一任诸位的判断罢。

沃隆斯基的著作的凡有这部分，——这是可以证明的，从头到底，都带着神秘的性质。于是对于反对他艺术的客观底价值的一切的人们，沃隆斯基便开手来分辩，他开始在这客观底的真理上，发狂似的咬住了。倘诸位通览一遍现代的批评，你们便会看见这样的事，就是在关于保罗夫，关于生物学和反射学说的问题的同志托洛茨基和什诺维夫的论文之后，要来支持这学说的尝试，就载在"Rabochiy Journal"上，于是就在有产阶级底批评里面，确立起极其分明的方针来。Anna Karenina、Don Quixote，等等的科学底、反射学说底研究，是做起来了。这是在我们的注意之外的。当我对青年论述着关于批评的问题的时候，我已经遇到了向着社会学底地必要的，没有马克思主义底照明的批评的生物学底分类，精神分析说，等等的倾向。我们面前，正站着极其重要的课题，这就是，极有注意于我们的批评的必要。说是"无产阶级文学是不存在的"。却没有想一想，无产阶级诗人该拉希摩夫和别人，是从那里出来的呢？杰米扬·别德内是从那里出来的呢？这是无产阶级文学的批评么？现在正有使我们的批评，站在巩固的地盘上的必要。有使脚踏实地的革命底马克思主义批评，展伸开来的必要。对于批评方针的同路人的同路——虽然有同志沃隆斯基的倾向在这里——那胎孕着的结果，是服从文学的或种一定部分的批评。乡村的教员们读了同志沃隆斯基的论文，拥护着艺术的客观底的价值。这里就有着大的危险性。在我们，所必要的，是革命底马克思主义底、唯一的、巩固的批评。

托洛茨基（L. Trotsky）

在我，觉得同志拉思珂耳涅珂夫，似乎将"那巴斯图的人们"的见地，最明快地在这里都披沥了——同志"那巴斯图的人们"诸位，想来不会躲闪的罢！在长久的不在之后，拉思珂耳涅珂夫拿了一切阿富汗尼斯坦底的新鲜，在这里试行出面了。然而别的"那巴斯图的人们"，却尝了一点点智慧果，竭力隐藏自己的裸体——自然，现在还是生下来照样的裸体的同志瓦进，那又作别论。（瓦进："但是，我在这里说了什么，你不是没有听到么！"）对的，我迟到了。然而，第一，我读了登在近时的《那巴斯图》上的你的论文。第二，我此刻刚才火速地看过了你的演说的速记录。还有第三——我可以说，倘是你的议论，那是没有听到也知道的。（笑。）

但是，回到同志拉思珂耳涅珂夫那里去罢。他说着："频频向我们推奖'同路人'，然而先前的，战争以前的《真理》和'Zvezda'上，曾经登载过阿尔志跋绥夫和安德列耶夫以及别的人，倘在现在，一定被称为'同路人'之辈的作品没有呢？"诸位，这正是对于问题的新鲜而不很思虑的态度的标本。阿尔志跋绥夫和安德列耶夫，那时有什么必要呢？据我所知道，无论谁，没有将他们称过"同路人"。列昂尼德·安德列耶夫是死在对于苏俄的热病底的憎恶之中了。阿尔志跋绥夫简捷地被追放到国外去，并不是怎么陈旧的事。这样胡乱地混淆起来，是不行的！所谓"同路人"者，是甚么呢？在文学上乃至政治上，我们称为"同路人"者，是指在我们和诸位要一直前进的同一路上，拖着蹩脚，跄踉着，到或一地点为止，走了前来的人们。向和我们相反的方向去的，那就不是同路人，是敌人；将这样的人们，我们是随时驱逐出国的。为什么呢？因为在我们，××的利益是最高的法律。究竟是怎么着，你们竟会将安德列耶夫连到"同路人"的问题上去的呢?（拉思珂耳涅珂夫："好，但是皮利尼亚克怎样?"）倘若你说着阿尔志跋绥夫，想着皮利尼亚克，那我就不能和你来辩论。（笑。声："不是一样的么?"）为什么成了"不是一样的么"了? 既然指出姓名来说，对于他们，诸位就不能不负责任。皮利尼亚克是好是坏，那里好那里坏——然而皮利尼亚克是皮利尼亚克，如果对于他要说话，应该不是像对安德列耶夫似的，要对于皮利尼亚克才是。认识一般，是始于事物和现象的差别的。不始于这些的混沌的混同。……拉思珂耳涅珂夫说："我们在 'Zvezda' 和《真理》上，没有招呼'同路人'。但在无产阶级的大层的里面，寻求诗人和作家，而且发见了。"寻求，而且发见了的! 在无产阶级底大层里! 那么，诸位将他们放在那里了呢? 你们为什么不将他们给我们看看呢?（拉思珂耳涅珂夫："他们是在的，例如，杰米扬·别德内就是。"）哦哦，原来；但是我，照实说来，是万想不到杰米扬·别德内是由你们在无产阶级的大层里面发见出来的。（哄笑。）看罢，我们是在提着怎样的旅行皮包，走近文学的问题去，嘴里是说着安德列耶夫，头里是想着皮利尼亚克。说是在无产阶级的大层里，发见了作家和诗人了，摆着架子。然而这全"大层"的证据，却只是一个杰米扬·别德内。（笑。）那是不行的! 这叫作轻率。关于这问题，必须更加认真些。

　　实在，对于现在在这里谈起来了的革命以前的劳动阶级的刊物、报章和杂志，何妨再认真一点地考察一下呢? 我们大家，都记得在那里面，献给五一节及其他，战斗的诗颇不少。凡这些诗，以全体而言，都是极重要的可以注目的文化史底记录。他们是表示着阶级的革命底觉醒和政治底生长的。在这意义上，他们的文化史底意义，是毫不下于 [4] 全世界的莎士比亚、莫里哀、普希金们的作品的

4　现代汉语常用"毫不亚于"。——编者注

意义。在这些可怜的诗里面——存着觉醒的大众，将创造那获得旧文化的基础底的诸要素的时代的、新的、较高度的人类底的文化的萌芽。但是，虽然如此，"Zvezda"和《真理》上的诗，决非便是新的劳动阶级文学的发生的意思。譬如杰尔查文（Derzhavin）或杰尔查文以前的形式的非艺术底的诗句罢，即使在事实上这些诗里面所表现的思想和感情，有属于出自劳动阶级的环境的新作家们的，也决不能评价为新文学。倘以为文学的发达，是成着没有断续的连锁，所以本世纪初的年青劳动者的虽然真挚，却是幼稚的诗句，是作为未来的"无产者文学"的最初环子的，那是错了。在事实上，这些革命诗，也是政治上的事实，而非文艺上的事实。他们并非在文艺的发达上给了力量，是在革命的生长上给了力量。××将无产阶级引到胜利，胜利将无产阶级引到经济过程的变革。经济过程的变革，则更换劳动大众的文化底姿容。劳动阶级的文化底成长，是建立为新文学，以及为一般新艺术的真实基础的。"然而不能容许二元性。——同志拉思珂耳涅珂夫对我们说——在我们的刊物上，政论和诗，应该作为一个的全体而发表。波雪维克主义，是以单元底的事为特长的。"粗粗一看，这考察似乎不能反驳。但是，其实呢，这——不过是空虚的抽象论。弄得好，这——是虔敬，然而是不会现实底的希望。自然，倘能够有表现于艺术底的形式上的波雪维克底世界感觉，作为我们共产主义底的政策和政论的补益，那是很好的。然而没有，也无怪其没有。问题的所在，是完全在凡有艺术创作，在那本质上，都比人类的——尤其是在阶级的时候——精神的表现的别的方法迟。理解了或一事情，将这论理底地表现出来，是一件事，但是——将这新的东西，组织底地作为我有，改建自己的感情的秩序，于是发见出为这新秩序的艺术底表现来，是另外一件事。第二的历程——是较组织底地，较缓慢地，因此又较困难地，跟着意识活动的，——所以到底，总是迟了。阶级的政论，是骑着竹马在前面跑，艺术创作是在这后面拄着松叶杖，拖着蹩脚在走的。马克思和恩格勒，岂不是无产阶级还未真正觉醒的时代的伟大的政论家了么？（座中的声音："是的，这一点不错。"）多谢多谢。（笑。）然而从这事实，就引出必要的结论来，但愿用些力，来想通那政论和诗之间，何以并不存在这单元性的道理罢，那么，这回于我们何以常在旧正统马克思主义杂志上，有时对于很是可疑的，否则便是全然虚伪的艺术底"同路人"，做着滑车或半滑车的职务的事实，也就容易明白了。你们自然都记得"Novoe Slovo"——这是虽在旧正统马克思杂志中，也居第一流的，前代的马克思主义者的多数，都曾在这里工作，Vladimir Ilitch 也是协力者的一人。大家都知道，这杂志，和颓废派是有友交关系的。用什么来说明这事实呢？就用颓废派在那时候，是有产阶级文学的年青的正被迫害的潮流这回事。而这迫害，便逼他们倾向我们的党派这边来了，这自然，虽说是全然两样的性质。然而颓废派，也还是我们的一时底的"同路人"。这样，自此以后，马克思主义杂志（半马克思主义的杂志，更不消说了。）是直到"Proseshchenie"为止，并没有怎样的"单元底"文艺栏，一向对于"同路人"，是给与广大的纸面的。关于这一点，是较严紧，或者正相反，是较宽大，那是做到了的，但在艺术的领域上，施行"单元底"政策的事，却因为缺少着为这事所必要的艺术底要素，没有做到。

　　但在拉思珂耳涅珂夫，这样的事是不算问题的。关于艺术作品，他将恰使这些成为艺术品的东西，都不放在眼睛里。这事情，在他那可以注目的关于但丁的议论里，表现得最分明。《神曲》者，据他的意见，是只因了理解或一时代的或一阶级的心理，于我们是有价值的。这样地设立起问题来——那意思就是轻易将《神曲》从艺术的领域抹杀。这样的时代，会到来也难说，然而当此之际，却很有明明白白地懂得问题的性质，不怕结论的必要的。如果《神曲》的意义，只在使我懂得或一时代的或一阶级的心情这一点，即此我便将这当作单是历史底记录了，为什么呢？因为《神曲》作为艺术作品，是对于我自己的感情和心绪，须是说给些什么的。但丁的《神曲》，是能够压迫底地作用于我，在我的内部，育养 Pessimism（悲观主义），忧郁的；或者又正相反，能够使我高扬，使我飞翔，给我鼓舞。……这是存在于艺术作品和读者之间的基本底的相互作用。自然，对于读者的作为一个研究家，将《神曲》当作单是历史底记录来办理的事，是并不禁止的。然而这两个态度，是横在不同的面上的，虽然互有关系，而不能以此掩彼，却明明白白。我们和中世意大利的作品之间，并非历史底的，而是直接底的美底关系，是怎样地得能成立的呢？这事的解释，就是在分为阶级的社会里，虽经一切变迁，而其间有或种共通的性质存在。中世意大利都市上所发达的艺术作品，在事实上，也能够感动我们。这要怎样才行呢？很容易的，只要这些感情和心绪，容受那远超着当时的生活制限的，那广大、紧张、强有力的表现就好了。自然，但丁呢——也是一定的社会底环境的所产。然而但丁——是天才。他将自己的时代的经验，举在巨大的艺术底的高度上。所以如果我们一面将别的中世的艺术作品，仅仅看作单是研究的对象，而对于《神曲》，作为艺术底鉴赏的源泉，则那是并非因为但丁是十三世纪的弗罗连斯的小资产阶级，很不因为这缘故的。试取所谓死之恐怖，这一种本原底的生物学底的感情来做例子罢。这感情本体，是不独人类，在动物也具有的。在人类，最初发见了粗杂的表现，后来，是艺术底的表现。在各各时代里，在各各社会底环境里，这表现是有变化的，就是对于这死，人类是各式各样地恐怖。但是虽然如此，关于这事，不但莎士比亚、拜伦、歌德（之所说），便是圣诗的歌者之所说，也还是一样地打动我们的心。(李别进斯基的声音。)哦,哦,我正要讲到你,同志李别进斯基用了权术底漂亮的用语,(你自己才这样说法的。)向同志沃隆斯基去说明各阶级间的感情和心绪的变化的处所了。以那样的一般底的形态而言,那是不可争论的事实。然而,莎士比亚和拜伦,在我们的心头诉说着什么事,你也还是不能否定的罢。(李别进斯基:"诉说也立刻要停止罢。")是否立刻呢——不得而知,但人们对于莎士比亚和拜伦的作品,也要如对于中世的诗人们一样,将特以科学底历史底分析的见地,来接近它,是无疑的。然而,一直在这以前,也将到了这时候,不再从《资本论》中搜寻自己的实践底行动的教训,于是《资本论》也如我党的课目一样,都成为仅是历史底记录了。但是,在现在,我们和你却还不想将莎士比亚、拜伦、普希金提交亚尔希夫,还要劝劳动者去读读这些哩。例如同志梭司诺夫斯基就热心地劝人看普希金,说是五十年左右一定还是很稳当的;时期呢,还是不说罢。然而因了什么意义,我们向劳动者劝看普希金呢? 无产阶级底立场,在普希金那里是没有的。至于共产主义底的心情的单元底的表现,那就更没有。自然,普希金有优美的词句——这是无须说得的——然而这词句,在他,岂不是用以表现贵族社会的世界观的么? 难道我们向劳动者这样说,你看普希金罢,为了了解那贵族的、农奴的所有者的,一个侍从官怎样地迎春送秋么? 自然,这要素,在普希金那里也具有的,为什么呢? 就因为普希金是生长在一定的社会底基础上;然而普希金给与自己的心情的那表现,却为几世纪间的艺术底的以及心理底的经验所充满,所综合,直到我们的时代,还是充分,照梭司诺夫斯基的话,是五十年还很稳当的。所以如果有人对我说,但丁的《神曲》的意义,在我们,是因他表现着或一特定时代的生活而定的,那么,我就只耸一耸肩。我相信,许多人们也如我一样,当读但丁之际,为要想起他出世的时代和处所来，非将记忆非常地非常地紧张不可，但是，虽然如此，这于受取从《神曲》，纵使不是从全部，只是从那几部分而来的艺术底欢喜，是并无妨碍的罢。只要我不是中世的历史家，则我对于但丁的态度，是特为艺术底的。（略萨诺夫："这是夸张。'读但丁者——如泳大海。'——勖惠莱夫曾这样反驳过别林斯基，他也是反对历史的。"）我并不疑心勖惠莱夫可曾如同志略萨诺夫所说，实在这样说了没有，然而我是并不反对历史的，——这是徒劳。自然，对但丁的历史底态度，是正当的，是必要的，而这于我们对他的美底态度，也有影响，但要以彼易此，是不可能的。关于这一点，我记起凯来雅夫在和马克思主义者的论争时所写的事来，他说，叫他们 Markid（那时是讥笑底地这样称呼 Marxist 的）来证明《神曲》，是贯串着怎样的阶级底利害的罢。在别一面，则例如意大利的马克思主义者，安多尼·拉布里奥拉（Antonio Labriola）老人，这样地写着："要将《神曲》的句子，和弗罗连斯的商人们送给买主的羽纱的帐单[5]一样地来解释，是只有蠢才才会做的事。"将这些句子，照样暗记着，是因为在先前，我和主观主义者的论争的时候，引证过好几回。我想，同志拉思珂耳涅珂夫是不独对于但丁，即一般地对于艺术，都不用马克思主义底规准，却用了将谲画（Caricature）给与马克思主义的故人勖略契珂夫的规准，走近前去的。对于这样的谲画，拉布里奥拉就说了他那强有力的话。[6]

5　现代汉语常用"账单"。——编者注

6　现在一句不漏地，将拉布里奥拉对于那些使马克思的理论变质，成为纸版和无所不合的钥匙的单纯的头脑的人们，所下的精力底的警告，引在这里："怠惰的头的所有者们——马克思主义的优秀的意大利的哲学者写着——高高兴兴满足于这样的宣言，将一切科学，都嵌进那由数个命题所成的要领中，而且只借一个钥匙之助，便可透彻了生活的一切秘密的可能；将伦理、美学、言语学、历史批评和哲学的一切问题，归在仅仅一个问题里，以逃避所有的困难，这在一切稳当而且因而恬淡无欲的人们，是怎样的欢喜，怎样的慰乐啊！蠢才们用了这样的方法，可以将一切的历史弄低到商业算术的程度，而结局，则但丁的悲剧的新研究，将会给我们以这样的观念，说是《神曲》不过是狡猾的弗罗连斯的商人们为自己的厚利而卖掉的羽纱帐单了！"实在是写得好极的！

"无产阶级文学云者，我的解释，是用了前卫的眼来看世界的文学"等等。这是同志烈烈威支的话。很好的，我们有着采用这定义的准备。话虽如此，不要单是定义，也将文学给我们罢。这在那里呢？请将这给看一看！（烈烈威支："'Comsomolia'——这是最近的杰作。"）什么时候的？（座中的声音："去年的。"）是了，去年的，那很好。我不喜欢论争底地说话。对于别泽缅斯基的劳作的我的态度，我想，是决不能称为否定底的。我还从原稿上读了"Comsomolia"，就非常称赞。然而，即使将能否因此宣言无产阶级文学的出现，作为另外的问题，我还要说，假使我们这里现在没有了马雅可夫斯基、帕斯捷尔纳克，乃至虽是皮利尼亚克，则作为艺术家的别泽缅斯基，在这世间是不存在的罢。（座中的声音："这并不证明着什么事。"）不然，这是，至少，证明着赋与的时代的艺术创作，是呈着极复杂的织物之观的，这并非自动底地由团体底，特殊研究会底的方法所作，首先——乃是借了同路人们和各种团体的复杂的相互作用，而创造出来的东西。从这里跳出，是不行的，别泽缅斯基并没有跳出。所以，是好的。在他的或种作品上，"同路人"的影响竟至于太明了。然而这是幼小和生长的难避的现象。"同路人"之敌的同志李别进斯基自己，现就模仿着皮利尼亚克，或竟是白莱（Andre Belii）。是的，请虽然未必抱着大的确信，却否定底地摇着头的同志阿卫巴赫宽容我罢。李别进斯基的最近的小说《明天》，是现着平行四边形的对角线的，一面是皮利尼亚克，别一面是安特来·白莱。单是这样，那还不算什么不幸。在实际上，李别进斯基该是不能作为成就的作家，生在"那巴斯图"的地土上的。（座中的声音："这还是很不毛的地土呀。"）关于李别进斯基，我当他《一周间》的最初的发表之后，就已经说过了。那时候，布哈林是，如大家所知道——因为他自己的性质的直爽和善良，非常之称赞，但那称赞，却使我吃了惊。现在呢，我是不得不指摘在同志李别进斯基——他，以及他的同志们，和"那巴斯图"所诅咒的"同路人"以及半同路人的作家本身之间的很大的关系的。这样子，诸位就再看见艺术和政论，往往不是单元底的了！我决不是要由这一点，在同志李别进斯基上头竖起十字架来。我们共同的义务——是在用了甚深的注意，来对思想和我们相近的艺术底才能，倘使这在战斗上是我们的同僚，那就更加一层了。我想，这事在我们的全部，是明明白白的。这样的注意甚深的慎重态度的第一个条件——是时机未到，就不称赞，不吹灭自己批判。第二个条件——是有谁踬绊了的时候，不要即刻在那上面竖起十字架。同志李别进斯基是还很年青的同志，他还得勤勉，长大起来。即此一端，便可知皮利尼亚克之必要了。（座中的声音："在李别进斯基是必要呢，还是在我们呢？"）总之，首先——是在李别进斯基。（李别进斯基："然而，这是我被中毒于皮利尼亚克的意思呵。"）没有法子，人类这一种有机体，是一面中毒，一面完成着对于那中毒的内部底手段，长大起来的。在那里是有生活的。如果将你干燥到像里海的鲤鱼一样，那时候，中毒是没有了罢，但长大也没有了罢，大抵是什么也没有了罢。（笑。）

　　同志普列忒内夫在这会上，以辩护他自己的关于无产阶级文化和其构成底一部的——无产阶级文学的抽象论的主意，引用了Vladimir Ilitch 的话，来反驳我。确是好本领！有在这里停一停的必要的。最近，普列忒内夫、特列季亚科夫、希梭夫的几乎不妨说是做成一本书了的东西出版了，在那里面，无产阶级文化由反对托洛茨基的列宁的引证，受着辩护。这种方法，近来是很流行的。关于这题目，同志瓦进是能够写一篇大论文的罢。然而这究竟是怎么一回事，你，同志普列忒内夫该是很明白的。为什么呢？因为你自己就为了要躲避你觉得为"无产阶级文化"计，而将完全锁闭 Proletcult（无产者教育机关）的 Vladimir Ilitch 的大雷，曾经到我这里来求过救。于是我对你确切声明，Proletcult 大约是要给立起一个基础，加以拥护，但关于波格丹诺夫（Bogdanov）底抽象论，则我对于你以及你的辩护者布哈林全然反对，而完全与 Vladimir Ilitch 同意的。

除政党底传统的活化身以外，一无所有的同志瓦进，是不惜最横暴地，踏烂列宁所写的关于无产阶级的东西的。说是假的信仰，大家都知道，在这世间还不少，和列宁确实一致了，所以即使宣传那正反对，也可以的。说是列宁是毫不宽假地，用了绝不许用别种解释的用语，非难了"关于无产阶级文化的空言"。但是，要躲开这证据，却比什么都容易。自然，列宁是非难了关于无产阶级文化的空言的，然而他之所非难者，是空言，而我们却并不作空言。我们岂不是认真地办着事务，而且还至于感到了光荣么，云……。这时候，所忘记了的事，是这激烈的非难，列宁却正用以对那引用他的说话的人们的。假的信仰，再说一遍罢，要多少就有多少，只要引证列宁，正反对地行动也可以。

在无产阶级文化公司这名目之下，来到这里的诸位同志们，对于另外的思想，是依照着这些思想的作家们对于 Proletcult 的集团表示着怎样的态度，然后来决定自己的态度的。这是从我自己的运命看来，已经见得很确实。关于文学的我的书籍，最初，有些人们或者还记得的罢，是用了论文的形式，在《真理》上发表的。这书费了两年工夫，我在两回的休养期中写好。这事情立刻就明白，对于成为我们的兴味中心的问题，是有意义的。当以 Feuilleton（评林）的形式，这书的第一部，即批判十月革命以外的文学"同路人"和农民作家的部分，曝露"同路人"们的艺术底思想底立场的狭隘和矛盾的部分，出现的时候，那时候，"那巴斯图的人们"便将我当作盾牌，耍起来，无论那里，到处是我的关于"同路人"的论文的引用。暂时之间，我是很忧郁了的。（笑。）我的"同路人"的评价，我再说一遍罢，是大家以为大概没有什么不对，便是瓦进自己，也没有反对的。（瓦进："现在也不反对的。"）我就要说这件事。但是，既然如此，你现在为什么又间接地、暧昧地，关于"同路人"弄些议论出来了呢？这究竟是什么缘故呢？粗粗一看，总是不能懂。然而说明是简单之极的。我的罪，并不在我不正当地决定了"同路人"的社会性或他们的艺术的意义——我们听见同志瓦进现在就说："现在也不反对的。"——却因为我对于"十月"或"锻冶厂"的宣言不表敬意，不承认在这些企图上，无产阶级的艺术底利益的独占底代表权——用一句话来总结，就是我的意思，不将阶级的文化史的利益及任务和个个的文学底团体的企图、计画及要求，视为一致，所以就不对了。我的罪便在此。这事情一经明白的时候，那时候，因为失了时机，所以就起了出乎意料之外的喊声。托洛茨基是——帮助着小资产阶级的"同路人"了！我于"同路人"，是帮手，还是敌人呢？在怎样的意义上——是帮手，又在怎样的意义上——是敌人呢？这是诸位在两年以前，读了我的"同路人"论，大概已经明白了的。然而你们那时是赞成了、称赞了、引证了、喝采[7]了。但是，过了一年，一知道我的关于"同路人"的批评，并非单是为拥护某一个现在的修业时代的文学底团体的时候，于是这团体，或者较为正确地说，则这些团体的文学者们和辩护者们，便对于我对"同路人"的仿佛像是不正当的态度捏造出一个理由来。阿阿，战略呀！我的罪，不在我偏颇地评价了皮利尼亚克或马雅可夫斯基，——关于这一点，"那巴斯图的人们"并不添上什么去，但只无思虑地反复着所说的话——我的罪，是在我将他们的文学底宣言，挂在脚尖上了。是的，文学底宣言呵！他们的挑衅的批评里，无论那里，连阶级底态度的影子也没有，在那里，只有正在竞争的文学底团体的态度罢了——

7　现代汉语常用"喝彩"。——编者注

惟此而已。

　　我论过"农民作家"。而我们于此，却听到"那巴斯图的人们"尤其称赞着这一章。单称赞，是不够的，倘不懂，就不行。当此之际，农民作家的"同路人"者，是什么意义呢？成为问题的，是在这现象决非偶然，也并非小事，也不会即刻消失。在我们这里，无产阶级的独裁，是行于概由农民所住的国度里的。我希望不要忘记了这一点。介在这两阶级之间的智识阶级，就恰如落在石磨中间的东西一般，渐被磨碎一点，而又发生起来，要磨到完全消灭，是不会有的事。就是，还要作为"智识阶级"，长久地自己保存着，一直到看见社会主义的完全的发达和国内全部居民的文化最显著的高扬。智识阶级大概是服务于劳动农民王国，而对于无产阶级，则一部分因恐怖而服从，一部分由良心而服从，依情势的变化，屡次动摇而又动摇的罢。而每当自己动摇，便向农民的内部，去寻求思想底支持——从这里，就发生农民作家的苏维埃文学。这预想，如何呢？这在我们，是根本底地敌对底的么？这路——是向我们这边来，还是从我们这边去的呢？这是由发展的大体底的过程怎样，而决定的？无产阶级的任务，是在一面保存着对于农民阶级的统制权，而引导他们到社会主义去。倘若我们在这一条路上失败了，就是，倘若无产阶级和农民阶级之间生了龟裂了，则那时候，农民作家底智识阶级也一样，全智识阶级的百分之九十九，要反叛无产阶级的罢。然而这样的结果，无论如何是不会发生的。因为我们倒是取着在无产阶级的指导之下，引农民阶级到社会主义去的方针。这路，是长得很，长得很。在这过程中，无产阶级和农民阶级，都要各各分出自己的新的智识阶级来的罢。不要以为从无产阶级的内部分出的智识阶级，就都是十足的无产底智识阶级。只要看无产阶级已经不得不从自己里面，分出"文化底的劳动者"的特殊的阶级来这一个事实，就可见其余的作为全体的阶级和由此分出的智识阶级之间，不可避免地有或大或小的文化底悬绝。倘在农民底智识阶级，那就更甚了。农民阶级的向社会主义的路，和无产阶级的路，全然不同。凡智识阶级，即使是道地的苏维埃底智识阶级，要使他自己的路，能够和无产阶级前卫的路一致为止，大概还须在接续努力，想从现实的或想象上的农民里面，寻出为自己的政治底、思想底、艺术底支持之后的罢。在旧的国民主义底传统尚存的我们的文艺上，就更甚了。这是我们的帮手呢，还是我们的敌对呢？再说一遍。那回答，是全属于发展的今后一切走法之如何的。倘若将农民坐在无产者的拖船上，引向社会主义来，那么，我们确信，该会引来的，然则农民作家的创作，也将由复杂的屈曲的路，合流于未来的社会主义艺术的罢。[8] 对于问题的这复杂性，以及和这同时，那复杂性的现实性和具体性，并不说只是"那巴斯图的人们"，竟全然没有理解。他们的根本底的谬误就在此。将这社会底基础和预想，置之不顾，而来谈"同路人"，那不过单是摇唇鼓舌罢了。

诸位同志，文学领域上的同志瓦进的战术，虽是以"那巴斯图"的他那最近的论文为基础的，但还请容许我再说几句话罢。使我说起来，那并非战术，是污蔑！调子傲慢到出奇，智识和理解却稀少得要死。并无艺术的，即作为人类创作的特殊领域的艺术的理解。也没有艺术发达的条件和方法的马克思主义底理解。但倒有引用外国白党机关报的不像样的戏法。看罢，他们为了由同志沃隆斯基

8　和这基础底的阶级底相互关系一同，在我们这里，还有和在新经济政策的基础上的资产阶级的成长相关连——沿着旧的辙迹——而正见资产阶级底意识形态的蹶起。这自然也使艺术创作闷死的。就因为这意义，所以我在自己的著作中说过，在我们，和要有艺术领域上的有弹力而透彻的政策一样，也必要有决定的严重的，自然，却并非匣子式的检阅制度。这意思，就是说，为对于小资产阶级底，农民底智识阶级的较好的创作底分子，给以影响起见，要有不绝的理论斗争，而我们同时也必要有毫不假借的政治斗争，以对付想将新的苏维埃艺术，屈服于资产阶级底影响之下的反动主义者们的一切的企划。

而出版的皮利尼亚克的作品，称赞沃隆斯基了。其实倒是不能不称赞的。其实倒是说了一些什么反对瓦进，所以是帮助沃隆斯基，还有另外的这样那样——这举动，是出于所以补救智识和理解之不足的——间接射击的同一精神的。同志瓦进的最近的论文，那立论之点，就在说白党的报纸，以为一从沃隆斯基以文学底见地，接近文学去，而一切斗争，便完结了云云，是反对瓦进而赞助沃隆斯基的这一件事上。"同志沃隆斯基，是因了自己的政治底行动——瓦进这样说——全然值得这白党的接吻的。"但是，这是低级的中伤，何尝是问题的分析呢！如果瓦进算错了九九，而沃隆斯基在这一点，却和懂得算术的白党一致，即使如此，在这里也不能有沃隆斯基的政治底名声的损失的。是的，于艺术，必须像个对艺术，于文学——必须像个对文学，即像个对于人类底创作的全然特殊的领域那样，去接近的。自然，在我们这里，对于艺术，也有阶级底立场，然而这阶级底立场，一定须是艺术底地屈折着的。就是，须是和适用着我们的规准的创作的全然特殊底的特殊性相应的。有产者很明白这事。他也从自己的阶级底见地观察艺术。他知道从艺术收受他所必要的东西。但是，这是完全因为他将艺术看作艺术的缘故。能够艺术底地读书写字的有产者，并不尊敬那不以艺术底阶级底规准，却从间接底政治底告发的见地，去接近艺术的瓦进，那又有什么希奇呢，在我，假使有可羞的事，那是并不在我当这论争之际，也许见得和理解艺术的白党有形式底一致，倒在向着那当白党面前议论艺术的党派底政论家，还不得不说明艺术的 ABC 的最初的字母。就大体而言，于问题不行马克思主义底分析，却从"卢黎"呀"陀尼"里面，寻出引用文句来，于是在那周围，又堆上漫骂和中伤去，这是多么没有价值呵！

对于艺术，要接近，是不可像对于政治一样的，——这并非如谁在这里用反话所说的那样，因为艺术创作是神圣，是神秘，倒是因为它自有其本身的手法和方法，而这首先是因为在艺术创作上，意识下的过程是搬演⁹着重大的脚色的——这是缓慢、怠惰之处较多，而服从统制和指导之处较少——大概，就因为这是意识下底的东西的缘故。在这里，曾说，皮利尼亚克的作品，凡较近于共产主义的，和政治底地较远于我们的他的作品比较起来，力量要较弱。这将怎样地来解释呢？这是，因为皮利尼亚克在合理主义底的计画上，追过了作为艺术家的自己之前的缘故。只要意识底地，在自己本身的车轴的周围，将自己旋转四五回——这事，在艺术家，便往往是深刻的，有时还是和致命底危机相连结的最困难的问题。然而站在我们的前面者，并非个人或团体的，却是阶级底社会底转换的课题，这过程，是长期间的，是极复杂的；当我们议论之际，如果关于无产阶级文学，我们所说的并非各个获得一些成功的诗或小说的意思，却是像我们议论有产阶级文学的时候一样，远是全部底的意思，则我们虽一瞬息间，也没有权利，来忘却无产阶级的压倒底多数，文化底地是非常落后的事情。艺术，是被创造于阶级与其艺术家们之间的无间断的生活底、文化底、思想底相互作用的基础之上的。贵族或有产阶级和那艺术家之间，未曾有过日常生活底分离。艺术家曾住在，也正住在有产阶级底生活样式的里面。吸着有产阶级的客厅的空气，从自己的阶级，曾受着，也正受着日常生活的皮下注射。借着这些，而他们创作的意识下的过程，得以长发。现代的无产阶级，不曾创出那样文化底、思想底环境来呢，不脱日常生活的这般的环境，而艺术家能受他所必要的注射，并且同时能有自己的创作的手法那样的？并不，劳动阶级是文化底地很落后，只是劳动者的大多数不很识字，以及全不识字的事，便是在这路上的最

9　现代汉语常用"扮演"。——编者注

大的障碍。况且无产阶级呢，只要他是无产阶级，便不得不将自己的较好的力量，硬被消费于政治斗争上，经济的复兴和最要紧的文化底要求上，对于文盲、不洁、霉毒[10]和其他的斗争上。自然，无产阶级的政治底方法、革命底习惯，也都可以说是他的文化的，然而这些，要之，是在新的文化发达起来，便当死灭下去的运命之中的文化。而这新的文化，则是当无产阶级不过是无产阶级的事，较为减少的时候，也就是，社会主义较为迅速地，并且较为完全地，展布开来的时候，当那时候，便愈是文化的东西。

马雅可夫斯基曾经写了《十三个使徒》这一篇强有力的作品，那革命底性质，是还是颇为暧昧，颇为漠然的。然而同是这马雅可夫斯基，一经转换方向，到无产者战线上，而写了《一亿五千万》的时候，在他那里，便显现最惨淡的合理主义底没落了。这就因为他在理论上，追过了自己的创作底里骨子之前的缘故。在皮利尼亚克那里，也如我已经说过那样，也可见意识底精进和创作的意识下过程之间的全然相像的不一致。在这里，还有附加一点这样的事的必要。就是，即使是道地的无产者底出身，但只有一层，在今日的条件之下，却还不能给作家以怎样的保证，说是他的创作和阶级是有有机底关系的。无产阶级作家的团体，也做不成这保证。那理由，即在他埋头于艺术底创作之际，便被在所给与的条件上，从自己的阶级的环境拉开，弄到底，还是没法，要呼吸"同路人"亦复如此的一样的氛围气的。这是——团体中的文学底团体。

关于所谓预想，我本来还想说些话，但我的时间，早已过去了，（声音："阿呀阿呀。"）人催逼我，"至少，单将预想给我们罢！"这是什么意思呢？"那巴斯图的人们"以及和他们同盟者的团体，也取着要由团体底的、实验室底的路，以到达无产阶级文学这一种方

10　现代汉语常用"梅毒"。——编者注

针的。惟这预想，我是全然否认的。我再说一遍，将封建时代的文学和有产阶级文学和无产阶级文学，历史底的系列地排起来，是不可能的。这样的历史底分类，是根本底地不行的。关于这事，我已经写在自己的著作上了，而一切驳论，从我看来，只觉得都暧昧而不认真。将无产阶级文化，正经地讲得很长，从无产阶级文化，制造着政纲的人们，对于这问题，是在从和有产阶级文化的形式底类似，加以考察。以为，有产者是取得权力，而创造了自己的文化；无产阶级掌握权力了，所以将创造无产阶级文化罢。然而，有产阶级——是富裕的阶级，也因此是具有教养的阶级。有产阶级文化，是在有产阶级形式底地掌握权力以前，已经存在的。有产阶级，是因为要使自己的国家恒久化，所以握了权力的。而在有产阶级社会中的无产阶级——则是一无所有的被掠夺的阶级，所以不能创造自己的文化。待到握了权力之后，他才实在确信自己的在可以战栗的状态上的文化底落伍，为克服这事起见，他必须将使他保存着自己以成阶级的这些诸条件，加以破弃。关于新的文化，可以称道的事愈多，则那文化，大概是带阶级底性质也愈少。在这里——问题的根本和论争，就有仅仅关于预想的主要的见解的不同。有些人们，是从无产者文化的原则底立场倒退，说道，我们是只将进向社会主义的过渡时代——改造有产阶级世界的那些二十年、三十年、五十年间，作为问题的。在预定给无产阶级的相当的这时代，创造出来的文学，得称无产阶级文学的么？要而言之，这时候，我们在"无产阶级文学"这用语上，是全然不将含有第一义底的广义的意思，添加上去的。从国际底观点看来的过渡时代的根本底性质，是紧张的阶级斗争。我们所议论着的那些二十年、五十年，首先，是市民战的时代。准备着未来的伟大的文化的市民战，于今日的文化，是很不利益的。十月革命，是因为那直接底的行动，将文学杀掉了。

诗人和艺术家，是沉默了。这是偶然么？并不是。一直先前，就有老话的：剑戟一发声，诗人便沉默。要文学的复活，休息是必要的。在我们这里，是和新经济政策一同，这才复活起来。而活过来一看，这可完全涂着同路人们的色彩，不顾事实，是做不到的。最紧张的瞬间，就是我们的革命时代遇见了那最高的表现的时候，对于文学和一般艺术底创作，没有什么好处。假如明天，即使在德国或欧洲××就开始，这可是将无产阶级文学的直接的开花，给与我们呢？决不给的。这将要将艺术创作压碎，使艺术创作凋零，为什么呢？就因为我们将不得不再行全部动员，不得不武装起来了。然而剑戟一发声，诗人们沉默。（声音："台明是没有沉默的。"）无论什么时候，总是台明台明，这怎么好呢？你们是宣言无产阶级文学的新时代的，说是为此，所以在作团体、联盟、集团。然而一向你们要求那较为具体底的无产阶级文学的表示，你们就总是肩出台明来。但是，台明——乃是十月革命以前的旧文学的所产呵。他未曾创造了什么派，也未必再创造罢。他是由克雷洛夫（Krylov）、果戈理（Gogol），以及涅克拉索夫（Nekrasov）养育出来的。在这意义上，他是我们的旧文学的革命底结末儿子。肩出他来，就是将自己否定了。

如果这样，那么，那预想，是怎样的呢？基本底的预想——便是教育、文明、劳动通信、电影的发达，渐次底的生活的改造，文化的高扬。这是和在欧洲及全世界上的市民战的新的锐利化互相交错着的基础底的过程。站在这基础上的纯文学底创作的线，大概是极为电光形底的罢。"锻冶厂""十月"以及别的类似的集团，无论在什么意义上，都还不是无产阶级的文化底阶级底创作的路标，但只是皮相底的性质的闲文。纵使从这些集团中，出现了三四个有才能的年青的诗人或作家，无产阶级文学还没有因此就被接收过去，但利益是有的罢。然而，如果你们想将"墨普"和"域普"作为无产阶级文学的制造厂，那你们恐怕会像曾经倒塌的一样，将要倒塌。这样联盟的会员，倒自以为是艺术分野上的无产阶级的代表者，无产阶级阵营中的艺术的代表者。"域普"是看去好像要给一种称号似的。"域普"是在抗辩，以为不过是共产主义底环境，年青的诗人从此受取那必要的启发的。那么，R. K. P.（俄罗斯共产党的略称）呢？假如这是真的诗人，真的共产党员，则 R. K. P. 会尽其全力，给他比"墨普"和"域普"要多得很远的启发的罢。自然，党是要以最深的注意，来对各各的年青的近亲，思想底地和这相近的艺术底才能的。然而关于文学和文化的他的根本底的任务，是在提高劳动大众的普通的、政治底的、学术底的——读书力。

我知道这个预想，是未必能使诸位满足的。这在诸位，会觉得不够具体底似的。为什么呢？因为你们自己，将将来的文化的发达，想象得太计划底的了，太进化论底的了。以为无产阶级文学的现时的始源，会没有间断地丰富起来，一面生长上去，发达上去罢；真实的无产阶级文学，将被创造出来罢；于是这还要流到社会主义文学里去罢。并不然，发达大概是并非这样地进行的。今日的休息之后——这是就我们这里而言——并非在党内，是在国度内——是由"同路人"所作的染得很深的文学的时候，在这今日的休息之后，则市民战的新的残酷的痉挛的时代，将要到来的罢。无从避免地我们将被这所拉去罢。革命诗人将以好的战歌给我们，那是确凿能够的，但是，虽然如此，文学底继承恐怕还要截然断绝。全部的力，都要前去，向那直接的斗争罢。这之后，我们有否第二的休息呢？我不知道。然而，这新的，更加强烈的市民战的结果——若在胜利的条件之下——那是我们所经营的社会主义底根柢的完全的安定和强固罢。我们要受取新的技术，组织底的助力罢。我们的发达，将以别样的步伐前进罢。其实，惟在这基础之上，而当市民战的电闪和震撼之后，这才是文化的真的建设，还有新文化的创造，也将接着开始起来吧。但是，这个，大概已经是用了连带的铁锁，和艺术家结合的，建立在和文化底地成长圆满的大众，完全而不绝的交通之上的，社会主义底文化了。然而诸位并不从这预想出发。在你们那里，有自己的、团体底预想。你们希望本党以阶级的名义，公许底地，将你们的很小的文艺底制造所当作义子。你们以为将菜豆种在花瓶里，便可以培植出无产阶级文学的大树来。在这路上，我们未必来站罢。从菜豆里，是什么树也不会生长出来的。

罗陀夫（S. Rodov）

并非仗同志托洛茨基，问题才得提起，原是被提起着的。如果我们在这里，单要决定从这个那个的作品，是天才底的呢或非天才底的呢这一个观点，接近文学去，则无须"在这里"，而该到社会科学大学，或者另外的文学底机关，也许到艺术科学学院里去开会了罢。这问题，是有大的意义的。但自然也有问题的别一面。就是，不但在一切天才底的作品，为一定的阶级效劳，以及这作品的客观性，艺术家的生活现象把握是客观底的呢，还是主观底的呢而已，也在这究竟是否客观底地，效劳于阶级。所以我们遇见作家的各个的集团之际，我们应该由他们正在将他们的作品，效劳于那一阶级；他们是使谁的意志和感情强盛，使谁的意志和感情弛缓，而加以判断。当"那巴斯图"到达了这问题的设定的时候，他以为这是第一的本身的任务。"那巴斯图"的任务，决不在将同志沃隆斯基加以贬斥和批评。第一的任务，是在这问题的提起。今天的《真理报》上，同志渥辛斯基写着对于卢那察尔斯基的驳论。他对于他，弄着我们"那巴斯图的人们"以上的毒舌，但同时，也顺便将飞沫溅在"那巴斯图"上。

去今两年以前，同志渥辛斯基曾经宣言过，蔼孚玛忒跋（Avmatva）是勃洛克（A. Blok）以后的俄国第一的作家。《真理报》上，现在是，同志渥辛斯基，同志托洛茨基，都将一串的论文，献给大家认为和无产阶级无关以及为敌的作家们了。这些论文，都毫无反对地通过了。于是我们才始起而反抗的。同志沃隆斯基——即使不是公许底，而是半公许底罢——既然以受了党的委任，作为事实上文学的指导者而出现，则沃隆斯基必须表白，他是否将给与他的指导权用得正当，例如由渥辛斯基似的他的帮手，宣言蔼孚玛忒跋是秀出的作家的事，而是否正当地行动着。关于"那巴斯图"的辛辣，即使被人怎样说，但我却不能不说，"那巴斯图"是尽了第一的自己的任务了。关于文艺的指导的问题，正由党提起着。党已经着手于这问题的解决，就要解决的罢。我们不得不指出这一点来，并非以为自己的功劳，是作为我们的非尽不可的义务。

这回是关于指导的方法。请容许我说，"那巴斯图"是以为第二的自己的任务的。但至今，怎样实际底的方法，他却还没有提示。对于同志沃隆斯基，则我们在这会议之前，为要不陷于混杂起见，曾有三次，请他共同来确立一定的方针的。我们将这和沃隆斯基去商量的最初，是"那巴斯图"还未出版之前，在出版小部会。第二回，是阿卫巴赫的家里，已经全部都反对着沃隆斯基的政策的"那巴斯图"出了二至三号之后，是去年的秋天。至于第三回——是"墨普"的总会上，是这四月。而实在，沃隆斯基，文艺政策的指导者，却回答说："我不相信你们。"

我以同志之名，在这里宣言，我们是原则底地，和站在"那巴斯图"的立场上的同志布哈林一致，也一部分和同志拉狄克的立场一致的。自然，他们于这问题的实际，还不相通，于是发生了他们和我们的外观底的不一致。在我们的会议上，我们为什么以沃隆斯基所行的政策，为最有害的政策，并且肯定了的呢？归根结蒂，问题之所在，并非单在印刷皮利尼亚克、尼启丁，以及其他的作品。不单在皮利尼亚克是好是坏——问题是并不在这里的。论争之点，也并非关于我们这里十个或十五个作家，是否忠实于劳动阶级。问题全在另外的地方。在这里成为问题的，是关于大众的文学运动。是关于已经开始了的文学运动。许多都市里，已有无产阶级作家的组织了。在这座上，说过"Sandwich"，在这座上，说过"机械底方法"等等。同志布哈林知道我们不能采用机械底方法，我们没有这样的可能，在我们这里，是没有适用这样机械底方法的可能的，但在同志沃隆斯基那里，这些机械底方法却尽有。这是可以将我们称为团体或制造所的么，当我们先前及现今的所说，都非关于团体，而是关于全体的劳动阶级的广泛的文学运动的时候？这样的运动，是存在的。二十人用了自费，从伊尔库支克[11]（Irkutsk），从诺伏尼古拉耶夫斯克[12]（Novo-Nikolaievsk），从阿尔汗该勒司克[13]（Arhangelsk）、列宁格勒[14]（Leningrad）、罗司多夫[15]（Rostov）到来了。劳动阶级的文学运动，是存在的。难道竟可以说我们是小团体的么，在大家的这样的集团，和无产阶级文学有着最积极底的关系的时候？这可以只说是团体的么？我还能够列举出许多组织来。（布哈林："组织是有的，但没有作品。"）组织是有的，但没有作品。（布哈林："就是这一点不行呀。"）未必尽然。有是略有一些的，同志布哈林，也并非全没有……。所以我要说，为增加这些作品起见，我们应该组织无产阶级作家。（笑。）那应该组织的理由，就在因为那时候，妨碍无产阶

11　现译"伊尔库茨克"。——编者注
12　现译"新西伯利亚"。——编者注
13　现译"阿尔汉格尔斯克"。——编者注
14　现译"圣彼得堡"。——编者注
15　现译"罗斯托夫"。——编者注

级作家的创作的条件才会消灭。假使问题的设立，只限于这或别的作家十人乃至十五人，则问题一定就以作家们应该写什么，怎样写，便解决掉了。我们既然以运动为问题，我们就将问题解释得更广阔。而且我们还至于有了从制作移到论文去的必要。不但瓦进、敖林而已，连李别进斯基、别泽缅斯基和别的人，也写着这些的论文。我敢宣言，他们是要继续写这些的论文，直到本党决定了方针的时候，直到劳动阶级的文学运动得到胜利的时候的罢。

劳动阶级的文学运动，在我们，在有天分或没有天分的我们各个，价值是在别泽缅斯基或李别进斯基的天分以上的，而这事，则以党的指导为必要。（布哈林："普希金做诗的时候，怎样的贵族社会的政治部，给他指导的呢？"）

同志沃隆斯基是走着和这运动，即无产阶级文学相反的路的。他在使这文学解体。他在大加努力，要立证出反对来。我在这里没有涉及具体底的事实的工夫。对于这事，同志李别进斯基能够肯定的。问题的别一面，是要问同志沃隆斯基的"同路人"现在在那里。沃隆斯基的"同路人"，是正在逃开他。（声音："谁呢？"）现在且不提关于一切人们的事罢。然而同志沃隆斯基却曾经和他们有关系，但现在他们却正在移向有产阶级文学的阵营那边去。例如，他曾将叫作列昂诺夫（Leonov）的一个作家，宣言为天才，但我们知道，列昂诺夫现就在"Russkiy Sovremennik"上做文章，在"Russkiy Sovremennik"的背后，则站着蔼夫罗斯（Efros）和外国资本，而且这杂志，对于劳动阶级是怀着敌意的。那些同路人们，就正在带着沃隆斯基所加的凭证，趋向这杂志去。在我们这里，关于文艺的问题，并不在只要有十个乃至十五个作家，能给劳动阶级写出忠实的好作品就算好，倒在支持那已经在劳动阶级之间开始了的广泛的文学运动，所以我们说，党的一定的指导方针，在我们是必要的，是缺少不得的。

在这里, 诸位同志们, 是无论什么霸权, 都不应该提起的。在这里, 诸位同志们, 你们却宛然我们在这里要求着似的, 总是谈到霸权——这是煽动。我们是应该抱定党的一定的指导, 将这活用到实际上去的。这之外, 还剩着关于"那巴斯图"对"同路人"的方法的问题。

至今为止, 我们还未曾拿出怎样具体底的方案来, 并且这些方法, 虽说正在代我们计画, 但我确然相信, "那巴斯图的人们", 是正在驾乎同志沃隆斯基所做的以上地, 克服着真的"同路人"的。(笑。略萨诺夫:"不是用皮下注射, 是用皮上注射。") 我敢反复地说, 对于文学, 我们以为单以出版者的态度, 是不够的。我们说, 我们主张对于这或别的文学, 应该执阶级底态度。所以我们的意思, 是以为今天的会议的任务, 首先是在提出无论如何, 党必须将劳动阶级的文学运动, 作为已有的问题来, 而别的诸问题, 文艺批评的问题, 或我们在相宜的会议上能够解决的别的小问题, 这样的诸问题, 则可以俟根本问题完全解决之后, 再行审议的。

卢那察尔斯基 (A. Lunacharsky)

同志瓦进要求同志沃隆斯基, 要他从现下的情势这一个见地, 走近问题去。然而党接近了文艺的问题这一件事, 却也正在这现下的情势之中, 演了或种的脚色的。

其实, 党是才始将这特殊的课题, 提起在自己之前了。但从现下的情势的这特质, 也流出着或种的危险。当政治家们不知道或一领域的特殊底方面, 而开始接近这领域去的时候, 从他们简直会弄出太过于总括底的判断, 或是有害的企图。这样, 纯政治底态度, 也反映在"那巴斯图"派的人们的错误的立场上。纯粹的政治的领域，是狭窄的。广义上的政治，乃是在国家机能的各部分上[16]，都各有特殊的课题。政治家办理他们所不知道的领域的事的时候，常常存在着弄错的危险。同志瓦进简捷地断定，以为应该从纯政治底见地，接近文艺的问题去。然而，譬如对于军事政策，或运输政策，商业政策，倘不将军事、运输、商业的特殊性，放在思虑里，又怎么能够从纯政治底见地，走近前去呢？和这完全一样，不顾艺术的特殊的法则，而提起关于文艺政策的问题，是不成的。否则，我们便全然成为因了这粗疏的政治底尝试，而将一切文艺，都葬在坟墓里——若用"域普"底表现来说，则是福音书的"腐烂了的"坟墓里了。其实，凡一种艺术作品，如果没有艺术底价值，则即使这是政治底的，也全然无意味。譬如这作品里，有一种内容，是政治底地有意义的——那么，为什么不将这用政论的形式来表现的呢？

但将这问题翻转来看一看就好。假如我们之前，有着艺术底地虽然是天才底，而政治底地则不满足的作品。现在假定为现有托尔斯泰或陀思妥耶夫斯基那么大的作家，写了政治底地，是和我们不相干的一种天才底小说罢。我呢，自然，也知道说，倘使这样的小说，完全是反革命底的东西，则我们的斗争的诸条件，虽然很可惜，但使我们不得不挥泪将这样的小说杀掉。然而如果并无这样的反革命性，只有一点不佳的倾向，或者例如只有对于政治的无关心，则不消说，我们是大概不能不许这样的小说的存在的罢。

有人在这里说过——艺术是生活认识的特殊的方法。别的人又说——艺术是社会的机能。无论依那一面，天才底的艺术作品，就明明于我们是有价值的。这些，或则是直接地给与生活的优良的表现，或者又成为社会的机能，由伟大的作家的意识，独特地、明

16　此处原文为"乃是在国家机能的各部分各部分上"，疑为原文多字，故更正。——编者注

快地，将社会反映出。如果我们不想利用艺术这一种材料，那么，我们恐怕就要作为批评家，作为社会学者，作为国家的人，作为市民，犯到深的错误了。

自然，艺术的任务，离科学的合理底的任务是很远的。但是，虽然如此，艺术底作品，是经验的特定的组织。从这见地，就可以说，一切艺术底作品，无论什么，只要是有才能的东西，即于我们有益。所以，在这方面，必须看得更广大些。艺术的繁荣，在我们，大概是会成为对于这国度的认识的很好的源泉的。

因为和我们有一点点隔核 [17]，或者只因为有和我们的倾向不一致的特性在艺术作品里，便立刻说这是有毒的东西，这一种恐怖，究竟是从那里来的呢？我们的无产阶级，想来该是已经尽够坚实了。正不劳我们来怕他们被别样的政治的水湿了脚。

将和我们政治底倾向不一致的作品，发露出来，我们用正当的批评的方法就做得到，决没有来用禁压的必要的。艺术家是人间的特别的型，这事忘记不得。我们决不能希望艺术家的多数，同时也是政治家。艺术家之中，有些人们，常是缺少对于正确思索的极度的敏感性，或对于特定的意志底行动的倾向的。马克思懂得这事，所以能够用了非常的留心和优婉，接近了歌德、海涅（Heine），那样的文学底现象。

再说一遍，艺术家那里，兼有指导底政治理论的事，是很少的。他将那材料，用了和这不同的方法来组织化。即使对于出自我们里面的艺术家，我们若在他的艺术底作品中，课以狭隘的党的、纲领的目的，也还是不行。他既然作为艺术家而行动，那么，他是依了和政论家工作不同的法则，组织着自己的经验的。将浇了许多我党的酱油的艺术，给与我们的时候，使我们到后来确信这是赝品的

---

17 现代汉语常用"隔阂"。——编者注

事，实在非常之多。

自然，艺术家是可以出于种种的层里的。但是，要记得的，是在不远的将来，这大概仍然还要出于智识阶级。这是因为要做一个作家，必须有颇高的教养的缘故。以为作家从耕田的人们里，或从下层的无产阶级里，会直接出现的事，是不容易设想的。况且艺术家者，也是专门家。他因为要造出自己的形式，要开拓那视野，就必须用许多的时间。因为这缘故，所以他如果是从大众中出来的，则或一程度为止，他大概一定要离开自己的阶级，接近智识阶级的集团去。

这些一切，就令我没有法子，不得不以为我们无论怎样，不可将非无产者和非共产主义者艺术家，从我们自己这里离开。

请诸位最好是记一记，同志阿卫巴赫在这里说些什么了。这是非常年青的同志。但他却表现了全然难以比方的急躁。关于由同志雅科夫列夫所示的作家的手记，他是喊出叛逆了的！他说，同志沃隆斯基使作家堕落了，而举为证据的，乃是这些作家宣言将和我们携手同行的那手记！他们于此希望着什么呵！他们所希望的，是将他们作为具有艺术家的一切专门底的特性的艺术家，留存下来。

倘使一切的人们，都站在同志阿卫巴赫的见地上，那么，恐怕我们便成了在敌国里面的征服者的一团了。

我害怕——在文学上，我们有陷在"左翼病"的新的邪路里的危险。我们不能不将巨大的小资产者的国度，带着和我们一同走，而这事，则只有仗着同情，战术底地获得他，这才做得到。我们的急躁的一切征候，会吓得艺术家和学者从我们跑开。这一点，我们是应该明确地理解的。弗拉基米尔·伊里奇（列宁）直白地说过——只有发疯的共产主义者，以为在俄国的共产主义，可以单靠共产主义者之手来实现。

这回，移到反驳同志托洛茨基的那一面去罢。

同志托洛茨基,关于无产阶级文化是弄错了的。

自然,他于这一层,是有着举 Vladimir Ilitch 为反证的根据的。Vladimir Ilitch 在如次的一个似是而非的论理底判断之前,曾抱着大大的恐怖——意识由生活而决定,所以有产者观念形态,由有产者生活而决定,所以,将有产阶级的一切遗产,都排斥罢!倘从这里出发,我们就也应该弃掉我们所有的技术。然而这里横着大错误,是很明白的。有产阶级底生活之中,若干问题——也站在我们之前,但已经由有产阶级多多少少总算满足地给了解决,我们现在,是有着要加解决,而并无更能做得满足之法的诸问题。Vladimir Ilitch 就极端地恐怕我们会忘却这事,而抛弃了有产阶级的遗产里面的有价值的东西,却自己想出随心任意的东西来。他是从这见地,也害怕了 Proletcult 的。(声:"他是怕波格丹诺夫主义呵。")

他怕波格丹诺夫主义,他怕 Proletcult 会发生一切哲学底、科学底,而在最后,是政治底恶倾向。他是不愿意创造和党并立,和党竞争的劳动者组合的。他预先注意了这危险。于这意思上,他曾经将个人底指令付给我,要将 Proletcult 拉近国家来,而置这于国家的管辖下。在同时,他也着力地说,当将一定的广阔,给与 Proletcult 的文艺课目。他坦率地对我说道,他以为 Proletcult 要造出自己的艺术家来的努力,是完全当然的事。对于无产阶级文化的十把一捆的判断,在 Vladimir Ilitch 那里,是没有的。

杰米扬·别德内曾将 Vladimir Ilitch 的一篇演说中,说着"艺术者,和大众育养于同一的东西,依据着大众,并且要求着为大众工作"的一部分给我看。惟这大众,实在,岂不就是无产者大众么?

而同志托洛茨基,是陷在自己矛盾里了。他在那书里说,现在我们所必要的,是革命艺术,但是,是怎样的革命底艺术呢?是全人类底,超阶级底东西么?不,我国的革命,总该是无产阶级革命呀。将我们在艺术成为全人类底东西的 ×××× 的乐园里，发见自己之前，我们还没有发展无产阶级艺术的余裕这一件事，举出来作为论据，这是毫没有什么意义的。

将关于艺术的问题，和关于国家的问题，比较了一看就好。共产主义是决非将全人类底国家，和本身一同带来的，而只是将这 ××。但在过渡底时期，我们是建设无产阶级国家。马克思主义，苏维埃组织，我们的劳动组合，——这些一切，都一样是无产阶级文化的各部分，而且是恰恰适应于这过渡底时期的部分。那么，怎样可以说，在我们这里，不能发生作为进向共产主义艺术的过渡底艺术的那无产阶级艺术呢？

在这些一切意见之中，我以为是这论争的惟一的最正当的结论者，是如次——就是，无产阶级文学，是作为我们的最重的期待，我们要用了一切手段，来支持他，而排斥"同路人"，也决不行。

有这座上，曾谈到应该对于马克思主义批评，给与一个一定的规准。不错，我觉得我们的批评，是极其跛行着的。但是，和这事一样，关于马克思主义底检阅，该依怎样的原则的事，给立出一个明确的一定的方针来，也不坏。所有的人们，都诉说着检阅的各各的失败。显着检阅似乎过于严重的情形。然而，反复地说罢，我们是有以我们为中心，而在这周围组织小资产阶级文学的必要的。假使不这样，那么，一切具有才能的人们——而具有才能的人，则往往是独自的组织者——怕要离开我们，走进和我们敌对的势力里去的罢。

别泽缅斯基（A. Bezamensky）

首先，诸位同志们，我不能不关于我那尊敬的文学底反对者——同志托洛茨基的出马，来说几句话。他说过，从无产阶级的菜豆里,(略萨诺夫:"这是——著了色的菜豆呀。")是什么也不会生发出来的。无论如何,同志们,关于这一端,我们大概总要和他闹下去。当这开会以前,我是在个人底的信札里,曾经和同志托洛茨基论争,我并且非常希望他来赴这会,给我们说一说,我们是决不夸耀自己的"制造所"的。我们说过,首先是劳动大众,比什么都重要。即使别泽缅斯基什么也不值,民众艺术家什么也不值罢,但大众底文学运动,是重要的,党应该将这取在自己的手里的。我暗暗地在想,我们为了召集今天的会议,叩了玻璃,倒也并非没有意义地;还有,这会议,是我们始终向这前进的——即党对于文学,给与自己的方针的事的第一步。我们的全努力,就集中于这一点的。来责难我们,说是党派底的也好;来责难我们,说是宗派底的也好。我想将同志瓦进对于嘲笑着我们辛苦的探求的诸位同志们所下的警告,引用出来。同志瓦进曾经指摘过和对于党的第二回大会以后的时代的波雪维克的外国的团体,所加的嘲笑的类似。他们终于没有懂。现在是,我们既然展开了大大的劳作,我们既然用了自己的血,创造了全联邦无产阶级作家联盟的政策,我们就能够在更大的程度上,移向创作底劳动去了。但和这一同,我们说,党要来关与这我们挑在自己的肩头的创作底劳动。在给我的信里,——但这也是颇为残酷的信——同志托洛茨基掷过这样的句子来:"你竟误解我到这样么,宛如我们较之自己们,倒更尊重他人似的?"诸位同志们今天为止的状态,是还是如此的,较之自己们,是更尊重他人的。而同志沃隆斯基在这座上,作为我们的反对者,又作为无产阶级文学的反对者而出面的时候(这在许多处所,都能够随便证明的),诸位同志们,在这里,是明明白白——有着较之自己,倒在他人的尊敬的。

诸位同志,我们是说,在我们,党的方针是必要的。诸位同志,这是什么意思呢? 我们是组织了,我们是站在正从下层生长起来的大运动的前头，我们是和劳动大众以及青年 ××× 的大众结合着，——我有着如此确言的勇气。而作为和大众结合的东西，我们是能够成为皮带，为党起见，将那用无产阶级前卫的眼睛来看世界的新鲜的文学底势力，供献于党的罢。然而别人大叫，说我们要求着独裁。这是谎话！诸位同志，我们是说："执行委员会是左右人们的。"所以即使是明天，如果执行委员会对我们说："将自己的组织都解散罢"——而且如果这事于党是必要的，那么，我们便照办。但是，如果党看着在自己之前，正从下层长成起来的广泛的社会运动，则他对于这便不能无关系，也就不得不有对于文艺的自己的方针了。而现在，是我们将巩固的无产者的文学底组织，送来给党的时候了，党对我们，未必会聋到竟至于不将这收在自己的指导之下的罢。

梅希且略珂夫（N. Meshcheliakov）

同志布哈林从两方面述说过了。一方面——关于作家，别一方面——是关于读者。我是在出版所里办事的，所以请容许我从出版的见地，接近问题去。

凡事业，不从买卖上的打算上面来做，是不行的，但为了这事，则观察市场的要求，读者的趣味，读者的兴会，就必要。我们在这方面，做成了颇大的工作了。那结果，就印刷在一本厚厚的报告书上。还有，就在最近，又出版了关于这问题的较有兴味的书。我就将这两样作为基础，将话讲下去。

据调查的所示，是现代的无产阶级作家完全不被需求。我们曾将各种的无产阶级作家的作品试行出版，——在我们的仓库里，这些堆积像山一般，而我们呢，真真是照着重量出售的。但全然没有主顾。事业是完全地损失。这就是使我们将这方面的事业缩小了的原因。

为什么"无产阶级作家"的作品，没有人读的呢？是因为他们离开着大众。为什么发生了和大众的分离的呢？是因为他们写得使大众虽然读了这些作品，也一点不懂的缘故。自然，也有例外。例如李别进斯基的《一周间》——现就很有人读，很能卖。说我们对于无产阶级文学行着不对的政策那样的非难，是不对的。

这回是——提一提同志沃隆斯基。他每月有五十页的纸面。这以上，我们是不能给他的。

那么，这些页面，是怎样的分配给各种文学团体的呢？国立出版所的我们，无从知道实际。我们应该凭着什么，来决定"十月"比"锻冶厂"好，或是和这相反呢？我们应该给谁更多呢？是什么规准也没有的。他们都自称无产阶级文学。但我们知道有昨天以为是真的无产阶级文学的，到今天就不能这样想的事。所以我们就取了对于一切团体，都给与同数的页面的政策。我们注意着，要这文学里，不夹进什么反革命底的东西去，但对于他们的内部的计算，我们是无从干涉的。

这样地，我们是将这文学，去任凭读者的判断的。如果经过了相当的时期，读者不以此为好，那么，自然便成为国立出版所也不以此为好了。

开尔显崔夫（I. Kershentsev）

在这座上，关于沃隆斯基，曾经用过他利用了专门家，一如我们在自己的领域上利用他们那样这一类的句子。我以为这是有点不对的。我们怎样地，并且在那里，利用了专门家呢？我们曾经利用他们于经济战线，利用了他们的技术底智识。然而我们组织赤卫军的时候，向俄皇的士官和将军，去问射击法，是有的，但并未将他们送进革命军政治部去，并未将他们送进所以巩固我们的赤卫军的观念形态的组织里去。那么，诸位同志们，我们讲到文学上的专门家之际，也不能不说，正如我们不将有产阶级专门家送进革命军政治部去以资鼓动一样，并不利用他们，以作煽动家一样，在文学上，我们是不能利用他们，像曾经利用专门家于赤卫军那样的。我们要利用他们，还须附以更大的制限，加上更大的拘束。这事情，是当评价同志沃隆斯基之际，比什么都应该首先注意之点。

其次，在"那巴斯图的人们"所施行的攻击之中，是含着本质底的，因此也是重大的真理的，可惜今天没有涉及。他们在文学战线上战争。然而问题却不仅在文学战线，而在文化战线全体。在这里面，不单是文学，也包含着演剧、美术，以及其他。在我们这里，现在在剧场上所做的事，现在的，例如《真理报》上所载的事，那是显示着在这领域上，我们正做着有产阶级专门家的俘虏。在文化的领域上，我们全然没有依照 Vladimir Ilitch 的遗言。列宁说过，我们对于有产阶级的文化，应该知道，研究，改正，却并没有说我们应该成为这文化的俘虏，——然而在事实上，我们是成着这俘虏。这是——使"那巴斯图的人们"注意起来了的毫无疑义的不幸。也许是智识才能的不充足的结果罢。但是，这是在这评议会里，所不能解决的一种复杂得多的病的问题，所以也就确有提出于新文化的斗争局面的必要了。

因此我想，和同志托洛茨基反对的同志卢那察尔斯基，是正当的。为什么呢？就因为同志托洛茨基，似乎将我们计算为数十年的过渡底时代——看作超阶级底的时代了。宛如在这时期之间，无产阶级不能十分巩固似的，又宛如这阶级，不能浓厚地成为阶级底的似的。这不消说，数十年之间，无产阶级是大概要极度地成为阶级底的，而我们的最近数十年，恐怕要被阶级底观念形态的斗争所充满。所以在无产阶级观念形态里，也含有无产者文化，要说得更正确些，则是社会主义文化，这大概是一定要立下基础的，所以无产者文学的问题，是将来的问题。至于过渡时代呢，则应该给我们以无产阶级社会主义文化，而因此发生起来的一切的斗争，则应该向着这局面，即市民战争时代所创造的无产阶级底，社会主义底文化的斗争，以及对于虽非本心，而我们被攫于那雄健的爪里的有产阶级文化的斗争。这是今后的讨论，所应该依照的问题的一般底的设立法。（声音："的确！"）

略萨诺夫（D. Riasanov）

要关于"那巴斯图的人们"略略说几句。（阿卫巴赫："手势轻些罢。"）同志阿卫巴赫，你在这一伙里，我就忍不下去。你的团体里面，有些什么缺陷的东西，是大家觉得的，但谁也没有下最后的断语。

在"那巴斯图的人们"的政论里，是有奇怪性质的要素的。从战时共产主义，你们是蝉蜕着的，然而从用棍子赶进天国去那样的方法，"那巴斯图的人们"却还没有脱干净。同志托洛茨基在这里，说过作家所必要的皮下注射了。"那巴斯图的人们"，是采用着作用的皮上注射底方法。使他们所发起的一切热闹成为可疑的，正就是这个，虽然在他们那里，原也有着很有天分的"同路人"的。诸位，在无产阶级诗人那里，全俄的文学，都以《赤色新地》为依据，是只好说是奇事。听起你们的话来，则《赤色新地》者，是这俄罗斯的肚脐。然而你们，是将这意义和沃隆斯基本身的职掌，想得过大了。《赤色新地》曾有演过文学的组织底中心的脚色的时代，即是作为十月革命直后的时代的最初的大杂志，完成了一定的政治底职掌，这还被称为促进了白色文学的解体的。倘若这是事实，那么，很可惜，《赤色新地》是当着正在使这文学解体以前，自己本身就久已解体了的。曾经有一时代,《赤色新地》上也登载过喜欢美文学的我所乐于阅读的作品。那些里面,是反映着支持了无产阶级××的农民的自然力的。皮利尼亚克的有时颇有趣,然而我却以特别的满足,读了符舍戈罗特·伊凡诺夫,虽然他是在未用《赤色新地》去解体以前,原已存在了的。但无论怎样,我总不能理解,为什么这文学,竟成了无产阶级文学的障碍;还有对于这沃隆斯基的敌意,宛如惟有他,是在俄国文学上,掌握天气一般,这是从何而至的呢?

倒是国立出版所可以非难。同志梅希且略珂夫是坏主人,他动摇不绝。他是早该确立一种指导方针,相当的方针了的。关于"Sandwich"及其分类的事,我不说。团体和小团体的无数,被创造了,凡这些,虽然是无产阶级底字样,但本质底地,却依然是有产者们的果实。

自然,我们在这里,在中央委员会的宇下聚会,是很好的。但是,假如中央委员会或者他的什么机关,要试来干涉这问题,那是很窘的罢。诸位同志们,我要宣言,在这里,我是选取完全的无政府的,且对于这些团体和小团体的各各,有留存下自行证明其生存权的可能的必要。刚才梅希且略珂夫给与诸位的文学的质的特殊的规准——指示了购读的本数。这规准是全不中用的。在市场上,有时是即使最直接底的、卑近的文学,倘有什么有力的机关,例如国立出版所的贩卖员之类,来加以援助,那时候,本数便可以推广得非常之大。利用了党的机关的书籍,就被摆在较高的特权底情势上。我知道,"域普"的各员,乃至新文学的怎样的著色代表者,是正在努力于获得党的商标——委员会的商标——即比起别的团体以及小团体来,于自己非常有利的竞争上的条件。党的商标恐怕会创造一种条件,使没有天分而实际底的人们,将完全的质的低下,拿进最近正在发达成长的那文学里来的罢。这发达,同志托洛茨基用了新经济政策来说明，然而他是错的。凡这些新的萌芽，也还是生于1917—1919年的亢奋的年代的。但这结晶为文学形式，却在革命底精力，在推动劳农大众的新的方法中，发见其一部分的适用的时候。岂但如此呢，新经济政策，是不过毒害着这些新文学的萌芽的，而在《赤色新地》里面，假如有使我吃惊的，那是这杂志，现今正在使曾经好好的在皮利尼亚克、伊凡诺夫以及别人那里的东西，受着毒害，趋于解体的事。

我不愿意我们的批评涉及别的问题去。沃隆斯基所出版的一切作品的忠实的读者的我，可惜没有读过一篇他的评论。对于我们的新的批评，我大概是外行。今天我听到了同志托洛茨基和别的人们的话，但他们的宣言所显示，是说我们这里，在文学及艺术领域上的马克思学者们，是站在观念论底见地的。

这并不是我们应该蔑视形式的意思。从实在不是出于无产阶级的大层，然而很伟大，又有大名的台明起，直到也不是出于无产阶级的大层的年青的同志别泽缅斯基止，凡有愿意为无产阶级写作者，不欢迎文学形式的一切的发达，是不行的。这无形式，不能照型式一样，表现出人类的，或者别的集团的思想、感情、心绪来。然而文学形式、言语，是由长远的历史底的路程，完成起来的。我们常常对于那好的革命底代表者，俄罗斯的贵族阶级，对于那好的代表者，俄罗斯的革命底有产阶级，感谢他们使俄语的完成。我们为劳动阶级可以收这伟大的遗产以为己有起见，印行我们的古典底文籍，是必要的。

国立出版所已经到了为使贵族阶级的诗人普希金，成为接近一切农民和劳动者的人，而印行（他的作品）的时候了。在普希金那里，除了他的美的辞句以外，还可以发见丰富的材料。诸位同志们，我们接近十二月党的时代去。不要忘记普希金是被推在不只以十二月二十四日为限的十二月党运动的涛头上的。这一天，在那根柢上，是不仅是国民底的，而是长久的革命底的社会运动的结果。

我们还不能将我们的克服了他们，因而成了实践底马克思主义者的自己的国民主义者们，为劳动者出版；我们至今还将从普列汉诺夫到列宁这些马克思主义者们，由此养育出来的乌斯宾斯基（Uspensky）视若等闲。

我们忘记了用体面的、锐利的俄罗斯语来说话了。我们现在还滥用着苏维埃的鸟的话。我欢迎同志台明，靠了他的作品，可以休息我们给报纸的论说弄倦了的头脑，我是欢迎那走进我们的文学里来的一切新的潮流的。所以，疏于形式，并不是好事情，应该从古的有产者的言语的天才们，去学习学习。不过模仿这有产阶级文学的腐败的果实，却是不行的。言语的单纯直截和由无产阶级文学所创造的新的内容的深刻味——惟这个，是首先所被要求的东西。这样的萌芽，我们已经在李别进斯基的最初的作品上看见。

在这里，对于无产阶级作家的我的忠告，是：如果你们有强壮的脚，而不是两枝软软的棒，那么，专跑到"爸爸"和"妈妈"这里来，是不行的。用脚站稳。依据着劳动运动，而吸取那汁水，就好，这么一来——在你们，《赤色新地》便全不算什么了。

杰米扬·别德内（Demian Bednii）

首先，我先讲一点从一切这些同路人们的"老子"沃隆斯基说出来的，关于皮利尼亚克，关于这象征底的皮利尼亚克的小小的，然而很有特色的情景。沃隆斯基那里，皮利尼亚克跑来了。是朋友呀。用"你我"谈天。于是皮利尼亚克对沃隆斯基说："我是，喂，走了一趟坟地哩。"瞧罢，他，"革命底同路人"，被坟地招惹了去了！"而我在那里见了什么呢，契诃夫的坟上，拉着一大堆粪。在那旁边，还写着字道：'青年共产党员彼得罗夫。'"（笑声。）一面将这情景传给我，沃隆斯基还高兴到喘不过气来："阿，想一想罢，台明，这皮利尼亚克，有着多么非凡的观察呀！"坟地。俗称"黄金"的堆。这就是有些同路人献给沃隆斯基，而沃隆斯基——献给我们的文学底黄金。（座中的声音："强有力的论证！"）

论证确是强烈的，纷纷扑鼻，并且有一点象征底的。皮利尼亚克居然能够写了宣言书，送到这会里来了。但我很想在墨斯科，看一看沃隆斯基敢于带皮利尼亚克出席的劳动者的集会。如果敢，他会抓着怎样的月桂冠呢?！

我还要将一个乡下的情景，贡献你们。皮利尼亚克到基雅夫[18]（Kiev），在劳动通信员们之前，庞然自大，并且对他们吹了拂来斯泰珂夫式的一切的牛皮。在墨斯科，是有像样的文艺政策的。例如，有三个什么青年，跑到加米涅夫那里去，宣言道："在我们这里——有着意德沃罗基（观念形态）呵！"于是加米涅夫将手伸进钱袋去，将零钱分给这些三个的青年，说道："为了意德沃罗基呀。"零钱是喝光，或是怎样化光[19]了。三个青年又跑到加米涅夫那里去。但这回是一个一个，各自去的，为什么呢? 因为各人那里，已经各有了单是自己的意德沃罗基了。于是加米涅夫又将钱分给各个——为了他的意德沃罗基。（座上的声音："到规律委员会控告去罢！"）

这样的事，并不是问题。重大的事，是谁撒着这样的谎，撒给谁听的。皮利尼亚克的大话里，他的谎话里，觉得有些讨厌的好像真实的东西。我在劳动通信中，发见了未来的力。他们之间，正在发生着新的、民主底的、劳农底社会性。将他们从腐败救出，是必

---

18 现译"基辅"。——编者注
19 现代汉语常用"花光"。——编者注

要的。然而在基雅夫，竟至于还给回去的皮利尼亚克提提包。劳动通信员来做皮利尼亚克的搬运夫！你们可有光彩？你们可愿意？

然而这些都不过是小例子。在根本上——就只好吃惊。在这时候，说着些什么？我带一本由 M. K. 出版的"Kommunist"第二十七号在这里。那上面有蔡特金的关于伊里奇的很好的回忆。里面就记着伊里奇的关于艺术的少有的批判。至今为止，关于这一端，我们，没有过明快的理论底构成。从这里采一点，从那里摘一些。引用了普列汉诺夫。但在伊里奇那里，却有着和天才底的压缩同样，而又无余的完璧和自信，给与着我们的无产阶级文学的理论。这在这样的集会上，是有诵读的必要的，为要请速记下来，也应该诵读，这必须再三再四，打进有些人们的头里去。然在伊里奇那里，一切都单纯到怎样呵！

"重大的事——伊里奇说——并不是将艺术给与以几百万计的住民的总数中的几百乃至几千人。艺术是国民的东西。这应该将自己的深的根，伸进到广大的勤劳大众的大层里面去。这应该为这些大众所理解。""被理解"——这是一。"这应该为大众所爱"，这是二。"这应该和这些大众的感情、思想及意志相结合，应该将他们提高。"这就是三！这是关于煽动的。"那应该在大众之中，使艺术家觉醒，使他们发达起来。"这不是劳动通信和农村通信的奖励，是什么呢？"我们——伊里奇又说——在劳动者和农民的大众缺着黑面包的时候，也须将甜的阔气的饼干献给极少数的人们么?!"看罢，这是我们应该由此出发的艺术底规准的全部。根本的秘密，在那里呢？要怎么办，我们的艺术，才能够为大众所理解，为他们所爱，和他们的感情、思想及意志相结合，将他们提高呢？伊里奇说，这是毫不希奇的秘密，"我们应该始终将劳动者和农民放在眼前！"

蔡特金对伊里奇说："在我们这里，在德国，一个什么郡里的市镇的什么会议的议长，大约也怕敢像你似的单纯地、率直地说话的。他大概是怕被见得'太无教养'罢。"那么，伊里奇的演说之力，魅力，又在那里的呢？伊里奇回答说："我知道我作为辩士，站上演坛时，始终只想着劳动者和农民。"想想劳动者和农民呀！这是我们的文艺政策的根本规准。但你们可曾想着劳动者和农民呢？我在这里，倾听了许多辩士，听到了许多高尚的言语，然而关于主要的劳动者和农民，在这里可曾说起一句呢？究竟你们在讲的，是关于怎样的文学，为了什么人呀！（声响。扰动。）如果你们用了你们的趣味，至多不过五年——不，三年，或者这以下，做出文学来罢了。至于新的、明眼的、真的作家们，大约是将从劳动通信和农村通信之间出来的罢。

瓦进的结语

杰米扬·别德内问三年以后怎样。我敢宣言，即使这会议的收场，是怎样的形式底的，但总之，明天的党的文艺政策，不会是昨天的了 [20]。这是毫无疑义的。

关于同志托洛茨基，我可以几句话就完事。要之，他的对于我的言说，单是胡闹，他连一个论证也绝对底地没有提示出来。同志托洛茨基是因为我指摘了社会革命党称赞着他的事，所以向我扑来了。这并非问题的解决。是憎恶——不是论证。

关于社会主义文化。在这会上，不能将这问题展开，是很明白的。我提出这样的命题来。Vladimir Ilitch 向 Proletcult 抗议了——这是事实。然而 Proletcult——这是一件事，而无产阶级的社会主义文化——这又是另外一件事。我敢确言 Vladimir Ilitch 是在自己

20　此处原文为"不会是昨天的的了"，疑为原文多字，故更正。——编者注

的论文上，尤其是在关于国民底问题的诸论文上，常常力说无产阶级的国际底社会主义底文化的存在，这文化的必要与其必然性的。Proletcult，是另外的问题。在这里，有着温室性、研究室性的。在这里，可以有一切种类的危险，波格丹诺夫主义，"Rabochaia Pravda"之类。然而关于 Proletcult 的问题，和关于无产阶级的社会主义文化的问题的原则底的，一般底的，历史底的提起，混同起来，是不行的。

其次，同志列宁，出色地将文艺的意义评价了。要加以断定，已有很够的材料。同志拉狄克曾向杰米扬·别德内加以注意。说蔡特金是在自己的回忆上，再产着自己的旧论文的。我问同志拉狄克，弗拉基米尔·伊里奇在由同志蔡特金所构成的以外，能够设立这问题么？我敢确言，在这以外，他是不能设立问题的。无论怎样的马克思主义者，此外也不能再说什么了罢。在这里请许我引用同志加米涅夫。在《给高尔基的信》的序文里，加米涅夫这样地写着——

"将高尔基的武器——文艺——弗拉基米尔·伊里奇评价得非常高，还从中认有大大的意义。他以为这武器所向不当，同盟者看不准靶子，打着的时候，他更显出一重的热意来。"我问，列宁为什么将高尔基评价得这样地高？原因，是极明白的。对于以为艺术——这是不能照规则做的东西的沃隆斯基，列宁不同意，正是这缘故。

列宁看见高尔基的有力的武器，没有对着必要之处的时候，就愤慨了。列宁曾要指导过艺术家高尔基。我们要我们苏维埃共和国里的有力的艺术底武器，用得正当，我们要求文艺的党底列宁底指导。

关于文学的预想。问过同志托洛茨基了。而他怎样回答呢？说道预想是电光形底的。说是这就是回答。凡预想，是电光形底的。问题并不在这里。问题的一切，是在我们设立着怎样的目标。

现在呢，我们是战取了××了，我们正在战取着经济。我们现在不可不战取文学么？我说，是的，我们应该战取文学。同志托洛茨基单是指点出没有阶级的社会，是有的罢的事，就算了。是的，这样的社会，是有的罢。但是，诸位同志们，用这么的一般的句子，是不能结束预想的，到没有阶级的社会，还远得很哩。无产阶级在文化、观念形态的领域上，也应该是独裁者的事，他们应该支配艺术战线的事，对于这事的我们，可有着方针没有，都必须明明白白地说出来的。请容许我从社会革命党的"Volya Rossii"引用一点教训底的话罢——

"共产主义是通过各种的阶段的。最初，他在现实的生活战线上，获得了物质底胜利。他仗着强制，将波雪维克底共和国的人民，和独裁和行动的义务底一样性相连结了。那时候，外底中央委员会，是举了无限的功绩的。

"现在他在精神底战线上，占了完全的胜利，想以思想和感情的一样性的目的，来锻炼全俄，次及全世界。因此，内底中央委员会，便被要求了。"

社会革命党是懂了我们的任务的。他们懂得很不错，国家也必要精神底地加以锻炼，国家必要支配观念形态底战线。在沃隆斯基，是不懂这些的。我们既然在这领域上，支持着斗争，则这期间，在我们，文学底中央委员会也必要的。诸位同志们，懂得这事，是必要的。

在我们之前：站着怎样的课题呢——政治底的，还是艺术底的呢，有这样的质问。诸位同志，假使将课题当作并非政治底，那我就难以懂得，为什么在俄国共产党中央委员会的主催之下，召集了党的会议。然而问题的设立，是并非在问这在政治底课题呢，还在文学底课题上面的。想使政治底课题，和文学底课题相对峙的一切的企图，使我说起来，是单单的无智。是沿了艺术底文学的战线，行着政治斗争的。而那一端，诸位同志们，我们必须懂得。

所有"那巴斯图的反对者们"，都试将问题来弄胡涂。同志托洛茨基，也将问题弄胡涂了，宛然他和在这会议上的我们的论争，没有关系似的。同志托洛茨基不过说述了一般底的真理，凡这些，大概于今日的我们的论争是没有直接的关系的，况且在这些真理之中，正如只有这回，是正当地，同志略萨诺夫指摘了的那样，有不少的形而上学和观念论在，但并无波雪维克底态度。

重复地说罢，艺术底课题，是发展为政治底课题了的。第二的课题，即包摄着第一的课题，所以较之第一的这，要广大到千倍。关于这个，我不能不指出，在我们这里，有革命的支持，在我们的反对者那里，有文学的支持。

关于白党对于我们的论争的态度。在这座上，曾经很要显示出白党对于同志沃隆斯基和托洛茨基的立场的态度，仿佛便是我一切言说里的主要的论据似的。这不消说，是弄错了。我们，"那巴斯图的人们"，是经几个月之间，研究了同志沃隆斯基的课目，战术和组织底计划，明白了一切他的根本底的谬误和倾向，然后，然后才达到同志沃隆斯基的立场，是受着我们的敌人的欢迎，并且并非无端欢迎着的这一个结论的。白党作家等的评判，不是证据，那是自明的事，然而对于我们党内的这个或别个的潮流，他们的态度，暗示力却很不小。将我们的敌人对于我们党内的这个那个的潮流的见解，置之不顾，是只有随便对付问题，或则不愿意目睹真实的人们，这才做得出来的。当最近的党的讨论之际，侨民的集团，声援了反对的立场的时候，我们曾经不能不将这事实，通知了党和劳动阶级，现在内外的侨民们声援着同志沃隆斯基的立场的时候，我们也不能不将这事实，传给党和劳动阶级。

　　说是弄着专门家讨伐,以非难我们。可说这是全不明白事情的。当观念形态底战线成着问题的时候,怎么能说到专门家呢? 同志沃隆斯基呀,在观念形态的领域上,我们可究竟要借给什么东西么? 在这里,在我们这里,是没有借给,也没有许可的。便是合办公司,也不该有的。在这里,有专门家,是不行的。我们这里,在经济、行政的领域上,是有专门家的,此后也还要常有罢,然而在这里,我们也取着以我们的劳动者来替代专门家的方针。在经济和军事编制方面,虽也招聘着专门家,而我们和这同时,正在养成着指挥者、行政者、经营者等等。然而同志沃隆斯基,却不但要将文学交给专门家,他对于无产阶级文学的创造,还取着反对的行动。在这意义上,同志沃隆斯基是——完全的败北者了。

　　其次,是关于几个同志所倡道的条件的平等。诸位同志们,这德墨克拉西也和政治底德墨克拉西完全同样,是虚伪的东西。当各种团体的状态并不相等的事,是周知的事实的时候,却说出条件的平等来,怎么不以为耻呢?“同路人”,是依据巨大的文化底过去的,但我们,在这一层,却是乞丐。怎样可有条件的平等呢? 李别进斯基和皮利尼亚克不同等,为什么呢? 因为皮利尼亚克依据着自己的阶级的莫大的文化底财产,而李别进斯基却相反,是连结着几乎没有文化底过去的阶级的。谁也不要求制定物质底的特权,然而在倡道条件平等之际,却想因此来这样说,就是:在指导的意义上,在鼓舞、奖励等等的意义上,党应该洗手,党对于文艺的问题应该中立。在这意义上,不会有一样的态度,不会有平等的条件,也还可以另据一个理由来说,即是各各的文学团体,决不是平等地于革命是必要的。

　　我们的对于“同路人”的见解,被误解为最甚。虽是对于问题的看法,原则底地,百分之九十九和我们一样的同志布哈林,——虽是他，关于这一节，也有许多的谬误。说我们要驱逐"同路人"，那是谣言。说我们向他们挥着棍子，也是谣言。说我们除无产阶级以外，忘却了别的诸阶级的现存！我们对于农民作家，不给以足够的评价，诸如此类，都是谣言。我们研究了"同路人"之间，有各种阶层的现存，于是在我们的提要（These）上这样说——

"向劳动阶级的'同路人'的接近的程度，总之，是和一般底政治底条件，部分底地，则和对于他们的党的机关，出版所以及无产阶级文学的作用力相关。所以党的任务，当此之际，是在促进那正起于'同路人'之间的分解作用，并且将他们引入 ×× 主义底影响的范围里。"

我们主张对于"同路人"的各别的态度。我们承认和真的革命底同路人相提携，而且和"同路人"中的最良者——"烈夫"，实现着这提携的事。在关于观念形态战线问题的"域普"的决议上，曾作为最重要的性质的课题，这样地表示着："由将最革命底的'同路人'的分子，首先，是农民作家，吸引到无产阶级方面，观念底地打动他们，在广涉对于反革命文学的一般底斗争的全体上，和他们相约提携。"那么，分明可见我们的懂得"同路人"的吸引的意义，——首先是农民作家的，——是不下于同志沃隆斯基的。但我们的立场和同志沃隆斯基的立场，所以不同之处，是在我们实际底地指出着一个条件，这并非帮"同路人"的我们的好意的利用，而是要使帮劳动阶级的"同路人"的利用，实在可能。我们的立场和同志沃隆斯基的立场之不同，是在我们并非无产阶级文学的败北者，我们不愿意将无产阶级作家抛入一般底同路人底肉粥中。

在这会上，曾有人说，我们要求着对于文学的"域普"的独裁。这是绝对地虚伪的。我们的口号——并非"域普"的独裁，是文艺领域上的党的独裁。"域普"也可以作这独裁的武器。

第十三回大会以前的文艺领域上的党的课题，是怎样的呢？第十一回党大会，已经指摘了想以文学和文化运动，来影响勤劳阶级的有产阶级的企图了。第十二回党大会，关于这问题，是采用了如次的决议——

"鉴于最近两年间，在苏维埃俄罗斯，文艺已经成长为一大社会底势力，将其影响先及于劳动者，与农民青年大众，故党认为有将指导对于来日的社会底教化的这形式的问题，决定于其实际的活动的必要。"

看罢，一年以前，我们的党的大会，就已经不满于同志沃隆斯基在文艺领域上所实现了的结果的了。现在呢，问题是已经落上指导的实际底形式的决定上。应该怎样指导呢？——这是站在我们面前的问题。

党的任务，现在是在意识了文学战线的一切重大性之后，为实现文艺的真受党底的，波雪维克底的指导起见，来开实际底的步。

沃隆斯基的结语

最先，要注意的，是"那巴斯图的人们"在这里专将沃隆斯基编成这样的人，而叙说了的那些事情，无从理解。他们要弄得凡有一切，仿佛全都在我似的。这集会，已经由在一切指导底地位的诸位同志的代表，十分证明了他们容认着我所采取的方针，而反之，"瓦进主义"和"那巴斯图主义"，是从他们受着当然的反对了。大都是不正当地，想使人以为仿佛是沃隆斯基怕自己的危险，而立了方针似的。照实说起来，瓦进投给我的，说是白军的报纸称赞了我了的那一种谴责，是也可以投给我们的指导机关的（我是实行这些的意志，直到现在的）。大抵，同志瓦进的轻率，很不寻常。例如，他竟强辩起来，似乎布哈林和他们一致到百分之九十九。我想，速记是完全地将同志布哈林的演说记录下来了的。我真不懂怎么能这样轻率地断定。作为问题者，不是我，乃是我们的指导机关所取的立场。我是每一个半月乃至两个月，总声明自己的战术，和同志商量的，然而至今还没有听到过一回，有人说我的战术在根本上有什么不当。那么，再说下去。在这里，说了些怎样的事呀？听着，就可羞！例如，同志瓦进突然有了这样的宣言，就是，艺术者，据沃隆斯基的意见，——则这是"神圣的事业"之类。有什么根据，说出这样的事来的呢？我有两种著作，论文——虽然据瓦进的意见，也许是无聊的东西——集在，但在这里面，不是对于将艺术看作神圣的事业的那见解，斗争得最多么？当我主张艺术自有其本身的方法和历史的时候，瓦进是完全什么也没有懂。我是说了和同志托洛茨基、布哈林、卢那察尔斯基以及别的同志所说过的一样的话的。而人们将这些话，解释为沃隆斯基和党的统御文学底生活相反对，那我有什么法。比这更坏的，是他在文学上什么也做不出，而他却在这里出风头。关于皮利尼亚克和契诃夫的记念碑，同志别德内的太出色的出面，是给了我最无聊的印象的。我真不解，怎么会说出那样的话！我对台明说了什么呢？那是关于非常悲痛的事情。有一个人物的坟。那上面竖着大理石的碑。而在碑上，是刻着最单纯的文字，"Anton Pavlovitch Tchekhov"字样。而这碑，实在是被胡乱的涂鸦弄脏着了。从这事实，捏造出有趣的 Anecdote（谈柄）来，是不可的，不行的；说笑话，也不行的。

其次，要请注意的，是为什么"那巴斯图"的同志们，将我当作组织破坏者，开始痛骂的呢？那是因为除了极少数的人们之外，他们已经成为非艺术家了。所以"那巴斯图的人们"夸说着我这里有"同路人"，他们那里有无产阶级文学的时候——这是完全撒谎。其间虽有现存的或一种的不一致，但无产阶级作家的大多数和"赤色新地"，是好好地保持着接触的。这并非由我的才能，乃是因为"那巴斯图的人们"挥着棍子，不但将"同路人"，连将无产阶级作家也在赶走了。"锻冶厂"当"瓦进派"将他们置之无产阶级的列外，宣言为奸细的时候，于组织问题不和他们一致，是当然的。"锻冶厂"的同志，到我这里来说，"再没有向他们去说明的耐性了，一同更密接地来做工作罢。""那巴斯图的人们"还将同样的事，来弄由他们所组织的青年们。为什么青年们和"赤色新地"一起工作着，并且怎地工作着呢？开始是五至七人，但现在是由三十四至四十人所成的一集团了。亚尔穹·威勖鲁易、密哈尔·戈洛特努易、耶司努易、斯惠德罗夫等等，——他们都离开了"那巴斯图的人们"。为什么呢？因为诸位不知道待遇作家之道的缘故，因为诸位充满着党派底恶臭的缘故。诸位同志们，这时候，问题并不在无产阶级文学乃至"同路人"，而在对作家的态度。"那巴斯图的人们"的对作家的态度，是乱七八糟。有一个人对于爱伦堡的小说《尼古拉克鲁波夫的一生》来做文艺批评底论文，然而关于尼古拉·克鲁波夫本身，却只掷给了一页半。写些中央委员会里，摩托车多得如山呀，中央委员会的书记将万年笔塞进了墨水瓶呀，共产党员亚莎，该有毛的地方没有生毛呀之类，是不行的。自然，他们是不过赶走作家们罢了，所以，自然，在"那巴斯图的人们"那里，是常有组织破坏者的罢。

你们招集年青的作家们，而这些作家们，恐怕是到半年——三个月之后，就要从"组织破坏者"那里走开的。为什么呢？因为在他那里，大概一定有着不正当，大误谬，且有和那些离"那巴斯图的人们"的棍子很远的作家们不同的态度。"墨普"是要赶走作家们的罢。为什么呢？因为他不能待遇他们。于是便成为真的组织破坏者，并非沃隆斯基，而是瓦进者流了。

有人说过，沃隆斯基将"同路人"来塞满文学，而无产阶级作家是被压迫着的。我并不以为我的行动毫无缺点。俄国文学的造成，不是这么简单的。这有着极其曲折的路。"同路人"至今成着卓越的要素，但这并非放任的结果，却因为现在的文学生活是这样。在无产阶级作家，现在生活是艰难的，但在"同路人"生活也艰难。这里有共通的条件。我但愿在这会上，没有人来指摘，说是无产阶级作家的未曾出版的东西里，是有颇好的天才底的作品的。岂但如此，惟有他们的最天才底的作品，就由"组织破坏者"来印行。只要指出李别进斯基的《一周间》，由我自己对于这的不断的努力之后，由我印了出来的一件事，就够了。

那么，也许，将无产阶级作家默杀着么？这也不对。只要略有才能的，便竭力注意、表扬、绍介着。现在你们将国立出版所的文艺部作为问题。这文艺部，是做着这些事的。《赤色新地》以外，从"锻冶厂"出"Rabochi Journal"，从未来派——《烈夫》，从"那巴斯图的人们"——《十月》，从青年联盟——《沛垒伐尔》。五种的杂志和年报！

诸位同志们，我这样地想了好几回。假如我到 Vladimir Ilitch 那里，说道我们这里，出着五种的杂志，那会怎样呢？我相信他会这样说："你们在做什么？这不是糟么——各团体各有着杂志！……"你们因为我们不和你们一同走，便叱我们为"放任主义者"。"那巴斯图"的同志们，我们不和你们一同走，也未必一同走的理由，是因为你们和"锻冶厂"一有什么一点不一致，便即刻叫道"锻冶厂"灭亡了、解体了，还开手掷过污泥去。有这样的党派心，我们是不能和你们提携的，为什么呢？因为这样是不能做工作的。这就完了。

关于决议，我是从衷心里，同意于同志雅科夫列夫的决议的。

雅科夫列夫的结语

在我们的采决之前，我想将同志列宁对于无产阶级文学的问题，是怎样看法的事，简单地说一说。因为一年半前，一共五回，我是有了和他谈到这问题的机会了的。

当时列宁所主张之处的根本，是集中于对于以无产阶级文化，为可以从一种或别的温室底设施里发生出来的思想的斗争。温室可以培养无产阶级文化这一种思想，列宁以为有大危险。Proletcult就是这样的温室呀。

无产阶级文化，可以在苏维埃政权的条件内，从一般文字教育的土壤上发生。当无产阶级政权现存之际，当我们这里，现在将要簇出这样也还是少数的几百万文化人的时候，到那时候，文化的新的类型和文学的不同的类型，大抵就真要发生了。

问题的核心，是在无产阶级政权的条件内[21]，使有产阶级的好的果实，为大众所公有。在无产阶级政权的条件内，由几百万人取得有产阶级文化的那些好果实，是为产生并非有产者式的真文化，创立基础的罢。

所以列宁是对劳动者说过的。"奋勉呀，将有产阶级文化做成自己的东西罢。无论在怎样的屋子里，无论这叫作什么名目，还受些说是无产阶级文化已经产生了那样的童话所骗，是不行的。"无产阶级文化的发生，应该辩证法底地来想。这问题的根本，是在几百万的人们，在苏维埃国家的条件内，将有产阶级文化所战取者，作为自己的东西。

这过程，在我们这里的温室主义者们，却正是完全不懂。在

21　此处原文为"是在在无产阶级政权的条件内"，疑为原文多字，故更正。——编者注

同志列宁，在由同志列宁所设定的问题上，当时他就将大剧场和 Proletcult 都看作"无用的长物"，并且同时提议，要锁闭起来。这事，是特色到可惊的。

他一齐发出了这两个提议，没有将其一从别一个分开。

这回是关于实际底的提议的性质。我们在六个点上，看见党的方针的基础。第一点，是要将对于那些出自劳动者和农民大众的几万人的创作的指导，给与本党。给那些从这大众中分出，已经可以称为作家的物质底支持，也和这相关联。

问题的第二，是和"同路人"相关联的。关于这事，可以率直地这样说，对于"同路人"的态度，我们仍持继着党的从来的方针。在这里朗读过了的"同路人"的信札——就很证明着这方针在根本上是正当。这——是不能漠视的文件。

同时，我们对于正在站立起来的劳动者作家，还不能不发警告，使知道自家广告，自以为好，以及在对于研究的轻薄的态度的氛围气中，正在胁迫他的危险。

其次，是党派主义和放纵主义的问题。放纵主义、党派主义的契机，是在两面的阵营里。我们应该从两面的阵营里，一样地将这个除掉（aufheben）。还有，最后，是批评的问题。我们在批评的领域里，不能一任现在的情势，照样地下去。我们的批评，不但禁不起试练，——这作为共产党的组织化了的批评，还在归于零呢。在我们这里，新书批评，是因为友情，因为知己关系而登载的。这除了称为解体之外，不能给什么名目。关于这问题，我们是不但采用决议，还应该从速来讲实行的手段的。

观念形态战线和文艺

——第一回无产阶级作家全联邦大会的决议

（一九二五年一月）

一

1 文学是阶级斗争的强有力的武器。如果"在或一时代的支配底观念，常是支配阶级的观念"的马克思的指示是对的，则无产阶级支配和非无产阶级底观念形态，一部分，是和非无产阶级文学的共存之不可能，已无置疑的余地。倘若在那独裁期间，无产阶级没有逐渐获得一切观念形态底地位，那便将停止其为支配阶级罢。在阶级社会里的文学，不能是中立底的，这一定积极底地效力于某一阶级。

2 如果以上的事，在阶级社会一般，是对的，则这在我们生活着的时代——战争和革命的时代，尖锐化的阶级斗争的时代，是两层的对。这就是以为在文学的领域上，各种文学底观念形态底倾向，可以平和底协同、平和底竞争那样的议论，不过是反动底空想的缘由。波雪维克主义一向曾和这样的反动底空想战争。在观念形态的领域、文学的领域，也如在社会生活的别的领域上一样，为阶级斗争的法则所支配。所以波雪维克主义常常站在观念形态底非妥协、严正的立场上，站在观念形态底方向的无条件底敏感的立场上，而现在也还站着。

3　有产阶级的观念者们，提示了文学和政治的同权，同价，换了话说，就是有产者文学和共产主义政治的同权同价的"理论"。这理论的阶级底政治底意义，即存于有产者底观念者们，要从革命保卫自己，筑自己的文学底的立场，而由这里来射击无产者独裁的堡垒的努力里。在现在的条件下，惟文艺，是无产阶级和有产阶级为了对于中间底要素，要获得主权而在这里开演的激烈的阶级斗争的最后的舞台的一折。

4　苏维埃联邦——是以从资本主义向共产主义的过渡为旗印，而立于其下的诸国家的联合。政权、经济、军队、学校——这些一切，都有过渡的性质，在这一切之上，便放着将现代社会从资本主义引向共产主义的无产阶级的印章。自从出现于历史上的那当初以至今日，无产阶级已经创造了新的物质底和精神底文化的巨大的价值了。关于无产阶级文化，新的阶级的文化，依据于过去的支配阶级的遗产上的过渡底文化的问题，在已经解决了非退往资本主义而是进向共产主义的无产阶级的运动的人们——首先，在劳动者阶级，是理论底地、实践底地，都已解决了的问题。关于无产阶级文化和无产阶级文学的否定底态度，是一九二二至二五年，在俄国共产党内的"反对派"这名目之下，形成于苏维埃社会里，在事实上，是历史底地、理论底地，都和那想将无产阶级的独裁徐徐清算，使我国复归于"民主主义"的轨道的小有产阶级的压力的反映的发现的那清算派的立场，相连结的。据清算派的见地，则凡关于无产阶级文化和文学的一切谈话，不过是空想，盖在清算派的人们，无产阶级的历史底胜利这事，看来不过只是空想而已。而在现代社会上，无产阶级文化和文学的存在着这个不可争的事实，却正是显示这胜利的确实性的一证据。

二

5　无产阶级文化和文学的最彻底底的反对者，是同志托洛茨基和沃隆斯基。在那著作《文学和革命》中，L. D. 托洛茨基写着——

"对于有产阶级文化和有产阶级艺术，使无产阶级文化和无产阶级艺术来对立，是根本底地错误的。后的二者，大概未必产生罢。因为无产阶级的统治，是一时底的事，过渡底的事。无产阶级独裁的历史底意义和道义底伟大，是在将人类底的文化的基础，安放在无产阶级的最初的真实上。"（L. Trotsky《文学和革命》九页。）

接着同志托洛茨基，A. K. 沃隆斯基写着——

"无产阶级艺术未尝存在，在无产阶级独裁的过渡底时代，也不会存在的。文化领域上的这时代的课题，归结之处，是在无产阶级首先获得过去几世纪的技术、科学、艺术。所以当面的问题，并不在无产阶级艺术的创造，而在借了过去的一切获得，批判底地摄取其成果，以确立能作维持无产阶级对于有产阶级的胜利之助那样的革命底过渡底艺术。问题之所在，是在为无产阶级的利益起见而作的有产阶级文化和艺术的适应。但这和在我们的时代，较好地适应了的新的形式和样式的探求，毫不反对，是不消说的。"（"Projekt"第二二号，一九二四年。）

6　托洛茨基在所谓我们正在向无产阶级的社会进行这一种理由之下，否定着阶级底无产者文学和艺术的可能。然而，在和这一样的理由之下，少数主义（Menshevism）否定着阶级底独裁，阶级国家，等等的必要。在和这同一的理由之下，无政府主义否定着党和国家的必要。但在实际上，如大家所知道，少数主义的立场和无政府主义的立场，前者是在民主主义的旗下，后者是在非妥协底急进主义的旗下，事实底地，是都将政权剩在有产阶级的手里的。少数主义者和无政府主义者，关于无产阶级获得胜利所必要的那道路，都没有明确的概念。无产阶级斗争的战略和战术，在少数主义者，归着于使无产阶级从属于有产阶级的主权——在无政府主义者，则归着于不过使资本主义底支配因而坚固的，无力的"左翼底"辞句。然而托洛茨基主义的战略和战术，仅是这无政府主义者的"左翼底"辞句和少数主义者底温暾主义的混淆。上面所揭的托洛茨基和沃隆斯基的判断——乃是应用于观念形态和艺术上的托洛茨基主义。关于无产阶级的"左翼底"辞句，在这里，是将无产阶级的文化底课题，和由于"为无产阶级的利益起见而作的有产阶级文化和艺术的适应"的温暾主义底极限相联结的。据托洛茨基及沃隆斯基的意见，则在艺术领域中的无产阶级，毫不拿出比有产者所曾经拿出的为更新的东西来。

　　7　托洛茨基和沃隆斯基，关于要经过怎样的路，而全人类底，社会主义底艺术才被创造的事，并无什么理解。一件事——这并非在全政治及全经济的领域上[1]，无产阶级所正在进行的路，就是，并非在艺术领域上的无产阶级获得主权、政权的路这件事，在他们是明明白白的。所以托洛茨基宣言："马克思主义的方法——不是艺术的方法。"用了别的话，便是说，在艺术上，阶级斗争的法则是不通用的。到结局，则在艺术上的托洛茨基主义，便是诸阶级的平和底协同的意思，而主宰的职掌，于是全然剩在旧的有产阶级文化的代表者的手里。无产阶级的前卫底代表者的全课题，在这里，是只要将古典底和现代有产阶级文化的竭力加以广泛的普及就够。无产阶级文化和文

1　此处原文为"这并非在全政治及全经济的的领域上"，疑为原文多字，故更正。——编者注

学的独立底课题，由他们，是毫无什么发展。全部问题，在他们，是只在"使旧时代的成果，同化于新的阶级"（托洛茨基）这一事。未来的社会主义艺术，据托洛茨基——沃隆斯基的意见，是从旧的阶级和现代有产阶级文化，会并无什么过渡底阶段地，发生起来的。

三

8　在从资本主义进向社会主义的过渡底时代的无产阶级文学的缺除，具体底地，是什么意思呢？这意思，就是和生活相连结，将这生活正确地反映出来的文学，并不存在。是和主宰的阶级及其革命，有机底地相结合的文学，并不存在；积极底地来帮助无产阶级将其社会引向共产主义那样的文学，并不存在。那时候，艺术是站在生活之外、阶级斗争之外，而有产阶级则可以用完备的权利，提出艺术和政治的同权的理论——艺术从政治独立的理论来。在别一面，是正作主宰的无产阶级倘不做自己的文学，自己的电影、演剧，则及于非无产者层，首先，是及于农民的观念形态底影响，将必然底地，剩在有产阶级文化和艺术的代表者之手的罢。要指导农民，将他们引向共产主义去，惟有靠着无产阶级的从一切方面——就是，由苏维埃、协同组合、学校、电化、军队、文学、电影、演剧等等，加他们以作用，这才可能。在这些全领域上，不能只以"旧时代的成果之向新阶级的同化"为限。他应该讲新的言语；他之所依据，应该在可以和时代以及站在当前的问题的雄大相匹敌的未曾有的新的成果之上。和这相反时，则对于无产阶级前卫的影响，既无理解，也不反映的观念者们，会作用于农民之上的罢。而这意义，便是并非使农民进向共产主义，却退到资本主义去。

没有自己的独立底文化，没有自己的文学，无产阶级即不能确保对于农民的主权。不独在政治底、经济底领域而已，虽在文化的领域，劳动阶级也不得不在自己之后，领了非无产者层去。然而要完成这课题，惟有将他在政治底、经济底领域上所做过了的革命，在文化底领域上也复做到，这才可能。

9　虽然宣言着无产阶级文学的原则，确言着在这路上由劳动阶级所做的显著的成功，但不该忘却关于"自大"这一种大害的 Vladimir Ilitch 列宁的教训，关于"无产阶级文化者，应该是作为人类在资本主义社会、地主社会的重压之下，所造出来的那智识的蓄积的合理底发展而出现"的他的指示。无产阶级文学知道应该从古典底，以及现代有产阶级文化和艺术，采取有价值的一切的东西，进步底的一切的东西。但无产阶级文学更知道，在这领域上，应该比有产阶级文学所站住了的之点更前进，而且不独是旧文化的利用而已，用 Ilitch 的话说起来，便是必须将这些加以绝对底"改作"。

10　据托洛茨基——沃隆斯基的意见，则文学上的中心底势力，应该在所谓同路人，即出于智识阶级、市人、农民的层内，而观念形态底地，是并不站在共产主义的见地的作家。然而同路人者，并非一样的全体。在他们之间，是也有和力量相应，正直地服务于革命的要素的。但"同路人"的支配底类型，却是在文学上曲解革命，屡屡加以中伤，而且陶养于国民主义、大国家主义、神秘主义的精神的作家。这"同路人"的支配底类型，倘还将调子赋与于新经济政策后期的文艺，则这"同路人"的文艺，在那根柢上，却正是和无产阶级革命背道而驰的文学。这些事，是可以用了完全的权利来说的。和这同路人的反革命底要素，以最决定底斗争为必要。

关于革命的真实的同路人，则在文学战线上的他们的一切的利用，是全然必要的。然而这利用，惟在无产阶级文学将影响及于同路人的优良的代表者之上，而使这些同路人结成于文学上的无产阶级底中核的周围的时候，这才可能。而成这中核者，必须是全联邦无产阶级作家联盟，而也已经在成着。

无产阶级文学和革命的真实的同路人之间的朋友底协同的广大的舞台，首先第一，是农民。然而，这协同，惟在这些同路人理解了全世界正在起来的历史底斗争的根本底意义，理解了无产阶级在革命的职分和无产阶级来指导农民的必要的时候，这才可能，且得成为显著的进步底要因。

四

11 苏维埃联邦内的无产阶级文学，在比较底短时日之间，成了显著的社会现象了。这文学，是个个的无产阶级团体，和先用劳动通信员的形式的那无产者的大众底文化底运动，两相溶合，而被创造的。无产阶级文学之存在的否定，已经渐渐困难起来。那反对者，已不得不退去最初的露骨的否定的立场，而采用仍以和无产阶级文学相斗争的旧目的为名的新战术了。这新战术的本质——即在虽"承认"无产阶级文学，而这仍应该作为"文学一般"即有产阶级文学的一翼（N. 渥辛斯基）的宣言中。在这里，就重演着那全世界的温暾主义者的态度——这些温暾主义者，开初是反对创设独立的无产阶级党的，待到这党成为事实而出现，便"承认"这党，而一面却宣传和有产阶级政党的协同，否定无产党的独立的政策，那主权的观念，由这党以获得政权的观念。

恰恰和这一样，我们的温暾主义者们，先是从无产阶级文化和文学的否定开头，待到这成了事实的时候，便想试将这作为"文学一般"的左翼。这是在新的条件上,用着新的手段的那一样的清算派底立场的继续。我们已经进了无产者的文化底发达的新的阶段了,在这里,单是无产阶级文学的"承认",已经不够,所必要的,是承认在这文学上的主权的原则,为胜利,为克服一切种类的有产者及小有产者文学与其倾向的这文学的执拗的组织底斗争的原则了。

五

12 不独在苏维埃联邦,全世界有产阶级的文化和文学,现在都正在经验着最大的危机、颓废、腐败。我们在这里有资本主义的危机、崩坏和那历史底运命的最好的证据。资本主义病到无法可想了,——有产阶级文化的经济底基础,连根柢都被摇动着。

虽然当武装底市民战争的终局后三年,在大大的物质底丧失的条件下,苏维埃联邦的无产阶级文学,结成于单一的组织底团体之中了。无产阶级作家第一回全联邦大会,在单一的观念形态底基础上面,在强有力的单一底组织的周围,统一了新的阶级的一切文学底诸势力。这在文坛成为个人主义的理论和实践的极端的表现者的那有产阶级社会里,是不可得见的事,也不能设想的事。苏维埃联邦的无产阶级文学,是站在将来的发达的旗印之下的。这是依据着无产阶级和农民的前卫底要素,首先——是农村青年的大众底运动。无产阶级文学的这显著的成功,惟在苏维埃联邦的勤劳大众的急速的政治底经济底成长的基础上,这才可能。

苏维埃联邦的无产阶级文学,将惟一的目的——为世界无产阶级的胜利尽力,和无产阶级独裁的一切敌手血战,揭在自己之前。无产阶级文学是将要克服有产阶级文学的,因为无产阶级独裁,必然底地会将资本主义绝灭。

关于文艺领域上的党的政策

——俄罗斯共产党中央委员会的决议
（一九二五年七月一日《真理报》所载）

1　最近时的大众的物质底状态的向上，和由革命而遂行了的智底变革，大众的自发性的增大，眼界的巨大的扩张等等相关联，创出了文化底期待和要求的大大的发达了。我们是已经这样地，将脚跨进了作为向着共产主义社会的今后的进展的前提条件的，那文化革命的圈里面。

2　成为这大众底文化底发达的一部者，是新的文学，——首先，是从那萌芽底的，而同时又包含着未曾有地广大的范围的形态（劳动通信、农村通信、壁报、其他），到那观念形态底地被意识了的文艺作品的无产阶级和农民文学的发达。

3　在别一面，则经济过程的复杂性，矛盾而甚至于互相敌对的经济形态的同时底发达，由这发展所引起的新资产阶级的诞生和成长，新旧智识阶级的一部分向着他们的不可避底的——虽然最初未必一定是意识底的——结合，这资产阶级的更由新的观念形态底代言者的社会深处的化学底分出，——这些一切，是不可避底地，必须也在社会生活的文学底表面出现的。

4　这样子，恰如在我国里，阶级斗争一般的还未终熄一样，这在文艺的领域上，也还未终熄。在阶级社会里，中立底艺术，是不会有的，——诚然，一般地，则艺术，部分底地，则文学的阶级底性质，例如较之在政治上，能以无限地复杂的形态来表现的，虽然也是事实。

5　但是，将我们的社会生活的基本底事实，即由于劳动阶级的政权获得的事实，在这国度的无产阶级独裁的现存，置之不顾，是绝对地不可的。

倘若在政权获得以前，无产党激成阶级斗争，建立了全社会的推翻这方针，则在无产阶级独裁期中，站在无产阶级的党的面前的问题，——是怎样地和农民共住，于是逐渐教育他们；怎样地容许和资产阶级的或一程度的合作，于是逐渐压下他们；还有，怎样地使技术底和一切别的智识阶级去做革命的工作，怎样地将他们观念形态底地从资产阶级夺了回来。

这样子，阶级斗争虽然还未终熄，但那是变了形态的。盖无产阶级在政权获得以前，虽向着这社会的推翻而努力，但一到自己的独裁的时期，是将"平和底组织作业"推上到第一的计画的。

6　无产阶级必须拥护自己的指导底位置，使之坚固，还要加以扩张，在观念形态战线上的许多新的参与者之间，也占得和那些相应的位置。向着全然新的领域（生物学、心理学、一般地自然科学）的辩证法底唯物论的前进的过程，已经开始了！在文艺的领域上的这位置的获得，也应该和这一样，早晚成为事实而出现。

7　但是，不可忘记，惟这课题，是较之由无产阶级所解决的别的课题，无限地复杂的。盖劳动阶级在资本主义社会的领域内，已经有可得胜利的革命的准备，做成斗士和指导者的一团，而造出政治斗争的优胜的观念形态底武器了。但他于自然科学上的问题、技术上的问题，都还未能出手；又，作为文化底地受了压迫的阶级，他也不能造出自己的文艺、自己独特的艺术底形式、自己的样式来。纵使在无产阶级的手中，现在已经有任意的文学底作品的对于社会底政治底内容的无误的规准，但他对于艺术底形式的一切问题，却没有和这相同的决定底回答的。

8　在文艺的领域上的无产阶级的指导者的政策，应该由上述的事而决定。在这里，首先第一，是和下列的诸问题相关联的——无产者作家、农民作家，以及所谓"同路人"和别的作家之间的相互关系；党的对于无产者作家的政策；批评的问题；关于艺术底作品的样式和形式，以及新的艺术底形式确立的方法的问题；最后，是组织底性质的诸问题。

9　因其社会底阶级底或社会底集团底内容而不同的作家的集团之间的相互关系，由我党的一般底政策而规定。但在这里，不可忘却的，是文学领域上的指导者的位置，也和那一切物质底、观念形态底富源一同，属于作为全体的劳动阶级。无产阶级作家的霸权，现在还未曾确立，党应该加援助于这些作家，自己造出进向这霸权的历史底权利来。农民作家应该以友情底待遇被迎迓，而且受我们的无条件底支持。我们的课题，是在将他们的正在成长的一团，导入于无产阶级观念形态的轨道。但是，这之际，决不可从他们的创作中，绝灭那为影响于农民起见，在所必要的前提条件的，农民底文艺底形象。

10　对于和"同路人"的关系，有计及下列的事的必要：（一）

他们的分化；（二）作为有文学底技术的资格的"专门家"的他们之中的许多东西的意义；（三）在作家的这一层之间的动摇的现存。一般底指令，在这里，应该是对于他们的战术底的十分注意的关系，换了话说，就是，保证他们可以竭力从速移到共产主义底观念形态那面去的一切条件那样的态度的指令。党一面虽在将反无产阶级底、反革命底要素（现在是极少了）绝灭，和"斯美那·惠夫"[1]底的"同路人"之间正在形成的新的有产阶级的观念形态斗争，但对于中间底的观念形态的状况，却应该坚忍地，竭力将这些难免很多的状况，在和共产主义的文化底要素的愈加亲密的同志的协同的过程中，逐渐除掉，而宽容地和这相周旋。

11　对于和无产阶级作家的关系，党应该取下列的立场，——就是，虽以一切方法助他们的成长，尽力支持他们和他们的组织，但党还应该以一切手段，来预防在他们之间最是破灭底现象的那自负的出现。党正因为在他们之中，以为有将来的苏维埃文学的观念底指导者，所以对于他们的对旧的文化底遗产和艺术底言语的专门家的轻率的侮蔑底态度，有用一切手段来斗争的必要。和这一样，对于为了无产阶级作家的观念底霸权的斗争的重要性，评价不足似的立场，也应该批判。在一面，和无条件降伏的斗争，在别一面，和自负的斗争，——这应该是党的标语。党对于纯温室底的"无产阶级"文学的尝试，也有斗争的必要。在那一切复杂性上的现象的广大的把握；不局蹐于一个工厂的界限之内；并非基尔特文学，而是要成为自己之后，带着数百万农民的，斗争着的伟大的阶级的文学——凡这些，应该是无产阶级文学的内容的界限。

1　姑且先承认苏维埃政权，而观念形态底地，要使它变质起来的智识阶级的一团。
　——译者

12 由上所述,而作为全体,则以当作在党的手中的主要的教育底手段之一而出现的那批评的课题,便被决定。共产主义批评者,应该是一瞬也不出共产主义的立场,一步也不离无产阶级观念形态,解明着种种文学底作品的阶级底意义,一面和文学上的反革命底显现毫不宽容地斗争,将"斯美那·惠夫"底自由主义等等曝露,一面和无产阶级一同进行,而对于可以和这一同进行的一切文学层,则显出最大的节度、慎重、忍耐。共产主义批评,又必须从那常用上,排除文学上的命令的调子。只在这批评得了那观念底卓越的时候,这才获得深的教育底意义的。马克思主义批评,应该将虚假、半文盲底的,而且沾沾自喜的自负,从自己的阵营里驱逐。马克思主义批评有在自己之前,竖起"学呀"这标语来,而于在自己的阵营内的一切废纸和胡说,给以打击的必要。

13 党虽然正确地识别着文学底诸潮流的社会底阶级底内容,但决不能作为全体而和文学底形式的领域上的或一倾向相连结。党虽然指导着作为全体的文学,但不能支持或种一定的文学底分派(由于因着对于形式、样式的见解的不同,而将这些分派加以资格的事)。这和作为全体,党是应该指导新生活的建设无疑,但由决议来规定关于家族的形式的诸问题,却极其少有的事,是正一样的。一切问题,在要求这样地设想,——适应时代的样式,将被创造罢,然而这是用了别的方法被创造的,而这问题的解法,则还没有定。想在这方向上,借着什么和党来连结的一切尝试,在我国文化底发达的现阶段上,应该加以否拒。

14 因此之故,党不得不宣告在这领域上的一切各样的团体和潮流的自由竞争。别的一切解决,是要成为衙门底官僚底的虚伪的解决的罢。正和这一样，也不能由法令或党的决议，来许可对于或一集团或文学底团体的文学出版事业的合法底独占。党虽在物质底和精神底地，支持无产阶级作家和无产农民作家，援助"同路人"，但即使这在观念底内容上，最为无产阶级底之际，也不能许可或一集团的独占。这先就是绝灭无产阶级文学的根的。

15　党应该竭一切手段，排除对于文学之事的手制的，而且不懂事的行政上的妨害。党为了保证对于我们文学的真是正当的、有益的，而且战术底的指导起见，应该虑及那在职掌出版事务的各种官办上，十分留心的人员的选择。

16　党应该向文艺的一切从业者，指示出正确地区别批评家和作家艺术家之间的职能的必要。在这最后者（作家艺术家），是有将自己的工作的重心，放在未来的意义上的文学作品之上，而利用现代的巨大的材料的必要的。又，于我们联邦的许多共和国和州郡的民族文学的发展上，也必须加以特别的注意。

党必须力说创造那供给真实的大众底读者——劳动者和农民的读者的文艺之必要，我们应该大胆地、决定底地打破文学上的贵族主义的偏见，利用着旧的技巧的一切技巧的一切技巧底到达，为数百万的人们所能理解那样，创出相应的形式来。

惟在遂行了这伟大的课题的时候，而苏维埃文学以及为那未来的前卫的无产阶级文学，这才能够完成那文化底历史底使命。

以理论为中心的俄国无产阶级文学发达史

[日]冈泽秀虎

一，序——二，第一期——从"无产者文化协会"往"锻冶厂"——三，第二期——从"印刷与革命""赤色新地"底创刊至"十月"底结成——四，无产阶级文学团体"十月"底纲领——五，"立在前哨"("那巴斯图")和"烈夫"底论争及"域普"底结成——六，第三期——从"立在文学底前哨"底创刊至最近。

一　序

文学从作者（个人）和读者（社会的集团）底相互关系而发生。没有读者的作者，是不会有的。文学是个人底产物，同时是社会底产物。是个人底意识底反映，同时是社会集团底意识底一形态。离开社会集团底意识而独立的个人底意识，是不会有的。决定社会集团底意识者，是那社会底生活条件。因此，如革命似的这种社会生活上的一大变革，及大影响于文学，盖是当然的吧。

一九一七年十月二十五日（阳历十一月七日）的俄国大革命，就在俄国文学上起了剧烈的变化了。这革命覆灭了许多东西，又产生了许多东西。从来居于文坛底中心的文学者们底大部分，都背了革命而亡命了；这是最大的变动之一。并且这不是单单的表面的形式的没落[1]。失去了自己底阶级、自己底生活条件的他们，在内心上也断绝了创造底路了。因此，就是留在国内的人（在政治上并不表示反革命的人），不能适应革命者，也渐次地灭亡下去了。在不同的社会条件之中，从来的文学不能走和从来同样的走法，是当然的吧。但既成作家底灭亡，还决不就是资产阶级文学底灭亡的意思；倒相反，在本质的文学上的资产阶级文学底传统，是今日也还继续着的。但这是立在资产阶级文学底传统上的事，和革命一起地屈折着变形着过来的这些文学，与革命前的旧资产阶级文学自是不同的。然而这种变形屈折，当然不是一朝所成的东西，乃是跟着革命后数年间底各社会阶级底生活的条件（虽然革命在政治上是克服了资产阶级与地主了，但在经济上、意识形态上，他们是还存在着的。革命还不是无阶级的时代，一时地反是更加激成着阶级底对立争斗的。）底变化而起的。

和资产阶级文学底这种变化一同，革命带给文学的最重要的东西，是无产阶级文学底可惊的勃兴。

革命将无产阶级推进到支配的地位，把创造底好条件给与他了。这结果便起来了，不是自然发生的无产阶级文学，但无产阶级文学底运动是依然与时日一同地渐次地发达着去的。

关系这些变迁底过程，试行精细的年代纪的记述吧。

革命后至今日的俄国文学，在大体上将它分为三期，是很确当的。

第一期是从一九一七年革命直后至一九二一年的新经济政策的时期。

第二期是从一九二二年至一九二五年的时期。这时期因为新经济政策底影响，和第一期的气氛非常不同。

1　此处原文为"并且这不是单单的表面的形式的的没落"，疑为原文多字，故更正。
　　——编者注

第三期是从一九二五年七月《党底文艺政策》底发表至今日为止的时期。这时期，由文艺政策给与了到或一程度为止的解决于第二期的论文，渐次地开始置重于创作了。

二 第一期

第一期是所谓"战时共产主义"底时代。像单看战时共产主义这言辞就可知道的一样，在这时期，苏联底全社会是将它底几乎一切的力都注在政战（指挥红军与反革命的诸势力作战）和经济战（因为物质的穷乏，人们单单生存也就非费了他底精力底大部分不可）上的。因此，这时期的俄国文学是在混沌的状态里的。尤其革命直后的约半年间，因为过于巨大的社会的变动的缘故，文学是一时地完全断绝了。

然而文学随即再生着了。而且首先第一被印刷刊行的文学是无产阶级文学，也没有什么奇异的吧。因为革命是在一切方面都将最顺利的条件给与无产阶级了。

革命直后的无产阶级文学，是作为无产者文化协会（Prolet-Cult）底运动底一部分而产生的。俄国底无产者文化协会是 A. A. 波格丹诺夫底长久间的理想，迎着革命底好机而实现了的东西。它设立在一九一八年，而忽然间扩大到全俄国，那数目达到了三百以上。这运动底目的，不待说是要在文化（以意识形态底分野为主）上也组织的地确保着无产阶级底支配的地位。在这里，无产者文化协会最先地将无产阶级底文化的独立的问题、资产阶级文化底继承问题、怎样地对待非无产阶级文化的问题——这些无产阶级所直面着的最重大的文化问题，提出着、讨论着了。

一九一八年九月十五日起至二十日止，无产者文化协会第一回全俄大会开在莫斯科了。在这会议上决下了下面的决议：

"为了在社会的活动、斗争、建设上组织着自己底力起见，无产阶级以自己底阶级艺术为必要。"

在这以前，无产者文化协会作为运动底第一步，已经开始无产阶级文学者底丛书底出版了。第一部出版的是收集着亚历舍·茄斯曲斯底诗与散文的《劳动者底槌声底诗》。

还有，从一九一八年七月起，有无产者文化协会底中央机关杂志《无产阶级文化》出版，接着有《熔炉》（莫斯科）、《未来》（列宁格勒）出现，并且各地的无产者文化协会都有着各自底机关杂志了。初期的无产阶级文学，便以这些杂志为中心，无论在作品上或理论上都行着醒目的运动了。

无产者文化协会恐怕是人类第一次所行的无产阶级文学运动底母胎。在这里就聚集着相应于担负这种重任的秀杰的文艺理论家。那第一位是这运动底指导者 A. A. 波格丹诺夫，在他周围有福特尔、加理宁、保罗、培斯沙里珂、伐莱浪、巴朗斯基。他们都是作为无产阶级文艺理论家应该永久被记忆的人。

无产者文化协会底文学论，是从"为了无产阶级在第三线上得到胜利起见，则他自己的文学，即无产阶级文学是必要的"这见解出发的。而无产阶级必需着自己底阶级艺术者，是因为这有着组织他底意识形态的力，因而在无产阶级底目的达成上就有用处的缘故。

无产阶级的意识形态是集团主义。所以无产阶级文学是集团主义底艺术。说无产阶级文学是集团主义底艺术的这话头，是作者明快地规定了无产阶级文学底根本特质的东西，成为到今日为止大家所承认的理论的。因此，第一次提倡了这见解，是无产者文化协会底不朽的功绩；但无产者文化协会底文学论底特色，是在说无产阶级文学一边努力于集团主义底意识形态底组织，同时不可不常常意识着全人类的精神底树立这目的，立志于这精神底成长的一点上。

在这里，无产阶级文学是通过集团主义，进向全人类的精神的东西，所以说道：不能有将那题材限制于集团的现象的事；并且更说道：无产阶级文学必须将过去的人类文化所生产的全人类的文学摄取来给自己，做自己底成长底粮食。

如以上所说，无产者文化协会底文学论，是抽象的、原始的[2]。这是因为在无产者文化协会活跃着的时代（一九一八年至一九二〇年），在无产阶级之前，虽有政治的、经济的现实，而艺术的现实却差不多没有的缘故。

一九二〇年是将致命的打击给与以无产者文化协会为中心的文学运动了[3]。在这年，无产阶级文学底最有才能最被期待着将来的理论家加理宁及培斯沙里珂，相继死亡了。他们底太早的病没，人们说是因为他们底全部精力都捧献给革命直后底不息不眠的活动了的缘故。

失去这有力的指导者的事成为一部分的原因，以后无产阶级文学运动底中心便移到同在一九二〇年组织成的无产阶级作家团体"锻冶厂"了。

"锻冶厂"是文学史上最初的无产阶级作家团体，在这里聚集着初期的无产阶级作家底全体（除出杰米扬·别德内）。

"锻冶厂"一派的无产阶级文学底特色，是在绝叫的地歌唱热情和兴奋。革命底世界的意义，解放底热情，是抽象地以宇宙的大规模被歌唱着的。这因为在革命底混乱之中，没有具体地描写细叙的闲暇。"锻冶厂"一派底文学观，是载在这杂志第一号上的宣言，和这年五月十日的全俄无产阶级作家会议（从二十五个都市集来有

2　此处原文为"是抽象的、原始的的"，疑为原文多字，故更正。——编者注
3　此处原文为"一九二〇年是将致命的的打击……"，疑为原文多字，故更正。——编者注

五十人）底决议；但这与无产者文化协会底理论有颇大的距离。就是，无产者文化协会是置重于文学底内容，而反之"锻冶厂"是苦心着形式的方面。是理论家与作家的不同。

三　第二期

一九二一年三月所布告，从六月起开始实施的新经济政策，是苏俄社会生活上的一大转换。因此这在文坛也起了变化。

新经济政策把苏俄的社会从物质的穷乏里救出了。那结果苏俄底文坛能够开始定期刊行和革命前同样的大册的杂志。就是，从这年的六月起，《印刷与革命》及《赤色新地》的二大杂志同时地开始发行了。两者都是国立出版所发行，前者是卢那察尔斯基编辑，后者是沃隆斯基编辑，继续到今日。

大杂志底诞生为机缘，革命后一时沉滞了的俄国文学便重新进了发展底时期。然而这文学发展底物质的好机，在精神上是立脚于质素的，着实的写实主义底精神上的时期（新经济政策是写实主义之政治的经济的表现）。因此这里所要求的文学是现实的、客观的、写实主义底文学[4]。最相应于写实主义底文学的形式当然是散文。从这种理由，苏俄的文学便开始求着使知道自己底现实的作品，以及想即着现实而进到确实的倾向。然而从来在革命成功底欢喜和理想底高唱里燃烧着，过于相信自己底力，好像即刻就会成就那样地期待着世界革命的诗人们（"锻冶厂"一派）；是和新经济政策底到来一起受着剧烈的精神上的打击，不容易转向到写实主义底精神的。

这时候，亲身体验了国内战争当时的现实，虽未必是共产主

4　此处原文为"现实的、客观的的、写实主义底文学"，疑为原文多字，故更正。——编者注

义者，然而也不是反苏维埃的智识阶级分子，开始描写他们底体验了。他们因为第一次将新的时代和新的人们具体地显示给苏维埃的公众的缘故，受了非常的欢迎了，但受欢迎还有一个原因，就是受了旧文化底惠泽的他们底艺术的天分，是在从来的无产阶级作家里不能见到的那般秀杰的。关于他们，托洛茨基如下地写着：

"他们底文学的及一般的外观，是由革命所创造的东西。而他们是全都各各自己流地接受着革命的。但在这些个人的受纳之中[5]，有着亘及他们一切共通的底特质。这便是将他们从共产主义划然地区别出来，像反对它似地常常威胁着他们的那特质。他们没有整个地把握着革命。在这里，革命底共产主义的目的，在他们是不可解的。他们全都多少有点具有越过劳动者底头，具着希望来看农民的倾向。他们不是无产阶级革命底艺术家，而是革命底艺术的同路人。"这实在是适当的评语。以后他们便被称为同路人了。

二大杂志，尤其《赤色新地》，喜欢将杂志底篇幅提供给他们。因此同路人便一跃在苏维埃文坛上占着支配的地位了。从那文学的才能之点说来，他们相称于这地位。然而从那意识上说来，则在无产阶级独裁的苏俄，也许可以说他们占这地位是不相称的，就是，因为同路人是反映着只政治的地承认着革命的那小资产阶级（尤其农民）底意识的。但这是在无产阶级文学未发达的时期里不得已的事。

同路人底文学成为从昨日的文学往明日的文学去的桥。在他们底文学之中没有和过去的传统的冲突，同时也早已没有传统的支配。这样，他们从他们底全盛期的一九二一年至一九二五年顷为止，曾呈示了多种多样的色彩，但其后和苏俄社会内的阶级的文化底进展一同，起来左右的分离，皮利尼亚克、叶赛宁暴露了反革命的本

---

5 此处原文为"但在这些个人的的的受纳之中"，疑为原文多字，故更正。——编者注

性，而列昂诺夫、谢夫林娜、伊凡诺夫、雅科夫列夫、费定、巴培黎等的秀杰的作家却渐次地和无产阶级的意识形态相和解了。在这意思上，列昂诺夫底《獾》、谢夫林娜底《维利纳亚》、费定底《都市与年》、伊凡诺夫底《哈蒲》、巴培黎底《骑兵队》，是可注意的作品。

同路人一跃而在文坛上占了压倒的势力，（这是因为同路人底作品是最丰富并且最秀杰，所以是实质的[6]，但这当然，即在形式上也有他们独占着大杂志的文艺栏之观。）这将一个非常的冲动给与无产阶级文学运动了。无产阶级文学运动应着这种形势，不得不将阵容改正而重建了。但新阵容并非由从来的"锻冶厂"一派，而是由新人底力所成的。

和新经济政策底到来一同，从来将他们的全力倾注于军事的政治的战线的共产党员，就开始将他们底力向于文化战线了。这结果，在一九二二年的初头，有二个新的无产阶级文学团体产生。其一是以青年共产党中央委员会为土台的"青年亲卫队"，另一个是报纸《劳动者的莫斯科》为基础的"劳动者之春"。

然而在这些新始出现到文坛的共产党员之前，有着非无产阶级作家底压倒的优势，和不能把握新阶级（新经济政策）底意义的目不忍睹的友军（"锻冶厂"）底姿态。这是不许他们默认的形势。这结果，为对抗这形势起见，他们便于一九二二年十二月七日在"青年亲卫队"底编辑室聚会，组织了新团体"十月"了。

在这团体里，有脱出"锻冶厂"的罗陀夫、玛里式金、达拉戎伊钦珂，"青年亲卫队"底同人，阿尔忒谟、维勘路伊、别泽缅斯基、查洛夫、虚平、考慈涅错夫，"劳动者底春"的同人，梭科洛夫、伊慈巴夫、陀罗宁，此外李别进斯基、烈烈维支及坦拉梭夫、洛左诺夫参加着。这设立底趣旨，很明白地表现在以同日的日子他们送给

6　此处原文为"所以是实质的的"，疑为原文多字，故更正。——编者注

《伊慈维斯察》报纸的下面的信上。这信是揭载在十二月十二日的《伊慈维斯察》报上的。

"无产阶级作家团体'锻冶厂'，据我们底确信，最近是变成为具有和无产阶级底文化战野上的斗争底展开所生出的诸问题离隔很远的兴味的人底封锁的小团体了。

"我们一边相信在这种状态里的'锻冶厂'成为阻害着无产阶级文学底新鲜的新兴势力底发达的机关，一边以在无产阶级文学上确立共产党底方针，和设立全俄及莫斯科无产阶级作家组合为紧急的目的，而组织着无产阶级作家团体'十月'。"

为了这目的底实现，从一九二三年三月十五日起至十七日止，开了无产阶级作家第一回莫斯科会议。在这会议上，基里洛夫代表着"锻冶厂"，携带着自己一派的宣言书来出席。其他有七十四个作家聚集着，其中类别是劳动者三十七人、智识阶级分子二十五人、农民十人，而里边五十人是共产党员。

在这席上组织了"莫斯科无产阶级作家协会"（墨普）（"锻冶厂"没有加入），而且罗陀夫底报告被采用为"十月"团体底纲领。这纲领虽以罗陀夫底名字发表，但其实是由这派底四五个批评家（烈烈维支等）合作而成的。而且像下面似的事实所呈示的一样，这是在俄国无产阶级文艺理论中最重要的东西。就是，这纲领不但单单由"十月"一派所采用，即在一九二五年五月全联邦无产阶级作家协会底扩大执行会议上也当作纲领。这一事如借用烈烈维支底说明，则"并非意味将一切无产阶级文艺作品引导到兵营的单调，而是指示出自由的必然的创造的欲求，也是一定的意识形态的见解的东西，也是以根本的见解之一致而发达着"的。在这纲领里包含着无产阶级底支配权获得底必要，作品底内容及形式底问题，对于同时代的非无产阶级文学的关系的问题等一切。

四 "十月"底纲领

一，从阶级的社会向无产阶级底社会，即共产主义的社会的过渡期的社会主义革命的时代，已以由苏维埃的组织而建立无产阶级独裁于俄国的十月革命开端了。惟无产阶级底独裁，这才能使无产阶级为一切关系的统率者、改革者。

二，无产阶级在阶级斗争的经过之间，在经济和政治方面，已能形成了革命的马克思主义的思想，但在别方面，却未能从各种支配阶级的亘几世纪以来的思想上的影响和感化，完全解放出来。终结了内乱，而在深入经济战线上的斗争的过程中的今日，文化战线是被促进了。这战线，从实行新经济政策的事情看来，更从资产阶级的意识形态的侵入的事实看来，都尤其重要。和这战线的前进一同，在无产阶级之前，作为开头第一个问题而起者，是建设自己的阶级文化这问题。于是也就起了对于感动大众之力，作为加以深的影响的强有力的手段的建设自己的文学的问题。

三，作为运动的无产阶级文学，以十月革命的结果，初始具备了那出现和发达上所必要的条件了。然而俄国无产阶级在教养上的落后，资产阶级的意识形态的亘几世纪的压迫，革命前的最近数十年间的俄国文学的颓废的倾向——这都聚集起来，不但将资产阶级文学底影响，给与无产阶级文学底创造而已，这影响至今尚且相继，而且形成着将来能涉及的事情。不但这样，对于无产阶级文学底创造，连那理想主义的小资产阶级革命思想底影响[7]，也还不能不发现。这影响之所由来，是出于作为问题，陈列在俄国无产阶级之

7　此处原文为"连那理想主义的的小资产阶级革命思想底影响"，疑为原文多字，故更正。——编者注

前的那资产阶级的民主的革命不曾成就这一种事情的。为了这样的事情，无产阶级文学便直到今日，在意识形态方面，在形式方面，都不得不带兼收而又无涉的性质，至今也还常常带着的。

四，然而，在依据经济政策底方法于一切方面都开始了根基于一定计划的社会主义的建设的同时，又在布尔塞维克改为不再用先前的煽动，而试行在无产阶级大众之间，加以有条理的深的宣传的同时，在无产阶级文学方面，便也发生了设立一定的秩序的必要了。

五，以上文所述的一切考察为本，无产阶级文学的团体"十月"，便作为由辩证的唯物论的世界观所一贯的无产阶级前卫的一部分，努力于设立这样的秩序。而且以那成就，无论在思想上，在形式上，惟独靠了制作单一的艺术上的纲领，这才可能。那纲领，则应该作为无产阶级文学的将来的发达的基础而有用。

因为以为这样的纲领，是在实际的创作与思想战线上的斗争的过程中成为究极之形的东西的缘故，团体"十月"在那结束的最初，作为自己的行动的基础，立定了如下的出发点。

六，在阶级的社会里，文学也如别的东西一样，是应着一定的阶级的要求，只有通过阶级，才应着全人类的要求。故无产阶级文学云者，是将劳动者阶级以及广泛地从事于劳动的大众的心理和意识，加以统一和组织，而使向往于作为世界底改筑者，共产主义社会底造就者的无产阶级的究极的要求的文学。

七，在扩张无产阶级的权力，使之强固，接共产主义社会去的过程中，无产阶级文学不但深深地保持着阶级的特色，仅将劳动者阶级底心理和意识加以统一和组织而已，还更将影响愈益及于社会底别的阶级部面，由此从资产阶级文学底脚下，夺了最后的立场。

八，无产阶级文学是和资产阶级文学对跖地相对立着的。已经和自己底阶级一同决定了运命的资产阶级文学，是借着从人生的游离、神秘、为艺术的艺术，乃至以形式为目的的形式，及逃往这些东西里去的隐遁等，努力于阴晦着自己的存在。无产阶级文学便与此相反，在创作底基本上，……放下马克思派的世界观，作为创作的材料，则采用无产阶级自为制作者的现在的现实，或那在过去的无产阶级底生活和斗争底革命的浪漫主义，或在将来的预期上的无产阶级底征服。

九，跟着和无产阶级文学底社会的意义的伸长，在无产阶级文学之前，便发生了一个问题，那就是大概取主题于无产阶级生活，而将这大加展开的纪念碑的大作底创造 [8]。无产阶级文学者底团体"十月"以为须在和支配了无产阶级文学底最近五年间的抒情诗相并，在那根本上树立了对于创作底材料的叙事诗的戏剧的态度的时候，才能够满足上述的要求。和这相伴，作品底形式也将极广博地、简素地，而且将那艺术上的手段也用得最为节约起来吧。

十，团体"十月"确认以内容为主。无产阶级文学作品底内容，自然给与言语底材料，暗示以形式。内容和形式，是辩证法的对立，内容是决定形式的，内容经由形式，而艺术的地成为形象。

十一，在过渡时代的阶级斗争底形式底繁多，即要求无产阶级文学者应该取繁多的主题而创作。于是将历史上前时代的文学所作的诗文底形式和运用法，从一切方面来利用的事，便成为必要了。

所以我们的团体，不取醉心于或一形式的办法。也不取先前区分资产阶级文学底诸流派那样，专凭形式的特征的区分法。这样的区分法，原是将理想主义和形而上学，搬到文学创作底过程里去的。

十二，团体"十月"考察了文学上颓废的倾向的诸派，将那有支配力的阶级达到历史底高潮时候所作的原是统一的艺术上的形

8　此处原文为"而将这大加展开的纪念碑的的大作底创造"，疑为原文多字，故更正。——编者注

式，分解其构成分子，一直破碎为细微的部分，而尚将那构成分子中的若干，看作自立的原理的事情；又考察了这些颓废的诸派 [9]，对于无产阶级文学的影响的事实，更考察了无产阶级文学蒙了影响的危险，故作为主义，对于

（A）将创作上形式，以自己任意的、散漫的、绘画的装饰似地 [10]，颓废的地来设想的事（想象主义），作为主义而加以排斥，而赞成那依从具有社会上必然性的内容，通贯作品的全体，以展布开来的单一的首尾一贯的动的形象 [11]。又对于

（B）重视言语之律，似乎便是目的，那结果，艺术家常常躲在并无社会的意识的纯是言语之业的世界里，而终至于主张以这为真的艺术作品（未来主义）者，加以排斥，而赞成那作品底内容，在单一的首尾一贯的形象中发展开来，和这一同，组织的地被展开的首尾一贯的律。而且又对于

（C）将发生于资产阶级的衰退时代，而成长于不健全的神秘思想底根本上的影响，拜物狂的地加以尊重的倾向（象征主义），加以排斥，而赞成那作品底影响的方面和作品底形象与律底组织的浑融。

惟将作品作为全体，在那具体的意义上看，又在那照着正当的法则的发达的过程上看，这才能够达到以历史的意义而达到最高的艺术的综合。

十三，这样子，我们的团体之作为问题者，并非将那存在于资产阶级文学中，由此渐渐挑选，运入无产阶级文学来的各种形式，

9　此处原文为"又考察了这些颓废的的诸派"，疑为原文多字，故更正。——编者注
10　此处原文为"以自己任意的、散漫的、绘画的的装饰似地"，疑为原文多字，故更正。——编者注
11　此处原文为"以展布开来的单一的首尾一贯的动的的形象"，疑为原文多字，故更正。——编者注

加以洗炼,乃在造出新的原理和新的形式的型范来,而加以表现。这是凭着将来的文学上的形式,在实际上据为己有,而将这些用了新的无产阶级的内容来改作的方法的,这也凭着将过去的丰富的经验和无产阶级文学的作品,批评的地加以考察的方法的。而作为结果,则必当造出无产阶级文学的新的综合的形式来[12]。

五 "立在前哨"与"烈夫"的论争和"域普"底结成

这论旨,一看就分明,乃是无产者文化协会底理论底返复。只是它是向着具体的现实底对象了[13]。这样,"十月"一派便作为自己底机关杂志从一九二三年六月起开始发行了《立在前哨》("那巴斯图")。依据《立在前哨》,罗陀夫、烈烈维支、瓦进、茵格洛夫及其他的论客,一齐拿着笔非难着"锻冶厂",更对"同路人"及"烈夫"加以激烈的攻击。这时候他们立论,非借政策来政治的地施行这些各派底克服不可。在这里有着他们底根本的谬误[14]。这是和无产者文化协会底理论完全相反的。然而《立在前哨》底论战是惊人的。这杂志差不多只登理论。(作品载在《青年亲卫队》或《劳动者之春》上,以及单独地刊行。)

在作品上,这派也呈示了优秀的活动,应着新经济政策底精神,代替从来的"锻冶厂"底抒情诗,有坚实的叙事诗出现了。他们相应于不是革命底"祭日",而是革命底"普通日"底描写,(别泽缅斯基底《青年共产党员》,是在这意思上最可注意的作品。)但这

---

12 此处原文为"则必当造出无产阶级文学的新的综合的的形式来",疑为原文多字,故更正。——编者注

13 此处原文为"只是它是向着具体的的现实底对象了",疑为原文多字,故更正。——编者注

14 此处原文为"在这里有着他们底根本的的谬误",疑为原文多字,故更正。——编者注

件事当然不是说"锻冶厂"底诗作底无价值的意思。各各都是各各底时代底必然的必要的产物。

在散文的方面，也有不劣于"同路人"的人材出现。他们也同样地描写革命底现实，然而那是以前卫底眼看的革命底现实。在这里就有绝对的优势[15]。在这方面，绥拉菲靡维奇底《铁之流》、李别进斯基底《一周间》、革拉特科夫底《水门汀》、富尔曼诺夫底《却巴耶夫》、玛里式金底《达尼尔底没落》、法捷耶夫底《溃灭》等，是应该注意的作品。

呼应着"十月"一派底攻击，为了同路人而力说着他们底伟大的社会的意义者，是托洛茨基和沃隆斯基。尤其作为《赤色新地》底编辑者直接看见了"十月"一派底烦厌的沃隆斯基，是立在"十月"底阵前大大地奋战着的。这两派底论战是苏联文艺批评史上最可注意的东西，在这里提出了许多重要的文艺问题。做同路人拥护底理论之根柢者，是托洛茨基底无产阶级文化否定论。然而他们总之是无产阶级所产生的文学（他们称这种为革命文学）底热心的同情者。只是不做像"立在前哨"一派那样极端的支持罢了。公平地看来，他们底理论呈示着比"立在前哨"一派底理论更深刻得多的文艺本身（文艺底特殊性）底理解。

"烈夫"也从独特的立场，向"立在前哨"应战。"烈夫"（艺术左翼战线）是未来派底应着新经济政策的变形。一九二三年三月，旧未来派的同人为主要分子而结成"艺术左翼战线"，开始发行机关杂志《烈夫》。

在《烈夫》底创刊号上，题为《课目》，载着三篇宣言和一篇详述此派的艺术论的褚莎克底长论文《在生活建设底旗下》。那要点如下：

15　此处原文为"在这里就有绝对的的优势"，疑为原文多字，故更正。——编者注

《烈夫》将依据共产主义的理想而煽动着艺术。

《烈夫》将和旧的资产阶级文学（生活破坏的文学）相战，而产生生活建设的文学。

《烈夫》将不像只重视着思想的最左翼派（"立在前哨"）似地由多数来解决艺术底诸问题，而要由工作来解决它。

然而像已经说过的一样，"烈夫"的前身"未来派"是作为资产阶级文学底传统之文学的否定者破坏者而产生的东西。因此，生活意识的地否定着资产阶级文学，甚至将这取进到艺术底内容里来为这种事，事实上在他们是很困难的。在这点上，他们到底不及无产阶级文学底理论。然而在形式的范围内，他们是比什么人更过激地破坏着过去的传统的。他们想使艺术底形式和生产底形式放在一起。在这里，他们不但单单进到文学的方面，甚至进到绘画、音乐、工业的方面的。在这点上，他们是和构成主义相一致。因此，这派底作品和新经济政策一同，一时虽显出写实的散文的倾向，其后却渐次地成为构成的了[16]。而且和同路人底文学是农村的比较[17]，他们是显明都会的[18]。即在最近，年青的苏联的智识阶级分子，也大抵呈示着这倾向。"烈夫"底艺术理论是作为现代的艺术理论最可注目者之一。

对于"立在前哨"底攻击，"锻冶厂"也曾应战。那第一颗子弹是在前记的无产阶级作家第一回莫斯科会议上所朗读的宣言。这是在一九二三年的《真理报》第一八六号上公布的。然而这宣言含着许多矛盾。忽视着从来的他们底艺术的气氛，单单发着为了理论的对抗的大言壮语。但即使无论怎样地想使理论上无矛盾，他们底

16　此处原文为"其后却渐次地成为构成的的了"，疑为原文多字，故更正。——编者注
17　此处原文为"而且和同路人底文学是农村的的比较"，疑为原文多字，故更正。——编者注
18　此处原文为"他们是显明都会的的"，疑为原文多字，故更正。——编者注

艺术的气氛总已经成为过去的东西了。在这里，像茵格洛夫在《立在前哨》底创刊号上所指摘着的一样，作为倾向的"锻冶厂"是已经灭亡了的。那结果，"锻冶厂"常常起了分裂。然而天才诗人凯进为中心，为了挽回颓势起见，从一九二四年的六月开始发行了《劳动者的杂志》。在《十月》底创刊号上，烈烈维支论着"无产阶级文学底路"，给了致命的打击于"锻冶厂"了。

如上文所说，第二期是"立在前哨"所卷起的批评的时代、论争的时代。这论争底激烈示人以政治的意义底重大，使俄国共产党底注意向着文艺界了（在这点上有着"立在前哨"底大的功绩）。这结果，为了决定对于文艺的党的政策起见，一九二四年五月九日由苏联共产党中央委员会印刷部底招集，开了讨论会。在这讨论会上有三个不同的立场。

第一是托洛茨基及沃隆斯基底立场，施行同路人及"烈夫"（即资产阶级文化底传统）底拥护，反对"立在前哨"底无产阶级文学运动想以政策来压倒他们的办法。

第二是"立在前哨"一派底立场，叫着无产阶级文学底支配权获得的必要。然而这之际，是要求借政策来确立支配权，即共产党直接干涉文学的。

第三是布哈林及卢那察尔斯基底立场，这是前二者的理论之折衷。

像这样地，分为三派而不见解决，党底政策没有即刻决定。

这其间无产阶级文学运动底阵容，依据"十月"一派底活跃，造成全国的战线统一，在一九二五年一月成立了全联邦无产阶级作家协会。在其第一回大会上，采用了瓦进底报告《意识形态战线与文学》当作决议。这决议非难着托洛茨基及沃隆斯基的立场，竭力想实现自己一派底主张。

然而一九二五年七月一日所发表的共产党中央委员会底决议"在文艺领域内的党底政策",却否定了他们底主张(但是为无产阶级文化协会以来的理论的支配权要求,是承认为正当的)。

这文艺政策使从来的论争告了一段落。同时在文坛上也生出新的气运来了。

六 第三期

党底政策将无产阶级文学运动引导到新的方向。旧的《立在前哨》停刊,而发行新的杂志《立在文学底前哨》。加上"文学底"这个字是大有意义的。这杂志以实现由文艺政策所指示的方针为目的。在一九二六年三月所发行的这杂志底创刊号上,由编辑者(阿卫巴赫、伏玲、李别进斯基、阿里闵斯基、拉斯珂里尼珂夫)的名,否定着从来"立在前哨"的指导理论,像下面似地说道:

"注意底焦点不可不移到创作底方面。独习和创作和自己批判成为无产阶级作家底根本标语。"

由这路,他们开始努力着想实现无产阶级底文化的独立。然而不肯抛弃从来"立在前哨"底立场的瓦进、烈烈维支、罗陀夫三人,却退出"域普"(全联邦无产阶级作家协会),从大众离去了。

《立在文学底前哨》底理论,是无产阶级文学运动底最后的理论,因此是最近的理论。而且在这杂志出现的一九二六年,无产阶级文学运动底阵营早已聚集着不劣于别的任何派的许多天才了,因此在作品底竞争上,也已有着足以在苏联文坛上获得支配权的实力了。

一方面,那承继着资产阶级文学(资产阶级文学底根本精神,是和无产阶级文学底根本精神同样地以产生理想社会为必要的)底传统的"同路人"底文学，也已经在无产阶级社会生活中经过十年，受着它底当然的影响，渐次地开始和无产阶级的意识形态相融和了。这倾向显著地使无产阶级文学和其他的文学相接起来。这结果，为了更加强地实行在革命期的文学者底共同任务，保证着共通利益起见，到了一九二七年便有"苏维埃作家总联合"组织起来了。从来的一切团体（全联邦无产阶级作家协会、全俄农民作家同盟、"烈夫"及其他）都参加这联合。

这尚是联合，不是合同，所以各个的团体还照原来的样子存留着的，但这相当强固的联合机关底组织，却向着革命底目的完成，使文学底伟力比从来更扩大。

但在这文学的努力底中心，无产阶级文学已经质量二方面都想握支配权的。

这是最近的形势。

后记

　　这一部书，是用日本外村史郎和藏原惟人所辑译的本子为底本，从前年（一九二八年）五月间开手翻译，陆续登在月刊《奔流》上面的。在那第一本的《编校后记》上，曾经写着下文那样的一些话——

　　"俄国的关于文艺的争执，曾有《苏俄的文艺论战》介绍过，这里的《苏俄的文艺政策》，实在可以看作那一部书的续编。如果看过前一书，则看起这篇来便更为明了。序文上虽说立场有三派的不同，然而约减起来，也不过两派。即对于阶级文艺，一派偏重文艺，如沃隆斯基等，一派偏重阶级，是'那巴斯图'的人们；布哈林们自然也主张支持无产阶级作家的，但又以为最要紧的是要有创作。发言的人们之中，好几个是委员，如沃隆斯基、布哈林、雅科夫列夫、托洛茨基、卢那察尔斯基等；也有'锻冶厂'一派，如普列忒内夫；最多的是'那巴斯图'的人们，如瓦进、烈烈威支、阿卫巴赫、罗陀夫、别泽缅斯基等，译载在《苏俄的文艺论战》里的一篇《文学与艺术》后面，都有署名在那里。

　　"'那巴斯图'派的攻击，几乎集中于一个沃隆斯基——《赤色新地》的编辑者。对于他所作的《作为生活认识的艺术》，烈烈威支曾有一篇《作为生活组织的艺术》，引用布哈林的定义，以艺术为'感情的普遍化'的方法，并指摘沃隆斯基的艺术论，乃是超阶级底的。这意思在评议会的论争上也可见。但到后来，藏原惟人在《现代俄罗斯的批评文学》中说，他们两人之间的立场似乎有些接近了，沃隆斯基承认了艺术的阶级性之重要，烈烈威支的攻击也较先前稍为和缓了。现在是托洛茨基、拉狄克都已放逐，沃隆斯基大约也退职，状况也许又很不同了罢。

"从这记录中，可以看见在劳动阶级文学的大本营的俄国的文学的理论和实际，于现在的中国，恐怕是不为无益的；其中有几个空字，是原译本如此，因无别国译本，不敢妄补，倘有备有原书，通函见教或指正其错误的，必当随时补正。"

但直到现在，首尾三年，终于未曾得到一封这样的信札，所以其中的缺憾，还是和先前一模一样。反之，对于译者本身的笑骂却颇不少的，至今未绝。我曾在《"硬译"与"文学的阶级性"》中提到一点大略，登在《萌芽》第三本上，现在就摘抄几段在下面——

　　从前年以来，对于我个人的攻击是多极了，每一种刊物上，大抵总要看见"鲁迅"的名字，而作者的口吻，则粗粗一看，大抵好像革命文学家。但我看了几篇，竟逐渐觉得废话太多了，解剖刀既不中腠理，子弹所击之处，也不是致命伤。……于是我想，可供参考的这样的理论，是太少了，所以大家有些胡涂。对于敌人，解剖，咬嚼，现在是在所不免的，不过有一本解剖学，有一本烹饪法，依法办理，则构造味道，总还可以较为清楚，有味。人往往以神话中的 Prometheus 比革命者，以为窃火给人，虽遭天帝之虐待不悔，其博大坚忍正相同。但我从别国里窃得火来，本意却在煮自己的肉的，以为倘能味道较好，庶几在咬嚼者那一面也得到较多的好处，我也较不枉费了身躯：出发点全是个人主义。并且还夹杂着小市民性的奢华，以及慢慢地摸出解剖刀来，反而刺进解剖者的心脏里去的"报复"。……然而，我也愿意于社会上有些用处，看客所见的结果仍是火和光。这样，首先开手的就是《文艺政策》，因为其中含有各派的议论。

　　郑伯奇先生……便在所编的《文艺生活》上，笑我的翻译这书，是不甘没落，而可惜被别人著了先鞭。翻一本书便会浮起，做革命文学家真太容易了，我并不这样想。有一种小报，则说我的译《艺术论》是"投降"。是的，投降的事，为世上所常有，但其时成仿吾元帅早已爬出日本的温泉，住进巴黎的旅馆，在这里又向谁输诚呢。今年，谥法又两样了，……说是"方向转换"。我看见日本的有些杂志中，曾将这四字加在先前的新感觉派片冈铁兵上，算是一个好名词。其实，这些纷纭之谈，也还是只看名目，连想也不肯一想的老病。译一本关于无产阶级文学的书，是不足以证明方向的，倘有曲译，倒反足以为害。我的译书，就也要献给这些速断的无产文学批评家，因为他们是有不贪"爽快"，耐苦来研究这种理论的义务的。

但我自信并无故意的曲译，打着我所不佩服的批评家的伤处了的时候我就一笑，打着我自己的伤处了的时候我就忍疼，却决不有所增减，这也是始终"硬译"的一个原因。自然，世间总会有较好的翻译者，能够译成既不曲，也不"硬"或"死"的文章的，那时我的译本当然就被淘汰，我就只要来填这从"未有"到"较好"的空间罢了。

因为至今还没有更新的译本出现，所以我仍然整理旧稿，印成书籍模样，想延续他多少时候的生存。但较之初稿，自信是更少缺点了。第一，雪峰当编定时，曾给我对比原译，订正了几个错误；第二，他又将所译冈泽秀虎的《以理论为中心的俄国无产阶级文学发达史》附在卷末，并将有些字面改从我的译例，使总览之后，于这"文艺政策"的来源去脉[1]，更得分明。这两点，至少是值得特行声叙的。

一九三〇年四月十二之夜，鲁迅记于沪北小阁。

1　现代汉语常用"来龙去脉"。——编者注